Âgée d'une trentaine d'années, Sophie Kinsella est une véritable star : auteur des *Petits Secrets d'Emma* (2005), de *Samantha, bonne à rien faire* (2007) et de *Lexi Smart a la mémoire qui flanche* (2009), elle est également reconnue dans le monde entier pour sa série-culte des aventures de *L'accro du shopping*, adaptées au cinéma en mai 2009. Tous ses romans ont paru chez Belfond et sont repris chez Pocket.

**Retrouvez toute l'actualité
de Sophie Kinsella sur
www.sophiekinsellabooks.co.uk**

LES PETITS SECRETS
D'EMMA

SOPHIE KINSELLA

LES PETITS SECRETS
D'EMMA

Traduit de l'anglais par Daphné Bernard

BELFOND

Titre original :
CAN YOU KEEP A SECRET ?
publié par Black Swan Books,
a division of Transworld Publishers Ltd, Londres.

Le papier de cet ouvrage est composé de fibres naturelles, renouvelables, recyclables et fabriquées à partir de bois provenant de forêts plantées et cultivées durablement pour la fabrication du papier.

Tous les personnages de ce roman sont fictifs
et toute ressemblance avec des personnes réelles,
vivantes ou mortes, serait pure coïncidence.

ISBN 978-2-266-15679-0

À H., pour qui je n'ai pas de secret.
Pas beaucoup, en tout cas.

1

Bien sûr que j'ai des secrets.

C'est évident. Tout le monde en a. C'est ultranormal. D'ailleurs, je n'en ai sûrement pas plus que les copines.

Je ne parle pas des grands secrets, ceux qui changent la face du monde. Du genre « le-président-a-l'intention-de bombarder-le-Japon-et-seul-Will-Smith-peut-sauver-l'univers ». Non, je parle des cachotteries de tous les jours.

Voici quelques exemples qui me traversent l'esprit :

1. Mon sac Kate Spade est faux.

2. J'aime le sherry, même si c'est ringard.

3. J'ignore ce que signifient ces quatre lettres : OTAN. Et je n'ai pas la moindre idée de ce que c'est.

4. Je pèse 59 kilos. Pas 49 kilos comme le croit Connor, mon petit ami. (À ma décharge, j'avais l'intention de me mettre au régime quand je lui ai avoué mon poids. Et en plus, il n'y a qu'un chiffre de différence.)

5. J'ai toujours pensé que Connor ressemblait à Ken. Le Ken de Barbie.

6. Parfois, au milieu d'une partie de jambes en l'air, j'ai envie d'éclater de rire.

7. Danny Nussbaum m'a dépucelée dans la chambre d'amis, pendant que papa et maman regardaient *Ben Hur* à la télé.

8. J'ai déjà bu toutes les bouteilles que papa m'avait conseillé de garder pendant vingt ans.

9. Sammy, le poisson rouge, n'est pas le même que celui que papa et maman m'ont demandé de garder quand ils sont partis en Égypte.

10. Quand Artemis, ma collègue, me les casse vraiment, je verse du jus d'orange dans sa plante verte. (Presque tous les jours.)

11. Une nuit, j'ai rêvé que je faisais l'amour avec Lissy, ma colocataire.

12. Mon string me fait mal.

13. Je suis intimement persuadée d'être différente des autres et absolument certaine qu'une vie fantastique m'attend au coin de la rue.

14. J'ignore totalement de quoi parle ce type en gris.

15. Et en plus, j'ai oublié son nom.

Et dire que j'ai fait sa connaissance il y a dix minutes !

— Nous croyons aux bienfaits des alliances logistiques formatrices, débite-t-il d'une voix nasale et monotone, tant au-dessus qu'en dessous de la ligne de démarcation.

— Absolument, dis-je d'un ton qui sous-entend : « N'est-ce pas évident ? »

Logistique, ça veut dire quoi, déjà ?

Horreur. Si jamais on me le demande ?

Ne sois pas conne, Emma. Ils ne vont pas te demander de but en blanc : « Au fait, que signifie logistique ? » Je suis une professionnelle du marketing, après tout. Bien sûr que je sais tout ça par cœur.

De toute façon, si ça vient sur le tapis, je changerai de sujet. Ou je dirai que je suis post-logistique, ou un truc comme ça.

L'important, c'est d'avoir confiance en soi et d'être efficace. J'attends ce coup-là depuis longtemps et je ne veux pas que ça foire.

Assise dans les bureaux du siège social de la Glen Oil à Glasgow, je contemple mon reflet dans une vitre et je me trouve super en femme d'affaires. J'ai un chignon, de discrètes boucles d'oreilles, comme le prescrivent les magazines dans la rubrique « Comment réussir dans le monde du travail », et j'étrenne un élégant ensemble Jigsaw. (À vrai dire, il n'est pas neuf. Je l'ai acheté au dégriffé de la Recherche sur le Cancer, et j'ai dû remplacer le bouton qui manquait mais ça ne se voit pas.)

Je représente la société Panther, pour laquelle je travaille. La réunion a pour but la conclusion d'un contrat entre ma société et la Glen Oil, en vue de la promotion d'une nouvelle boisson énergétique aux airelles fabriquée par Panther Prime. Je suis arrivée ce matin de Londres en avion (aux frais de la princesse).

Quand j'ai débarqué, les types du marketing de la Glen Oil ont commencé à faire leur cinéma sur le thème « Qui a voyagé le plus ? » se vantant de leurs heures de vol, de leurs bonus et des premières classes pour Washington – et je crois que je m'en suis bien tirée. (Sauf quand j'ai affirmé avoir pris le Concorde pour Ottawa, étant donné que le Concorde ne va pas à Ottawa.) En vérité, c'est la première fois de ma vie que je voyage pour affaires.

Bon. La *vraie* vérité : c'est la première transaction à laquelle j'assiste, point barre. Je suis chez Panther depuis onze mois, comme assistante marketing, et jusqu'à maintenant tout ce qu'on m'a laissée faire c'est taper des trucs, organiser des réunions pour les autres, aller chercher des sandwichs et porter les affaires de mon patron chez le teinturier.

C'est donc la chance de ma vie. Et j'ai le secret espoir d'avoir une promotion si je me débrouille bien. La petite annonce pour mon poste disait « possibilité de promotion après un an » et lundi prochain, je passe devant Paul, mon patron, pour mon évaluation annuelle. J'ai regardé le mot « évaluation » dans la brochure d'accueil du personnel et il est dit : « l'occasion idéale de discuter des possibilités de promotion ».

Une promotion ! Comme d'habitude, rien que d'y penser j'en ai des papillons dans l'estomac. L'occasion de prouver à papa que je ne suis pas une nulle. Et à maman. Et à Kerry. Si seulement je pouvais rentrer à la maison et dire, l'air de rien : « Au fait, j'ai été promue. Chef du marketing. »

Emma Corrigan, chef du marketing.

Emma Corrigan, vice-présidente en charge du marketing.

Il faut que tout se passe bien aujourd'hui. Paul m'a dit que le contrat était prêt à être signé. Qu'il n'y aurait qu'à faire des sourires et à serrer des mains et que même moi, je devais en être capable. Jusqu'à maintenant, tout baigne.

Bon, d'accord, quatre-vingt-dix pour cent de ce qu'ils racontent me passe au-dessus de la tête. Mais je n'ai rien compris non plus à l'épreuve de français au bac et j'ai quand même dégotté un quinze.

« Changement d'image… analyse… étude des coûts… »

L'homme au costume gris continue à monologuer. Mine de rien, j'allonge le bras pour rapprocher sa carte de visite.

Doug Hamilton. Ah oui. Je dois pouvoir m'en souvenir. Doug, voyons comme Doux mais avec un g et Hamilton comme… rien du tout.

Bon, je vais l'écrire.

Je note « changement d'image » et « Doug Hamilton » sur mon bloc et je me tortille sur ma chaise. La vache, c'est fou ce que mon string me gêne. C'est vrai qu'en général rien n'est plus inconfortable qu'un string, mais celui-là, c'est le pompon. Sans doute parce qu'il est deux tailles trop petit.

Parce que Connor l'a acheté pour moi et qu'il a dit à la vendeuse que je pesais 49 kilos. Du coup, elle lui a conseillé du 36 ! Du 36 !

(Franchement, quelle garce ! Elle aurait pas pu se douter que j'avais raconté un bobard ?)

C'était le jour de Noël, on échange nos cadeaux et je déballe ce fabuleux string rose pâle. En 36... J'avais deux options :

A. Avouer la vérité : « En fait, il est trop petit, je fais plutôt un bon 40, et je ne pèse pas vraiment 49 kilos. » Ou...

B. L'enfiler avec un chausse-pied.

Finalement, c'était pas si mal. Les marques rouges sur ma peau se voyaient à peine. J'ai coupé en vitesse toutes les étiquettes de mes vêtements pour que Connor ne s'aperçoive de rien.

Inutile de dire que je ne le mets pas souvent. Mais de temps en temps, il m'a l'air si beau et si cher dans son tiroir que je me dis : « Mais non, il ne me serre pas tant que ça », et j'arrive à l'enfiler. C'est ce que j'ai fait ce matin. Je me suis même pensé que j'avais dû perdre du poids, parce qu'il était moins inconfortable.

Je ne suis qu'une conne, victime de ses fantasmes.

« ... malheureusement, depuis le changement de marque... obligation de repenser... il nous faut considérer des synergies alternatives... »

Jusqu'à maintenant, je n'ai fait que rester assise à hocher la tête en songeant que cette réunion était une vraie partie de plaisir. Mais la voix de Doug Hamilton commence à me déranger. Qu'est-ce qu'il dit ?

« ... deux produits divergents... devenant incompatibles... »

Qu'est-ce qui est incompatible ? Qu'est-ce qu'il faut repenser ? Ça m'inquiète. Ce n'est peut-être pas que du bla-bla. Peut-être qu'il veut vraiment dire quelque chose. Vite, il faut que j'écoute !

— Nous apprécions les avantages fonctionnels et la synergie que nous a apportés le partenariat de Glen Oil et de Panther par le passé, dit Doug Hamilton. Mais vous serez certainement d'accord avec nous pour trouver que nos voies connaissent de grandes divergences.

De grandes divergences ?

C'est de *ça* qu'il parle depuis tout ce temps ?

Mon estomac se tord d'angoisse.

Ce n'est pas possible…

Il cherche à annuler le contrat ?

Je prends ma voix la plus relax et souris, amicale et pro, genre « on fait tous partie de la même grande famille ».

— Navrée de vous interrompre. J'ai suivi très attentivement ce que vous venez de dire. Mais si vous pouviez… euh, résumer la situation… pour notre avantage à tous…

Bref, je le supplie en silence.

Doug Hamilton et les autres mecs se regardent.

— Nous sommes un peu inquiets au sujet de vos identifications.

— Mes identifications ? je répète comme un perroquet paniqué.

Doug me regarde de travers.

— Les identifications de votre produit. Comme je viens de l'expliquer, nous sommes, chez Glen Oil, au milieu d'un processus de redéfinition, et nous voyons notre nouvelle image comme un pétrolier humanitaire, ainsi que le montre la jonquille, notre nouveau logo. Nous pensons que Panther Prime, qui met l'accent sur le sport et la compétition, est trop agressif pour nous.

J'en reste baba.

— Agressif ? Mais c'est un jus de fruit !

Ça n'a pas de sens. Glen Oil avec son essence et son mazout est la reine de la pollution. Panther Prime est une innocente boisson aux airelles. Comment elle peut être agressive ?

Doug désigne les brochures sur la table.

— Les valeurs que le produit épouse sont dynamisme, élitisme, virilité. Votre slogan : « Donne-toi à fond. » Franchement, il fait un peu vieux jeu. Je ne crois pas qu'une promotion commune puisse être à l'ordre du jour, conclut-il en haussant les épaules.

Non. Non. C'est pas vrai ! Il ne va pas se rétracter !

Au bureau, tout le monde va croire que c'est de ma faute. Que j'ai déconné et que je suis nulle.

Mon cœur bat très fort. J'ai le visage en feu. Je dois rétablir la situation ! Mais que dire ? Je n'ai rien préparé… Paul m'a assuré que tout était en ordre et que je n'aurais qu'à distribuer quelques poignées de main.

— Nous en reparlerons certainement avant de prendre une décision définitive, sourit Doug. Bien sûr, nous aimerions continuer à collaborer avec la Panther, donc cette réunion a été très productive.

Il recule son siège.

Je ne peux pas laisser les choses partir en brioche ! Il faut que je renverse la situation, que j'essaye de *fermer* le contrat.

Enfin, de *boucler* le contrat. Je me surprends à parler :

— Attendez, juste une minute ! J'ai quelques remarques à faire.

Je suis folle ! Je n'ai strictement rien à dire.

Il y a une boîte de Panther Prime sur le bureau et je la saisis, en espérant y puiser l'inspiration. Pour gagner du temps, je me lève, je marche jusqu'au milieu de la pièce, je lève la boîte au-dessus de ma tête pour que tout le monde la voie.

— Panther Prime est... une boisson énergétique.

Je m'arrête et j'entends un silence poli. J'ai envie de me gratter la tête.

— C'est... euh... c'est très...

La vache ! Dans quel merdier je me suis fourrée ?

Allons, Emma. Réfléchis. Pense Panther Prime... pense Cola... pense... pense...

Mais oui ! Bien sûr !

Bon ! Recommence au début.

— Depuis le lancement de Panther Cola à la fin des années 1980, les boissons Panther ont été synonyme d'énergie, d'excitation, d'excellence.

Merci, mon Dieu. C'est texto la notice publicitaire de Panther Cola. Après l'avoir tapée des millions de fois, je pourrais la réciter les yeux fermés.

— Les boissons Panther ont rencontré un succès phénoménal. Le logo Panther est un des plus connus dans le monde et le slogan « Donne-toi à fond » figure dans les dictionnaires. Nous offrons aujourd'hui à la Glen Oil l'occasion exceptionnelle de s'associer à cette marque mondialement reconnue.

Au fur et à mesure que je gagne en confiance, je me mets à parcourir la pièce à grandes enjambées, tout en gesticulant avec ma boîte de Panther Prime.

— En achetant une boisson énergétique Panther, le consommateur signale qu'il veut ce qu'il y a de meilleur sur le marché (je tape de toutes mes forces sur ma boîte de Panther). Il veut le top en matière de boisson énergétique, il veut le top en matière de carburant, il veut le top pour lui-même.

Je plane ! Je suis fabuleuse ! Si Paul me voyait, j'aurais tout de suite ma promotion.

J'avance jusqu'au bureau de Doug Hamilton et je le regarde droit dans les yeux :

— Quand le consommateur Panther ouvre cette boîte, le choix qu'il fait montre au monde qui il est. Je veux que Glen Oil fasse le même choix.

À ces mots, je plante la boîte au milieu de son bureau, je saisis l'anneau d'ouverture et, avec un sourire froid, je tire dessus.

On dirait un volcan en éruption.

La boisson gazeuse au goût d'airelles jaillit comme un geyser, se répand sur le bureau, inonde les papiers sous un liquide rouge criard… et, oh non !… elle éclabousse la chemise de Doug Hamilton.

— Merde ! Oh, je suis vraiment désolée.

Doug Hamilton, furibard, sort un mouchoir de sa poche.

— Bon Dieu ! Ça tache, ce truc ?

— Euh… je ne sais pas.

Je prends la boîte.

— Je vais chercher une serviette, dit un des mecs en se levant d'un bond.

La porte se referme derrière lui et le seul bruit audible est le glouglou de la boisson aux airelles qui goutte par terre.

Le visage en feu, les oreilles écarlates, je fixe Doug Hamilton :

— Je vous en supplie, ne dites rien à mon patron.

Je me suis plantée.

Dans le hall de l'aéroport de Glasgow, j'ai le moral à zéro. À la fin, Doug Hamilton a été plutôt gentil. Il était certain que la tache partirait et il m'a promis de ne rien dire à Paul. Mais il n'a pas changé d'avis pour le contrat.

Ma première grande réunion. Ma première grande opportunité – et voilà ce qui arrive. J'ai envie de tout laisser tomber. De téléphoner à ma boîte et de dire : « C'est fini, je ne remettrai plus jamais les pieds au bureau. Au fait, c'est moi qui ai détraqué la photocopieuse, la dernière fois. »

Mais je ne peux pas. C'est mon troisième boulot en quatre ans. Il faut que ça marche. Pour prouver ce que je vaux et pour mon amour-propre. En plus, je dois quatre mille livres à mon père.

— Qu'est-ce que vous prenez ? me demande un type à l'accent australien. Je le regarde, hébétée.

Arrivée à l'aéroport avec une heure d'avance, je suis allée directement au bar.

— Euh… un verre de vin blanc. Non, une vodka tonic. Merci.

Il s'éloigne et je me tasse sur mon siège. Une hôtesse de l'air avec une tresse s'assied à deux places de moi. Elle me sourit, je lui souris timidement.

Comment les gens se débrouillent avec leur plan de carrière, je l'ignore. Prenez Lissy, ma plus vieille amie. Elle a toujours su qu'elle voulait être avocat et vlan ! elle plaide les histoires de détournements de fonds. Moi, après l'université, je n'avais aucune idée de ce que j'avais envie de faire. J'ai commencé dans une agence immobilière parce que j'ai toujours aimé me balader dans les maisons et que j'ai fait la connaissance de cette femme aux extraordinaires ongles rouges à une journée d'orientation qui m'a dit qu'elle gagnait tellement d'argent qu'elle prendrait sa retraite à quarante ans.

Dès le premier jour, j'ai détesté ça. J'ai détesté tous les autres stagiaires. J'ai détesté avoir à dire « un jardin arboré ». Et j'ai détesté la façon dont on proposait des maisons à quatre cent mille livres à des gens qui ne disposaient que de trois cent mille livres juste pour les snober.

Au bout de six mois, j'ai annoncé que je changeais de stratégie et que j'allais devenir photographe. C'était incroyable ! Comme au cinéma ! Mon père m'a prêté de quoi suivre des cours de photo et acheter des appareils. J'étais décidée à me lancer dans une carrière artistique. Dans une nouvelle vie…

Sauf que ça ne s'est pas passé exactement comme ça.

Vous avez la moindre idée de ce que gagne une assistante ?

Rien. Des cacahuètes.

Ce qui ne m'aurait pas gênée si on m'avait *proposé* un boulot d'assistante.

Je pousse un gros soupir et regarde mon sinistre reflet dans le miroir derrière le bar. Pour couronner le tout, mes cheveux que j'avais bien plaqués ce matin avec du gel sont maintenant crépus. Typique.

Au moins, je ne suis pas la seule à avoir foiré. Des huit personnes qui ont suivi les cours de photo, une a réussi et travaille pour *Vogue* et d'autres magazines, une fait des photos de mariage, une a eu une liaison avec un des profs, une autre voyage, une a eu un bébé, une est à Photo Rapide et la dernière est chez un agent de change.

En attendant, comme j'accumulais les dettes, j'ai fait de l'intérim et j'ai pris des boulots qui payaient. Et puis, il y a onze mois, je suis entrée à la Panther comme assistante marketing.

Le serveur pose une vodka tonic devant moi :

— Allons, souriez ! C'est sûrement pas si grave !

— Merci.

J'avale une gorgée qui me requinque un peu. Je suis sur le point de continuer quand mon portable sonne.

Crampe d'estomac. Si c'est le bureau, je fais semblant de ne pas avoir entendu.

Mais non, le numéro de l'appartement clignote sur le petit écran.

J'appuie sur le bouton vert.

— Salut !

— Hello ! C'est, Lissy. Comment ça s'est passé ?

Lissy est ma colocataire et ma plus vieille amie. Elle est brune, le cheveu en épi, elle a un Q.I. de 600 et c'est la plus gentille fille du monde.

— Un désastre, fais-je d'une voix misérable.

— Comment ça ? Tu n'as pas eu le contrat ?

— Non seulement ils n'ont rien signé, mais j'ai aspergé le directeur du marketing de la Glen Oil de jus d'airelles.

L'hôtesse ne peut dissimuler un sourire et je rougis. Bravo ! Tout le monde est au courant, maintenant.

— Oh, ma pauvre !

Je sens que Lissy cherche quelque chose de positif à dire. Et ça vient :

— Au moins, tu as retenu leur attention. Ils ne t'oublieront pas de sitôt.

— Sans doute, fais-je morose. Je n'ai pas eu de message ?

— Euh… non. Si, ton père a appelé… mais… tu sais… c'était pas…

— Qu'est-ce qu'il voulait ?

— Il paraît que ta cousine a obtenu une distinction à son travail. Ils vont fêter ça samedi en même temps que l'anniversaire de ta mère.

— Manquait plus que ça !

Je m'affale un peu plus. Comme si j'avais besoin de ça… Ma cousine Kerry arborant un gobelet argenté décerné au Meilleur-agent-de-voyages-du-monde-et-de-l'univers.

— Et Connor a téléphoné aussi pour avoir des nouvelles, ajoute Lissy. Il était adorable, il ne voulait pas t'appeler sur ton portable pour ne pas te déranger en pleine réunion.

— Il a dit ça ?

Pour la première fois de la journée, mon moral remonte d'un cran.

Connor. Mon petit ami. Mon adorable petit ami, si délicat.

— C'est vraiment un chou, ajoute Lissy. Il est pris tout l'après-midi par une importante conférence, mais il a annulé sa partie de squash pour être avec toi ce soir.

— Oh ! C'est trop sympa. Merci, Lissy.

Je coupe la communication et bois encore un peu de vodka, le cœur plus léger.

Mon petit ami.

Comme dans la chanson de Julie Andrews. Quand le chien mord, quand l'abeille pique... Je me souviens que j'ai un petit ami et les choses me semblent un peu moins merdiques.

Enfin, elle le dit autrement.

Et puis ce n'est pas n'importe quel petit ami : il est grand, beau, intelligent et *La Revue du Marketing* l'a qualifié « d'étoile montante, parmi les plus prometteuses de la profession ».

Je biberonne ma vodka en rêvassant à Connor, et ça me fait du bien. Ses cheveux blonds qui brillent au soleil, son éternel sourire. La façon dont il a boosté mon ordinateur sans même que je le lui demande, et la façon dont...

J'ai un blanc. C'est fou ! Connor a tellement de qualités. Ses... jambes fines. Oui. Et ses larges épaules. Et le jour où il s'est occupé de moi quand j'avais la grippe. Combien de mecs feraient ça ? Hein ?

J'ai une chance de... Enfin, j'ai beaucoup de chance.

Je range mon portable, me passe la main dans les cheveux, consulte la pendule derrière le bar. Encore quarante minutes. Ce n'est plus très long. Mes nerfs commencent à faire des pelotes et je finis ma vodka d'un trait.

Ça va aller, me dis-je pour la millionième fois. Tout ira bien.

Je n'ai pas peur. J'ai juste… J'ai juste…

Bon d'accord. J'avoue, j'ai la trouille.

J'ai peur de l'avion.

Je ne l'ai jamais dit à personne. C'est trop con. Ce n'est pas une phobie. Ce n'est pas comme si j'étais incapable de monter dans un avion. Mais tout bien réfléchi, je préfère le plancher des vaches.

Dans le temps, je n'avais pas peur. Mais au fil des ans, je suis devenue de plus en plus nerveuse. Je sais que ça n'a pas de sens. Que des milliers de gens prennent l'avion chaque jour. Que c'est aussi sûr que de rester couché. On a moins de chances de s'écraser que… que de se trouver un mec à Londres.

Quoi qu'il en soit, je n'aime pas l'avion.

J'ai le temps de boire une autre vodka ?

Quand l'embarquement commence, j'ai ingurgité deux vodkas de plus et je suis d'attaque. Après tout, Lissy a raison. Ils se souviendront de moi. Cramponnée à ma mallette, je me sens à nouveau dans la peau d'une femme d'affaires. Deux ou trois personnes me sourient en me croisant et je leur rends leur sourire, heureuse de cette bouffée de camaraderie. Après tout, le monde n'est pas si méchant. L'important c'est de positiver. Tout peut arriver, dans la vie. Qui sait ce qui nous attend au coin de la rue ?

J'atteins la porte de l'avion et là, à l'embarquement, je vois l'hôtesse à la tresse qui était au bar un peu plus tôt.

— Re-bonjour, quelle heureuse coïncidence !

Elle me dévisage.

— Bonjour. Euh…

— Quoi ?

Pourquoi a-t-elle cet air gêné ?

— Désolée. Mais… votre…

D'un geste embarrassé, elle me montre quelque chose sur ma poitrine.

— Quoi ?

Je baisse la tête et je me pétrifie, horrifiée.

Je ne sais pas comment mais mon chemisier en soie s'est déboutonné pendant que je marchais. Trois boutons sont ouverts, et ça bâille devant.

On voit mon soutien-gorge. Mon soutien-gorge en dentelle rose. Celui qui a déteint au lavage.

D'où les sourires de tout à l'heure. Ce n'est pas que le monde n'est pas si méchant. C'est juste que je suis Miss-Soutif-rose-déteint.

— Merci, je marmonne. Je referme les boutons d'une main tremblante, la honte aux joues.

— Dure journée, hein ? dit l'hôtesse d'une voix bienveillante en tendant la main vers ma carte d'embarquement. Navrée, mais je n'ai pas pu m'empêcher d'entendre ce que vous disiez.

— Non, ça n'a pas été une journée géniale.

Elle examine ma carte.

— Que diriez-vous d'être surclassée ? dit-elle à voix basse.

— D'être quoi ?

— Allez. Vous méritez une petite faveur.

— Vraiment… Mais vous pouvez surclasser les gens comme ça ?

— Quand il y a de la place. C'est à nous de juger. Et ce vol est si court. Ne le dites à personne, ajoute-t-elle.

Elle m'emmène à l'avant de l'avion et me désigne un grand fauteuil large et confortable. On ne m'a jamais surclassée de ma vie ! J'ai du mal à en croire mes yeux.

Je respire l'atmosphère recueillie et luxueuse.

— C'est les premières ?

À ma droite, un homme élégant tape sur son ordinateur et au fond, deux femmes âgées mettent leurs écouteurs.

— Classe affaires, murmure-t-elle. Il n'y a pas de premières sur ce vol.

Puis, sur un ton normal, elle ajoute :

— Cela vous convient ?

— C'est parfait. Merci beaucoup.

— C'est un plaisir.

Elle s'éloigne et je glisse ma mallette sous le siège devant moi.

Le pied ! C'est vraiment super. Des fauteuils bien larges, des repose-pieds, tout, quoi. Une vraie partie de plaisir m'attend. Je boucle ma ceinture en essayant d'ignorer mes palpitations. J'appréhende.

— Désirez-vous un peu de champagne ?

C'est ma copine l'hôtesse qui m'en propose.

— Ça serait génial ! Merci.

Du champagne !

— Et pour vous, monsieur ? Un peu de champagne ?

Mon voisin n'a même pas relevé la tête. Vêtu d'un jean et d'un vieux sweat-shirt, il regarde par le hublot. Quand il se retourne enfin, j'aperçois ses yeux sombres et sa barbe de trois jours. Il fronce les sourcils.

— Non merci. Je préférerais un cognac s'il vous plaît.

Il a une voix sèche et l'accent américain. J'allais lui demander d'où il venait quand il s'est retourné vers son hublot.

Ce qui me convient parfaitement. Je ne suis pas d'humeur à faire la conversation.

2

Bon. En vérité, je n'aime pas ça.

Je sais que je suis en classe affaires, je sais que c'est luxueux. Mais mon estomac fait des nœuds.

Au décollage, j'ai compté lentement les yeux fermés et ça a marché. Mais arrivée à trois cent cinquante, j'en ai eu marre. Maintenant je déguste du champagne en lisant « Les 30 choses à faire avant d'avoir 30 ans » dans *Cosmo*. Je m'efforce d'avoir l'air décontracté d'une directrice de marketing. En fait, le moindre bruit me fait sursauter ; la plus petite vibration me coupe la respiration.

Avec un calme que j'espère olympien, je prends la feuille de consignes de sécurité plastifiée. Issues de secours. Position en cas d'atterrissage forcé. Si les gilets de sauvetage sont nécessaires, aidez d'abord les personnes âgées et les enfants. La vache…

Pourquoi regarder ça ? En quoi ça m'aide de voir des photos de gens sautant dans la mer tandis que leur avion explose derrière eux ? Je replace rapidement la feuille dans le vide-poches et j'avale encore un peu de champagne.

Une hôtesse rousse se matérialise devant moi.

— Excusez-moi, madame. Voyagez-vous pour affaires ?

Je ressens une pointe de fierté.

— Oui. Absolument.

Elle me tend une brochure intitulée « Spécial réunion d'affaires » illustrée d'une photo représentant des cadres sup' qui discutent devant un graphique.

— Vous trouverez des renseignements sur notre nouveau salon d'affaires à Gatwick. Il est équipé pour les audioconférences et nous vous proposons différentes salles de réunion si vous en avez besoin. Cela vous intéresse-t-il ?

Bon. Je suis cadre sup'. Échelon supérieur.

— C'est possible. Oui, je pourrais utiliser une de vos salles pour… briefer mon équipe. J'ai une grande équipe, et bien sûr, elle a besoin de beaucoup de briefings. Pour les affaires. (Je me racle la gorge.) Surtout logistiques.

— Désirez-vous que je vous réserve une salle dès maintenant ? demande gentiment l'hôtesse.

— Non merci… Mon équipe est pour le moment… chez elle. Je lui ai donné une journée de congé.

— Parfait, dit l'hôtesse quelque peu déroutée.

— Une autre fois peut-être, dis-je précipitamment. Au fait, puisque vous êtes là, ce bruit, c'est normal ?

— Quel bruit ?

— Mais ce bruit. On dirait une sorte de gémissement qui provient de l'aile.

— Je n'entends rien. Vous êtes un peu inquiète ?

Je ris.

— Mais non ! Je ne suis pas *inquiète*. Je vous ai demandé ça… par curiosité.

— Je vais voir si je peux me renseigner. Ah, monsieur, voici des informations sur notre nouveau salon d'affaires à Gatwick.

L'Américain prend la brochure sans un mot et la fourre par terre sans la regarder tandis que l'hôtesse progresse dans le couloir, trébuchant légèrement lorsque l'avion fait une cabriole.

Pourquoi l'avion fait des cabrioles ?

La vache ! La terreur me frappe d'un coup. C'est de la folie. De la pure folie ! Je suis assise dans une boîte, sans possibilité de m'échapper, à des milliers et des milliers de mètres au-dessus du sol...

Je ne peux pas m'en sortir toute seule. J'ai absolument besoin de parler à quelqu'un. Quelqu'un qui va me réconforter. Quelqu'un de sûr.

Connor.

Sans réfléchir, je sors mon portable de mon sac, mais aussitôt, l'hôtesse me fonce dessus.

— Désolée, mais vous ne pouvez pas utiliser votre téléphone en vol. Veuillez vérifier qu'il est bien éteint.

— Oh !... Excusez-moi.

C'est évident : je ne peux pas. Ils l'ont répété à peu près cinquante mille fois. J'ai du jus de cerveau ou quoi ? Tant pis. Ça n'a pas importance. Je vais bien. Je range mon téléphone et j'essaye de me concentrer sur un vieil épisode de *Fawlty Towers* qui passe sur le petit écran.

Je vais peut-être recommencer à compter. Trois cent cinquante et un. Trois cent cinquante-deux. Trois cent cinquante...

Merde ! C'était quoi ce cahot ? On a été heurté ?

Bon, pas de panique. Juste une petite cabriole. Tout baigne. On a sans doute touché un pigeon ou un truc comme ça. J'en étais où ?

Trois cent cinquante-trois. Trois cent cinquante-quatre. Trois cent cinquante...

Ça y est, ce coup-ci !

Tout fout le camp.

Des cris m'arrivent par vagues avant que je me rende compte de ce qui se passe.

La vache ! La vache ! La vache ! La vache… Oh… Oh… NON ! NON ! NON !

On tombe ! Mon Dieu, on tombe.

On plonge. L'avion chute comme une pierre. Là-bas, un passager fait un vol plané et se tape la tête contre le plafond. Il saigne. Je suffoque, accrochée à mon siège, essayant de ne pas faire comme lui, mais je me sens violemment happée vers le haut, comme si quelqu'un me soulevait, comme si les lois de la pesanteur étaient inversées. Pas le temps de réfléchir. Ma tête ne peut… Des sacs volent, des verres se renversent, une des hôtesses est tombée, elle se raccroche à un fauteuil…

Mon Dieu, mon Dieu ! Bon, ça ralentit, ça va, ça va se calmer.

Merde ! Je n'arrive pas…

Je regarde l'Américain, il agrippe son siège de toutes ses forces.

J'ai mal au cœur. Je crois que je vais être malade. Oh, lala !

Bon. Voilà. Tout redevient normal. Une voix dans le haut-parleur annonce :

— Mesdames et messieurs, ici le commandant de bord. (Mon cœur s'affole. Je ne veux rien entendre, rien penser.) Nous traversons actuellement une zone de turbulences et notre vol va être agité pendant un moment. Je vous prie d'attacher vos ceintures et de retourner à vos places le plus vite…

L'avion fait une énorme cabriole et sa voix est noyée sous les cris et les hurlements des passagers.

Je suis en plein cauchemar. Un cauchemar en forme de montagnes russes.

Le personnel de bord s'attache sur ses sièges. Une des hôtesses essuie le sang sur son visage. Il y a une minute, elles distribuaient des cacahuètes en souriant.

Ce genre de choses n'arrive qu'aux autres, dans d'autres avions. On voit ça dans des vidéos de sécurité. Pas à moi.

Le commandant tente de poursuivre.

— Je vous prie de rester calmes. Dès que j'aurai plus de renseignements…

Rester calme ? Je ne peux pas respirer, alors rester calme ! Qu'est-ce qu'on va faire ? Rester tranquillement assis pendant que l'avion rue comme un cheval ?

Derrière moi, quelqu'un récite le Je vous salue Marie et une nouvelle vague de terreur m'envahit. Les gens font leur prière. C'est pour de vrai.

On va mourir.

On va tous mourir.

— Pardon ?

L'Américain assis à côté de moi me regarde, le visage livide et tendu.

J'ai pensé à haute voix ?

— On va tous mourir.

Je le dévisage. C'est peut-être la dernière personne que je vois. Je remarque les rides autour de ses yeux sombres, son menton carré et mal rasé.

L'avion plonge à nouveau et je ne peux m'empêcher de crier.

— Je ne pense pas qu'on va mourir, dit-il en agrippant ses accoudoirs. Il a parlé d'une zone de turbulences…

— Évidemment…

Ma voix est presque hystérique.

— … il ne pouvait pas dire : « Ça y est les gars, on va tous y passer » !

29

L'avion tombe en piqué et, horrifiée, je m'accroche à la main de l'Américain.

— On va pas s'en sortir. Je le sais. C'est fini. J'ai vingt-cinq ans, bordel ! Je ne suis pas prête. Je n'ai rien fait. Je n'ai pas eu d'enfant. Je n'ai sauvé la vie de personne… (Je jette un coup d'œil à l'article « Les 30 choses à faire avant d'avoir 30 ans ».) Je n'ai pas escaladé de montagne, je ne me suis pas fait tatouer, je ne sais *même pas* si j'ai un point G…

— Pardon ? fait mon voisin ahuri, mais je l'écoute à peine.

— Ma carrière est une pure blague. Je ne suis pas cadre sup'. (Je désigne mon ensemble en pleurnichant à moitié.) Je n'ai pas d'équipe. Je suis juste une assistante de merde et ma première réunion a été un désastre. Je n'ai pas compris la moitié de ce que les gens disaient, je ne sais pas ce que veut dire logistique, je n'aurai jamais de promotion, je dois quatre mille livres à mon père et je n'ai jamais été amoureuse…

Je sursaute en arrêtant de parler.

— Désolée. Vous n'avez pas envie d'entendre tout ça.

— Mais si !

Ça y est. Je perds les pédales.

De toute façon, ce que j'ai dit est faux. J'aime Connor. Ça doit être l'altitude qui me brouille les idées.

Énervée, je repousse les cheveux qui tombent sur mes yeux et j'essaye de me reprendre. Bon, essayons de compter. Trois cent cinquante… six. Trois cent…

Non ! Pitié ! L'avion plonge à nouveau. On tombe à pic.

— Mes parents n'ont jamais été fiers de moi. (Les mots sortent de ma bouche sans que je puisse les arrêter.) Jamais.

— Je suis certain que ce n'est pas vrai, intervient gentiment mon voisin.

— Si c'est vrai. Peut-être, à une époque, ils ont été fiers de moi. Mais quand ma cousine Kerry est venue vivre à la maison, soudain, il n'y en avait plus que pour elle. Ils ne voyaient plus qu'elle. Elle avait quatorze ans quand elle est arrivée et moi dix, et j'ai pensé que ce serait vraiment chouette. Comme d'avoir une grande sœur. Mais que dalle !

Impossible de m'arrêter. Vraiment impossible.

Chaque fois que l'avion fait un bond ou une cabriole, un nouveau torrent de mots gicle de ma bouche, comme l'eau d'une cascade.

Ou je parle, ou je crie.

« ... elle était championne de natation, championne en tout et moi j'étais juste... une rien du tout en comparaison...

« ... des cours de photo et j'ai cru que ça transformerait ma vie...

« ... 49 kilos. Mais j'avais l'intention de me mettre au régime...

« J'ai posé ma candidature pour tous les boulots qui se présentaient. J'étais si désespérée que j'ai même postulé pour...

« ... Artemis, une fille atroce. Quand ce nouveau bureau a été livré l'autre jour, elle l'a piqué alors que moi j'ai une table minable...

« ... Parfois je verse du jus d'orange dans son chlorophytum débile, bien fait pour sa gueule...

« ... Katie, une fille qui travaille au bureau du personnel. On a un code secret : quand elle entre et dit "Puis-je examiner certains chiffres avec toi, Emma" ça veut dire "Sortons boire un café au Starbucks"...

« ... d'horribles cadeaux et je dois faire semblant de les trouver beaux...

« ... le café au bureau est tellement dégueulasse, vous avez pas idée, un vrai poison...

« … sur mon C.V., j'ai marqué que j'avais eu 20 en maths, alors que j'ai eu tout juste 9. Je sais que j'ai triché. Je sais que je n'aurais pas dû faire ça, mais je voulais tellement ce boulot… »

Qu'est-ce qui me prend ? Normalement, je suis équipée d'une sorte de filtre qui tamise tout ce que je pense.

Mais le filtre ne fonctionne pas. Je suis un vrai moulin à paroles.

« Parfois, je crois en Dieu, sinon, comment expliquer que nous soyons ici. Et puis je pense aux guerres et à ce genre de choses…

« … je porte des strings parce qu'ils ne font pas de marques sous les vêtements. Mais ils sont terriblement inconfortables…

« … taille 36, et je ne savais pas quoi faire, alors j'ai dit "Génial ! Il est fabuleux !…"

« … des poivrons grillés, mon plat préféré…

« … fais partie d'un club littéraire, mais je n'ai jamais pu finir *Les Grandes Espérances*. J'ai regardé la quatrième de couverture et j'ai dit que je l'avais lu…

« … j'ai bien nourri le poisson rouge, je ne sais pas ce qui a pu se passer…

« … suffit que j'entende la chanson des Carpenters, *Close To You*, pour chialer…

« … si seulement j'avais de plus gros seins. Je parle pas de la page centrale de Playboy, ils sont énormes et ridicules, mais vous savez, juste plus gros. Pour savoir ce que ça fait…

« … le parfait rancard, ce serait du champagne qui *apparaîtrait* sur la table, comme par magie…

« … j'ai craqué. J'ai acheté un énorme pot de glace Häagen-Dazs et j'ai tout bouffé sans rien dire à Lissy… »

J'ignore ce qui se passe autour de nous. Mon univers s'est réduit à moi, à cet inconnu et à ma bouche qui crache mes secrets les plus intimes.

Je sais à peine ce que je raconte. Je sais seulement que ça me fait du bien.

C'est comme ça que ça se passe en thérapie ?

« ... il s'appelait Danny Nussbaum. Papa et maman étaient en bas en train de regarder *Ben Hur* et je me souviens que j'ai pensé, si c'est ça qui excite le monde, le monde est dingue.

« ... se coucher sur le côté pour que les seins paraissent plus gros...

« ... s'occupe d'études de marché. La première fois que je l'ai vu, j'ai pensé purée, ce qu'il est beau. Grand, blond – il est à moitié Suédois –, avec des yeux bleus fantastiques. Et il m'a demandé de sortir avec lui...

« ... j'avale toujours un verre de sherry avant de sortir avec un mec, pour me calmer...

« ... il est merveilleux. Connor est complètement merveilleux. J'ai tellement de chance. Tout le monde me dit qu'il est formidable. Il est gentil, bon, il réussit, on nous appelle le couple parfait...

« ... Je ne dirais jamais ça à personne, même sur le bûcher. Mais je le trouve un peu trop beau. Un peu genre mannequin. Comme Ken. Un Ken blond. »

Et me voici lancée sur Connor, à dire des choses que je n'ai jamais confiées à personne. Des choses qui ne devraient pas être dans ma tête.

« ... lui ai offert une ravissante montre avec un bracelet en cuir pour Noël, mais il préfère porter sa montre digitale orange, parce qu'elle indique la température qu'il fait en Pologne, ou un truc comme ça…

« … m'a emmenée à tous les concerts de jazz. J'ai fait semblant d'aimer pour être polie, et maintenant il croit que j'adore le jazz…

« … tous les films de Woody Allen par cœur et il cite toutes les répliques avant les acteurs. Ça me rend dingue…

« … me regarde comme si je parlais le chinois…

« … déterminé à trouver mon point G et on a passé un week end à essayer différentes positions. À la fin j'étais crevée et tout ce que je voulais, c'était manger une pizza en regardant *Friends*.

« … il arrêtait pas de me demander, c'était comment, c'était comment ? J'en ai eu tellement marre que j'ai inventé des trucs, que c'était formidable, que j'avais l'impression que mon corps s'était ouvert comme une fleur et il a dit quel genre de fleur et j'ai dit un bégonia…

« … peut pas s'attendre à ce que la passion dure toujours. Mais comment savoir si la passion a évolué en quelque chose de durable et d'agréable et pas en un truc horrible genre on-ne-se-plaît-plus-merci-beaucoup…

« … un chevalier dans sa belle armure, c'est pas réaliste. Mais une partie de moi a envie d'une formidable histoire d'amour, d'un truc extraordinaire. Je veux être bouleversée. Je veux un tremblement de terre ou… un volcan… quelque chose de vraiment passionnant. Parfois, je pense qu'une nouvelle vie plus excitante m'attend et je n'ai qu'à… »

— Mademoiselle !

— Quoi ? Qu'est-ce qu'il y a ?

L'hôtesse à la tresse est penchée sur moi et me sourit.

— Nous avons atterri.

— Atterri ?

Insensé. Comment est-ce possible ? Je regarde autour de moi – et c'est vrai : l'avion ne bouge plus. On est au sol.

Je me sens comme Dorothy. Il y a une seconde, je planais dans Oz en claquant des talons et je me réveille à nouveau calme et tranquille.

— On ne fait plus de cabrioles ? dis-je bêtement.

— On a arrêté d'en faire il y a pas mal de temps, intervient l'Américain.

— On… on ne va pas mourir.

— Non.

Je le regarde comme si c'était la première fois – et ça me fait un choc. Voilà une heure que je raconte ma vie à cet inconnu. Dieu sait ce que j'ai pu lui révéler.

Il faut que je débarque en vitesse.

— Désolée. Vous auriez dû m'arrêter.

— Une mission presque impossible, objecte-t-il avec un petit sourire. Vous étiez vraiment lancée.

— Je suis confuse !

J'essaye d'arborer une mine joviale, mais je ne peux même pas le regarder en face.

Vous imaginez ? je lui ai parlé de mes strings, de mon point G !

— Ne vous en faites pas, nous étions tous un peu tendus. Quel vol !

Il prend son sac à dos et se lève – puis se retourne pour me regarder :

— Vous pourrez rentrer chez vous sans problème ?

— Oui, merci. Tout ira bien. Amusez-vous bien ! Il s'éloigne, j'ignore s'il m'a entendue.

Je rassemble lentement mes affaires et sors de l'avion. Je me sens poisseuse, mes cheveux sont hirsutes et j'ai la tête dans un étau.

L'aéroport me semble incroyablement lumineux et calme après l'ambiance explosive de l'avion. La terre a l'air ferme. Je m'assieds dans un siège en plastique pour essayer de retrouver mes esprits, mais quand je me lève, ça tourne. J'avance dans un léger brouillard, j'ai encore du mal à croire que je suis arrivée. Vivante. J'étais persuadée de ne jamais retrouver le plancher des vaches.

— Emma !

J'entends crier mon nom en sortant de la salle des arrivées, mais je ne lève pas le nez. Il y a des tas d'Emma dans le monde.

— Emma ! Par ici !

Je lève la tête, incrédule. C'est…

Non, impossible.

C'est Connor.

Il est tellement beau que j'en ai le cœur brisé. Sa peau a ce bronzage suédois, ses yeux sont encore plus bleus que d'habitude et il court à ma rencontre. Incroyable. Que fait-il ici ? Il me serre de toutes ses forces contre lui.

— Dieu merci. Tu vas bien ?

— Connor, que… qu'est-ce que tu fais là ?

— J'ai appelé la compagnie pour connaître l'heure d'arrivée de ton vol et on m'a dit que ton avion avait été pris dans une grosse zone de turbulences. Il fallait que je vienne.

Il me regarde fixement.

— J'ai vu l'avion atterrir et ils ont tout de suite envoyé une ambulance. Je ne te voyais toujours pas. Je ne savais plus quoi penser, finit-il péniblement.

— Je vais bien. J'essayais… de reprendre mes esprits. Oh ! Connor, c'était horrible. (Ma voix a la tremblote, ce qui est ridicule car je suis tout à fait en sécurité maintenant.) Un moment, j'ai cru que j'allais mourir.

— Quand je ne t'ai pas vue à la sortie… (Connor s'arrête et me regarde) je me suis rendu compte pour la première fois de ce que j'éprouve réellement pour toi.

— Vraiment ?

Mon cœur s'accélère. Je peux tomber dans les vapes à tout instant.

— Emma, je crois que nous devrions…

Nous marier ? J'en ai des sueurs froides. Incroyable ! Il va me demander ma main, ici, en plein aéroport ? Qu'est-ce que je vais lui répondre ? Je ne suis pas prête. Mais si je dis non, il va être vexé. Merde. Bon. Je vais dire ouais, d'accord, mais il me faut un peu de temps…

— … vivre ensemble, finit-il.

Je suis débile. Bien sûr qu'il n'allait pas me demander de l'épouser.

— Qu'est-ce que tu en penses ? insiste-t-il en caressant mes cheveux.

— Euh…

Je m'essuie le visage, j'essaye de gagner du temps, je n'ai pas les idées très claires. Vivre avec Connor. Pas con. Qu'est-ce qui s'y oppose ? Je ne sais plus où j'en suis. Mon cerveau bouillonne, il veut m'envoyer un message…

Et certaines des choses que j'ai dites dans l'avion me reviennent : comme quoi je n'avais jamais été vraiment amoureuse. Que Connor ne me comprenait pas.

Mais ce n'était que des conneries, hein ? Je croyais que j'allais mourir, bordel ! Je n'étais pas cent pour cent lucide.

— Connor, comment s'est passée ta grande réunion ? dis-je soudain.

— Je l'ai annulée.

— Tu l'as annulée ! Pour moi ?

La tremblote me prend. Mes jambes refusent de me soutenir. Les restes de la panique en avion ou l'amour ?

Non mais regardez-le ! Il est grand, il est beau, il a annulé une réunion importante et il est venu à mon secours.

C'est ça, l'amour. Pas autre chose.

— Je serais ravie d'emménager chez toi, Connor.

Et à ma grande surprise, je fonds en larmes.

3

Quand je me réveille le lendemain matin, le soleil me fait cligner des yeux et une délicieuse odeur de café me chatouille les narines.

— Bonjour !

C'est la voix lointaine de Connor qui me parvient.

— Bonjour ! je marmonne.

— Tu veux du café ?

— Avec plaisir.

Je me retourne, j'enfouis sous l'oreiller ma tête qui bat comme un tambour, dans l'espoir de me rendormir quelques minutes. Normalement, ce n'est pas un problème. Mais aujourd'hui, quelque chose me travaille. Aurais-je oublié un truc ?

D'une oreille, j'écoute Connor s'agiter dans la cuisine et le bruit de la télé en arrière-fond tout en cherchant des points de repère. On est samedi matin. Je suis dans le lit de Connor. On est sortis dîner – ah, nom de Dieu, quel voyage atroce… il est venu à l'aéroport et il a dit…

On va habiter ensemble !

Je me redresse au moment où Connor apporte deux bols et la cafetière. Il a enfilé un peignoir blanc. Qu'il est beau ! Avec une bouffée de fierté, je me penche pour l'embrasser.

— Salut ! fait-il en souriant. Comment tu te sens ?

Il me tend mon bol.

— Pas mal. Un peu sonnée.

— Tu m'étonnes ! Après une journée pareille.

— Et comment ! J'avale une gorgée de café. Alors… il paraît qu'on va vivre ensemble !

— Si tu es toujours partante.

— Évidemment !

C'est vrai. Je suis ravie.

Comme si la nuit portait conseil, je suis soudain devenue adulte. J'emménage avec mon petit ami. Ma vie prend enfin une bonne direction.

Connor désigne la chambre de son colocataire.

— Il va falloir que j'en parle à Andrew…

— Et moi, je dois prévenir Lissy et Jemima.

— On va se trouver un endroit sympa. Et tu dois me promettre de ranger tes affaires.

— Ça va pas, non ! Je fais mine d'être offensée. Tu peux parler, avec tes millions de disques.

— C'est différent.

— Comment ça ? Et en quoi c'est différent ?

Je plante mes mains sur mes hanches comme une mégère de comédie, ce qui fait rire Connor.

On se tait, comme si on avait plus rien à se dire et on boit notre café.

— Il faut que j'aille à mon cours d'informatique, dit Connor au bout d'un moment. Désolé, mais je vais rater tes parents.

C'est la pure vérité. Non seulement c'est le petit ami idéal, mais il aime vraiment la compagnie de mes parents.

— Ne t'en fais pas, ce n'est pas trop grave.

— Ah, j'avais oublié de te dire ! Connor prend l'air mystérieux. J'ai des billets, devine pour quoi !

— Oh ! Euh…

J'ai envie de dire : Paris !

— Le festival de jazz ! Oui, le Dennisson Quartet. Leur dernier concert de l'année. Tu te souviens, on les a entendus chez Ronnie Scott ?

Pendant un instant je suis incapable de parler.

— Génial ! Le Dennison Quartet ! Je m'en souviens.

Ils jouaient de la clarinette. Pendant deux heures d'affilée. Sans reprendre leur souffle.

— Je savais que ça te ferait plaisir.

— Je suis ravie.

Un jour, je finirai bien par aimer le jazz. J'en suis persuadée.

Je le regarde tendrement pendant qu'il s'habille, se passe son fil dentaire et s'empare de sa mallette.

À la vue de mes dessous éparpillés par terre, il sourit.

— Tu as mis mon cadeau.

— Je le mets souvent… J'ai les doigts croisés derrière le dos comme chaque fois que je mens. Il est génial.

— Passe une bonne journée avec tes parents. Il s'approche du lit pour m'embrasser et hésite. Emma ?

— Oui ?

Il s'assied au bord du lit et me regarde sérieusement. Mince, que ses yeux sont bleus.

— J'ai quelque chose à te dire. Il se mord les lèvres. Tu sais qu'on s'est toujours parlé franchement de notre relation.

— … Oui, fais-je, un peu inquiète.

— C'est juste une idée. Tu peux dire non… tu es tout à fait libre.

Qu'est-ce qui le travaille ? Il est devenu tout rouge et il a son air gêné.

Non !? Il va vouloir des trucs tordus ? Que je me déguise pour l'exciter ?

Je suis d'accord pour mettre une blouse d'infirmière. Ou être Catwoman dans *Batman*. Ça serait cool. Je pourrais m'acheter des bottes…

— J'ai pensé qu'on pourrait peut-être…

Il s'arrête brutalement.

— Quoi ?

Je lui prends la main pour l'aider.

— On pourrait… et il s'arrête encore.

— Mais quoi ?

Encore un silence. Je peux à peine respirer. Mais qu'est-ce qu'il veut ? Qu'est-ce qu'il veut ?

— Je pense qu'on pourrait s'appeler « chéri », se lance-t-il enfin.

— Quoi ?

— Écoute, il rougit de plus belle, on va vivre ensemble. C'est une grave décision. Et j'ai remarqué qu'on n'utilise jamais… de mots doux.

Je le regarde, totalement larguée.

— Tu es sûr ?

— Oui.

— Ah bon. Je me rends compte qu'il a raison. Nous ne le faisons jamais. Pourquoi ?

— Alors, tu en penses quoi ? C'est seulement si tu en as envie.

— Mais oui ! Tu as absolument raison. Bien sûr ! Mon chéri !

— Merci, ma chérie.

Il me sourit avec amour et je lui souris à mon tour, en essayant d'ignorer les petites protestations dans ma tête.

Ça ne marche pas. Je ne suis pas une chérie.

Une chérie est une femme mariée avec les perles et la grosse voiture.

— Emma ? Ça ne va pas ?

— Je ne sais pas ! Je ne suis pas sûre d'être une chérie. Il faut sans doute que je m'habitue.

— Ah bon ? On peut trouver autre chose. Tu penses quoi de « très chère » ?

Très chère ? C'est pas possible, c'est une blague !

— Non. Je préfère « chérie ».

— Ou « mon ange » ou « mon cœur » ou « trésor » ?

— Peut-être. Et si on attendait un peu ?

Connor fait une drôle de tête et je me sens mal. Bon, je ne vais pas en mourir, si j'appelle mon petit ami « chéri ». C'est ça, devenir adulte. Il faut que je m'y fasse.

— Pardon, Connor, je ne sais pas ce qui m'arrive. Je suis sans doute encore un peu tendue à cause de ce vol pourri. Chéri, j'ajoute en lui prenant la main.

— D'accord, chérie.

Il me sourit, retrouve un air rayonnant et m'embrasse :

— À plus tard.

Tu vois comme c'est facile.

Oh, lala !

Bon, c'est pas grave. Tous les couples traversent des périodes délicates. C'est même parfaitement normal.

Il me faut une demi-heure pour aller de chez Connor dans Maida Vale, à Islington, où je crèche. En ouvrant la porte, je trouve Lissy étendue sur le canapé. Elle est entourée de papiers et a l'air super concentrée. Elle travaille dur, Lissy, elle en fait trop, parfois.

— Tu bosses sur quoi ? Une fraude fiscale ?

— Non, je suis en train de lire un article, répond-elle d'un air distrait, en montrant un magazine. Ils disent que depuis Cléopâtre, les canons de beauté n'ont pratiquement pas changé et qu'il y a une façon scientifique de savoir si on est belle. Il faut prendre toutes ces mesures…

— Génial ! Alors, tu arrives à combien ?

Elle fronce les sourcils.

— Je suis en train de calculer. Voilà 53… moins 20… ça fait… Oh, pétard ! Je n'ai qu'un pauvre 33 !

— Sur combien ?

— Sur 100. 33 sur 100 !

— Oh, Lissy. C'est moche !

— Je sais, fait Lissy, très sérieuse. Je suis laide. Je le savais. Toute ma vie je l'ai su en secret, mais…

J'essaye de ne pas rire.

— Mais non ! C'est le magazine qui est moche. Tu ne peux pas mesurer la beauté selon une échelle débile. Regarde-toi !

Elle a les plus beaux yeux gris du monde, un teint clair parfait, un physique à tomber raide, même si sa dernière visite chez le coiffeur ne l'a pas arrangée.

— Regarde-toi dans une glace ! Tu vas croire qui ? Le miroir ou cet article complètement débile ?

— L'article complètement débile.

Elle ne plaisante qu'à moitié. Depuis que son petit ami Simon l'a larguée, Lissy a le moral à zéro. En fait, je me fais du souci pour elle.

— C'est le nombre d'or de la beauté ? demande Jemima, notre autre colocataire. Elle porte un jean rose pâle, un haut blanc et comme d'habitude, elle est superbement bronzée et maquillée. En théorie, Jemima travaille dans une galerie d'art spécialisée dans la sculpture. En réalité, elle passe son temps à se faire épiler les jambes ou les sourcils, à se faire masser et à sortir avec des banquiers dont elle vérifie la feuille de salaire avant d'accepter de les voir.

Je m'entends bien avec elle. Plus ou moins. Le truc, c'est qu'elle ne peut pas s'empêcher de commencer toutes ses phrases par « Si tu veux un diam » ou « Si tu veux habiter un quartier chic » ou « Si tu veux être prise pour une très bonne maîtresse de maison ».

Bon, ça ne me dérangerait pas d'être prise pour une très bonne maîtresse de maison. Mais j'ai d'autres priorités pour le moment.

Et puis, pour Jemima, être une parfaite maîtresse de maison, ça veut dire : inviter un tas d'amis riches, décorer l'appartement avec des trucs kitsch, se faire livrer une bouffe délicieuse qu'elle prétend avoir cuisinée elle-même, envoyer ses colocataires au cinéma (Lissy et moi) et faire la tête si on rentre à minuit pour se préparer une tasse de chocolat.

— J'ai fait ce test, dit Jemima en prenant son sac Vuitton rose.

Son père le lui a offert quand elle a rompu avec un mec après être sortie trois fois avec lui. Comme si elle avait le cœur brisé !

Mais comme il avait un yacht, peut-être qu'elle a eu le cœur brisé.

— Tu es arrivée à combien ? demande Lissy.

— 89.

Elle s'asperge de parfum, agite sa longue chevelure blonde et s'admire dans la glace.

— Alors, Emma, c'est vrai que tu vas emménager chez Connor ?

Je la regarde, sidérée :

— Comment tu le sais ?

—Radio-potins. Andrew a téléphoné à Rupes ce matin pour jouer au cricket et il le lui a dit.

— Tu vas vivre avec Connor ? s'exclame Lissy, incrédule. Et tu ne m'as rien dit !

— J'allais le faire, juré ! C'est génial, non ?

— Mauvaise tactique, fait Jemima en secouant la tête. Très mauvaise tactique.

— Tactique ? s'étonne Lissy. *Tactique ?* On parle d'une relation, pas d'une partie d'échecs !

— Une relation *est* une partie d'échecs, réplique Jemima en s'appliquant du mascara. Maman dit toujours qu'il faut voir loin. Dresser des plans stratégiques. Si tu fais un faux mouvement, tu l'as dans le baba.

— C'est n'importe quoi, provoque Lissy. Une relation, c'est la rencontre de deux âmes. Des âmes sœurs qui se trouvent.

— Des âmes sœurs ! pouffe Jemima. Emma, n'oublie pas ! Si tu veux un diam, ne va pas vivre chez Connor.

Elle jette son coup d'œil habituel à la photo sur la cheminée, où elle figure avec le prince William à un match de polo donné pour une œuvre de charité.

— Toujours le béguin pour la famille royale ? demande Lissy. Rappelle-moi votre différence d'âge ?

— Sois pas conne ! Lissy, parfois, tu es vraiment tarte.

— De toute façon, je ne veux pas de bague, dis-je.

Jemima lève ses sourcils parfaits vers le ciel, comme pour dire « Pauvre imbécile » et s'empare de son sac.

— Ah ! dit-elle l'air soudain mécontent, l'une de vous aurait-elle emprunté mon pull Joseph ?

— Pas moi, je réponds en toute innocence.

— Je ne sais même pas lequel c'est, prétend Lissy.

Je n'ose pas la regarder. Je suis certaine qu'elle le portait l'autre soir.

Les yeux bleus de Jemima nous scrutent comme deux radars.

— Comme vous le savez, j'ai des bras très minces et ça m'ennuierait que les manches soient déformées. Et si vous croyez que je ne vais pas le remarquer, vous vous plantez ! À plus !

— Merde ! s'exclame Lissy dès qu'elle est partie. J'ai dû le laisser au bureau. Tant pis, je le reprendrai lundi.

Elle se replonge dans son magazine.

Bon, la vérité m'oblige à dire que nous empruntons les affaires de Jemima de temps en temps. Sans lui demander la permission. Mais à notre décharge, elle en a tellement qu'elle s'en rend à peine compte. De plus, selon Lissy, une loi ancestrale permet aux colocataires de piquer les affaires des autres. Ça ne figure pas dans la Constitution britannique mais c'est tout comme.

— De toute façon, elle me doit bien ça. J'ai écrit au tribunal pour ses contraventions. Elle ne m'a jamais remerciée.

Lissy lève le nez de son article sur Nicole Kidman :

— Tu fais quoi plus tard ? Tu veux aller au cinéma ?

— Impossible. J'ai le déjeuner d'anniversaire de ma mère.

— Oh, ma pauvre, je te plains ! J'espère que ça se passera bien.

Lissy est la seule personne au monde qui sache ce que ça me coûte d'aller chez mes parents. Et encore, elle est en dessous de la vérité.

4

Assise dans le train, je me promets que cette fois, les choses se passeront mieux. L'autre jour, devant l'émission de Cindy Blaine à la télévision où il était question de retrouvailles entre filles et mères, j'ai été si émue que j'en ai eu les larmes aux yeux. En guise de conclusion, Cindy Blaine a fait un petit sermon sur le thème : il est trop facile de traiter ses parents par-dessus la jambe alors qu'ils vous ont donné la vie. Il faut les chérir. Et soudain, je me suis sentie coupable.

Voici donc mes bonnes résolutions pour la journée :

Je m'abstiendrai de :

M'énerver contre ma famille.

Jalouser ma cousine Kerry ou réagir au quart de tour quand Nev, son mari, me fait marcher.

Regarder ma montre en me demandant quand je pourrais filer.

Je m'obligerai à :

Rester calme et douce en me souvenant que nous sommes tous les maillons sacrés du cercle éternel de la vie.

(J'ai entendu ça dans l'émission de Cindy Blaine.)

Papa et maman habitaient à Twickenham, où j'ai grandi. Maintenant, ils ont déménagé dans un petit village du Hampshire. J'arrive chez eux à midi pour trouver maman dans la cuisine en compagnie de Kerry. Elle et Nev habitent désormais à cinq minutes de mes parents, ce qui fait qu'ils se voient souvent.

Je ressens un petit pincement au cœur en les voyant ensemble devant la cuisinière. On dirait une mère et sa fille et non une tante et sa nièce. Elles ont la même coiffure méchée – quoique celle de Kerry soit d'une nuance plus claire – elles portent toutes les deux des hauts colorés largement décolletés qui laissent voir leur bronzage et elles rient à gorge déployée. Sur le buffet, je remarque une bouteille de vin à moitié vide.

Je serre maman dans mes bras.

— Joyeux anniversaire !

En apercevant un paquet bien emballé sur la table de la cuisine, je suis tout excitée. J'ai apporté à maman le *plus beau des cadeaux* et je suis impatiente de le lui offrir.

— Hello ! fait Kerry.

Ses yeux bleus sont très maquillés, elle porte autour du cou une croix en diamant que je n'ai jamais vue. À chacune de mes visites, Kerry exhibe un nouveau bijou.

— Quel bonheur de te voir, Emma. C'est un plaisir rare. N'est-ce pas, tante Rachel ?

— Bien trop rare, renchérit maman en m'embrassant.

— Tu me donnes ton manteau ? propose Kerry, tandis que je mets la bouteille de champagne que j'ai apportée au réfrigérateur. Qu'est-ce que tu veux boire ?

Kerry me parle toujours comme ça. Comme si j'étais en visite.

Mais oublions ça. Je ne vais pas en faire une maladie. Les maillons sacrés du cercle éternel de la vie.

— C'est bon, je m'en occupe.

J'ouvre le placard où maman range ses verres et me retrouve nez à nez avec des boîtes de tomates.

— Ils sont de l'autre côté, explique Kerry. On a tout déménagé. C'est bien plus pratique.

— Je vois. Merci.

Je prends le verre qu'elle me tend et j'avale une gorgée de vin.

— Je peux vous aider ?

— Je ne crois pas, répond Kerry. Tout est presque prêt. Alors, j'ai dit à Elaine, ajoute-t-elle en s'adressant à maman : « Où as-tu acheté ces chaussures ? » Et elle répond chez M & S ! Incroyable !

— C'est qui, Elaine ? dis-je pour participer à la conversation.

— Une copine du club de golf, répond Kerry.

Maman n'avait jamais joué au golf avant de venir dans le Hampshire. Elle s'y est mise avec Kerry. Maintenant, elles ne parlent que de matchs de golf, de dîners au club de golf, de soirées avec leurs amies du club de golf.

Une fois, je les ai accompagnées, pour voir. Mais déjà, il y a ces règles débiles sur la manière de s'habiller que je ne connaissais pas et un vieux a failli avoir une attaque en me voyant en jean. On a dû me trouver une jupe et une paire d'affreuses godasses à clous. Sur le terrain, impossible de taper dans la balle. Je parle même pas de bien frapper la balle. Je veux dire qu'à chaque fois je tapais au-dessus, au-dessous ou à côté. Au bout d'un moment, elles se sont regardées et m'ont conseillé de les attendre au club.

— Pardon, Emma, pousse-toi…

Kerry passe un bras au-dessus de mon épaule pour prendre un plat.

— Désolée. Vraiment, maman, je ne peux rien faire ?

— Tu pourrais donner à manger à Sammy, suggère-t-elle en me tendant un pot de nourriture pour poissons.

Elle fronce les sourcils, l'air anxieux.

— Tu sais, continue-t-elle, je me fais du souci pour Sammy.

— Ah ? Et… pourquoi ?

— Il n'a pas l'air d'être *lui-même*. Qu'en penses-tu ? Il n'est pas dans son assiette.

Je suis le regard maternel et prends un air concerné, comme si j'étudiais le comportement de Sammy.

Incroyable. Moi qui pensais qu'elle ne s'apercevrait de rien ! J'ai fait tout mon possible pour trouver un poisson qui ressemble à Sammy. Il est orange, avec deux nageoires et il nage en rond… Kif-kif, non ?

— Il nous fait peut-être une petite déprime. Il s'en remettra.

Pitié, faites qu'elle ne l'emmène jamais chez le vétérinaire. Je ne sais même pas s'il est du même sexe que Sammy. Au fait, est-ce que les poissons rouges ont un sexe ?

— Je peux faire quelque chose d'autre ? je demande en saupoudrant entièrement la surface du bocal pour soustraire le poisson aux regards de ma mère.

— Non, rien, on a tout, répond gentiment Kerry.

— Va donc dire bonjour à ton père, suggère maman en écossant des petits pois. On ne déjeunera pas avant au moins dix minutes.

Rivés devant la télévision, Papa et Nev suivent un match de cricket. Papa, dont la barbe grisonnante est, comme d'habitude, parfaitement soignée, boit de la bière dans une chope en argent. Le salon a été refait à neuf, mais sur les murs trônent toujours les coupes que Kerry a gagnées à la natation. Maman les astique chaque semaine.

Plus mes deux cocardes d'équitation. Je suis sûre qu'elle ne les époussette que tous les trente-six du mois.

— Bonjour, papa !

Je l'embrasse.

— Mon Emma ! s'exclame-t-il, faussement surpris. Tu as réussi ! Sans faire de détours ! Sans visiter les sites historiques !

— Oui, aujourd'hui, je suis venue d'un coup d'un seul.

Quand je suis allée voir mes parents pour la première fois dans leur nouvelle maison, je me suis trompée de train et j'ai atterri à Salisbury. Ce que papa me rappelle souvent pour me taquiner.

— Salut, Nev !

Je lui fais la bise, en essayant de ne pas m'évanouir à cause de sa lotion après-rasage. Il porte un pantalon en toile, un pull à col roulé blanc, un gros bracelet en or et une alliance sertie d'un diamant. Nev préside aux destinées de l'affaire familiale qui distribue du matériel de bureau dans tout le pays. Il a fait la connaissance de Kerry lors d'un séminaire pour jeunes dirigeants. Ils ont entamé la conversation en se congratulant sur leur Rolex respective.

— Bonjour, Emma. Tu as vu ma nouvelle caisse ?

— Quoi ? Je le regarde ahurie avant de me rappeler la voiture flambant neuve dans l'allée. Ah, oui ! Super classe !

— Une Mercedes 5, dit-il en avalant un peu de bière. Quarante-deux plaques, prix catalogue.

— Pétard !

— Tu me connais, je n'ai pas payé le prix fort. Devine ?

— Euh… quarante ?

— Essaie encore.

— Trente-neuf ?

— Un peu plus de trente-sept avec la platine laser. Et je la passe en frais généraux.

— Cool !

Comme je ne sais plus trop quoi dire, je me juche sur le divan et plonge dans les cacahuètes.

— C'est ça, ton but, Emma ? demande papa. Tu crois que tu arriveras à en avoir une ?

— Bof…. Euh… Au fait, j'ai un chèque pour toi.

Mal à l'aise, je sors de mon sac un chèque de trois cents livres.

— Très bien, dit papa, je les déduirai de ton compte.

Il le met dans sa poche, ses yeux verts brillent de malice :

— Voilà qui s'appelle comprendre la valeur de l'argent. Et apprendre à se débrouiller seule.

— De sages principes, intervient Nev. Emma, rappelle-moi ce que tu fabriques ces jours-ci.

Quand j'ai rencontré Nev pour la première fois, je venais de quitter mon agence immobilière pour me lancer dans la photo. C'était il y a deux ans et demi. Depuis, j'ai droit à la même plaisanterie. Chaque putain de fois que…

Bon, du calme. Pensées positives. Chéris tes parents. Honore Nev.

— Toujours le marketing. Ça fait plus d'un an.

— Ah, le marketing, parfait.

Pendant quelques minutes, on n'entend que la voix du commentateur. Soudain, à l'unisson, papa et Nev poussent un même glapissement, consécutif à un événement sur le terrain. Une seconde plus tard ils émettent un autre glapissement.

— Bon, ben, je vais…

Ils ne tournent même pas la tête quand je me lève.

Dans le hall, je prends la grande boîte en carton que j'ai apportée. Puis je frappe à la porte de la maison mitoyenne et je l'ouvre avec précaution :

— Grand-papa ?

C'est le père de maman, et il est venu habiter chez nous après son opération au cœur, voilà dix ans. Dans notre vieille maison de Twickenham, il n'avait qu'une chambre, mais ici, il a son propre logement, avec deux pièces et une petite cuisine. Il est assis dans son fauteuil favori à écouter de la musique classique à la radio. Autour de lui, six grands cartons bourrés de trucs.

— Salut, grand-père !

Son visage se fend d'un large sourire.

— Emma ! Ma petite chérie. Approche-toi !

Je me penche pour l'embrasser et il me serre fort la main. Sa peau est sèche et fraîche, et ses cheveux sont encore plus blancs que la dernière fois.

— Tiens, c'est du Chocolat Panther.

Grand-père est complètement accro aux tablettes énergétiques de Panther, un vice qu'il partage avec ses copains du club de boules. J'utilise mes bons d'achat pour lui en offrir une boîte à chacune de mes visites.

— Merci, mon amour. Tu es vraiment une gentille fille.

— Je la pose où ?

Coup d'œil désespéré à la pièce.

— Pourquoi pas derrière le poste ? décide mon grand-père.

Arriver jusqu'à la télévision sans rien écraser est un véritable exploit, mais je m'en tire.

Je m'assieds sur un des cartons.

— Écoute, Emma, j'ai lu dans le journal un article très inquiétant. Au sujet de la sécurité à Londres. (Il me regarde avec des yeux de fouine.) Tu ne prends pas les transports en commun le soir, j'espère ?

— Hum… très rarement, fais-je en croisant mes doigts derrière mon dos. De temps en temps, seulement quand je ne peux pas faire autrement…

— Évite, ma petite chérie. Le journal disait que des adolescents avec des cagoules et des crans d'arrêt rôdent dans le métro. Des voyous ivres qui cassent des bouteilles et t'arrachent les yeux…

— On n'en est quand même pas là…

— Emma, le jeu n'en vaut pas la chandelle ! Prends donc le taxi.

Si je lui demandais le prix moyen d'une course, je suis sûre qu'il me dirait cinq shillings. Alors que c'est dix fois plus.

— Grand-père, crois-moi, je fais très attention. Et je prends le taxi.

Quelquefois. Genre une fois par an.

— Au fait, c'est quoi, tout ça ?

Grand-père pousse un profond soupir :

— Ta mère a déblayé le grenier la semaine dernière. Je tente de trier ce que je veux garder.

— Bonne idée.

Je prends une pile de saletés par terre.

— C'est pour jeter, non ?

— Non, surtout pas ! lance-t-il avec un geste protecteur.

— Où est la pile des choses à jeter, alors ?

Silence. Grand-père évite mon regard.

— Écoute ! Il faut que tu te débarrasses des trucs sans valeur. Qu'est-ce que tu vas faire de ces vieilles coupures de journaux ? Et ça ? Je m'empare d'un yo-yo. C'est pour la poubelle, non ?

Il le caresse.

— C'était celui de Jim. Ce bon vieux Jim.

— C'était qui, Jim ? (Je n'en ai jamais entendu parler.) Un de tes amis ?

— On s'est connus dans une fête foraine. On a passé l'après-midi ensemble. On avait neuf ans.

Grand-père tourne et retourne le yo-yo.

— Vous êtes devenus amis ?

— Jamais revu. Mais je ne l'ai jamais oublié.

L'ennui avec grand-père c'est qu'il n'oublie jamais rien.

Je prends un autre paquet.

— Bon, et toutes ces cartes de Noël ?

— Je ne les jette pas. Quand tu auras mon âge, quand les gens que tu as connus et aimés toute ta vie auront disparu... tu te raccrocheras à n'importe quoi. Même à la plus petite chose.

— Je comprends, dis-je, soudain émue.

J'ouvre la première carte qui me tombe sous la main et change d'attitude :

— Grand-père ! Elle vient de la compagnie d'Entretien électrique Smith et elle date de 1965 !

— Frank Smith était un très brave homme...

Je la laisse tomber par terre.

— Non ! À la poubelle ! Et tu ne vas pas garder celle de la société du Gaz du Southwest. Ni vingt exemplaires de *Punch* !

J'en fais un tas.

— Et ça, c'est quoi ?

Je plonge ma main dans le carton et en retire une enveloppe pleine de photos :

— Tu veux vraiment garder...

Un pincement au cœur m'oblige à m'arrêter net.

Je ne peux détacher les yeux d'un cliché où je suis assise avec mes parents sur un banc. Maman porte une robe à fleurs et papa un improbable chapeau. Je suis assise sur ses genoux, j'ai neuf ans et je mange une glace. On a tous l'air heureux.

Sans un mot, je passe à une autre photo. Je porte le chapeau de papa et nous rions comme des fous. Nous ne sommes que tous les trois.

Seulement nous. Avant que Kerry débarque dans nos vies.

Je me souviens encore du jour où elle est arrivée. Une valise rouge dans le vestibule, une nouvelle voix dans la cuisine, un parfum inconnu dans la maison. Je suis entrée et elle était là, l'étrangère, elle buvait une tasse de thé. Elle portait l'uniforme de son école, mais elle m'a paru très adulte. Elle avait déjà une énorme poitrine, des boucles d'oreilles, et des mèches plus claires. Pendant le dîner, elle a eu le droit de boire du vin. Maman n'a pas arrêté de me dire d'être gentille avec elle parce qu'elle avait perdu sa mère. On devait tous être très gentils avec elle. C'est pour ça qu'on lui a donné ma chambre.

Je feuillette les autres photos, la gorge serrée. Cet endroit me revient. C'était le jardin où nous allions faire de la balançoire et du toboggan. Mais ça embêtait Kerry et comme je voulais l'imiter en tout, je disais que ça m'embêtait aussi et nous n'y sommes plus retournées.

— Toc toc !

Je sursaute : Kerry est à la porte, un verre de vin à la main.

— Le déjeuner est servi !

— Merci, on arrive.

— Allons, grand-père, fait Kerry en le sermonnant du doigt, tu n'as pas beaucoup avancé, hein !

— C'est difficile, dis-je en prenant sa défense. Il y a plein de souvenirs enfouis dans ces cartons.

— C'est toi qui le dis. Si c'était moi, tout irait à la poubelle.

Impossible de l'apprécier. Je n'y arrive pas, au contraire, j'ai envie de lui envoyer ma tarte à la mélasse dans la tronche.

Depuis que nous sommes à table, c'est-à-dire quarante minutes, Kerry n'a pas cessé de parler.

— Tout est question d'image, explique-t-elle. Les bons vêtements, le bon look, la bonne façon de marcher. Quand je me promène dans la rue, le message que je donne au monde c'est : « Je suis une femme qui a réussi. »

— Montre-nous ! s'exclame maman.

Kerry a un petit sourire modeste.

— Voilà. Comme ça.

Elle recule sa chaise et s'essuie les lèvres.

— Regarde-la bien, me dit maman. Tu pourrais en prendre de la graine.

Kerry commence à déambuler dans la salle à manger. Menton relevé, nichons en avant, yeux fixés sur la ligne d'horizon, croupe ondulante.

On dirait un croisement entre une autruche et un des androïdes de *L'Attaque des clones*.

— Bien sûr, c'est mieux avec des talons, commente Kerry sans s'arrêter.

— Lorsque Kerry entre dans une salle de conférence, elle fait tourner les têtes, dit Nev avec fierté en buvant une gorgée de vin. Les gens s'interrompent pour la regarder.

Bien sûr.

J'ai vraiment envie de glousser. Mais je dois me retenir. De toutes mes forces.

— Tu veux essayer, Emma ? demande Kerry. Essaye de m'imiter.

— Hum… non merci. Je crois que j'ai pigé les bases.

D'un seul coup, je renifle puis je me mets à tousser.

— Emma, Kerry veut t'aider, intervient maman. Tu pourrais la remercier ! Kerry, merci d'être aussi gentille avec Emma.

58

Kerry a droit à un grand sourire maternel, et elle minaude en retour. Je bois un coup.

Ouais, tu parles comme Kerry veut m'aider !

La preuve. Quand je cherchais désespérément un boulot dans sa société, elle a refusé de lever le petit doigt pour moi. Je lui ai écrit une longue lettre bien tournée lui expliquant que je comprenais que je la mettais dans une position délicate, mais que j'étais prête à faire n'importe quoi, même deux jours par semaine.

Elle m'a renvoyé la lettre standard de refus.

Quelle humiliation ! Je n'en ai parlé à personne. Surtout pas aux parents.

— Fais un peu attention aux conseils de Kerry, dit papa d'un ton sec. Si tu l'écoutais plus souvent, tu réussirais sans doute mieux.

— C'est seulement une façon de marcher, pas un remède miracle, raille Nev.

— Allons, Nev, s'exclame maman, l'air vaguement réprobateur.

Nev remplit son verre à ras bord.

— Emma sait que je plaisante, n'est-ce pas ?

— C'est évident, réponds-je en m'efforçant de sourire gaiement.

Attends que j'aie ma promotion !

Tu verras ! Tu verras !

Kerry agite la main devant mes yeux.

— Emma ! Reviens sur terre ! Sors du cirage, andouille ! On va ouvrir les cadeaux.

— D'accord. Je vais chercher le mien.

Tandis que Maman déballe un appareil photo de la part de papa et un portefeuille donné par grand-père, je sens l'excitation monter en moi. J'espère de *toutes mes forces* que maman va aimer mon cadeau.

— Ne te fie pas aux apparences, dis-je en lui tendant une enveloppe rose, tu verras quand tu l'ouvriras…

— Qu'est-ce que ça peut être ? demande-t-elle, intriguée. Elle déchire l'enveloppe, ouvre la carte d'anniversaire ornée de fleurs et regarde, ébahie :

— Oh, Emma !

— C'est quoi ? demande papa.

— Un bon pour une journée dans un institut de beauté, dit maman, ravie. Une journée entière de petits soins.

— Quelle charmante idée, fait grand-père en me tapotant la main. Tu as toujours des bonnes idées de cadeau.

— Merci ma chérie. Comme c'est gentil !

Maman se penche vers moi pour m'embrasser et je me sens rayonner de l'intérieur. Cette idée m'est venue il y a des mois. C'est vraiment un bon forfait d'une journée où tous les traitements et les soins sont compris.

— Tu auras droit à un déjeuner au champagne et tu pourras garder les pantoufles.

— Magnifique ! Je suis impatiente d'y aller ! Emma, tu m'as vraiment gâtée.

— Oh ! Zut alors… fait Kerry avec un petit rire.

Elle tient à la main une grande enveloppe beige.

— … je crois que mon cadeau est un peu « too much ». Tant pis, j'irai le changer.

Je relève la tête, tous les sens en alerte. Il y a un truc dans la voix de Kerry. Elle manigance quelque chose. J'en suis sûre.

— Qu'est-ce que tu veux dire ? demande maman.

— C'est sans importance, dit Kerry. Je vais… trouver autre chose. Ne te fais pas de souci.

Elle s'apprête à remettre l'enveloppe dans son sac.

— Kerry, chérie, arrête ! Ne sois pas bête. Qu'est-ce que c'est ?

— Eh bien, il semblerait qu'Emma et moi ayons eu la même idée.

Elle tend à maman son enveloppe et accompagne son geste de son odieux petit rire. Incroyable, non ?

Mes muscles se raidissent, je m'attends au pire.

Non.

Non. Pas possible qu'elle ait fait ce que je pense.

Silence total pendant que maman ouvre l'enveloppe.

— Oh mon Dieu ! s'exclame-t-elle en retirant une carte dorée. Les Thermes Meridien ?

Elle regarde plus attentivement :

— Et des billets pour *Paris* ? Kerry !

Elle l'a fait ! Elle a bousillé mon cadeau.

— Pour vous deux, ajoute Kerry, l'air suffisant. Oncle Brian est également invité.

— Kerry ! s'exclame papa, aux anges, quelle merveille !

— Ça devrait vous plaire. L'hôtel est un cinq étoiles… et le restaurant a trois macarons au Michelin…

— Je n'en crois pas mes yeux, continue maman en feuilletant la brochure comme une collégienne. Regarde la piscine ! Et les jardins !

Ma carte fleurie gît, oubliée, au milieu des papiers d'emballage.

Tout à coup, j'ai envie de pleurer. Elle le savait. Elle le *savait*.

J'explose, incapable de me contrôler.

— Kerry, tu étais au courant. Je t'avais dit que j'allais offrir à maman une journée de soins. Je t'en ai parlé, ici, dans le jardin. Il y a des mois de ça.

— Vraiment ? demande Kerry d'un air détaché, je ne me souviens pas.

— Bien sûr que si ! Bien sûr que tu t'en souviens.

— Emma, ce n'est qu'un malentendu ! rétorque maman. N'est-ce pas, Kerry ?

Elle ouvre de grands yeux innocents.

— Bien sûr que oui. Emma, si je t'ai gâché ta surprise, je suis prête à te demander pardon…

— Tu n'as rien à te faire pardonner, Kerry chérie, intervient maman. Ces choses-là arrivent. Et ça fait deux merveilleux cadeaux. Tous les *deux* ajoute-t-elle en regardant ma carte d'anniversaire. Allons, les filles, vous êtes les deux meilleures amies ! Je ne veux pas vous voir vous disputer. Surtout un jour comme celui-ci.

Maman me sourit et je tente de lui sourire à mon tour. Mais dans le fond, j'ai l'impression d'avoir dix ans à nouveau. Kerry essaye toujours de me prendre à contre-pied. Elle l'a fait dès le premier jour. Et quoi qu'elle fasse, on prend toujours son parti. Parce qu'elle a perdu sa mère. On doit toujours être gentil avec elle. Et jamais, au grand jamais, je n'ai pu gagner contre elle.

Pour retrouver mon calme, je saisis mon verre et j'avale une grande lampée de vin. Puis je me surprends à regarder ma montre du coin de l'œil. Si je raconte que les trains ont du retard, je pourrai filer à quatre heures. Ce qui ne ferait plus qu'une heure et demie à supporter. Et si jamais ils regardent la télé…

Grand-père me caresse la main.

— Tu rêves au prince charmant.

Je relève la tête, prise en faute.

— Euh… non, je ne pensais à rien de spécial.

5

Bon. C'est sans importance parce que de toute façon je vais décrocher ma promotion. Nev sera obligé de la boucler au sujet de ma carrière et je pourrai rembourser papa. Tout le monde sera baba d'admiration – cool !

En me réveillant le lundi matin, je me sens super dynamique. J'enfile ma tenue de travail habituelle, c'est-à-dire un jean et un joli haut French Connection.

Enfin, pas tout à fait French Connection. Pour être honnête, je l'ai acheté dans une solderie. Mais il y a l'étiquette French Connection. Et tant que je dois de l'argent à papa, je ne peux pas faire mes courses où je veux. Vous y croyez ? Un haut French Connection coûte dans les cinquante livres et je l'ai payé sept livres et demie. En très bon état !

Quand je sors du métro, le soleil brille et je suis pleine d'optimisme. Imaginez que j'aie ma promotion. Imaginez que je le raconte à tout le monde. Maman me dirait au téléphone : « Comment s'est passée ta semaine ? » et je répondrais : « Au fait... »

Non, j'attendrais plutôt d'être chez les parents et, d'un geste nonchalant, je leur tendrais ma nouvelle carte de visite.

Ou alors, j'arriverais chez eux au volant d'une voiture de société, ça, ce serait top. En principe, les autres directrices du marketing ne disposent pas d'une voiture de société – mais on ne sait jamais, hein ? Ils pourraient innover en la matière. Ou dire : « Emma, on vous a choisie spécialement… »

— Emma !

Je me retourne et je découvre Katie, ma copine des ressources humaines, qui me rattrape dans l'escalier. Ses cheveux roux sont ébouriffés et elle tient une chaussure à la main.

— Qu'est-ce qui t'arrive ?

— Putain de chaussure ! Elle sort de chez le cordonnier et le talon s'est de nouveau cassé ! Six livres foutues en l'air. Aujourd'hui, c'est vraiment pas mon jour. Le laitier a oublié de me livrer et j'ai passé un week-end épouvantable…

— Je croyais que tu étais avec Charlie. Qu'est-ce qui s'est passé ?

Charlie est le dernier amoureux en date de Katie. Ils sortent ensemble depuis quelques semaines, et elle devait aller à la campagne dans la maison que Charlie rénove à ses moments perdus.

— L'horreur ! On était à peine arrivés qu'il a filé jouer au golf.

— Regarde le bon côté des choses : au moins, il ne se gêne pas avec toi. Il est totalement naturel.

— Tu crois ? fait-elle sans conviction. Ensuite, il m'a demandé si j'étais d'accord pour donner un coup de main pendant son absence. Bien sûr, j'ai dit oui et il m'a fourré un pinceau dans la main, il m'a montré trois pots de peinture et il m'a dit qu'en me dépêchant j'aurais fini le salon avant son retour.

— *Quoi ?*

— Quand il est revenu à six heures il a dit que j'avais salopé le travail, continue-t-elle. Ce qui est faux ! Si j'ai fait des traînées, c'est que ce putain d'escabeau était trop bas.

— Katie, tu ne vas quand même pas me dire que tu as repeint le salon ?

— Ben… si, dit-elle avec toute l'innocence de ses grands yeux bleus. Tu sais, pour participer. Mais maintenant, je commence à penser… qu'il m'exploite…

Je suis tellement médusée que j'ai du mal à parler.

— Mais c'est évident qu'il t'exploite ! Il s'offre un peintre à l'œil ! Vire-le ! Immédiatement. Tout de suite !

Katie reste muette, je remarque qu'elle est un peu nerveuse. Son visage ne laisse rien paraître, mais plein de choses se passent sous la surface. Comme lorsque le requin des *Dents de la mer* disparaît sous les vaguelettes et qu'on sait que d'une minute à l'autre…

— Putain ! Tu as raison, s'écrie-t-elle soudain. Il m'exploite ! C'est de ma faute. J'aurais dû me méfier quand il m'a demandé si je m'y connaissais en plomberie et en toiture.

— Quand est-ce qu'il t'a demandé ça ? fais-je, incrédule.

— La première fois qu'on est sortis ensemble. Je croyais que c'était juste histoire de parler.

— Écoute, tu n'y es pour rien. Comment tu pouvais savoir ?

— J'ai quelque chose qui ne tourne pas rond. Je ne tombe que sur des connards.

— Mais non !

— Mais si ! Regarde les mecs avec qui je suis sortie, elle compte sur ses doigts. Daniel m'a emprunté de l'argent avant de disparaître au Mexique. Gary m'a larguée dès que je lui ai trouvé du boulot. David me trompait. Tu vois ce que je veux dire ?

— Hum… je suis incapable de trouver autre chose à dire. Peut-être…

— Je renonce. Jamais je ne trouverai un type bien.

— Surtout pas ! N'abandonne pas ! Je suis sûre que les choses vont s'arranger. Tu vas rencontrer un type charmant, gentil, merveilleux…

— Oui, mais où ?

— Je ne sais pas. (Je croise les doigts derrière mon dos.) Mais ça va venir. J'en suis sûre et certaine.

— Vraiment ? Sans blague ?

— Juré, craché. (Je réfléchis rapidement.) Tiens, j'ai une idée… Pourquoi tu n'essayerais pas de déjeuner tous les jours dans un endroit différent ? Vraiment différent. Ça pourrait marcher…

— Tu crois ? Bon, je vais tenter le coup.

Elle pousse un profond soupir et nous commençons à avancer sur le trottoir.

— La *seule* bonne chose de ce week-end, c'est que j'ai pu terminer mon nouveau haut. Qu'est-ce que tu en penses ?

Elle enlève aussitôt sa veste et fait une pirouette. Pendant quelques secondes, je reste baba.

Ce n'est pas que je n'aime pas le crochet…

Bon. Je n'aime pas le crochet.

Surtout les hauts en crochet roses à larges mailles qui laissent voir le soutien-gorge.

— … Extraordinaire ! Vraiment génial !

— Tu trouves ? demande-t-elle, ravie. En plus, c'est tellement vite fait. Maintenant, je vais faire la jupe assortie.

— Bravo, tu es vraiment douée.

— C'est rien. Ça m'amuse.

Petit sourire modeste avant de remettre sa veste.

— Et toi, alors ? T'as passé un bon week-end ? Sans doute. Je parie que Connor a été un ange, romantique et tout. Et que vous êtes allés dîner quelque part.

— En fait, il veut que j'habite avec lui, dis-je, mal à l'aise.

— C'est vrai ? Quelle chance tu as, vous formez un couple super. Tu me redonnes de l'espoir. Ça paraît si facile pour vous...

Une vague de plaisir m'envahit. Moi et Connor. Le couple parfait. Un modèle pour les autres.

— Ce n'est pas aussi facile, ris-je modestement. Tu sais, on s'engueule comme tout le monde.

— Ah bon ? fait Katie, surprise. Je ne vous ai jamais vus vous disputer.

— Oh si !

Je me triture la cervelle en essayant de me souvenir de notre dernière scène. C'est évident qu'on s'est bagarrés. Souvent. Toutes les couples passent par là. C'est même très sain.

Voyons, c'est idiot. On doit avoir...

Ah oui ! Une fois, au bord de la Tamise, j'ai cru que ces gros oiseaux blancs étaient des oies et Connor a soutenu que c'étaient des cygnes. Voilà. Nous sommes normaux. Je le savais.

Nous approchons maintenant de l'immeuble Panther et, à mesure que nous montons les marches décorées d'une panthère en marbre, je deviens nerveuse. Paul va exiger un rapport complet sur le déroulement de la réunion avec Glen Oil.

Qu'est-ce que je vais raconter ?

Il est évident que je serai totalement franche et loyale. Sans aller jusqu'à lui dire la vérité...

— Hé ! Regarde !

La voix de Katie m'interrompt dans mes pensées et je suis son regard. Un vrai branle-bas de combat anime le hall. Ce n'est pas normal. Que se passe-t-il ?

Il n'y a pas le feu, au moins ?

Nous poussons les lourdes portes en verre. C'est la folie. Des gens courent dans tous les sens, quelqu'un astique la rampe en cuivre, un autre fait briller les plantes en plastique et Cyril, le directeur de l'administration, pousse tout le monde vers les ascenseurs :

— Allez, montez dans vos bureaux ! On ne veut pas vous voir à l'accueil. Vous devriez tous être en train de travailler, à cette heure-ci. Il n'y a rien à voir ici. Allez, s'il vous plaît, montez dans vos bureaux.

Il a l'air complètement exténué.

— C'est quoi ce cirque ?

Je pose la question à Dave, l'agent de sécurité qui, appuyé contre le mur comme d'habitude, boit une tasse de thé. Il en prend une gorgée, la fait tournoyer dans sa bouche et nous sourit.

— Jack Harper nous rend visite.

— *Quoi ?*

Katie et moi en sommes bouche bée.

— Aujourd'hui ?

— C'est une blague ?

Dans l'univers de la société Panther, c'est comme si le pape nous rendait visite. Ou le Père Noël. Jack Harper est l'un des deux fondateurs de notre société. L'*inventeur* du Panther Cola. Je le sais car j'ai dû taper des notices à son sujet des millions de fois : « C'est en 1987 que deux jeunes et dynamiques associés, Jack Harper et Pete Laidler, ayant racheté la société de boissons gazeuses Zoot alors déficitaire, ont remplacé Zootacola par Panther Cola et inventé le slogan "Donne-toi à fond", qui est entré dans l'histoire du marketing. »

Pas étonnant que Cyril soit dans ses petits souliers.

Dave consulte sa montre.

— Il arrive dans à peu près cinq minutes.

— Mais… pourquoi il vient ? demande Katie. Il tombe du ciel, comme ça ?

Les yeux de Dave pétillent. Il a raconté son histoire toute le matinée et il ne se sent plus.

— Il veut jeter un coup d'œil à l'organisation britannique.

— Il trouve qu'il se tient trop à l'écart des affaires, intervient Jane de la compta.

Elle vient se planter derrière nous, impatiente d'avoir des nouvelles.

— Je croyais qu'il était tellement malheureux depuis la mort de Pete Laidler qu'il s'était enfermé dans son ranch ou un truc comme ça.

— C'était il y a trois ans, rappelle Katie. Il a sans doute récupéré.

— Je suis sûre qu'il veut nous vendre, dit Jane, l'air sombre.

— Pourquoi il ferait ça ?

— On ne sait jamais.

— Ma théorie – et nous nous penchons toutes pour écouter Dave –, c'est qu'il veut vérifier que les plantes vertes brillent suffisamment.

Il hoche la tête vers Cyril et nous éclatons de rire.

— Attention, avertit Cyril, n'abîmez pas les tiges ! Et vous ? Qu'est-ce que vous faites encore ici ?

— On est en route, répond Katie.

Nous nous dirigeons vers les escaliers que j'emprunte toujours, ce qui m'évite les séances de gymnastique. D'autant que le marketing est au premier étage. On atteint le palier, lorsque Jane glapit :

— Regardez ! Le voilà !

Une limousine s'est arrêtée le long du trottoir.

Certaines voitures sont bizarres. Elles sont si luisantes, si brillantes qu'elles ont l'air d'être faites dans un autre métal.

Les portes de l'ascenseur s'ouvrent et Graham Hillingdon, le directeur général, en sort, flanqué de son adjoint et de six patrons de direction, tous impeccables dans des costumes sombres.

— Assez ! aboie Cyril à l'intention des malheureuses femmes de ménage. Allez, partez !

Toutes les trois, nous observons, effarées, la porte arrière de la limousine s'ouvrir. Un grand blond en manteau bleu marine en émerge. Il porte des lunettes de soleil et tient à la main un luxueux attaché-case.

Pétard ! Il ressemble à un million de dollars.

Graham Hillingdon et les autres se tiennent en rang d'oignons sur les marches de l'immeuble. Tout à tour, ils lui serrent la main et le font entrer dans le hall où l'attend Cyril.

— Bienvenue à la société Panther Angleterre, fait Cyril avec une sorte de révérence. J'espère que votre voyage a été agréable.

— Pas trop mal, répond l'homme avec un fort accent américain.

— Comme vous pouvez le constater, c'est un jour comme les autres…

— Hé, regarde ! murmure Katie, Kenny est coincé dehors.

Kenny Davey, l'un de nos stylistes, se dandine à l'extérieur en jean et baskets, incapable de se décider à entrer ou non. Il pose une main sur la porte, recule, se rapproche et regarde à l'intérieur.

— Entrez ! lui crie Cyril en lui ouvrant la porte avec un sourire féroce. Un de nos stylistes, Kenny Davey. Vous avez dix minutes de retard ! Enfin, n'en parlons plus !

Il pousse un Kenny ahuri vers les ascenseurs, puis lève la tête et nous fait signe de monter, l'air impatient.

— Bon, dit Katie, on ferait mieux d'y aller.

Et tout en nous efforçant de ne pas rire, nous montons l'escalier quatre à quatre.

L'ambiance dans les bureaux du marketing ressemble à ma chambre avant une soirée quand j'étais en seconde ou en première. On se brosse les cheveux, on se met du parfum, on classe des papiers, on jacasse. En passant devant le bureau de Neil Gregg, responsable de la stratégie média, je le vois aligner ses distinctions professionnelles sur son bureau, tandis que Fiona, sa secrétaire, astique les photos où on le voit en compagnie de célébrités.

Je suis en train d'accrocher mon manteau quand Paul, le chef de notre département, me prend à part :

— Bordel, qu'est-ce qui s'est passé à la Glen Oil ? J'ai reçu un mail très étrange de Doug Hamilton, ce matin. Vous lui avez renversé un verre dessus ?

Je le regarde, horrifiée. Doug Hamilton a *cafté* à Paul ! Malgré ses promesses.

— C'est pas ça. Je voulais seulement leur montrer toutes les qualités de Panther Prime et… ça s'est renversé.

Paul lève les sourcils d'une manière quelque peu hostile.

— D'accord. C'était beaucoup vous demander.

— Ce n'était pas… je veux dire tout se serait bien passé si… enfin, donnez-moi une nouvelle chance, je ferai mieux, je vous le promets.

Il regarde sa montre.

— On verra. Allez, au boulot ! Votre bureau est un sacré bordel.

— Bon. Euh… à quelle heure aura lieu mon évaluation annuelle ?

— Emma, au cas où vous ne seriez pas au courant, Jack Harper nous rend visite aujourd'hui, dit Paul, sarcastique. Mais évidemment, si vous pensez que votre évaluation est plus importante que le type qui a *fondé* cette société…

71

— Ce n'est pas ce que j'ai voulu dire…

— Grouillez-vous de ranger votre bureau. Et si vous renversez une goutte de ce putain de Panther Prime sur Harper, vous êtes virée.

J'arrive à ma table de travail quand Cyril fait irruption, l'air soucieux :

— Silence ! Écoutez-moi. Il s'agit d'une visite informelle, rien d'autre. Monsieur Harper va faire une apparition ici et regarder comment vous travaillez. Peut-être parlera-t-il à un ou deux d'entre vous. Je veux donc que vous vous montriez naturels, mais évidemment, au mieux de vos capacités… Qu'est-ce que c'est que ces papiers ? demande-t-il soudain en regardant un tas d'épreuves qui jonchent le sol près du bureau de Fergus Grady.

— Des recherches visuelles pour la nouvelle campagne de Panther Gum, dit Fergus, qui est aussi timide que créatif. Je n'ai pas de place sur mon bureau.

— Pas question qu'elles restent là !

Cyril les ramasse et les lui jette pratiquement à la figure :

— Débarrassez-vous en. S'il vous pose des questions, soyez aimable et naturel. Quand il arrivera, je veux que vous ayez l'air de travailler. Enfin, ce que vous faites d'habitude, pendant une journée ordinaire. Certains de vous pourraient téléphoner, les autres n'ont qu'à travailler sur leur ordinateur… ou faire du brainstorming… Souvenez-vous ! Cette division est le cœur de notre société. La Panther est célèbre pour l'excellence de son marketing.

Il arrête de parler et on le regarde tous, médusés.

— Allez, au travail ! Ne restez pas figés comme ça. Vous ! (Il me pointe du doigt.) Bougez-vous !

Nom de Dieu ! Ma table disparaît sous un tas de trucs. J'ouvre un tiroir et j'y fais glisser plein de papiers puis, prise de panique, je range mes stylos dans mon pot. À son bureau, juste à côté du mien, Artemis Harrisson se remet du rouge à lèvres.

— Ça sera une grande source d'inspiration de le rencontrer, dit-elle en s'admirant dans son miroir de poche. Vous savez, des tas de gens pensent qu'à lui tout seul il a révolutionné le marketing.

Son regard tombe sur moi :

— Emma, t'as un haut tout neuf ? Il vient d'où ?

— Euh… French Connection.

Elle fronce les sourcils.

— J'y suis passée pendant le week-end, mais je n'ai pas vu ce modèle.

— Sans doute qu'ils avaient tout vendu.

Je me retourne et fais semblant de ranger mon tiroir du haut.

— Comment on doit l'appeler ? demande Caroline. Monsieur Harper ou Jack ?

— Cinq minutes en tête à tête avec lui.

Nick, un des patrons du marketing, s'agite au téléphone.

— C'est tout ce que je demande. Cinq minutes pour lui vendre l'idée d'un site. Si jamais il marchait…

Incroyable comme cette ambiance électrique est contagieuse. Une montée d'adrénaline me fait sortir ma brosse et vérifier mon gloss. Après tout, on ne sait jamais. Et s'il repérait mon potentiel. Il pourrait me sortir de mon trou !

— Eh, les mecs ! dit Paul, il est au premier. Il va d'abord passer à l'administration…

— Allez, chacun à son poste ! reprend Cyril. Immédiatement !

Oh, merde ! Quel est mon poste ?

Je compose le code de ma boîte vocale. Je pourrais être en train d'écouter mes messages.

Je regarde autour de moi – tout le monde fait la même chose.

On ne peut pas *tous* être au téléphone ! C'est nul. Bon, j'allume mon ordinateur et j'attends qu'il chauffe.

Tandis que l'écran change de couleur, Artemis se met à parler très fort en regardant fixement la porte.

— Je pense que toute l'essence de ce concept tourne autour de la *vitalité*. Vous voyez ce que je veux dire ?

— Euh, oui, acquiesce Nick. Dans un environnement moderne, il faut considérer la fusion d'une stratégie et la vision avant-gardiste...

Que mon ordinateur est lent, ce matin ! Jack Harper va débarquer et je serai encore comme une conne à regarder l'écran vide.

Je sais quoi faire. Je serai celle qui va chercher le café. Ça fait très naturel, non ?

— Je vais aller chercher du café !

— Tu peux m'en prendre un ? demande Artemis.

Et elle continue à pérorer :

— Ainsi, pendant ma maîtrise de gestion...

La machine à café se trouve dans un petit renfoncement, à l'entrée de notre service. En attendant que le dangereux liquide noir remplisse ma tasse, je vois Graham Hillingdon sortir des bureaux de l'administration, suivi de deux grands chefs. Merde ! Il s'avance vers moi !

Bon. Garde ton calme. Reste souriante et naturelle en attendant la seconde tasse...

Ah, il arrive. Cheveux blonds, costume hors de prix, lunettes de soleil. Mais, à ma grande surprise, il s'écarte et je le perds de vue.

En fait, personne ne le regarde. Tout le monde ne s'occupe que de l'autre type. Un mec en jean et pull à col roulé noir qui sort maintenant du bureau.

Fascinée, je ne le quitte pas des yeux. Il se retourne vers moi. En voyant son visage, j'ai un choc, comme si j'avais reçu une boule de bowling en pleine poitrine.

Non !

C'est lui.

Les mêmes yeux sombres. Les mêmes rides autour des yeux. Il est rasé, mais c'est bien lui. Sans le moindre doute.

Mon voisin de l'avion.

Qu'est-ce qu'il fait ici ?

Pourquoi on s'occupe tellement de lui ? Il parle maintenant et ils boivent tous ses paroles.

Il se retourne à nouveau et je me planque, le temps de retrouver mes esprits. Qu'est-ce qu'il fabrique ici ? Il ne peut être…

Impossible…

Impossible qu'il…

Les jambes en coton, je retourne à mon bureau, en m'efforçant de ne pas renverser les tasses.

— Hé ! fais-je à Artemis d'une voix suraiguë, euh… tu sais à quoi ressemble Jack Harper ?

— Non, dit-elle en prenant sa tasse. Merci.

— C'est un brun, lance quelqu'un.

— Brun ? dis-je. Pas blond ?

— Il vient par ici, siffle quelqu'un. Le voilà.

Mes jambes me lâchent. Je m'affale dans mon fauteuil et avale mon café d'une traite.

— … voici le directeur du marketing et de la promotion, Paul Fletcher, annonce Graham.

— Ravi de vous connaître, Paul, dit la même voix sèche à l'accent américain.

C'est lui. Aucun doute possible.

Pas de panique. Peut-être qu'il ne se souviendra pas de moi. C'était un court trajet. Et il doit prendre l'avion sans arrêt.

— Écoutez tous ! dit Paul. Je suis heureux de vous présenter notre père fondateur, l'homme qui a influencé et enthousiasmé une génération d'hommes et de femmes du marketing – Jack Harper !

Suit une salve d'applaudissements, que Jack Harper accepte avec le sourire.

— Je vous en prie, pas de cérémonie. Continuez et faites comme si je n'étais pas là.

Il se dirige vers la sortie en s'arrêtant parfois pour parler à des collègues. Paul ouvre la marche, fait les présentations avec le blond sur ses talons.

— Il arrive ! siffle Artemis, tout le monde se raidit dans le bureau.

Mon cœur bat la chamade et je me ratatine dans mon fauteuil, en essayant de me cacher derrière mon ordinateur. Peut-être qu'il ne me reconnaîtra pas ? Peut-être qu'il…

Merde ! Il me regarde. Je vois une lueur d'étonnement dans ses yeux, il lève les sourcils.

Il me reconnaît.

Faites qu'il ne vienne pas par ici. Surtout pas.

— Et qui est-ce ? demande-t-il à Paul.

— C'est Emma Corrigan, une de nos jeunes assistantes.

Il s'avance vers moi. Artemis a cessé de parler. Tout le monde me regarde. Je rougis des pieds à la tête.

— Bonjour, dit-il gaiement.

— Bonjour, monsieur Harper.

Bon, il m'a reconnue. Ce qui ne veut pas dire qu'il se souvient de ce que j'ai pu raconter. Quelques commentaires sans queue ni tête proférés par une voisine. Qui s'en souviendrait ? Écoutait-il seulement ?

— Et quel est votre rôle ?

— Je… fais partie du marketing et je participe à l'élaboration de nouvelles promotions.

— Emma a été envoyée la semaine dernière à Glasgow pour une réunion, renchérit Paul avec un sourire cent pour cent hypocrite. Nous encourageons autant que faire se peut le sens des responsabilités de nos jeunes collaborateurs.

— Une excellente mesure, approuve Jack Harper.

Il parcourt des yeux mon bureau et s'arrête sur ma tasse en carton. Il relève la tête et nos regards se croisent.

— Le café est bon ? demande-t-il. Il a du goût ?

Comme si un magnétophone se mettait en marche dans ma tête, j'entends ma voix stupide qui déblatère : *le café au bureau est tellement dégueulasse, vous n'avez pas idée, un vrai poison...*

— Il est parfait ! Absolument délicieux !

— Ravi de l'apprendre !

Ses yeux pétillent de gaieté. J'ai viré au rouge tomate. Il se souvient. Merde. Il n'a pas oublié.

— Et voici Artemis Harrisson, dit Paul. L'une de nos plus brillantes jeunes directrices du marketing.

— Artemis, répète Jack Harper. Vous en avez un bien joli bureau. Est-il neuf ? demande-t-il en souriant.

... quand ce nouveau bureau a été livré l'autre jour, elle l'a piqué...

Il se souvient de tout, mais de tout !

Putain ! Quelle autre connerie j'ai encore pu sortir ?

Je ne bouge pas une oreille, tandis qu'Artemis lui répond en crânant, genre cadre modèle. Mais dans ma tête, c'est la tempête : j'essaye de me souvenir de ce que j'ai dit. Il sait tout de moi, maintenant ! Absolument tout ! Il sait le genre de petites culottes que je porte, les parfums de glace que je préfère, comment j'ai perdu ma virginité, et...

Mon sang se fige.

Me revient quelque chose que je n'aurais jamais dû dire.

Ni à lui ni à personne.

… je sais que je n'aurais pas dû faire ça, mais je voulais tellement ce boulot…

Je lui ai raconté que je m'étais attribué 20 en maths sur mon C.V.

Voilà, c'est fini. Je suis liquidée.

Il va me faire virer. On va inscrire dans mon dossier que je suis malhonnête et je ne trouverai plus jamais de travail. On me verra dans un documentaire intitulé *Les Boulots les plus pourris*, où je ramasserai de la bouse de vache en disant : « Ce n'est pas si terrible que ça. »

Bon. Restons calme. Je dois pouvoir faire quelque chose. Me confondre en excuses. Dire que c'était une erreur de jugement que je regrette du fond du cœur et que je n'avais pas l'intention de tromper la société et…

Non ! Je dirai : « En fait, j'ai vraiment eu 20. Comme c'est idiot ! J'avais oublié… » Ensuite, il me suffira de falsifier mon diplôme. Après tout, c'est un Américain. Il n'y verra que du feu.

Non. Un jour, il découvrira la supercherie. Oh ! qu'est-ce que je vais faire ?

Bon, peut-être que j'exagère. Remettons les choses à leur place. Jack Harper est un type hyper important. Il n'y a qu'à le voir : des limousines, des larbins et une énorme société qui lui rapporte des millions tous les ans. Il se fout pas mal qu'une des ses employées ait obtenu un 20 merdique ou pas. Vraiment ! Il ne faut pas exagérer.

Je me mets à rire toute seule et Artemis me regarde bizarrement.

— J'aimerais vous dire que je suis heureux d'avoir fait votre connaissance à tous, déclare Jack Harper. Et je voudrais vous présenter mon assistant, Sven Petersen. (Il désigne le type aux cheveux blonds.) Je vais rester ici quelques jours et j'espère avoir l'occasion de mieux vous connaître. Comme vous le savez, Pete

Laidler, qui a fondé la société Panther avec moi, était anglais. Pour cette raison et pour beaucoup d'autres, ce pays m'est particulièrement cher.

Un murmure approbateur envahit les bureaux. Il lève la main, hoche la tête et quitte les lieux suivi de Sven et des directeurs. Le silence règne tant qu'il n'a pas franchi la porte, puis c'est le brouhaha général.

J'ai l'impression que mon corps se dégonfle de soulagement. Merci mon Dieu !

Honnêtement, je suis vraiment tarte. Quelle idée d'avoir cru que Jack Harper ait pu retenir ce que je lui avais dit, ou même s'en préoccuper. Comme si dans son emploi du temps surchargé il avait le loisir de penser à un truc aussi insignifiant qu'un C.V. légèrement falsifié… En prenant ma souris voici que je souris.

— Emma !

Je lève la tête pour voir Paul debout devant mon bureau :

— Jack Harper aimerait te voir, dit-il d'un ton cassant.

— Qui ?

Mon sourire se fige.

— Moi ?

— Dans cinq minutes dans la salle de conférence.

— Il a dit pourquoi ?

— Non.

Paul s'éloigne et je regarde mon écran sans le voir. J'ai la gerbe.

J'avais raison.

Je vais perdre mon boulot.

Je vais perdre mon boulot pour une remarque à la con que j'ai faite dans ce putain d'avion.

Pourquoi a-t-il fallu que je sois surclassée ? *Pourquoi* a-t-il fallu que j'ouvre ma grande gueule ? Je ne suis qu'un moulin à paroles.

— Pourquoi Jack Harper veut-il te voir ? demande Artemis, l'air pincé.

— Je n'en sais rien.

— Il voit d'autres gens ?

— Je n'en sais rien.

Pour qu'elle cesse de me bombarder de questions, je tape des conneries sur mon ordinateur, alors que c'est la tempête sous mon crâne.

Je ne peux pas me permettre de perdre ce poste. Je ne peux pas foutre en l'air encore une carrière.

Il ne peut pas me virer. Impossible. Ce serait trop injuste. Je ne savais pas qui c'était. S'il m'avait dit qu'il était mon patron, bien sûr que je n'aurais pas mentionné mon C.V. Ni… même en partie.

Je tape de plus en plus fort et j'ai les joues en feu, tellement je m'agite.

— Emma !

Paul consulte sa montre avec beaucoup d'attention.

— Très bien.

Je prends une grande inspiration et me lève.

Je ne vais pas le laisser me virer. Je vais l'en empêcher.

Je traverse le bureau, emprunte le couloir jusqu'à la salle de conférence, frappe et entre.

Jack Harper, assis à la table, gribouille quelque chose sur un carnet. Je me glace en voyant son expression grave. Mon estomac fait des bonds.

Mais je dois me défendre. Je *dois* conserver ce boulot.

— Ah ! fait-il, pourriez-vous refermer la porte ?

Il attend que je me sois exécutée pour me dire :

— Emma, il faut que nous parlions.

— J'en suis bien consciente – j'essaye de parler d'une voix ferme –, mais j'aimerais que vous écoutiez d'abord ma version, si vous me le permettez.

Un instant, Jack Harper semble surpris, puis il lève les sourcils :

— Bon, allez-y !

Je traverse la pièce et le regarde droit dans les yeux.

— Monsieur Harper, je sais pourquoi vous voulez me voir. Je sais que j'ai commis une erreur. Une erreur de jugement que je regrette. J'en suis désolée et cela ne se reproduira pas. Mais pour ma défense… (Je suis si émue que ma voix devient de plus en plus aiguë.) Pour ma défense, je n'avais aucune idée de qui vous étiez dans l'avion. Je ne dois pas être punie pour une erreur faite de bonne foi.

Je marque une pause.

— Vous croyez que je vais vous punir ? demande finalement Jack Harper.

Comment peut-il se montrer aussi dur ?

— Oui ! Vous devez comprendre que je ne vous aurais jamais parlé de mon C.V. si j'avais su qui vous étiez ! Je suis tombée dans un piège ! Si nous étions au tribunal, le juge prononcerait un non-lieu. On ne vous laisserait même pas…

— Votre C.V. ? s'exclame Jack Harper. Ah ! Le 20 que vous avez inscrit sur votre curriculum ? (Il me regarde d'un air pénétrant.) Enfin, je devrais dire : ce chiffre falsifié.

L'entendre proférer mon délit à haute voix me réduit au silence. Je sens mon visage brûler.

Il s'enfonce dans son fauteuil.

— Vous savez, pas mal de gens appelleraient ça de l'escroquerie.

— Je sais. Je sais que j'ai commis une faute. Je n'aurais pas dû… Mais ça n'a pas aucune influence sur la manière dont je travaille. Ça ne veut rien dire.

— Vous croyez ? Je ne sais pas. Passer de 9 à 20… c'est un sacré saut. Et si on vous demande de faire des calculs ?

— Je suis très bonne en maths, dis-je avec l'énergie du désespoir. Posez-moi des colles. Allez-y, n'importe quoi.

— D'accord. Huit fois neuf ?

Je le regarde, le cœur en folie, l'esprit totalement vide. Huit fois neuf. Aucune idée. Merde ! Bon. Neuf fois un, neuf. Neuf fois deux…

Non. Eurêka ! Huit fois dix font quatre-vingts. Donc huit fois neuf font…

— Soixante-douze !

J'ai crié mais je me reprends quand je le vois sourire.

— Soixante-douze, dis-je, plus calme.

— Très bien. Il me fait signe de m'asseoir. Vous avez fini de me dire ce que vous aviez sur le cœur ?

Je me frotte les joues :

— Vous n'allez pas me renvoyer ?

— Non, dit Jack Harper d'un ton patient. Je ne vais pas vous renvoyer. Et maintenant, pouvons-nous parler ?

Un doute affreux envahit mon esprit.

— Est-ce que… c'est de mon C.V. que vous vouliez me parler ?

— Pas du tout. Ce n'était pas la raison pour laquelle je voulais vous voir.

J'ai envie de mourir.

Ici. Tout de suite.

— Bien – il faut que je me calme pour avoir l'air d'une femme d'affaires efficace. Bien, donc, pourquoi… vouliez-vous…

— J'ai un petit service à vous demander.

— Ah, fais-je tout excitée. Ce que vous voulez ! Enfin… que puis-je faire pour vous ?

— Pour différentes raisons, je préférerais que personne ne soit au courant de ma présence en Écosse la semaine dernière. Aussi, j'aimerais que vous gardiez pour vous notre petite rencontre.

— Bien. Bien sûr. Certainement. Aucun problème.

— En avez-vous déjà parlé à quelqu'un ?

— Non. À personne. Pas même à… Vraiment personne.

— Bon. Merci beaucoup. Je vous en suis reconnaissant.

Il me sourit et se lève :

— Heureux de vous avoir revue, Emma. Je suis sûr que l'on se croisera à nouveau.

— C'est tout ? je m'exclame, surprise.

— Oui. À moins que vous vouliez discuter d'autre chose.

— Non !

Je me lève si vite que je me cogne la cheville contre le pied de la table.

Non, mais qu'est ce que j'imaginais ? Qu'il allait me demander de diriger son nouveau projet international ?

Jack Harper m'ouvre la porte et la tient poliment. J'ai déjà franchi le seuil quand je m'arrête :

— Une seconde !

— Oui ?

— Qu'est-ce que je vais raconter quand on me demandera de quoi nous avons parlé ? Ils vont tous vouloir être au courant.

— Pourquoi ne pas leur dire que nous avons discuté logistique ?

Et il referme la porte.

6

Une ambiance plutôt joyeuse règne dans le bureau tout le reste de la journée. Moi, je reste scotchée à ma chaise, abasourdie par ce qui vient d'arriver. Le soir, en quittant le bureau, j'ai encore des palpitations en songeant à ces événements invraisemblables. Et à l'injustice de la chose.

C'était un inconnu. Il était programmé pour être un inconnu. L'avantage des inconnus, c'est qu'ils disparaissent à jamais dans les espaces infinis. Ils ne sont pas censés se matérialiser au bureau. Ni demander le produit de huit fois neuf. Ni se révéler votre super grand patron.

En tout cas, ça m'a servi de leçon. Mes parents m'avaient recommandé de ne pas parler à des inconnus, ils avaient bien raison. Je ne confierai plus jamais rien à un inconnu. *Jamais.*

On avait décidé que je passerais la soirée chez Connor. En arrivant, je me détends enfin. Je suis loin du bureau. Loin des parlottes sans fin au sujet de Jack Harper. Connor s'active déjà aux fourneaux. N'est-ce pas le petit ami parfait ? La cuisine embaume l'ail et les herbes de Provence et un verre de vin m'attend sur la table.

— Bonsoir ! dis-je en lui donnant un baiser.

— Bonsoir, chérie !

Merde ! J'avais oublié le « chéri ». Bon. Comment faire pour m'en souvenir ?

Je sais. Je vais l'écrire dans ma paume.

— Regarde ça. Je l'ai trouvé sur Internet.

Connor me désigne un dossier. En l'ouvrant, je tombe sur une photo en noir et blanc, un peu floue, d'un salon avec un canapé et une plante verte.

— Recherche d'appartement, dis-je, surprise. Waouh ! tu n'as pas perdu de temps. Je n'ai pas encore donné mon préavis.

— Il faut commencer à chercher. Tiens, celui-ci a un balcon. Et celui-là, une cheminée.

— Super !

Je me pose pour regarder la photo un peu floue, j'essaye d'imaginer Connor et moi vivant ensemble. Assis dans ce canapé. Juste nous deux, tous les soirs.

De quoi on va parler ?

Eh bien ! On parlera de ce dont on parle habituellement.

On jouera peut-être au Monopoly. Seulement si on s'ennuie.

Je regarde un autre cliché et j'ai un coup au cœur.

Cet appartement a un parquet et des volets ! J'ai *toujours* voulu un parquet et des volets. Et cette cuisine ultra sympa avec des plans de travail en granit.

Le bonheur ! Je ne peux pas attendre !

J'avale joyeusement une lampée de vin et je m'apprête à m'installer confortablement quand Connor dit :

— Tu ne trouves pas que c'est excitant que Jack Harper soit en Angleterre ?

Ah non ! Pitié ! Je ne veux plus entendre parler de ce foutu Jack Harper !

— Tu as fait sa connaissance ? insiste-t-il en m'apportant un bol de cacahuètes. Il paraît qu'il est venu au marketing.

— Euh, oui, je l'ai rencontré.

— Il est venu au développement cet après midi, mais j'étais en réunion. (Connor brûle d'avoir des détails.) Alors, comment il est ?

— Il est… Je ne sais pas. Brun… Américain… Comment s'est passée ta réunion ?

Connor ne tient aucun compte de ma tentative pour changer de sujet.

— C'est sacrément excitant, tu ne trouves pas ? Jack Harper en personne, dit-il, le visage extatique.

— Peut-être. (Je hausse les épaules.) De toute façon…

— Emma ? Ça ne te fait rien ? s'exclame Connor, ahuri. Je te parle du fondateur de notre société. De l'homme qui a inventé le concept de Panther Cola. Qui a pris une marque inconnue, en a remodelé le visuel et l'a vendue dans le monde entier ! Il a transformé une boîte déficitaire en une énorme affaire qui fait des tonnes de bénéfices. Tu ne trouves pas ça palpitant ?

— Ouais… si tu veux.

— C'est une occasion inespérée pour nous tous. La chance d'apprendre du génie lui-même. Tu sais qu'il n'a jamais écrit un livre, n'a jamais partagé ses idées qu'avec Pete Laider…

Il sort du réfrigérateur une boîte de Panther Cola et l'ouvre. Connor doit être l'employé le plus loyal du monde. Un jour, il a failli avoir une attaque parce que j'avais acheté du Pepsi pour un pique-nique.

— Je sais ce que j'aimerais le plus au monde, continue-t-il après avoir bu une gorgée de soda. Un tête-à-tête avec Jack Harper.

Il me regarde, les yeux éblouis.

— Tu imagines ce que ça ferait pour mon avenir ?

Un tête-à-tête avec Jack Harper.

Effectivement. Voilà qui a beaucoup fait pour mon avenir.

— Tu as peut-être raison, dis-je à contrecœur.

— C'est évident ! La chance de l'entendre. D'écouter ce qu'il a à dire. Tu sais, ce type n'est pas sorti de chez lui pendant trois ans. C'est fou ce qu'il a dû accumuler comme idées et comme théories, non seulement sur le marketing, mais sur les affaires… sur les méthodes de travail… sur la vie, même.

L'enthousiasme de Connor me fait l'effet d'un pansement au sel sur une plaie béante. Voyons voir à quel point je me suis emmêlée les pinceaux ! Me voilà donc assise à côté du grand Jack Harper, génie de la création alimentaire, source de toute sagesse en matière de vente et de marketing, sans oublier les mystérieux mystères de la vie.

Et qu'est-ce que je fais ? Je lui pose des questions pertinentes ? J'entame une conversation brillante ? J'apprends des vérités premières ?

Que nenni ! Je déblatère sur mes dessous préférés.

Un pas décisif pour ta future carrière, Emma. Impossible de faire mieux.

Le lendemain, avant de partir en réunion, Connor me trouve un article sur Jack Harper dans un vieux magazine :

— Tiens, lis ça ! dit-il en mâchonnant un toast. Tu vas apprendre des tas de choses sur lui.

J'ai bien envie de répondre à Connor que je ne veux *surtout* rien apprendre sur lui mais il a déjà passé la porte.

Je suis tentée d'oublier l'article mais, entre l'appartement de Connor et le bureau, le trajet est long et je n'ai rien à lire. Je l'emporte donc et, de mauvaise grâce, je commence à le lire dans le métro. Après tout, il est peut-être intéressant. Le papier raconte que Harper et Pete Laidler étaient amis quand ils ont décidé de se lancer ensemble dans les affaires. Jack était le créateur, Pete le playboy extraverti. Ils sont devenus multimillionnaires et ils étaient comme des frères. Puis Pete s'est tué dans un accident de voiture et Jack a été anéanti au point de se désintéresser de tout et de le faire savoir au monde entier.

En lisant ça, je me sens dans mes petits souliers. J'aurais dû reconnaître Jack Harper. En fait, j'aurais certainement reconnu Pete Laidler. D'abord parce qu'il ressemble – enfin ressemblait – à Robert Redford. Et puis parce que tous les journaux ont publié sa photo au moment de sa mort. Je m'en souviens parfaitement, même si à l'époque je n'avais rien à faire avec la société Panther. Il avait crashé sa Mercedes, et tout le monde a pensé à la princesse Diana.

Totalement absorbée par l'article, je laisse presque passer ma station et je dois me précipiter vers la porte sous le regard des gens, qui ont l'air de penser : « Pauvre conne, tu ne savais pas que tu devais descendre à la prochaine ? » Quand la porte se referme, je m'aperçois que j'ai oublié le journal à l'intérieur.

Tant pis. J'ai lu l'essentiel.

Le soleil brille et je me dirige vers le bar qui sert des jus de fruits. Je m'y arrête tous les jours. J'ai pris l'habitude de commander un jus de mangue chaque matin parce que c'est bon pour la santé.

Autre raison : derrière le comptoir, il y a Aidan, un serveur plutôt mignon qui vient de Nouvelle-Zélande. En fait, j'ai eu le béguin pour lui, avant de sortir avec Connor. Quand il ne travaille pas dans ce bar, il suit des cours de diététique et me parle tout le temps de sels minéraux et de mon taux de glucides.

— Hello, me lance-t-il quand j'entre. Comment va la boxe française ?

— Oh ! je rougis légèrement, c'est la forme !

— Tu as essayé ce nouveau coup de pied dont je t'ai parlé ?

— Oui, ça m'aide énormément !

— Je le savais, fait-il, heureux, et il va préparer mon jus de mangue.

Bon. La vérité, c'est que je n'aime pas la boxe française. J'ai essayé une fois à notre centre sportif local et pour tout avouer, j'ai eu un choc ! J'ignorais à quel point c'était *violent*. Mais Aidan était si emballé – il n'arrêtait pas de me dire que ça transformerait ma vie – que je n'ai pas eu le courage de lui avouer que j'avais arrêté après une unique séance. Alors je lui ai raconté des bobards. C'est pas grave, il n'apprendra jamais la vérité. Je n'ai aucune chance de le revoir en dehors du bar à jus de fruits.

— Et une mangue, une !

— Et un macaron au chocolat, dis-je… pour ma collègue.

Aidan l'emballe dans un sac en papier.

— Tu sais, ta collègue devrait se méfier de son taux de sucres rapides, dit-il, soudain soucieux. C'est le quatrième cette semaine.

— Comme si je ne le savais pas ! Je lui dirai. Merci Aidan.

— Pas de quoi ! Et n'oublie pas : un-deux-pivot !

— Un-deux-pivot ! Je m'en souviendrai, t'en fais pas !

Je suis à peine arrivée que Paul fait son entrée dans mon bureau. Il claque des doigts et aboie :

— Évaluation !

Mon estomac fait des siennes et je m'étrangle presque en avalant ma dernière bouchée de macaron. Mon Dieu ! Me voici au pied du mur ! Je ne suis pas prête.

Mais si. Allons. Fais comme si tu respirais la confiance. Tu es une femme pleine d'assurance, en route pour la réussite.

Soudain, je me souviens de Kerry et de sa démarche de femme qui a du succès. Je sais que Kerry n'est qu'une vache prétentieuse, mais elle possède sa propre agence de voyages et elle gagne des tonnes d'argent. Elle doit bien savoir comment s'y prendre. Et si j'essayais ? Prudemment, je bombe la poitrine, lève le menton et parcours le bureau avec un air concentré et alerte.

— Vous avez vos règles ou quoi ? demande Paul, assez crûment, quand j'atteins la porte.

— Non, dis-je, furieuse.

— Eh bien, vous avez une drôle de touche. Bon, asseyez-vous.

Il referme la porte, plonge derrière son bureau et ouvre un dossier intitulé « Évaluation du personnel ».

— Désolé de ne pas vous avoir reçue hier. Mais avec l'arrivée de Jack Harper, tout a été chamboulé.

— Aucune importance.

J'essaye de sourire, mais j'ai la gorge de plus en plus sèche. Incroyable ce que je peux être nerveuse. C'est pire qu'un bulletin scolaire.

— Voyons… Emma Corrigan.

Il parcourt un formulaire et coche des cases :

— En général, c'est bien. Vous n'êtes pas souvent en retard… vous comprenez ce qu'on attend de vous… vous êtes plutôt efficace… vous vous entendez bien avec vos collègues… blablabla… blablabla… Rien de particulier ? demande-t-il en levant les yeux.

— Euh… non.

— En tant que femme, avez-vous l'impression d'être moins bien considérée ?

— Euh… non.

90

— Bien, fait-il en cochant une autre case. Bon, eh bien c'est tout. Bravo. Dites à Nick de venir me voir.

Quoi ? Aurait-il oublié ?

— Euh… au sujet de ma promotion… dis-je en m'efforçant de ne pas paraître trop tendue.

— Une promotion ? De quoi s'agit-il ?

— À la direction du marketing…

— Vous vous fichez de moi ?

— C'était écrit dans la petite annonce… (Je sors l'annonce toute chiffonnée de la poche de mon jean, où elle est depuis hier.) « Possibilité de promotion après un an. » C'est écrit là.

Je la lui tends et il la regarde, mécontent.

— Emma, c'était uniquement pour les candidats exceptionnels. Vous n'êtes pas prête pour une promotion. Il faut d'abord que vous fassiez vos preuves.

— Mais je fais tout mon possible ! Si seulement vous me donniez ma chance…

— Vous avez eu votre chance avec la Glen Oil.

Il fronce les sourcils et je me sens un peu humiliée.

— Emma, pour aller droit au but, vous n'êtes pas encore assez confirmée pour grimper. On verra dans un an.

Un an ?

— Allez, bougez-vous !

Mon esprit est en ébullition. Je dois accepter sa décision avec calme et dignité. Je dois lui dire quelque chose du genre : « Je respecte votre décision, Paul », lui serrer la main et sortir. Voilà ce que je dois faire.

Le seul ennui c'est que je n'arrive pas à me décoller de ma chaise.

Au bout d'un moment, Paul me regarde, perplexe.

— C'est tout, Emma.

Impossible de bouger. Une fois que j'aurai quitté son bureau, ce sera trop tard.

— S'il vous plaît, donnez-moi cette promotion, dis-je d'une voix désespérée. Il me faut cette promotion pour faire bonne impression sur ma famille. C'est le but de ma vie et je trimerai dur, je le promets, je viendrai travailler le week-end et je… je porterai de jolis tailleurs…

— *Quoi ?*

Paul me regarde comme si j'étais un poisson rouge.

— Vous n'avez même pas besoin de m'augmenter. Je ferai les mêmes tâches que par le passé. Je paierai même de ma poche mes nouvelles cartes de visite. Pour la boîte, rien de changé. Et même, personne ne saura que j'ai été promue !

Je m'arrête, à bout de souffle.

— Emma, ce n'est pas le but d'une promotion, comme vous vous en apercevrez un jour, dit Paul d'un ton plein de sarcasme. Désolé, mais ma réponse est non. Deux fois non.

— Mais…

— Emma, un conseil. Si vous voulez avancer, vous devez créer vos propres occasions. À vous de fabriquer vos opportunités. Et maintenant, pour être sérieux, voulez-vous bien virer vos fesses de mon bureau et faire venir Nick !

Tandis que je m'en vais, il lève les yeux au ciel et griffonne un truc sur le formulaire.

Super. Il doit écrire : « Folle dangereuse, a besoin de se faire soigner. »

Alors que je regagne mon bureau, le moral à zéro, Artemis m'observe de ses yeux de fouine :

— Ah, Emma, ta cousine Kerry vient d'appeler.

— Tu es sûre ? (Kerry ne me téléphone jamais au bureau. En fait, elle ne me téléphone jamais.) Elle a laissé un message ?

— Oui. Elle voulait savoir si tu avais eu des nouvelles de ta promotion.

Bon. C'est officiel : je hais Kerry.

— Merci, je tente de prendre un air blasé, comme si on me posait ce genre de question tous les jours.

— Emma, tu attends une promotion ? Je l'ignorais.

Sa voix est haut perchée et un ou deux collègues lèvent la tête, fascinés. Alors, tu passes à la direction du marketing ?

— Non, je murmure, les joues rouges d'humiliation. Il n'en est pas question.

— Oh ! s'exclame Artemis, faussement confuse. Alors pourquoi a-t-elle dit...

— La ferme, Artemis ! dit Caroline.

Je la remercie du regard et m'effondre dans mon fauteuil.

Une année de plus. Une année de plus à être une assistante de merde, et à passer pour une nulle. Une année de plus à devoir de l'argent à papa, à être ridiculisée par Kerry et par Nev, à me considérer comme une ratée totale. J'allume mon ordinateur et, découragée, je tape quelques mots. Mais je n'ai plus une once d'énergie.

— Je vais chercher des cafés. Qui en veut ?

— Impossible, me dit Artemis. T'as pas vu ?

— Vu quoi ?

— Ils ont enlevé la machine, fait Nick. Pendant que tu étais avec Paul.

— Enlevé ? Mais pourquoi ?

— Sais pas, répond-il en se dirigeant vers le bureau de Paul. Ils l'ont emmenée.

— On va avoir une nouvelle machine ! s'écrie Caroline en entrant avec un paquet d'épreuves. Superbe, avec du vrai café. Commandée par Jack Harper en personne !

Je n'en crois pas mes oreilles.

Lorsque Caroline passe devant moi, je ne la quitte pas des yeux.

— Jack Harper a commandé une nouvelle machine à café ?

— Emma ! fait Artemis avec impatience, tu es sourde ou quoi ? Je veux que tu me trouves la brochure que nous avons sortie pour la promotion de Tesco, il y a deux ans. Désolée, maman, dit-elle au téléphone, j'avais quelque chose à dire à mon assistante.

Son assistante. Ce que ça peut me saouler quand elle dit ça.

À vrai dire, je suis trop dans le cirage pour m'énerver.

Ça n'a rien à voir avec moi, me dis-je en farfouillant dans un tiroir. C'est ridicule de penser que j'y suis pour quelque chose. Il devait avoir l'intention de commander une nouvelle machine, de toute façon. Il devait…

Je me redresse, les bras chargés de dossiers et je manque de tout faire tomber.

Il est là.

Juste devant moi.

— Re-bonjour. Comment ça va ?

— Euh… bien, merci, dis-je en avalant péniblement ma salive. Je viens d'apprendre pour la machine à café. Merci.

— Pas de quoi.

— Écoutez-moi tous ! dit Paul. Monsieur Harper va rester parmi nous ce matin.

— Je vous en prie, appelez-moi par mon prénom.

— D'accord. *Jack* va vous regarder travailler, observer comment vous opérez en équipe. Conduisez-vous normalement, ne faites rien de spécial.

Paul me repère et me gratifie d'un sourire de lèche-cul :

— Salut, Emma ! Comment ça va ? Tout baigne ?

— Hum, oui, merci, Paul, je marmonne. Tout est parfait.

— Tant mieux ! Nous voulons que notre personnel soit content. À propos, puisque j'ai votre attention, je vous rappelle que la fête de la société se déroulera samedi en huit. L'occasion pour nous tous de nous détendre, de connaître les familles de nos collègues, de nous amuser !

Nous le regardons tous, médusés. Jusqu'à présent, pour Paul, la fête de la société était vraiment la journée des beaufs, et il aurait préféré se faire couper les burnes plutôt que d'y amener un membre de sa famille.

— Allez, reprenez votre travail ! Jack, laissez-moi vous apporter un siège.

— Faites comme si je n'étais pas là, dit Jack Harper avec un grand sourire. Conduisez-vous normalement.

Se conduire normalement. Ben voyons, rien de plus évident !

Cela voudrait dire : enlever mes chaussures, regarder mes messages, m'enduire les mains de crème, avaler quelques Smarties, lire mon horoscope sur Internet, lire l'horoscope de Connor, écrire « Emma Corrigan, directrice » plusieurs fois sur mon notepad, ajouter une bordure de fleurs, envoyer un mail à Connor, attendre quelques minutes une éventuelle réponse, boire un peu d'eau et enfin chercher les brochures Tesco pour Artemis.

Sûrement pas.

De retour à mon bureau, je réfléchis à toute vitesse. Créer tes propres occasions. Fabriquer tes opportunités. C'est ce que Paul m'a dit.

N'ai-je pas justement une chance unique ?

Jack Harper est assis parmi nous et il me regarde travailler. Le patron de toute notre organisation. Je dois bien pouvoir l'impressionner, non ?

Bon, je ne suis pas partie du bon pied avec lui. Mais là, c'est l'occasion ou jamais de me rattraper. Si je pouvais lui montrer que je suis vraiment intelligente et motivée...

Je feuillette le dossier des brochures promotionnelles quand je m'aperçois que je me tiens plus droite que d'habitude, comme lorsque j'étais en classe. Je ne suis pas la seule. En jetant un coup d'œil autour de moi, je constate que nous sommes tous sagement assis. Avant l'arrivée de Jack Harper, Artemis téléphonait à sa mère et maintenant, elle a chaussé ses lunettes en écaille et tape vivement, s'arrêtant parfois pour sourire à ce qu'elle a écrit avec l'air de la fille qui se trouve géniale. Nick, qui lisait la page des sports dans le *Telegraph*, étudie désormais des graphiques, les sourcils froncés.

— Emma ? demande Artemis d'une voix douce-reuse, as-tu déniché la brochure que je t'avais deman-dée ? Non pas que ça *presse*...

— Je te l'apporte !

Je recule mon fauteuil, me lève et m'avance vers son bureau. C'est fou, c'est presque comme passer à la télévision. Mes jambes coincent et mon sourire est figé. J'ai l'impression que vais me mettre à brailler n'importe quoi.

— La voici.

Je la pose avec précaution sur la table d'Artemis.

— Tu es adorable !

Nous nous regardons dans les yeux et je vois qu'elle joue aussi la comédie. Elle pose sa main sur la mienne avec un sourire ironique :

— On ne pourrait jamais se passer de toi, Emma !

— Mais c'est un plaisir, je rétorque sur le même ton de fausse amabilité.

Merde. En retournant à mon bureau, je me dis que j'aurais dû lui dire quelque chose de plus brillant.

Dans le genre : « C'est le travail d'équipe qui fait les grandes réussites. »

Tant pis. Je trouverai autre chose pour l'impressionner.

M'efforçant d'être aussi naturelle que possible, j'ouvre un fichier et je me mets à taper à toute vitesse, le dos droit comme un piquet. Jamais le service n'a été aussi paisible. Tout le monde travaille, personne ne bavarde. On dirait une salle d'examen. J'ai envie de me gratter le pied mais je n'ose pas.

Comment font les gens qui filment des documentaires pris sur le vif ? Je me sens déjà vannée alors que je ne bosse dur que depuis cinq minutes.

— C'est bien tranquille, ici, remarque Jack Harper, l'air étonné. C'est toujours comme ça ?

— Euh... répondons-nous en nous regardant.

— Je vous en prie, ne vous occupez pas de moi. Parlez comme vous le faites d'habitude. Vous devez bien discuter de vos dossiers, ajoute-t-il avec un sourire amical. Quand je travaille dans un bureau, on parle de tout et de n'importe quoi : politique, littérature... Tenez, qu'avez-vous lu récemment ?

— Une toute nouvelle biographie de Mao Tsétoung, répond immédiatement Artemis. Vraiment passionnant.

— Je suis au milieu d'une histoire de l'Europe au xive siècle, dit Nick.

— Et moi, je relis Proust, glisse Caroline d'un ton modeste. En français.

— Ah bon, Jack Harper hoche la tête, le visage impénétrable. Et vous... Emma ? Que lisez vous ?

— Euh... en fait...

J'avale ma salive pour gagner du temps. Je ne peux pas avouer que je suis plongée dans *Gribouillis de stars – Comment les interpréter ?*, même si c'est épatant. Vite ! Un titre sérieux.

— Ne lis-tu pas *Les Grandes Espérances,* Emma ? me souffle Artemis. Pour ton club littéraire.

— Oui, dis-je, et je me sens soulagée. C'est exact…

Je cale en croisant le regard de Jack Harper.

Merde et merde !

Dans ma tête, je me souviens des innocentes paroles prononcées dans l'avion : *J'ai regardé la quatrième de couverture en prétendant que je l'avais lu…*

— *Les Grandes Espérances,* répète Jack Harper, songeur. Qu'en avez-vous pensé, Emma ?

Je n'arrive pas à croire qu'il m'ait posé cette question.

Pendant un instant, je n'arrive pas à ouvrir la bouche.

— Eh bien – je me râcle la gorge – j'ai trouvé que… c'était… extrêmement…

— Un livre merveilleux, intervient Artemis avec conviction. Une fois que l'on en a intégré la symbolique.

Ta gueule et arrête de frimer ! Au secours ! Qu'est-ce que je vais bien pouvoir dire ?

— J'ai trouvé que ça… résonnait… dis-je enfin.

— Qu'est-ce qui a résonné ? demande Nick.

— Les… Euh… les résonances.

Silence perplexe de l'assistance.

— Les résonances ont… résonné, reprend Artemis.

— Absolument, fais-je, péremptoire. Et de toute façon, il faut que je retourne à mon travail.

Levant les yeux au ciel, j'attaque mon clavier comme une furie.

Bon. La discussion littéraire n'a pas été brillante. Mais je n'ai pas eu de chance. Allez, positivons. Je ne baisse pas les bras. Je peux encore l'impressionner.

— Je ne comprends pas ce qui lui arrive, dit Artemis de sa voix de petite fille. Je l'arrose chaque jour.

Elle fourre le doigt dans son chlorophytum et regarde Jack Harper d'un air enjôleur :

— Vous vous y connaissez en plantes, Jack ?

— Non, malheureusement. Il me fixe, le visage impassible. À votre avis, Emma, quel pourrait être le problème ?

… parfois, quand je suis furax contre Artemis…

— Aucune idée, je bredouille avant de me replonger dans mon ordinateur, le visage en feu.

Bon. Pas de quoi en faire une montagne. Oui, je verse du jus d'orange dans son horrible plante. Et alors ?

— Quelqu'un a-t-il vu ma tasse coupe du Monde ? s'enquiert Paul. Je ne la trouve nulle part.

… j'ai cassé la tasse de mon patron la semaine dernière et j'ai caché les morceaux dans mon sac…

Merde.

Bon. Oublions ça. J'ai cassé une malheureuse tasse. On s'en fout. Continuons à taper.

— Ah ! Jack, dit Nick sur le mode copain-copain, au cas où vous penseriez qu'on ne s'amuse jamais, levez la tête !

Il désigne la photocopie d'une fille les fesses à l'air et ne portant qu'un string, épinglée au tableau d'affichage depuis Noël.

— On ne sait toujours pas…

… j'avais un peu trop bu à la soirée de Noël…

Bon. Je veux mourir. Qu'on m'achève.

— Salut Emma !

Reconnaissant la voix de Katie, je lève la tête et je vois ma copine débarquer dans le bureau, l'air tout excitée. Dès qu'elle aperçoit Jack Harper, elle s'arrête net.

— Oh !

— Ce n'est rien. Faites comme si je n'étais pas là, dit-il en lui faisant un petit geste de la main. Continuez. Dites ce que vous alliez dire.

— Salut, Katie ! Qu'est-ce que tu veux ?

Dès que j'ai prononcé son nom, Jack Harper relève la tête, l'air fasciné.

Je n'aime pas du tout son air fasciné.

Qu'est-ce que je lui ai raconté sur Katie ? Quoi donc ? Je me creuse la cervelle. Qu'est-ce que j'ai bien pu sortir ?

J'ai l'estomac qui gargouille.

... On a un code secret : quand elle entre et dit : « Puis-je examiner certains chiffres avec toi, Emma » ça veut dire : « Sortons boire un café au Starbucks »...

Je lui ai livré notre code pour tirer au flanc.

Je plonge dans le regard de Katie pour tenter de lui faire passer le message.

Ne dis rien. Surtout ne dis pas que tu veux examiner certains chiffres.

Mais elle ne s'aperçoit de rien.

— Je voulais... commence-t-elle en s'éclaircissant la voix d'un air très professionnel, je voulais demander à Emma si elle pouvait examiner certains chiffres avec moi.

Merde.

Je suis livide. Tout mon corps me démange.

— Tu sais, dis-je d'une voix claire et fabriquée, je ne pense pas que ce soit possible aujourd'hui...

Katie écarquille les yeux.

— Je croule sous le travail, Katie. Comment lui faire comprendre de la fermer ?

— Il n'y en aura pas pour longtemps.

— Non, n'insiste pas !

Katie est si impatiente qu'elle danse d'un pied sur l'autre.

— Mais Emma, c'est… ces chiffres sont très importants. J'ai vraiment besoin… de t'en parler…

— Emma !

En entendant la voix de Jack Harper, je tressaille comme si j'avais été piquée par une guêpe. Il se penche vers moi et murmure sur le ton de la confidence :

— Emma, vous devriez peut-être vérifier ces chiffres.

Je le dévisage longuement, incapable de parler, les oreilles rouges de honte.

— Bien. Bon. Je vais m'en occuper.

7

En avançant dans la rue avec Katie, je suis partagée entre l'horreur et le fou rire. Tout le bureau essaye d'impressionner Jack Harper, pendant que moi, je sors nonchalamment sous son nez pour aller boire un cappuccino.

— Désolée de t'avoir dérangée pendant que Jack Harper était là, lance gaiement Katie en entrant chez Starbucks. Je ne pouvais pas imaginer qu'il serait assis dans le bureau. Mais tu sais, j'ai été vraiment subtile. Il ne se doutera jamais de ce qu'on manigançait.

— Tu as tout à fait raison. Jamais de la vie !

— Tu te sens bien ? Tu fais une drôle de tête.

— Je suis en pleine forme, dis-je avec un rire forcé. Tout baigne. Au fait, pourquoi cette réunion d'urgence ?

— Il *faut* que je te dise. Deux cappuccinos, s'il vous plaît. Tu ne me croiras jamais, fait-elle au comble de l'excitation.

— Quoi ?

— J'ai un rancard. J'ai rencontré un mec !

— Non ! C'est vrai ? Aussi vite !

— Oui. C'est arrivé hier, comme tu me l'avais dit. J'ai fait exprès d'aller déjeuner plus loin que d'habitude et j'ai trouvé un petit restaurant sympa. Et il y

avait un type sympa qui faisait la queue à côté de moi
– et on s'est mis à bavarder. Puis on a partagé une
table et on a encore parlé... Au moment de partir, il
m'a demandé si j'aimerais boire un verre avec lui un
soir. Et c'est ce soir !

— Génial ! Et comment il est ?

— Super. Il s'appelle Phillip. Il a de beaux yeux
pétillants, un grand sens de l'humour et il est vraiment
charmant et très poli...

— Dis-moi, c'est une perle !

— J'en ai bien l'impression.

Katie est rayonnante tandis que nous nous asseyons
devant nos cafés.

— Oui, je le sens bien, répète-t-elle. Il est différent
des autres. Je sais que ça va te sembler débile mais...
j'ai l'impression que c'est toi qui me l'as fait connaître.

— Moi ?

— Tu m'as donné suffisamment confiance en moi
pour oser lui parler.

— Tout ce que je t'ai dit...

— Tu m'as dit que tu étais sûre que j'allais rencontrer quelqu'un. Que tu avais confiance en moi. Et
voilà !

Ses yeux brillent.

— Désolée, elle se tamponne les yeux avec une serviette en papier, je suis sous le choc.

— Oh, Katie !

— Maintenant, ma vie va changer. En mieux. Et
tout ça grâce à toi !

— Mais non, Katie, ce n'était rien.

— Au contraire ! Alors, en échange, j'ai fait quelque chose pour toi.

Elle fouille dans son sac et en extirpe un grand morceau de crochet orange.

— J'ai fait ça pour toi cette nuit.

Elle attend ma réaction.

— C'est un foulard.

Je reste paralysée. Un foulard en crochet !

— Katie, tu n'aurais pas dû.

— Mais si. Une façon de te remercier.

Elle ne me quitte pas des yeux.

— Surtout depuis que tu as perdu la ceinture en crochet que je t'avais tricotée pour Noël.

— Oui, c'est tellement dommage. Cette jolie ceinture… J'étais désolée de l'avoir perdue.

— T'en fais donc pas ! Je t'en ferai une autre.

— Non ! Non ! Ne te crois pas obligée !

— Mais si ! Les amies sont là pour ça.

Il nous faut vingt minutes pour terminer nos seconds cappuccinos et reprendre le chemin du bureau. En approchant de l'immeuble Panther, je jette un coup d'œil à ma montre et sursaute en voyant que je suis partie depuis trente-cinq minutes.

— On va avoir de nouvelles machines à café, c'est cool, tu ne trouves pas ? demande Katie alors que nous grimpons les marches du perron.

— Oh… oui, vraiment formidable.

Mon estomac fait des siennes à l'idée d'affronter Jack Harper à nouveau. Je n'ai pas été aussi tendue depuis mon examen de clarinette, quand j'avais dix ans. J'avais éclaté en sanglots lorsqu'on m'avait demandé mon nom !

— À plus, fait Katie au premier étage. Et merci encore.

Dans le couloir qui mène au marketing, mes pas ralentissent. En fait, alors que j'approche de la porte, je progresse de plus en plus lentement… lentement… lentement…

Une des secrétaires de la comptabilité, marchant vivement sur ses hauts talons, me double en me jetant un regard noir.

Impossible d'entrer.

Mais si. Tout se passera bien. Je vais m'asseoir tranquillement et me mettre au travail. Il ne se rendra peut-être même pas compte de ma présence.

Allez. Plus j'attends et pire ce sera. Je respire à fond, ferme les yeux, fais quelques pas dans le bureau et les rouvre.

Il y a du vacarme autour de la table d'Artemis, et aucun signe de Jack Harper.

— Qui sait, il va peut-être réorganiser toute la société, dit quelqu'un.

— J'ai entendu dire qu'il a un projet secret…

— Il ne peut pas centraliser toutes les fonctions du marketing, dit Artemis en essayant de couvrir les autres voix.

— Où est Jack Harper ? je demande d'une façon aussi décontractée que possible.

— Il est parti, répond Nick, et je pousse un ouf de soulagement (muet). Parti ! Évaporé !

— Il va revenir ?

— Je ne crois pas. Emma, tu m'as tapé ces lettres ? Il y a trois jours que je te les ai demandées…

— Je m'y mets tout de suite, dis-je en souriant à Nick.

Installée derrière mon bureau, je me sens aussi légère qu'un ballon d'hélium. J'envoie promener mes chaussures, attrape ma bouteille d'Évian, et me fige.

Un bout de papier portant mon nom est posé sur mon clavier. L'écriture m'est inconnue.

Intriguée, je regarde autour de moi. Personne ne m'observe, ou ne guette ma réaction. En fait, personne ne fait attention à moi. Ils sont tous bien trop occupés à parler de Jack Harper.

Je déplie lentement le papier et contemple le message.

J'espère que votre réunion a été fructueuse. Les chiffres me donnent toujours le tournis.

Jack Harper

Je m'en tire bien. Le message aurait pu dire : « Videz votre bureau. »

Malgré ça, pendant le reste de la journée, j'ai les nerfs en pelote. Chaque fois que quelqu'un entre, je fais un bond sur mon siège. Et quand j'entends quelqu'un dire de l'autre côté de la porte « Jack va peut-être revenir au marketing », j'envisage d'aller me réfugier aux toilettes.

À cinq heures trente précises, je m'arrête au milieu d'une phrase, éteins mon ordinateur et prends mon manteau. Je ne vais quand même pas courir le risque de le voir réapparaître. Je descends l'escalier quatre à quatre, et ne me détends que lorsque j'ai franchi les portes sans encombre.

C'est un miracle que le métro aille si vite et j'arrive à la maison en moins de vingt minutes. En ouvrant la porte de l'appartement, je perçois un drôle de bruit venant de la chambre de Lissy. Comme des coups sourds et des chocs. Elle déplace des meubles ?

— Lissy, tu ne vas pas croire ce qui m'est arrivé aujourd'hui.

J'ouvre le réfrigérateur, prends une bouteille d'Évian et la presse contre mon front. Je reste comme ça un moment, puis j'en avale quelques gorgées et retourne dans le vestibule au moment où la porte de la chambre de Lissy s'ouvre.

— Lissy ! Mais qu'est-ce que tu fais…

Je stoppe net, car ce n'est pas Lissy, mais un homme.

Un homme ! Mince, avec un pantalon noir très mode et des petites lunettes.

— Oh ! Euh… bonsoir !

— Emma ! dit Lissy qui le suit de près.

Habillée d'un T-shirt sur un caleçon que je ne lui ai jamais vu, elle boit un verre d'eau et semble ahurie de me voir.

— Tu rentres de bonne heure.

— Je sais, j'étais pressée.

— Je te présente Jean-Paul. Jean-Paul, voici ma colocataire.

Je souris aimablement.

— Bonjour.

— Ravi de vous connaître, dit Jean-Paul avec un accent français.

C'est fou ce que c'est sexy, l'accent français ! Vraiment.

— Jean-Paul et moi on était juste… en train de… revoir des notes pour une affaire, dit Lissy.

— Parfait ! Charmant !

Des notes pour une affaire ! C'est ça ! Eh bien elles font un bruit d'enfer.

Lissy est tellement secrète !

— Il faut que j'y aille, déclare Jean-Paul en regardant Lissy.

— Je t'accompagne à la porte – Lissy semble tout énervée.

Ils disparaissent et je les entends murmurer sur le palier.

Je bois encore un peu d'eau et m'effondre dans le canapé du salon. J'ai des courbatures partout à force d'être restée comme un piquet toute la journée. C'est très mauvais pour la santé. Comment je vais survivre à la présence de Jack Harper une semaine entière ?

Lissy me rejoint au salon.

— Alors, quoi de neuf ?

— Qu'est-ce que tu veux dire ? répond-elle vaguement.

— Toi et Jean-Paul ! Depuis quand vous êtes…

— Nous ne sommes rien du tout, riposte Lissy, rouge comme une pivoine. Ce n'est pas… On était en train de travailler. Un point c'est tout.

— Absolument.

— Tu peux me croire !

Je fronce les sourcils.

— Bon, si tu le dis.

Lissy est comme ça, de temps en temps, timide et gênée. Un de ces jours, je vais la faire boire et elle me racontera tout.

— Comment était ta journée, demande-t-elle en prenant un magazine.

Ma journée ?

Je ne sais pas par où commencer !

— Ma journée a été un cauchemar.

— Vraiment ? fait Lissy, surprise.

— Non. Je reprends ce que j'ai dit. Un *épouvantable* cauchemar.

— Raconte !

— D'accord.

Je respire à fond, lisse mes cheveux et je me demande par quel bout prendre le récit.

— Bon, tu te souviens, je t'ai raconté l'horrible vol en revenant d'Écosse, l'autre jour ?

— Oui ! Et Connor est venu te chercher et tu as passé une soirée très romantique…

— Oui. Mais avant ça. Pendant le vol. Il y avait cet homme… assis à côté de moi. Et l'avion n'arrêtait

108

pas de faire des cabrioles. (Je me mords les lèvres.) Et tu sais, j'avais bien cru ma dernière heure arrivée et qu'il était la dernière personne que je voyais de ma vie et… je…

Lissy se couvre la bouche de sa main.

— Oh, mon Dieu ! Ne me dis pas que vous avez baisé !

— Pire que ça ! Je lui ai déballé tous mes secrets.

Je m'attends à ce que Lissy pousse un cri d'horreur ou s'exclame « Oh, non, pas ça ! » pour compatir, mais rien. Elle a le regard vide.

— Quels secrets ?

— Mes secrets. Tu sais bien.

Lissy me dévisage comme si je lui avais avoué que j'avais une jambe artificielle.

— Tu as des *secrets* ?

— Bien sûr que j'ai des secrets ! Tout le monde en a quelques-uns.

— Moi pas, réplique-t-elle, offensée. Je n'ai aucun secret.

— Mais si !

— Quoi, par exemple ?

— Comme… comme… Tiens.

Je compte sur mes doigts :

— La fois où tu n'as pas avoué à ton père que tu avais perdu les clés du garage.

— C'était il y a des siècles !

— Et quand tu n'a pas dit à Simon que tu espérais qu'il te demande en mariage…

— C'est faux, rougit-elle. Enfin, peut-être que…

— Et c'est pas toi qui penses que tu plais au type d'à côté, avec la tronche triste ?

— Mais c'est pas un secret !

— Si tu veux. Alors je vais lui dire, d'accord ? (Je me penche vers la fenêtre.) Eh ! Mike ! Devinez ! Lissy pense que…

— Arrête ! hurle Lissy.

— Tu vois ? Tu as des secrets. Comme tout le monde. Même le pape doit en avoir quelques-uns.

— OK, j'ai compris. Mais je ne vois pas où est le problème. Tu as raconté tes petits secrets à un type dans un avion…

— Et maintenant il a réapparu au bureau.

— Quoi ? C'est pas possible ! Qui c'est ?

— C'est…

Je suis sur le point de lui livrer le nom de Jack Harper quand je me souviens de la promesse que je lui ai faite.

— C'est un type qui vient en observateur, dis-je sans donner de détails.

— Il a un gros poste ?

— Ouais, plutôt.

— Merde !

Lissy réfléchit un moment :

— Quelle importance, s'il sait des trucs à ton sujet ? Je rougis d'un coup.

— Mais ce n'est pas que quelques trucs. C'est absolument *tout*. Je lui ai dit que j'avais falsifié une note sur mon C.V., par exemple.

— Tu as fait ça ! Tu plaisantes ?

— Je lui ai dit que je versais du jus d'orange dans la plante d'Artemis, que je trouvais les strings inconfortables…

J'arrête en voyant l'expression horrifiée de Lissy.

— Emma, tu connais l'expression « réfléchir avant de parler » ?

— Je n'avais pas l'intention de dire quoi que ce soit, dis-je pour ma défense. C'est sorti tout seul ! J'avais bu trois vodkas et je croyais que j'allais mourir. Franchement, Lissy, tu en aurais fait autant à ma place. L'avion faisait des bonds, tous les gens criaient ou priaient…

— Et t'as sorti tous tes secrets à ton patron.

— Mais dans l'avion, il n'était *pas* mon patron ! Juste un inconnu. Je n'étais pas censée le revoir.

Lissy digère ce que je viens de lui raconter.

— J'ai une cousine à qui il est arrivé la même chose, dit-elle enfin. Elle était à une soirée et là, devant elle, elle a vu le toubib qui l'avait accouchée deux mois plus tôt.

— Merde !

— Exactement. Elle était si gênée qu'elle a dû filer. Tu comprends, il avait tout vu ! À l'hôpital, ça n'avait pas d'importance, mais quand elle l'a vu devant elle, en train de boire un verre en bavardant sur le prix de l'immobilier, ce n'était plus du tout pareil.

— Oui, c'est comme pour moi. Il connaît mes secrets les plus intimes, les plus personnels. Sauf que moi, je ne peux pas partir. Je dois rester à mon bureau et faire semblant d'être une employée modèle. Et il *sait* que c'est faux.

— Qu'est-ce que tu comptes faire ?

— Aucune idée ! Essayer de l'éviter au maximum.

— Il va rester combien de temps ?

— Jusqu'à la fin de la semaine, dis-je, désespérée. Toute la semaine !

Je prends la télécommande et allume la télé. Nous regardons en silence des mannequins qui dansent pour les jeans Gap.

À la fin de la pub, je lève la tête et surprends Lissy qui me regarde bizarrement.

— Quoi ? Qu'est-ce qui ne va pas ?

— Emma... demande-t-elle en se raclant la gorge, tu n'as pas de secrets pour moi, hein ?

— Pour *toi* ?

Une série d'images me traversent l'esprit. Le rêve étrange où Lissy et moi étions lesbiennes. Toutes les fois où j'ai acheté des carottes ordinaires en jurant qu'elles étaient bio. La fois où, quand nous avions quinze ans et qu'elle était allée en France, j'étais sortie avec Mike Appleton, dont elle était amoureuse ; je ne le lui ai jamais dit.

— Non, bien sûr que non, dis-je vivement. Pourquoi ? Tu as des secrets pour moi ?

Deux points roses apparaissent sur les joues de Lissy.

— Non ! Aucun ! s'exclame-t-elle d'une voix forcée. Je me demandais... juste.

Elle s'empare du programme télé en évitant de me regarder.

— Tu sais, c'était juste de la curiosité.

— Oui, moi aussi.

Bravo ! Lissy a un secret. Je me demande ce que...

Mais bien sûr. Comme me faire croire qu'elle étudiait des notes avec ce Jean-Paul. Elle me prend pour une débile profonde ou quoi ?

8

En arrivant au bureau le lendemain, je n'ai qu'un but : éviter Jack Harper.

Ça devrait être assez facile. La Panther est une immense société installée dans un immense immeuble. Aujourd'hui, il va s'occuper d'autres services. Et être pris par un tas de réunions. Il passera sans doute sa journée au onzième étage.

Malgré tout, devant les portes en verre, je ralentis l'allure et jette un œil à l'intérieur, au cas où.

— Comment va, Emma ? demande Dave, le vigile. Vous avez l'air perdue.

— Non, ça va bien, dis-je avec un petit rire relax, tout en inspectant le vestibule.

Il n'est nulle part. Bon, pas de problème. Il n'est pas encore arrivé. Je rejette mes cheveux en arrière en signe de soulagement, traverse le hall en marbre d'un pas vif et commence à grimper l'escalier.

— Jack ! entends-je au premier étage, auriez-vous une minute ?

— Bien sûr.

C'est sa voix. Où est-il donc ?

Je me retourne, ébahie, et le repère sur le palier, en train de parler à Graham Hillingdon. Mon cœur bondit et j'agrippe la rampe en cuivre. Merde. S'il regarde en bas, il va me voir.

Quelle idée absurde de rester *là* ! Il ne dispose pas d'un grand bureau ?

Tant pis. Je vais m'arranger autrement. Je vais… prendre un autre chemin. Tout doucement, je redescends quelques marches, m'efforçant de ne pas faire résonner mes talons sur le marbre ni de faire des mouvements brusques qui pourraient attirer son attention. Moira, de la compta, qui monte pendant ma manœuvre, me regarde bizarrement. Mais je n'en ai rien à foutre. Je dois m'esquiver.

Dès que j'ai disparu de son champ de vision, je me sens mieux et je retraverse le vestibule. Je vais prendre l'ascenseur. Aucun problème. Je suis à mi-chemin quand je me fige.

— C'est exact.

Encore une fois sa voix. Qui se rapproche. Ou bien c'est moi qui deviens parano ?

— … je vais me pencher sur ce dossier…

Ma tête chavire. Où se trouve-t-il ? Quelle direction emprunte-t-il ?

— … j'en suis persuadé…

Horreur ! Il descend l'escalier. Et je n'ai aucun endroit où me cacher !

Sans réfléchir, je cours en direction des portes de verre et me dépêche de sortir dans la rue. Je me précipite en bas des marches, pique un cent mètres et m'arrête hors d'haleine.

Rien ne va.

Je reste quelques minutes sur le trottoir en essayant de calculer combien de temps il va passer dans le vestibule. Je reviens vers les portes de verre. Nouvelle tactique. Je vais foncer si vite jusqu'à mon bureau que je ne croiserai aucun regard. Aucune importance donc si je double Jack Harper. Je marcherai à côté de lui, comme avec des œillères. Oh, non, il parle à Dave.

Je panique, je redescends les marches en courant et je me retrouve dans la rue.

Ça devient ridicule. Je ne peux quand même pas rester dehors toute la journée. Il faut que j'arrive à mon bureau. Allons, réfléchissons. Il doit y avoir un moyen. Il doit…

Oui ! J'ai une idée absolument lumineuse. La solution parfaite.

Trois minutes plus tard, je suis devant les portes de verre, totalement absorbée par la lecture du *Times*. Je ne peux rien voir. Et personne ne peut voir mon visage. Le déguisement idéal !

Je pousse la porte d'un coup d'épaule, traverse le vestibule, monte les marches sans lever la tête. Dans le couloir qui mène au marketing, toujours plongée dans mon journal, j'ai l'impression d'avoir regagné mon nid douillet et protecteur. Je devrais faire ça plus souvent. Personne pour m'embêter. C'est merveilleusement rassurant, presque comme si j'étais invisible, ou…

— Oh ! Pardon !

J'ai percuté quelqu'un. Merde. Je baisse mon journal pour voir Paul me regarder en se massant le crâne.

— Emma, qu'est-ce que vous foutez, merde !

— J'étais juste en train de lire le *Times*, dis-je sans conviction. Je suis désolée.

— Oublions ça. Mais où étiez-vous fourrée ? Je veux que vous prépariez le thé et le café à la réunion du service. À dix heures.

— Comment ça ?

En général, on ne sert rien à boire dans ce genre de conférence. En fait, il n'y a jamais plus de six personnes.

— Aujourd'hui, on aura du thé, du café et des gâteaux. Vu ? Et Jack Harper sera présent.

— Quoi ?

— Jack Harper va se pointer, s'impatiente Paul. Alors, grouillez-vous !

— Il faut vraiment que je sois là ? dis-je, désespérée.

— Quoi ? Paul me regarde dans le blanc des yeux.

— Je me demandais si… je devais venir ou si…

— Emma, si vous pouvez servir le thé et le café par télépathie, lance-t-il, sarcastique, restez donc à votre bureau. Sinon, vous avez intérêt à bouger vos petites fesses et à monter dans la salle de conférences. Vous savez, pour quelqu'un qui veut progresser…

Il secoue la tête et s'éloigne d'un air digne.

Comment les choses peuvent-elles être aussi catastrophiques alors que je ne me suis même pas encore assise à mon bureau ?

Je largue mon sac et ma veste sur ma chaise et me rue aux ascenseurs. Une cabine s'arrête devant moi, les portes coulissent.

Non. Non.

C'est un cauchemar.

Jack Harper se tient seul au fond de l'ascenseur, vêtu d'un vieux jean et d'un pull marron en cachemire.

Je bondis en arrière, sans même m'en apercevoir. Jack Harper range son téléphone portable, penche la tête et me regarde d'un air circonspect.

— Vous prenez l'ascenseur ?

Je l'ai dans l'os. Que dire ? « Non, j'ai appuyé sur le bouton pour m'amuser, ha ! ha ! ha ! » ?

— Oui, admets-je enfin en traînant les pieds.

Les portes se referment et nous commençons à monter en silence. J'ai l'estomac complètement noué.

— Euh, monsieur Harper, je me lance, extrêmement gênée. Je voulais m'excuser… pour m'être esquivée l'autre jour. Je ne recommencerai jamais.

— Désormais, vous avez du café buvable, dit-il. Au moins, vous n'avez plus besoin d'aller au Starbucks.

— Je sais. Je suis désolée. Et je peux vous affirmer que c'était la dernière fois que je faisais ça. (Je m'éclaircis la gorge.) Je suis totalement dévouée à la société Panther et j'ai plaisir à travailler pour elle le mieux possible, à lui donnant cent pour cent de mes forces, chaque jour, maintenant et à l'avenir.

J'ai failli ajouter : « Amen ! »

— Vraiment.

Jack me regarde, mi-figue, mi-raisin.

— Voilà qui est formidable. (Il réfléchit un moment.) Emma, vous pouvez garder un secret ?

— Oui, dis-je, un peu inquiète. Lequel ?

Jack se penche vers moi et murmure :

— Moi aussi, j'ai tiré au flanc.

— Quoi ?

— Lors de mon premier boulot, j'avais un copain avec qui je sortais souvent. (Il a repris sa voix normale.) Nous avions un code, nous aussi. L'un demandait à l'autre de lui apporter le dossier Leopold.

— Qu'est-ce qu'il y avait dans ce dossier ?

— Rien. Il n'existait pas ! (Il sourit.) C'était juste une excuse pour quitter nos bureaux.

— Ah, je vois !

Soudain, je respire un peu mieux.

Jack Harper tirait au flanc ! Moi qui pensais qu'il était trop occupé à inventer des trucs géniaux ou quelque chose comme ça.

L'ascenseur s'arrête au troisième étage, mais personne ne monte.

— Vos collègues ont l'air plutôt sympathiques, constate Jack alors que nous reprenons notre ascension. Ils sont comme ça tout le temps ?

— Absolument ! réponds-je du tac au tac. Nous nous efforçons de collaborer pour accomplir un travail d'équipe qui soit intégré… opérationnel…

Je cherche un autre mot compliqué lorsque je fais l'erreur de croiser son regard.

Il sait pertinemment que je déconne, non ?

J'en ai marre ! À quoi ça sert ?

— Bon. En fait, ça ne se passe pas comme ça. Paul m'engueule six fois par jour, Nick et Artemis ne peuvent pas se blairer, et nous ne discutons pas de littérature. C'était tout du bidon.

— Pas possible ! L'ambiance à l'administration était tout aussi fabriquée. Je me suis méfié lorsque deux employés ont entonné le chant de la société Panther. Je ne savais pas qu'un tel chant existait !

— Moi non plus. C'est joli ?

— À votre avis ? fait-il en soulevant ses sourcils d'une façon si comique que j'éclate de rire.

Bizarre, mais entre nous, les choses sont de moins en moins tendues. En fait, j'ai l'impression que nous sommes de vieux amis, ou presque.

— Et cette fête de la société ? Vous avez envie d'y aller ?

— Autant que de me faire arracher une dent !

— Je vois. Et que… que pensent les gens de moi ? demande-t-il en s'ébouriffant les cheveux. Vous n'êtes pas obligée de me répondre.

— Oh, tout le monde vous trouve sympa !

Je réfléchis un instant et j'ajoute :

— Mais les gens n'aiment pas votre copain. Il leur fait peur.

— Qui ça ? Sven ?

Jack me dévisage un moment puis rejette la tête en arrière et se met à rire :

— Sven est un de mes plus vieux amis, et je vous assure qu'il n'a rien de méchant. En fait...

Il arrête de parler lorsque les portes de l'ascenseur cliquettent. Nous prenons tous les deux des poses impassibles et nous nous écartons l'un de l'autre. La cabine s'ouvre et je fais un bond.

Connor se tient sur le palier.

En reconnaissant Jack Harper, son visage s'illumine comme s'il était touché par la grâce.

— Salut, dis-je, aussi naturelle que possible.

— Salut, répond-il les yeux brillants d'excitation en pénétrant dans l'ascenseur.

— Bonjour, dit Jack. Quel étage ?

— Neuvième, je vous prie.

Connor avale sa salive.

— Monsieur Harper, puis-je me présenter à vous, dit-il la main tendue, avec beaucoup de manières. Je m'appelle Connor Martin et je travaille à la recherche. Vous allez venir dans notre service tout à l'heure.

— Ravi de vous connaître, Connor. La recherche est un secteur-clé dans notre entreprise.

— Vous avez tellement raison ! Je serai ravi de pouvoir discuter avec vous de nos dernières conclusions concernant le Panther sportswear. Nous avons débouché sur des résultats vraiment passionnants au sujet des goûts de la clientèle en matière d'épaisseur des tissus. Vous risquez d'être étonné !

— Je... n'en doute pas. Je me ferai un plaisir.

Connor me lance un regard tout excité.

— Vous avez déjà fait la connaissance d'Emma Corrigan, du marketing ? demande Connor.

— Oui, absolument, répond Jack, ses yeux brillants posés sur moi.

Le silence règne dans la cabine pendant quelques instants.

C'est étrange.

Non, ce n'est pas étrange, c'est beaucoup mieux ainsi.

— Vous n'êtes pas trop bousculé ? demande Connor.

Il consulte sa montre et je suis horrifiée de voir que Jack la regarde aussi.

La vache !

… lui ai donné une ravissante montre, mais il préfère porter sa montre digitale orange…

— Une seconde ! s'exclame Jack.

Il dévisage Connor comme s'il le voyait pour la première fois.

— Attendez ! C'est vous, Ken.

Oh non.

Oh non, non, non, non…

— Non, moi c'est Connor, Connor Martin.

— Désolé, fait Jack en se frappant le front. Connor, bien sûr. Et vous deux – il me désigne du menton – vous êtes ensemble.

Connor semble mal à l'aise.

— Je peux vous affirmer, monsieur, que pendant les heures de travail, nos liens sont purement professionnels. Cependant, dans un contexte privé, Emma et moi sommes… enfin, oui, nous avons des liens intimes.

— C'est merveilleux ! déclare Jack.

Et Connor s'épanouit comme une fleur au soleil.

— En fait, ajoute-t-il fièrement, Emma et moi avons décidé de vivre ensemble.

— Vraiment ? demande Jack avec un coup d'œil étonné dans ma direction. Quelle… grande nouvelle. Quand vous êtes-vous décidés ?

— Il y a seulement deux jours. À l'aéroport.

— À l'aéroport, répète Jack Harper. Comme c'est intéressant.

Impossible de regarder Jack. J'ai les yeux rivés au sol. Ce foutu ascenseur ne pourrait-il pas grimper plus vite ?

— Oh, je suis persuadé que vous serez très heureux ensemble, lance Jack à Connor. Vous semblez faits l'un pour l'autre.

— Comme vous avez raison ! Pour commencer, nous adorons le jazz, tous les deux.

— Vraiment ? Vous savez, il n'y a rien de plus agréable au monde que de partager le même amour du jazz.

Il se fout de lui ! C'est intolérable.

— Vous êtes sincère ? insiste Connor.

— Et comment ! Au jazz, j'ajouterais les films de Woody Allen.

— Mais nous adorons ses films ! s'exclame Connor qui ne se sent plus. N'est-ce pas Emma ?

— Oui, fais-je d'une voix étranglée. Nous les aimons beaucoup.

— Ah, Connor, dites-moi, continue Jack sur le ton de la confidence, avez-vous réussi à trouver chez Emma...

S'il prononce le mot « point G », je meurs. Je vais mourir. *Mourir.*

—... enfin, est-ce que sa présence dans ces murs risque de vous distraire ? Si j'étais à votre place, ce serait le cas.

Si Jack sourit à Connor, celui-ci ne bronche pas.

— Comme je vous l'ai dit, monsieur, répond-il un peu sèchement, Emma et moi avons des relations purement professionnelles pendant le travail. Nous n'abuserions pas des heures dévolues à la société à des fins... personnelles. Par fins, j'entends...

— Je suis heureux de l'entendre, dit Jack, amusé.

121

Mon Dieu, pourquoi Connor a-t-il besoin de faire tant de manières ?

L'ascenseur cliquette à nouveau et je me sens soulagée. Je vais enfin pouvoir m'échapper...

— On dirait qu'on va tous au même endroit, dit Jack. Connor, montrez-nous donc le chemin.

Je n'en peux plus. Je n'en peux vraiment plus. Tout en demandant aux cadres du marketing s'ils veulent du thé ou du café, je parais calme et souriante. Et je plaisante même. Mais à l'intérieur, je suis perturbée et déconcertée. Je ne veux pas me l'avouer, mais regarder Connor avec les yeux de Jack m'a troublée.

J'aime Connor, j'aime Connor, j'aime Connor. Je ne pensais pas ce que j'ai dit dans l'avion. Je l'aime. Je le regarde attentivement pour me rassurer. Aucun doute. Connor est beau, ça saute aux yeux. Il respire la santé. Ses cheveux sont brillants, ses yeux sont bleus et il a une merveilleuse fossette quand il sourit.

Jack Harper, en revanche, paraît fatigué et ébouriffé. Il a des cernes sous les yeux et ses cheveux partent dans tous les sens. Et il a un trou dans son jean.

Et pourtant. Il a une sorte de magnétisme. Assise à côté du chariot des boissons, je ne peux le quitter des yeux.

Je me dis que c'est à cause de l'avion, à cause de la situation traumatisante que nous avons vécue ensemble. C'est la seule explication qui tienne.

— Nous avons besoin de réfléchir latéralement, annonce Paul. La tablette Panther n'est pas suffisamment génératrice de profits. Connor, vous avez les dernières statistiques ?

Connor se lève et je suis inquiète à son sujet. Je devine qu'il est nerveux à sa façon de tripoter ses boutons de manchette.

— C'est exact, Paul.

Il prend un dossier et se racle la gorge :

— Pour nos plus récents sondages, nous avons interrogé mille adolescents sur les aspects des tablettes Panther. Malheureusement, les résultats sont peu concluants.

Il appuie sur sa télécommande. Un graphique apparaît sur un écran derrière lui, que nous regardons tous sagement.

— 74 % des 10-14 ans, trouvent que la texture n'est pas assez fondante, dit Connor très sérieusement. Cependant, 67 % des 15-18 ans trouvent qu'elle pourrait être plus croustillante, tandis que 22 % trouvent qu'elle devrait être moins croustillante…

Je regarde au-dessus de l'épaule d'Artemis : elle a griffonné fondant/croustillant sur son carnet de notes.

Connor fait apparaître un autre graphique.

— Quant à la saveur, 46 % des 10-14 ans l'ont trouvée trop piquante. Mais 33 % des 15-18 ans ont pensé le contraire, alors que…

Bon. Je sais que c'est Connor. Et je l'aime et tout et tout. Mais est-ce qu'il ne pourrait pas rendre ces chiffres un peu plus captivants ?

Je regarde Jack Harper pour voir comment il prend la chose, il me sourit. Je pique un fard, me sentant l'âme d'une traîtresse.

— Et 90 % des filles préféreraient moins de calories, conclut Connor. Mais la même proportion désire un enrobage en chocolat plus épais.

Il hausse les épaules en signe d'impuissance.

— Ils ne sont pas foutus de savoir ce qu'ils veulent, dit quelqu'un.

— Notre sondage comprend toutes les catégories d'adolescents : blancs, antillais, noirs, asiatiques et… Il consulte son dossier : les armées de Jedi !

— Des gamins ! s'exclame Artemis en levant les yeux au ciel.

— Connor, rappelez-nous quelle est notre cible ?

— Notre cible… dit Connor en ouvrant un autre dossier, est constituée des 10-18 ans qui sont en classe à temps partiel ou à temps plein. Il ou elle boit du Panther Cola quatre fois par semaine, mange des hamburgers trois fois par semaine, va au cinéma deux fois par semaine, lit des magazines et des B.D. mais pas de livres, et serait d'accord avec la formule : « Mieux vaut être cool que riche… »

Il lève la tête et demande :

— Vous voulez que je continue ?

— Prend-il ou prend-elle des toasts au petit déjeuner ou des céréales ? demande quelqu'un sérieusement.

— Je… ne suis pas sûr, dit Connor en feuilletant fébrilement son dossier. On pourrait faire d'autres études…

— Je crois qu'on a une idée du tableau, dit Paul. L'un de vous a-t-il quelque chose à suggérer ?

Je prends enfin mon courage à deux mains et je dis :

— Vous savez, mon grand-père adore les tablettes Panther !

Toute l'assistance se retourne sur son siège pour me dévisager et je rougis.

— Quel est le rapport avec notre sujet ? souligne Paul, mécontent.

— J'ai pensé que je… pourrais peut-être l'interroger…

— Avec tout le respect que je te dois, Emma, dit Connor avec un sourire condescendant, ton grand-père ne fait pas partie de notre échantillonnage !

— À moins qu'il n'ait commencé très jeune, rajoute Artemis.

Je pique un fard et je retourne à mes sachets de thé.

Franchement, je suis humiliée. Quel besoin avait Connor de dire ça ? Je sais qu'au bureau il veut être au-dessus de tout soupçon. Mais de là à être méchant. Moi, je prendrais toujours sa défense.

— Selon moi, intervient Artemis, il faudrait abandonner la tablette Panther si elle n'est pas bénéficiaire. Inutile de s'embarrasser d'un canard boiteux.

Je suis affolée ! Ils ne peuvent pas l'abandonner ! Mon grand-père apportera quoi à ses tournois de boules ?

— Si l'on revoit les coûts et les cibles... propose quelqu'un.

— Je ne suis pas d'accord, l'interrompt Artemis. Si nous maximisons notre innovation conceptuelle selon une ligne fonctionnelle et logistique, on peut se concentrer sur nos compétences stratégiques...

Jack Harper lève la main.

— Pardonnez-moi.

C'est la première fois qu'il parle et tout le monde se tourne vers lui. Il y a du suspense dans l'air et Artemis se gonfle comme une baudruche.

— Oui, monsieur Harper ?

— Je ne comprends pas un mot de ce que vous dites.

L'assistance frémit et je laisse échapper un petit rire.

— Comme vous le savez, je suis retiré des affaires depuis un certain temps. Pourriez-vous traduire en langage courant ce que vous venez de dire ?

— Oh ! s'exclame Artemis, légèrement dégonflée. Eh bien, je disais que d'un point de vue stratégique, sans tenir compte de notre vision en tant que groupe...

Elle s'arrête en voyant la tête de Jack.

— Essayez encore une fois, fait-il gentiment. Sans utiliser le mot stratégique.

— Oh, répète Artemis en se frottant le nez. Eh bien, je voulais dire que... nous devrions nous concentrer sur ce que nous... savons bien faire.

— Ah, s'écrie Jack Harper, je comprends maintenant. Je vous en prie, continuez.

Il me regarde, lève les yeux au ciel et sourit. Je ne peux m'empêcher de lui rendre son sourire.

La réunion terminée, les gens sortent peu à peu de la salle en bavardant. Je fais le tour de la table pour ramasser les tasses.

— Quel plaisir d'avoir fait votre connaissance, monsieur Harper, dit Connor. Désirez-vous une copie de ma présentation…

— Non merci, je ne crois pas que ce sera nécessaire, répond Jack sur ce ton sec et ironique qui est le sien. Je crois que j'ai compris l'essentiel.

Mon Dieu ! Connor ne se rend pas compte qu'il en fait trop ?

J'empile les tasses en équilibre instable sur le chariot et commence à ramasser les papiers de gâteaux.

— Je dois me rendre au studio de création, maintenant, est en train de dire Jack Harper, mais je ne me souviens pas du…

— Emma ! crie Paul. Voulez-vous emmener Jack au studio ? Vous rangerez plus tard.

Je me fige sur place.

Merde ! Assez !

Une fois que j'ai fait sortir Jack de la salle, assez gauchement je dois l'avouer, nous progressons côte à côte le long du couloir. Les gens qui nous croisent réagissent de deux façons : soit ils font semblant de ne pas nous regarder, soit ils se transforment en robots. De toute façon, ça me donne des picotements dans le visage. Le personnel dans les bureaux se pousse du coude et j'entends quelqu'un dire « Faites gaffe, il arrive ! »

C'est toujours comme ça quand Jack se déplace ?

— Alors, lance-t-il, badin, vous allez emménager avec Ken ?

— Oui, mais c'est Connor.

— Vous êtes contente ?

— Oui. Très.

Nous arrivons aux ascenseurs. Je sens qu'il me scrute. Je le sens.

— Qu'est-ce qu'il y a ?

— J'ai dit quelque chose ?

Il lève les sourcils. En voyant son expression, je suis piquée au vif. Non, mais qu'est-ce qu'il croit ?

— Je sais ce que vous pensez. Mais vous avez tort.

— J'ai tort ?

— Oui ! Vous vous… méprenez.

— Je me méprends ?

On dirait qu'il veut rire, et une petite voix me souffle d'arrêter. Impossible. Je dois lui expliquer ce dont il s'agit.

— Écoutez, j'ai pu faire certaines remarques dans l'avion. Mais vous devez savoir que cette conversation s'est déroulée dans des circonstances extrêmement pénibles et que j'ai dit des choses que je ne pensais pas. Des tas de choses !

Voilà qui devrait remettre les choses au point !

— Je vois, dit Jack, songeur. Ainsi… vous n'aimez pas les glaces au double chocolat de chez Häagen-Dazs.

Je le regarde, décontenancée.

Je me racle la gorge plusieurs fois.

— Bien sûr, certaines choses, je les pensais…

Les portes s'ouvrent et nous tressautons.

— Jack ! s'exclame Cyril depuis la cabine, je me demandais où vous étiez.

— Je bavardais agréablement avec Emma que voici. Elle m'a gentiment proposé de me guider.

— Ah.

— Cyril me jette un coup d'œil dédaigneux.

Ils vous attendent au studio.

— Bon, eh bien… je vais vous laisser, dis-je maladroitement.

— À bientôt, Emma, fait Jack en souriant. J'ai été ravi de bavarder avec vous.

9

Ce soir-là, en quittant le bureau, je me sens aussi agitée qu'une boule de verre remplie de neige. J'étais parfaitement satisfaite de n'être qu'un placide petit village suisse. Et voilà que Jack est venu, qu'il m'a secouée, et maintenant il y a des flocons qui tourbillonnent partout et je ne sais plus quoi penser.

Et aussi quelques jolies petites paillettes. D'infimes petites parcelles d'excitation secrète.

Chaque fois que je surprends son regard ou que j'entends sa voix, j'ai un coup au cœur.

Ce qui est ridicule. Absolument ridicule.

Connor est mon petit ami. Il est mon avenir. Il m'aime, je l'aime et nous allons habiter ensemble. Et nous allons avoir du parquet, des volets et des plans de travail en marbre. Et voilà.

Et voilà.

En arrivant à la maison, je trouve Lissy à genoux dans le salon : elle aide Jemima à enfiler une robe en daim noir trop petite d'au moins trois tailles.

— Incroyable ! dis-je en posant mon sac.

— Opération terminée ! halète Lissy. J'ai réussi à te zipper. Tu peux respirer ?

Jemima ne bouge pas d'un cil. Lissy et moi nous regardons.

— Jemima ? répète Lissy, inquiète, tu peux respirer ?

— Plus ou moins, expire enfin Jemima. Ça ira.

Très lentement, le corps totalement rigide, elle titube jusqu'à son sac Vuitton posé sur une chaise.

— Comment tu vas faire pour aller aux toilettes ? fais-je en l'observant.

— Et pour l'accompagner chez lui ? demande Lissy en pouffant.

— C'est notre deuxième rendez-vous ! Je n'irai pas chez lui ! s'exclame Jemima, horrifiée. Ce n'est pas comme ça – elle a du mal à respirer – qu'on se fait passer la bague au doigt.

— Et si la passion et le désir fou te font perdre la tête ?

— S'il te pelote dans le taxi ?

— C'est pas son genre, soupire Jemima, les yeux au ciel. C'est pas n'importe qui, c'est le premier assistant du sous-secrétaire du ministre du Budget !

En croisant le regard de Lissy, je ne peux m'empêcher d'éclater de rire.

— Emma, arrête de rigoler, plaisante Lissy, la bouche en cul de poule. Il n'y a pas de mal à être secrétaire ! Il peut toujours grimper, s'éduquer…

— Très drôle, grince Jemima, furieuse. Vous savez, un de ces jours, il sera anobli par la reine. Et vous rigolerez moins.

— Certainement pas ! s'exclame Lissy. On rigolera même encore plus.

Elle observe Jemima, qui se tient près de la chaise, incapable d'atteindre son sac.

— Tu te rends compte ? Tu ne peux même pas te baisser pour le prendre !

— Mais si ! riposte Jemima dans un dernier effort pour plier son corps. Bien sûr que si !

Elle réussit à passer ses doigts aux longs faux ongles en acrylique dans la bandoulière du sac et à le balancer sur son épaule.

— Tu vois ?

— Et s'il t'invite à danser ? demande perfidement Lissy. Comment tu vas t'en tirer ?

Une lueur de panique traverse les yeux de Jemima et disparaît.

— Il ne m'invitera pas. Les Anglais ne dansent jamais.

— Très juste ! Amuse-toi bien !

Tandis que Jemima disparaît, je m'enfonce dans le canapé et prends un magazine. Je regarde Lissy qui, les yeux fixés droit devant elle, semble préoccupée.

— Conditionnel ! s'écrie-t-elle soudain. Bien sûr ! Comment j'ai pu être aussi bête ?

Elle fouille sous le canapé et en retire de vieux mots croisés. Elle les parcourt rapidement.

Je vous jure ! Comme si être une grande avocate ne lui suffisait pas pour dépenser son énergie cérébrale, Lissy passe son temps à faire des mots croisés, à résoudre des problèmes d'échecs par correspondance et des casse-tête intellectuels que lui envoie une société zinzin de gens superdoués. (Ils ne s'appellent pas comme ça, bien sûr. Leur nom officiel est « Tournure d'esprit » – pour ceux qui aiment penser. Au bas de la brochure, il est indiqué qu'il faut avoir un Q.I. de 600 pour en faire partie.)

Et quand elle ne trouve pas la solution, elle ne jette pas le truc en disant « quel problème débile », comme moi je le ferais. Elle le met de côté. Et puis trois mois plus tard, en regardant *Eastenders* à la télévision, la réponse lui vient. Et c'est l'extase ! Juste parce qu'elle a trouvé le dernier mot manquant.

Lissy est ma plus vieille amie et je l'adore. Mais parfois, je ne la comprends vraiment pas.

— Qu'est-ce que tu écris ? La solution d'un problème de 1993 ?

— Très drôle ! Tu fais quoi ce soir ?

— Je pensais glander à la maison. En fait, je vais inspecter mes affaires, dis-je tandis que mes yeux tombent sur un article intitulé « L'entretien de sa garde-robe ».

— Tu vas faire quoi ?

— Vérifier si j'ai des boutons qui manquent et des ourlets défaits, réponds-je en lisant l'article. Et brosser les vêtements avec une brosse à habits.

— Tu as une brosse à habits ?

— Avec une brosse à cheveux, alors.

— Ah oui. Tant pis. Parce que je me demandais si tu voulais sortir.

— Super ! (Mon magazine glisse au sol.) Pour aller où ?

— Devine ce que j'ai.

Elle lève les sourcils pour me taquiner et fouille dans son sac. Très lentement, elle en sort un gros porte-clés rouillé et une clé toute neuve.

— C'est quoi ?

Je suis intriguée, puis soudain, je comprends.

— Non ?

— Si ! J'entre ! J'ai la clé !

— Oh, Lissy ! C'est génial !

— Je sais, fait-elle, rayonnante.

La clé que détient Lissy est la chose la plus cool au monde. Elle ouvre la porte d'un club privé de Clerkenwell où tout, absolument tout se passe et où il est impossible d'entrer.

Et Lissy a son entrée !

— Lissy, tu es la meilleure !

— Non, c'est pas moi, dit-elle ravie. C'est Jasper, au tribunal. Il connaît tous les membres du comité.

— Je m'en fous ! J'en ai plein les yeux.

Je prends la clé et la contemple, fascinée, mais il n'y a rien d'inscrit dessus. Ni nom, ni adresse, ni logo, ni rien. Elle ressemble à la clé de la cabane à outils de mon père, mais en bien plus cool, évidemment.

— Alors, qui sera là ce soir ? Il paraît que Madonna est membre. Et aussi Jude Law et Sadie Frost ! Et ce superbe acteur de *Eastenders*. Tout le monde dit qu'il est gay…

— Emma, m'interrompt Lissy. Je ne te garantis pas la présence de stars.

— Je sais bien, je rétorque un peu vexée.

Non mais ! Lissy me prend pour qui ? Je suis une Londonienne cool et sophistiquée, pas du tout impressionnée par des célébrités sans intérêt. Je disais ça en passant, c'est tout.

— De toute façon, ça doit casser l'ambiance s'il y a trop de gens célèbres. Il n'y a pas pire que d'être assise à une table et d'essayer d'avoir une conversation normale avec des stars de cinéma, des mannequins et des chanteurs qui s'agitent partout…

Silence : nous réfléchissons toutes les deux à ce que je viens de dire.

— Bon, fait Lissy d'un ton décontracté, on devrait se préparer.

— Pourquoi pas ? dis-je sur le même ton.

Je n'en ai pas pour longtemps. Je vais juste enfiler un jean. Et me laver les cheveux en vitesse, ce que j'avais l'intention de faire de toute façon.

Et m'appliquer un masque sur le visage.

Une heure plus tard, Lissy apparaît à ma porte, vêtue d'un jean, d'un bustier noir moulant et de ses chaussures à talons aiguilles, qui, je le sais, lui donnent des ampoules.

— T'en penses quoi ? demande-t-elle toujours sur le même ton. J'ai pas fait beaucoup d'efforts…

— Moi non plus, dis-je en soufflant sur ma deuxième couche de vernis à ongles. Après tout, c'est une soirée toute simple. Je me suis à peine maquillée. (Je regarde Lissy de près.) Tu as mis des faux cils ?

— Non… Enfin, oui… Mais tu n'aurais pas dû les remarquer. Ils s'appellent « regard naturel ».

Elle s'approche de la glace, bat des cils, soudain inquiète.

— Ça se voit tellement ?

— Non ! dis-je pour la rassurer.

Je prends mon pinceau à blush et quand je lève les yeux, Lissy fixe mon épaule.

— Qu'est-ce c'est ?

— Quoi ? fais-je innocemment en touchant le petit cœur en strass sur mon omoplate. Oh, ça ? C'est rien. Juste un truc que j'ai mis pour rire…

Je noue mon bustier dos nu et me glisse dans mes bottes pointues en daim. Je les ai achetées chez Sue Ryder il y a un an, elles sont un peu éraflées mais dans l'obscurité qui le remarquera ?

— Tu crois qu'on est trop habillées ? demande Lissy quand je la rejoins devant la glace. Et si elles sont toutes en jean ?

— Mais nous aussi on est en jean !

— Mais si elles portent de gros pulls et qu'on a l'air stupide ?

Lissy est toujours parano au sujet des fringues. Pour la première fête de Noël du tribunal, elle ne savait pas si « tenue de soirée » voulait dire pour les filles robes longues ou seulement quelque chose d'habillé. Et elle m'a demandé de rester à la porte avec six tenues différentes, pour qu'elle puisse se changer rapidement au cas où. (Bien sûr, la première robe qu'elle avait mise était parfaite. Je le lui avais dit.)

— Elles ne porteront sûrement pas des gros pulls. Allez, en route.

Lissy regarde sa montre.

— Impossible ! Il est bien trop tôt !

— Mais si. On peut faire comme si on prenait juste un verre avant d'aller à une autre soirée de stars.

— Oui. Tu as raison, acquiesce Lissy, enchantée. Cool. Allons-y.

Il nous faut un quart d'heure en bus pour aller de Islington à Clerkenwell. Lissy me guide le long d'une rue déserte près de Smithfield Market, bordée d'entrepôts et d'immeubles de bureaux vides. On tourne à un coin, puis à un autre, et on débouche dans une étroite ruelle.

— À droite, dit Lissy en consultant un bout de papier. C'est caché quelque part.

— Il n'y a pas de panneau ?

— Non. C'est le but du jeu, personne en dehors des membres ne connaît l'endroit. Il faut frapper à la bonne porte et demander Alexander.

— Qui est Alexander ?

— Je ne sais pas. Un mot de passe.

Un mot de passe ! De plus en plus cool. Tandis que Lissy s'accroupit devant un interphone enfoui dans un mur, je regarde autour de moi. La ruelle n'a rien de particulier. Elle serait plutôt moche. Juste des rangées de portes identiques et de fenêtres aveugles sans aucun signe de vie. Mais vous imaginez ! Derrière cette façade sinistre bat le cœur de la jet-set londonienne !

— Bonsoir, Alexander est là ? demande Lissy nerveusement.

Moment de silence. Et puis, comme par magie, un déclic, et la porte s'ouvre.

La vache ! C'est la caverne d'Ali Baba. Légèrement tremblantes, nous empruntons un couloir qui vibre sous la musique. Nous arrivons à une porte d'acier unie et Lissy sort sa clé. La porte s'ouvre. Très vite, j'arrange mes cheveux et mon haut.

— Voilà, chuchote Lissy. Ne regarde pas. Ne fixe pas les gens. Sois cool.

— D'accord, je murmure, et je suis Lissy dans le club. Tandis qu'elle montre sa carte de membre à une fille derrière un comptoir, je contemple le dos de ma copine et lorsque nous pénétrons dans une grande salle peu éclairée, je fixe le tapis. Je ne vais pas m'extasier devant des célébrités. Je ne vais dévisager personne. Je ne…

— Fais gaffe !

J'étais tellement occupée à regarder le tapis que je suis rentrée dans Lissy.

— Excuse, je souffle. Tu veux qu'on se pose ?

Je n'ose pas regarder autour de moi à la recherche d'une table libre au cas où je verrais Madonna et qu'elle croirait que je la dévisage.

— Tiens, par ici ! Lissy se dirige vers une table basse en bois.

Nous réussissons tant bien que mal à nous asseoir, à caser nos sacs et à saisir la liste des cocktails, tout ça, en nous regardant dans le blanc des yeux.

— Tu as reconnu quelqu'un ? dis-je à voix basse.

— Non. Et toi ?

— Non.

J'ouvre la liste des cocktails et la parcours. Qu'est-ce que c'est fatigant ! Mes yeux commencent à me faire mal. Je regarde autour de moi. Je veux voir l'endroit.

— Lissy, je vais regarder, maintenant.

— Bon, d'accord… Mais fais attention et surtout, sois discrète.

Elle m'observe anxieusement, comme si j'étais Steve McQueen et que j'annonçais que j'allais m'évader.

— Ne t'en fais pas, tout ira bien.

Bon. Allons-y. Ne pas prendre un air ahuri. Je me cale dans ma chaise, respire un grand coup, puis laisse mon regard effleurer la salle, tout en enregistrant autant de renseignements que possible. Lumières tamisées… beaucoup de divans et de sièges mauves… deux types en T-shirt… trois filles en jupe et pull, mon Dieu, Lissy va avoir une attaque, un couple qui se murmure des choses à l'oreille… un barbu qui lit *Private Eye*… et voilà.

Impossible.

Ce n'est pas possible. Où sont Robbie Williams et Jude Law et Sadie Frost et les mannequins ?

— Tu as vu qui ? demande Lissy tout doucement, la tête plongée dans la liste des cocktails.

— Je n'en suis pas sûre, mais le barbu est peut-être un acteur célèbre.

L'air de rien, Lissy se retourne et lui jette un coup d'œil.

— Je ne pense pas.

— Et le type avec le T-shirt gris ? Il fait partie d'un groupe, non ?

— Oh, ça m'étonnerait.

Nous nous regardons en silence.

— Il n'y a personne de célèbre ? dis-je enfin.

— Je ne t'avais rien garanti, se défend Lissy.

— Je sais, mais tu ne crois pas…

— Bonsoir !

Une voix nous interrompt et nous nous retournons pour voir deux filles en jean s'approcher de notre table. L'une d'elle me sourit nerveusement :

— J'espère qu'on ne vous dérange pas mais… mon amie et moi, on se demandait si vous n'étiez pas la nouvelle actrice de *Hollyoaks* ?

Oh putain !

Après tout, je m'en fous. Nous ne sommes pas venues ici pour voir des stars moisies sniffer de la coke et se la jouer. Mais pour boire un verre tranquillement.

Nous commandons des daiquiris à la fraise et un mélange de cacahuètes (4,50 livres le petit bol). Ne me demandez pas le prix des verres ! Je dois avouer que je suis plus détendue depuis que je sais qu'il n'y a pas de célébrités.

— Comment ça va au bureau ? je demande à Lissy en sirotant.

— Tout baigne, j'ai vu le fraudeur de Jersey, aujourd'hui.

Le fraudeur de Jersey est un client de Lissy qui n'arrête pas d'être inculpé de fraudes fiscales et qui – grâce aux brillantes plaidoiries de Lissy – s'en sort toujours. Un jour il a des menottes, le lendemain il porte des costumes sur mesure et l'emmène déjeuner au Ritz.

— Il a essayé de m'acheter une broche en diamant, confie Lissy. Il avait le catalogue d'Asprey et il disait : « Celle-là est plutôt jolie. » Et moi, je répondais : « Humphrey, vous êtes en prison. Concentrez-vous sur votre affaire ! »

Elle avale une gorgée et me demande :

— Alors, tu en es où avec ton mec ?

Je devine immédiatement qu'elle parle de Jack, mais je refuse d'avouer que c'est à lui que je pense. Je la regarde donc l'œil vide et demande, innocemment :

— Qui, Connor ?

— Mais non, idiote ! Ton inconnu dans l'avion. Celui qui sait tout sur toi.

— Ah ! *Lui !* fais-je, et je rougis.

— Oui, lui ! Tu as réussi à l'éviter ?

— Non ! Il est toujours dans mes pattes.

Je n'en dis pas plus car un serveur nous apporte deux autres daquiris. Quand il s'est éloigné, Lissy m'observe attentivement :

— Emma, il te plaît ?

— Non, bien sûr que non ! Il ne me plaît pas. Il me… déconcerte. C'est une réaction naturelle ! Tu aurais la même à ma place. De toute façon, pas de problème. Il suffit que je tienne jusqu'à vendredi. Après, il sera parti.

— Et tu emménageras avec Connor. Et je suis sûre qu'il va te demander de l'épouser.

J'ai une petite crampe à l'estomac, sans doute l'effet de l'alcool.

— Tu as de la chance, continue Lissy. Tu sais, l'autre jour, il a monté les étagères dans ma chambre sans que je lui demande. Tu connais beaucoup d'hommes qui feraient ça ?

— Je sais… Il est… formidable.

Un silence. Je déchire mon sous-verre en petits morceaux.

— Juste une petite chose qui cloche, je lâche enfin, il n'est plus aussi romantique.

— Tu ne t'attendais quand même pas à ce que son romantisme dure toujours ! Les choses évoluent. C'est normal qu'elles se calment.

— Oh, je sais ! Nous sommes deux personnes mûres, sensées, et nous jouissons d'une relation amoureuse solide. Et c'est tout ce que je demande à la vie. Sauf… je me racle la gorge… Sauf qu'on ne s'envoie plus en l'air aussi souvent.

— C'est le problème des relations longue durée, dit Lissy en femme d'expérience. Il faut les épicer.

— Avec quoi ?

— Tu as essayé les menottes ?

— Non ! Et toi ?

Je regarde Lissy, fascinée.

— Oh, il y a longtemps. C'était pas si… Enfin, essaye quelque chose de différent. Au bureau, par exemple.

Au bureau ! Bonne idée ! Lissy est si intelligente.

— D'accord, j'essayerai !

Je prends mon sac, sors un stylo et inscris dans ma paume : « baise@bureau », à côté de là où j'avais noté : « nb : chéri ! »

C'est reparti ! Je suis pleine d'enthousiasme. C'est un plan génial. Je vais me faire sauter par Connor demain au bureau et on n'aura jamais connu un tel paradis et l'étincelle reviendra et je serai follement amoureuse à nouveau. Facile. Et ça fera les pieds à Jack Harper.

Non. Rien à voir avec Jack. Je me demande pourquoi son nom m'est venu à l'esprit.

Mais il y a un petit problème. Il n'est pas si facile de baiser sauvagement avec son petit ami au boulot. Je ne m'étais pas rendu compte à quel point les bureaux sont *ouverts*. Ni que toutes les cloisons sont en verre. Ni que tout le monde va et vient dans tous les sens.

Il est onze heures du matin et je n'ai toujours pas mis au point un plan réaliste. J'avais pensé faire ça derrière une plante verte. Mais maintenant que je les regarde, je les trouve toutes trop petites. Et pas très feuillues. Impossible de nous cacher derrière, Connor et moi. Et encore moins de bouger.

On ne peut pas aller dans les toilettes. Celles des filles sont toujours pleines de nanas qui se remaquillent. Quant à celles des hommes, berk ! Pas question.

Le bureau de Connor, pas la peine d'y penser : les murs sont en verre et il n'y a pas de stores. En plus, il y a sans arrêt des allées et venues de gens qui cherchent de la documentation.

Ça devient ridicule. Les gens qui ont des liaisons doivent bien s'envoyer en l'air dans les bureaux. Est-ce qu'il y aurait une pièce spéciale réservée à la baise que je ne connaîtrais pas ?

Impossible d'envoyer un mail à Connor pour lui demander des suggestions car je veux lui faire la surprise. L'élément de choc devrait l'exciter et ça devrait être super. En plus, si je l'avertis, il y a un petit risque qu'il joue les employés modèles et qu'il insiste pour qu'on déduise une heure de nos salaires.

On pourrait peut-être se glisser dans l'escalier de secours quand Nick sortira du bureau de Paul en discutant marges bénéficiaires.

J'ai une soudaine appréhension. Depuis la grande réunion d'hier je n'ai pas encore trouvé le courage de dire un truc à Nick.

— Hé ! Nick, dis-je quand il passe devant mon bureau, la tablette Panther, c'est ton produit, non ?

— Si on peut appeler ça un produit.

— Ils vont l'arrêter ?

— Plus que probable.

— Alors, écoute, dis-je rapidement. Est-ce que je pourrais disposer d'un tout petit bout du budget marketing pour mettre un bon de réduction dans un magazine ?

Nick met ses mains sur ses hanches :

— Pour faire quoi ?

— Placer une pub. Ça ne sera pas cher, je te promets. Personne ne s'en apercevra.

— Quel support ?

Je rougis un peu.

— *Le Mois de la boule*. Mon grand-père le reçoit.

— La boule quoi ?

— S'il te plaît. Tu n'auras rien à faire. Je m'occuperai de tout. C'est rien comparé à toutes les autres pub. (Je prends un air suppliant.) S'il te plaît…

— Arrête, d'accord ? De toute façon, c'est un produit foutu !

— Merci !

Je lui fais un grand sourire et dès qu'il s'est éloigné, je compose le numéro de grand-père.

— Bonjour grand-père ! dis-je quand le répondeur démarre. Je place un bon de réduction pour les tablettes Panther dans *Le Mois de la boule*. Dis-le à tes copains. Vous pourrez en achetez plein pour pas cher. À bientôt.

— Emma ? La voix de grand-père résonne dans mon oreille. Je suis là. Je filtre les appels.

— Tu filtres ?

Sous le coup de la surprise, je répète comme un perroquet.

— C'est mon nouveau passe-temps. Tu ne le savais pas ? Tu écoutes les messages que te laissent tes amis et tu rigoles. Très distrayant. Ah, Emma, j'avais l'intention de t'appeler. Hier, à la télé, j'ai vu des informations très inquiétantes sur l'insécurité dans le centre de Londres.

Oh, il ne va pas remettre ça !

— Grand-père…

— Promets-moi de ne plus prendre les transports en commun.

142

— Je… te promets, dis-je en croisant les doigts. Bon, il faut que j'y aille. Mais je te rappelle bientôt. Je t'embrasse.

— Je t'aime ma petite chérie.

En raccrochant, je suis assez contente de moi. Une bonne chose de faite.

Reste le problème Connor.

— Il suffit que j'aille le chercher aux archives, profère Caroline à l'autre bout du bureau.

Je lève la tête.

Les archives ? Bien sûr. C'est évident ! Personne n'y va jamais, sauf en cas d'absolue nécessité. C'est au sous-sol, c'est sombre, sans fenêtres et plein de vieux bouquins et de magazines. Généralement, on doit se mettre à quatre pattes pour dénicher ce qu'on cherche.

Parfait.

— Je peux y aller à ta place, dis-je, aussi détachée que possible. Si tu veux. Il te faut quoi ?

— Tu ferais ça pour moi ? demande Caroline, reconnaissante. Merci Emma. C'est une vieille pub dans un magazine qui a cessé de paraître. Voici la référence…

Elle me tend un bout de papier que je prends, toute contente. Dès qu'elle est partie, je prends ma voix la plus sexy et j'appelle Connor.

— Salut, retrouve-moi aux archives. J'ai quelque chose à te montrer.

— Quoi ?

— Contente-toi de venir.

J'ai l'impression d'être Sharon Stone.

En avant pour la baise au bureau !

Je fonce dans le couloir, mais en passant devant l'administration, Wendy Smith m'attrape au vol : elle veut savoir si j'ai envie de rejoindre l'équipe de net-ball. Ce qui me retarde de quelques minutes. Lorsque j'arrive au sous-sol, Connor m'attend, les yeux rivés sur sa montre.

C'est chiant. J'aurais voulu être la première. Je me voyais bien assise sur une pile de bouquins, jambes croisées, la jupe relevée.

Tant pis.

— Salut, dis-je de la même voix sexy.

Connor fronce les sourcils.

— Salut. Emma, qu'est-ce qu'il se passe ? J'ai plein de boulot ce matin.

— Je voulais te voir. Entièrement.

Je ferme la porte et, d'un geste lascif, je caresse son torse du bout du doigt comme dans les pubs pour les après-rasages.

— On ne fait plus jamais l'amour à l'improviste.

— Quoi ? s'exclame Connor, ahuri.

Je commence à déboutonner sa chemise.

— Allez. Faisons l'amour. Ici. Tout de suite !

— T'es folle ? réplique Connor en écartant mes doigts et en se dépêchant de se reboutonner. Emma, on est au bureau !

— Et alors ? On est jeunes, on est amoureux...

Je laisse traîner ma main beaucoup plus bas...

— Arrête, fait Connor, l'œil rond. Arrête immédiatement. Tu as bu ou quoi ?

— J'ai envie de faire l'amour ! C'est trop te demander ?

— C'est trop te demander que de faire ça dans un lit, comme des gens normaux ?

— Mais dans un lit, on ne le fait *plus* ! Ou à peine !

Silence glacial.

— Emma, reprend Connor, ce n'est ni l'heure, ni le lieu...

— Et pourquoi pas ? C'est pour ranimer la flamme. Lissy dit...

— Tu parles de notre vie sexuelle à Lissy ? crie Connor frappé d'horreur.

— Bien sûr que je n'ai pas parlé de *nous*, je réplique vivement. On parlait des couples… en général et elle m'a dit que faire ça au bureau… ça pouvait être sexy. Allez, Connor !

Je me frotte contre lui et place sa main dans mon soutien-gorge.

— Tu ne trouves pas ça excitant ? Juste l'idée que quelqu'un pourrait passer dans le couloir maintenant…

J'arrête de parler en entendant du bruit.

Je crois que quelqu'un passe dans le couloir.

Merde !

— J'entends des bruits de pas ! s'exclame Connor en s'écartant violemment de moi, mais sa main reste où elle est, dans mon soutien-gorge.

Il me regarde horrifié :

— Je suis coincé ! Ma montre ! Elle s'est prise dans ton pull ! Merde ! Je ne peux pas bouger le bras !

— Tire !

— Je tire ! Tu sais où il y a des ciseaux ?

— Tu ne vas pas couper mon pull !

— Tu as une autre solution ?

Il essaye de donner un coup sec et je pousse un petit cri.

— Arrête ! Tu vas l'abîmer !

— Je vais l'abîmer ? C'est tout ce qui t'intéresse ?

— J'ai toujours détesté cette montre débile. Si seulement tu portais celle que je t'ai offerte…

Je me tais. Les pas se rapprochent. Juste derrière la porte.

Connor regarde dans tous les sens.

— Merde ! Merde… merde…

— Calme-toi. On va se cacher dans un coin. Ils ne vont peut-être pas entrer.

— Quelle brillante idée tu as eue, marmonne-t-il, furieux, tandis que nous traversons la pièce comme deux idiots. Vraiment brillante !

— Oh ! Ça va ! Je voulais juste réintroduire un peu de passion dans notre – je me fige en voyant la porte s'ouvrir.

Non ! Putain ! Non !

Je suis prise de tournis.

Jack Harper se tient sur le seuil, une brassée de vieux magazines dans les bras.

Lentement, il regarde la scène, les traits furieux de Connor, sa main sur mes seins, mon visage défait.

— Monsieur Harper, commence à bafouiller Connor. Je suis vraiment, vraiment désolé. Nous… nous ne… Il s'éclaircit la voix. Puis-je vous dire à quel point nous sommes mortifiés… moi… tous les deux…

— Je suis sûr que vous l'êtes, dit Jack, impassible, impénétrable. (Sa voix est aussi sèche que d'habitude.) Puis-je vous suggérer de vous rhabiller avant de regagner vos bureaux ?

Il referme la porte derrière lui et nous restons pétrifiés comme deux mannequins de cire.

— Tu pourrais retirer ta foutue main de mon pull, dis-je enfin, soudain folle de rage contre Connor.

Mon excitation s'est évaporée. Je suis furax contre moi-même. Et contre Connor. Et contre le monde entier.

10

Jack Harper s'en va aujourd'hui.

Merci mon Dieu merci mon Dieu. Vraiment, je n'en peux plus... de *lui*. Je ne peux pas vivre la tête toujours baissée, l'éviter jusqu'à cinq heures, foncer vers la sortie et penser que tout va bien. La vie reprendra son cours normal et je n'aurai plus cette impression que mon radar a été dévié par une force magnétique invisible.

Pourquoi suis-je d'une humeur de bouledogue ? Bon, j'ai failli mourir de honte hier, mais les choses se sont arrangées. D'abord, Connor et moi n'allons sans doute pas être virés pour avoir fait l'amour sur notre lieu de travail – ce que je craignais quand même. Deuxio, mon plan brillant n'a pas si mal marché. Dès que nous sommes retournés à nos bureaux, Connor s'est mis à m'envoyer des mails d'excuses. Et hier soir on a fait l'amour. Deux fois. Avec des bougies parfumées.

Connor a dû lire quelque part que les filles aiment les bougies parfumées pendant l'amour. Sans doute dans *Cosmo*. Chaque fois qu'il les sort, il me regarde avec l'air du type super attentionné et moi, je dois m'exclamer : « Oh, génial, des bougies parfumées ! »

Attention, ne me comprenez pas de travers. Les bougies parfumées ne me gênent pas. Mais je trouve qu'elles n'apportent rien. Elles sont là et elles fondent. Et puis au moment crucial, je pense : « Pourvu qu'elles ne tombent pas », ce qui m'empêche de me concentrer.

En tout cas, on a fait l'amour.

Et ce soir, on va visiter un appartement ensemble. Il n'a pas de parquet ni de volets – mais il y a un jacuzzi dans la salle de bains, ce qui n'est pas mal non plus. Ma vie s'arrange donc. Je ne sais pas pourquoi j'ai les boules. Je ne sais pas pourquoi...

Je ne veux pas habiter avec Connor, me souffle une petite voix.

Non. C'est faux. Ce n'est pas possible. Connor est parfait. Tout le monde le sait.

Mais je ne veux pas –

Ferme-la ! Nous sommes le couple parfait. Nous faisons l'amour à la lumière de bougies parfumées. Nous nous promenons le long du fleuve. Le dimanche, nous lisons les journaux en buvant du café. C'est ce que font les couples parfaits.

Mais –

Arrête !

J'avale difficilement. Je n'ai pas mieux que Connor dans ma vie. Si je ne l'avais pas, qu'est-ce que je ferais ?

Le téléphone de mon bureau interrompt mes pensées :

— Allô, Emma, Jack Harper à l'appareil.

Mon cœur fait un tel bond dans ma poitrine que j'en renverse presque ma tasse de café. Je ne l'ai pas revu depuis l'incident de la main dans mon soutien-gorge. Et je n'en ai aucune envie.

Je n'aurais jamais dû décrocher.

Ou plutôt, je n'aurais jamais dû venir travailler aujourd'hui.

— Ah ! Euh… Bonjour !

— Voudriez-vous monter à mon bureau, je vous prie ?

— Qui… moi ?

— Oui, vous.

Je m'éclaircis la voix.

— Dois-je apporter quelque chose ?

— Non, juste vous.

Il raccroche et je contemple le téléphone pendant quelques instants alors qu'une sueur froide descend le long de mon dos. J'aurais dû me douter que c'était trop beau pour durer. Il va me virer. Négligence… flagrante.

C'est du flagrant délit que de vous faire piquer avec la main de votre petit ami sous votre pull pendant les heures de travail.

Bon. Il n'y a rien à y faire.

Je respire à fond et me dirige vers le onzième étage. Devant sa porte, le bureau de sa secrétaire est vide, aussi je frappe directement.

— Entrez !

Je pousse la porte prudemment. La pièce est immense, très claire et recouverte de boiseries. Jack est assis à une table ronde, entouré de six personnes. Six personnes que je n'ai jamais vues. Ils agitent des feuilles et boivent de l'eau, dans une ambiance tendue.

Ils sont venus assister à mon renvoi ? C'est une sorte d'exercice sur le thème « comment mettre les gens à la porte » ?

— Bonjour, dis-je, le plus posément possible.

Mais j'ai la tête en feu et un visage que j'imagine décomposé.

— Bonjour ! s'exclame Jack avec un sourire. Emma, détendez-vous. Vous n'avez pas de souci à vous faire. J'ai juste quelque chose à vous demander.

— Oh, très bien.

Bon. Je suis totalement perdue. Qu'est-ce qu'il peut bien vouloir ?

Jack prend un morceau de papier et le tient droit devant lui pour que je le voie bien :

— À votre avis, que représente cette image ?

Oh, putain de putain.

C'est le pire des cauchemars. Comme le jour où j'ai passé un entretien à la banque Laine et qu'ils m'ont montré un gribouillis et que j'ai dit que ça ressemblait à un gribouillis.

Tout le monde m'observe. Je veux trouver la bonne réponse. Si seulement je savais ce que c'est !

Je regarde l'image, mon cœur bat la chamade. Je distingue deux objets ronds. De formes irrégulières. Je n'ai aucune idée de ce que ça peut être. Aucune. On dirait… on dirait…

Soudain, je vois.

— Des noix ! Deux noix !

Jack explose de rire et deux personnes ricanent légèrement mais s'arrêtent très vite.

— Eh bien, voilà qui confirme ce que je vous disais, fait Jack.

— C'est pas des noix ? je regarde désespérément autour de la table.

— Non, ce sont des ovaires, rétorque un homme qui porte des lunettes sans monture.

— *Des ovaires ?* je fixe la feuille de papier. Ah, oui ! Maintenant que vous le dites, je peux effectivement voir… une sorte d'ovaire…

— Des noix, répète Jack en s'essuyant les yeux.

— Je vous ai expliqué que les ovaires font simplement *partie* d'une gamme d'images symboliques de la femme, dit un homme mince sur la défensive. Les ovaires représentent la fertilité, un œil tourné vers la sagesse, cet arbre qui signifie la terre mère…

— Ces images peuvent être utilisées pour toute une gamme de produits, explique une femme brune. Les boissons énergétiques, l'habillement, les parfums…

— Notre marché-cible est très sensible aux images abstraites, ajoute le type aux lunettes sans monture. Les enquêtes ont montré…

— Emma, dit Jack, achèteriez-vous une boisson avec des ovaires sur l'étiquette ?

— Euh… j'hésite, consciente des regards hostiles fixés sur moi, euh… sans doute pas.

Plusieurs personnes échangent des regards.

— Cela n'a aucun rapport, grommelle quelqu'un.

— Jack, trois équipes artistiques ont travaillé là-dessus, dit la brune, très sérieusement. On ne peut pas recommencer à zéro. Impossible.

Jack boit une gorgée d'Évian à la bouteille, s'essuie la bouche et la regarde :

— Vous savez, j'ai trouvé le slogan « Donne-toi à fond ! » en deux minutes, dans un bar. Et je l'ai noté sur une serviette en papier.

— Oui, on le sait, murmure l'homme aux lunettes sans monture.

— Nous ne vendrons pas une boisson avec des ovaires sur l'étiquette.

Il soupire longuement, passe sa main dans sa chevelure hirsute. Puis il repousse sa chaise.

— Bien, faisons une pause. Emma, soyez assez gentille pour m'aider à transporter ces dossiers dans le bureau de Sven.

Qu'est-ce que ça veut dire, tout ça ? Je n'ose pas demander. Jack me précède vers l'ascenseur, où il appuie sur le bouton du neuvième étage sans dire un mot. Nous descendons pendant deux ou trois secondes lorsqu'il presse sur le bouton de secours et la cabine stoppe en grinçant. Il me regarde enfin.

— Sommes-nous les deux seules personnes saines d'esprit dans cette société ?

— Euh…

— Les gens n'ont-ils donc plus d'intuition ? Personne ne distingue plus une bonne idée d'une mauvaise. Des ovaires ! Des putain d'ovaires, répète-t-il en secouant la tête.

Impossible de me retenir. Il a l'air tellement outré, et la façon dont il dit « ovaires » est tellement comique que j'éclate de rire. Jack est surpris un instant puis son visage se plisse et il se met aussi à rire. Son nez remonte, comme un bébé, et ça rend la situation encore un million de fois plus drôle.

Je ris à gorge déployée. Je pousse des petits cris, mes côtes me font mal et chaque fois que je le regarde, je glousse. J'ai le nez qui coule et je n'ai pas de mouchoir… Il va falloir que je m'essuie sur l'image des ovaires…

— Emma, qu'est-ce que vous faites avec ce type ?

— Quoi ?

Je relève la tête. Jack a repris son sérieux. Il me regarde avec une expression indéchiffrable.

— Qu'est-ce que vous faites avec ce type ? répète-t-il.

Je cesse de glousser et je repousse mes cheveux de mon visage.

— Que voulez-vous dire ? fais-je pour gagner du temps.

— Connor Martin. Il ne va pas vous rendre heureuse. Il ne vous comblera pas.

Je dévisage Jack, déterminée à ne pas me laisser faire.

— Vous êtes expert ?

— J'ai appris à connaître Connor. J'ai assisté à des réunions avec lui. C'est un gentil garçon – mais il vous faut la pointure au-dessus. (Jack m'observe attentivement.) Je suis à peu près certain que vous ne voulez pas vivre avec lui. Mais vous avez peur de le quitter.

Je fulmine. Comment ose-t-il lire dans mes pensées et tomber si… à côté. Bien sûr que je veux m'installer avec Connor.

— En fait, vous avez tout à fait tort, dis-je sèchement. J'ai très envie d'habiter avec lui. En fait… en fait, j'étais justement en train de penser combien j'étais impatiente.

Et vlan !

Jack secoue la tête.

— Vous avez besoin de quelqu'un qui fait des étincelles. Qui vous stimule.

— Je vous l'ai dit, je ne pensais pas ce que je vous ai raconté dans l'avion. *Connor me stimule !* (Je lui jette un coup d'œil provocateur.) D'ailleurs… quand vous nous avez vus la dernière fois, on était plutôt passionnés, non ?

— Ça ? Juste une tentative désespérée de mettre un peu de piment dans votre vie amoureuse, non ?

Je le regarde, furax.

— Faux ! Complètement faux ! C'était un acte improvisé guidé par la passion.

— Désolé, dit Jack doucement, je me suis trompé.

— De toute façon, en quoi ça vous concerne ? je plie mes bras sur ma poitrine. En quoi ça vous importe, que je sois heureuse ou pas ?

Le silence est à couper au couteau ; ma respiration s'accélère. Je croise son regard sombre et détourne vite les yeux.

— Je me suis posé la même question, lâche-t-il en haussant les épaules. Sans doute la conséquence de ce voyage hors du commun. Sans doute votre honnêteté : vous êtes la seule personne dans cette société qui ne m'a pas joué la comédie.

J'aurais fait comme les autres, si j'en avais eu l'occasion, ai-je envie de lui rétorquer.

— Écoutez, ce que je veux vous dire… J'ai l'impression que vous êtes une amie. Et je me soucie de ce qui arrive à mes amis.

— Oh, fais-je en me grattant le nez.

Je suis sur le point de lui répondre poliment qu'il me semble qu'il est aussi un ami, quand il ajoute :

— En plus, quelqu'un qui récite par cœur les répliques des films de Woody Allen ne peut être qu'un loser.

Là, je me dois de prendre la défense de Connor.

— Vous parlez sans rien savoir ! Vous savez, il aurait mieux valu que je ne sois jamais assise à côté de vous dans ce foutu avion ! Vous n'arrêtez pas de me balancer des vannes, comme si vous saviez tout mieux que tout le monde…

— C'est sans doute vrai, dit-il les yeux pétillants.

— Comment ?

— Peut-être que je sais tout mieux que les autres.

Je le regarde dans les yeux, emportée par un mélange de colère et d'euphorie. Je suis comme transportée sur un court de tennis ou sur une piste de danse.

— Vous ne me connaissez pas mieux que les autres, dis-je sur le ton le plus caustique possible.

— Je sais que vous ne finirez pas avec Connor Martin.

— Vous n'en savez strictement rien.

— Mais si.

— Mais non.

— Mais si !

Il se met à rire.

— Vous n'en savez rien. Sachez que je finirai sans doute par épouser Connor.

— Épouser Connor ? répète Jack comme si c'était la meilleure blague de l'année.

— Oui, et pourquoi pas ? Il est grand, beau, gentil et très… très… (là, je patauge un peu). Et de toute manière, c'est ma vie personnelle. Vous êtes mon patron, vous ne me connaissez que depuis une semaine et franchement, ça n'est pas vos oignons !

Jack arrête de rire et soudain, il a la tête de quelqu'un qui aurait pris une gifle. Il me fixe sans rien dire. Puis il se recule et lâche le bouton de secours.

— Vous avez raison, dit-il d'une voix totalement changée, je n'ai pas à m'occuper de votre vie personnelle. J'ai outrepassé mes prérogatives, je vous en demande pardon.

Je suis consternée.

— Je… je ne voulais pas –

— Non, vous avez raison, poursuit-il les yeux baissés. Je repars aux États-Unis demain. J'ai passé un séjour très agréable et je tiens à vous remercier de votre aide. Vous verrai-je à mon pot d'adieu, ce soir ?

— Je… Je ne sais pas.

L'ambiance s'est complètement désintégrée.

C'est affreux. Horrible. Je veux dire quelque chose. Je veux revenir à la façon décontractée et taquine dont nous parlions une seconde avant. Mais je ne trouve pas les mots.

Nous atteignons le neuvième étage et les portes s'ouvrent.

— Je pense pouvoir me débrouiller seul, lâche Jack. Je vous ai demandé de venir surtout pour me tenir compagnie.

Je lui remets maladroitement les dossiers.

— Eh bien, Emma, dit-il de sa voix officielle, au cas où je ne vous verrais pas plus tard… j'étais ravi de faire votre connaissance. (Il croise mon regard et ses yeux ont leur chaude expression d'avant.) Je le pense de tout mon cœur.

J'ai la gorge serrée.

— Moi aussi.

Je ne veux pas qu'il parte. Je ne veux pas que ce soit déjà la fin. J'aimerais lui proposer de boire un verre en vitesse. J'ai envie de m'agripper à lui et de supplier : ne t'en va pas !

Je ne tourne pas rond.

— Faites bon voyage, lui dis-je en lui serrant la main.

Il tourne les talons et s'enfonce dans le couloir.

J'ouvre la bouche une ou deux fois pour le rappeler – mais pour lui dire quoi ? Il n'y a rien à dire. Demain matin, il sera dans un avion qui le ramènera à sa vie. Et je resterai ici, à vivre la mienne.

Le reste de la journée, j'ai l'impression de peser une tonne. Tout le monde parle du pot d'adieu de Jack Harper, mais je me sauve une demi-heure avant. Je rentre directement à la maison, me prépare une tasse de chocolat chaud et je suis vautrée dans le canapé à regarder dans le vide quand Connor arrive.

Il entre dans le salon et immédiatement, je remarque quelque chose de différent. Pas chez lui. Lui n'a pas bougé d'un poil.

Mais moi, si. J'ai changé.

— Salut, fait-il en me déposant un baiser sur le front. On y va ?

— Où ça ?

— Visiter cet appartement sur Edith Road. Il faut nous dépêcher si on ne veut pas rater la fête. Oh, et ma mère nous a offert un cadeau de pendaison de cré-maillère. Il a été livré au bureau.

Il me tend une boîte en carton. J'en sors une théière en verre que je ne regarde même pas.

— Il y a une poche spéciale pour faire infuser le thé. D'après maman, ça fait un thé bien meilleur…

— Connor, m'entends-je lui dire, je n'y arriverai pas.

— C'est très simple. Il suffit de soulever…

— Non. (Je ferme les yeux pour rassembler tout mon courage, et puis je les rouvre.) Je ne vais pas y arriver. Je ne peux pas habiter avec toi.

— Quoi ? s'exclame Connor. Il est arrivé quelque chose ?

— Oui. Non. J'ai des doutes depuis quelque temps. À notre sujet. Et récemment, ils ont… ils ont été confirmés. Si je continuais, ce serait de l'hypocrisie. Ce ne serait pas honnête. Ni pour l'un ni pour l'autre.

— *Quoi ?* Connor se masse le visage, Emma, tu veux dire que…

— Je veux rompre, dis-je en fixant la moquette.

— Tu plaisantes !

— Non, je ne plaisante pas. Je suis tout à fait sérieuse.

— Mais… c'est ridicule ! Ridicule !

Connor arpente le salon comme un lion en cage. Soudain, il me regarde.

— C'est ce voyage en avion !

— Quoi ? je crie comme si on m'avait versé de l'huile bouillante dessus. Qu'est-ce que tu veux dire ?

— Tu as changé depuis ce retour en avion.

— Mais non !

— Mais si ! Tu es énervée, tendue… (Il s'accroupit devant moi et me prend les mains.) Emma, je crois que tu souffres encore du choc. Tu devrais voir un psy.

— Sûrement pas un psy, je retire aussitôt mes mains. Mais tu as peut-être raison. Ce vol m'a sans doute… perturbée. Il a remis les choses en place et m'a fait prendre conscience de certaines vérités. Et l'une d'elle, c'est que nous ne sommes pas faits l'un pour l'autre.

Lentement, Connor s'allonge sur le tapis, l'air abasourdi.

— Mais on a eu des moments merveilleux ! On a beaucoup fait l'amour...

— Je sais.

— Il y a quelqu'un d'autre ?

— Mais non ! Bien sûr que non.

Je frotte mon doigt contre la housse du canapé.

— Ça ne te ressemble pas, fait soudain Connor. C'est une mauvaise passe. Je vais te faire couler un bon bain chaud, allumer des bougies parfumées...

— Connor, je t'en prie ! Plus de bougies parfumées ! Il faut que tu m'écoutes. Il faut que tu me croies. (Je le regarde droit dans les yeux.) Je veux rompre.

Il secoue la tête.

— Je ne peux pas le croire. Je te connais. Ce n'est pas ton genre de tout foutre en l'air comme ça. Tu ne...

Il s'arrête sous le choc. Je viens de lancer la théière par terre.

On la regarde, ébahis.

— Elle aurait dû se casser. Cela signifierait que, oui, j'ai foutu en l'air quelque chose. Quelque chose qui ne marchait peut-être pas.

Connor l'examine.

— Je crois qu'elle est cassée. Du moins, elle est fêlée.

— Tu vois.

— On pourrait encore l'utiliser...

— Non. Impossible.

— Avec de la colle.

Je serre les poings.

— Mais ça ne marcherait pas bien. Non... ça ne marcherait pas !

— Je comprends.

Et, finalement, je crois qu'il a compris.

— Dans ce cas… je vais m'en aller. Je vais prévenir l'agence immobilière…

Il s'arrête et se frotte le nez.

— Bon – je ne reconnais pas ma voix – est-ce qu'on peut ne rien dire au bureau, au moins pour le moment ?

— Bien sûr, grommelle-t-il, je n'en parlerai pas.

Il est presque arrivé à la porte quand il se retourne, plonge la main dans sa poche.

— Tiens, voici les billets pour le festival de jazz. Profites-en.

Sa voix est un peu chevrotante.

— Quoi ? je les fixe, horrifiée. Non ! Connor, garde-les ! Ils sont à toi !

— Non, prends-les. Je sais combien tu te réjouissais à l'idée d'entendre le Dennisson Quartet.

Il me met de force les billets dans la main et referme mes doigts dessus.

— Je… Je… Connor… Je ne sais pas quoi dire.

— Nous aurons toujours le jazz en commun, murmure Connor.

Et il referme la porte derrière lui.

11

Et me voici sans promotion et sans petit ami. Avec des yeux bouffis à force de pleurer. Et tout le monde qui me traite de folle.

— T'es dingue, répète Jemima toutes les dix minutes.

On est samedi matin et c'est le cirque habituel : robes de chambre, café et médicaments contre la gueule de bois. Dans mon cas, contre les ruptures.

— Tu te rends compte que tu l'avais à ta portée ? continue-t-elle en fixant son petit doigt de pied recouvert de vernis rose. À mon avis, tu aurais eu la bague en diams dans les six mois.

— Tu m'avais dit que j'avais gâché ma chance en acceptant de vivre avec lui, fais-je d'un ton boudeur.

— Mais dans le cas de Connor, tu ne risquais rien. T'es dingue, ajoute-t-elle en remuant la tête.

Je me tourne vers Lissy.

— Tu crois que je suis folle ? Sois sincère.

— Euh… non, répond-elle d'un ton peu convaincant, la bouche pleine de pain aux raisins. Bien sûr que non.

— Mais si, tu le penses !

— Vous formiez un si beau couple !

— Je sais bien. C'était parfait, vu de l'extérieur. Mais franchement, je n'ai jamais été naturelle. Comme si je jouais la comédie sans arrêt. Tu sais. Ce n'était jamais pour de vrai.

— C'est pour ça ? intervient Jemima. C'est pour ça que tu as rompu ?

— C'est une bonne raison, non ? dit Lissy en prenant ma défense.

Jemima nous regarde comme si on était des martiennes :

— Mais bien sûr que non ! Emma, si tu avais tenu le coup et joué au couple parfait pendant suffisamment longtemps, tu serais *devenue* le couple parfait.

— Mais… on n'aurait pas été heureux !

— Vous auriez été le couple parfait, répète Jemima comme si elle s'adressait à un enfant totalement borné. Évidemment que vous auriez été heureux.

Elle se lève avec précaution, les doigts de pied séparés par des morceaux de coton rose et se dirige vers la porte :

— Et de toute façon, tout le monde fait semblant dans un couple.

— Faux ! Ou du moins on ne devrait pas.

— Bien sûr que si ! La franchise, c'est très surévalué ! Ça fait trente ans que mes parents sont mariés et mon père ne sait toujours pas que ma mère n'est pas une vraie blonde !

Elle disparaît de la pièce. Nous nous regardons avec Lissy.

— Tu crois qu'elle a raison ?

— Non, répond Lissy, hésitante. Certainement pas ! Les couples se construisent… sur la confiance… et la vérité. (Elle fait une pause et me regarde, angoissée.) Emma, tu ne m'as jamais parlé de tes sentiments pour Connor.

— Je n'en ai parlé à personne.

Ce n'est pas tout à fait vrai, en fait. Mais je ne suis pas prête à avouer à ma meilleure amie que j'en ai plus dit à un parfait inconnu qu'à elle.

— Eh bien, j'aimerais que tu te confies à moi plus souvent, dit Lissy avec sérieux. Emma, promettons-nous une chose. À partir de maintenant, on se dit *tout*. On ne doit plus avoir de secrets l'une pour l'autre. Nous sommes quand même amies !

— Tope-là ! dis-je, gagnée par l'émotion.

Spontanément, je me penche vers elle pour l'embrasser.

Lissy a raison. Nous devons nous confier l'une à l'autre. Après tout, on se connaît depuis plus de vingt ans.

— Bon, alors, si on se dit tout… (Lissy croque dans son petit pain et me jette un coup d'œil en biais.) Par exemple, tu as viré Connor à cause de ce type ? Tu sais, le type de l'avion ?

Pour chasser le pincement au cœur que je ressens, je bois une gorgée de café.

C'était à cause de lui ? Non. Pas du tout.

— Non. Pas du tout.

On regarde l'écran de la télé pendant quelques instants.

Quelque chose me revient à l'esprit tout à coup.

— Tiens ! Au fait ? Si on se pose des questions… Qu'est-ce que tu faisais avec ce Jean-Paul dans ta chambre ?

Lissy respire un grand coup.

— Et ne me dis pas que vous étudiiez des notes, j'ajoute. Ça n'explique pas les bruits que j'ai entendus.

— Oh ! fait Lissy, acculée, eh bien… on… on faisait l'amour.

— Quoi ? je demande, déconcertée.

162

— Oui, on était en train de faire l'amour. J'étais trop gênée pour te le dire.

— Toi et Jean-Paul, en train de faire l'amour ?

— Oui. Passionnément. Comme des bêtes sauvages.

Il y a quelque chose qui cloche.

— Je ne te crois pas. Vous n'étiez pas en train de faire l'amour.

Lissy devient de plus en plus rouge.

— Mais si !

— Ne me raconte pas de blagues ! En vrai, vous faisiez quoi ?

— Je te l'ai dit, d'accord ? C'est mon nouveau petit ami. Et maintenant, tu me laisses tranquille.

Elle se lève tout énervée, éparpille des miettes de petit pain partout et se dirige vers la porte en se prenant les pieds dans le tapis.

Je la suis du regard, impatiente de savoir la vérité.

Pourquoi elle ment ? Qu'est-ce qu'elle foutait dans sa chambre ? Quelque chose de plus gênant que de faire l'amour ? Mais quoi ? Je suis si intriguée que mon moral remonte.

Franchement, ce n'est pas le meilleur week-end de ma vie. Encore moins lorsque que je reçois une carte postale des Termes Meridien envoyée par mes parents qui me disent que tout est fantastique. Et encore beaucoup moins quand je découvre dans le *Mail* que mon horoscope m'annonce une grosse erreur.

Mais quand arrive lundi matin, je vais mieux. Je n'ai fait aucune erreur. Au contraire, ma nouvelle vie commence aujourd'hui. Je vais tout oublier des choses de l'amour pour me concentrer sur ma carrière. Et peut-être chercher un nouveau boulot.

À la sortie du métro, cette idée m'enchante de plus en plus. Je vais postuler pour un emploi au marketing de Coca-Cola ou dans une autre boîte de ce genre. Et je l'obtiendrai. Et Paul se bouffera les doigts de ne pas m'avoir promue. Et il me demandera de rester mais je lui répliquerai : « Trop tard. Vous avez laissé passer l'occasion. » Et il me suppliera : « Emma, que puis-je faire pour vous faire changer d'avis ? » Et je lui *dirai*…

Et quand j'arrive au travail, Paul est à plat ventre devant moi qui suis nonchalamment assise sur son bureau (je porte sûrement un nouveau tailleur pantalon et des chaussures Prada), et je lui dis : « Vous savez, Paul, il vous aurait suffi de me montrer un peu de respect… »

Merde ! Je retombe sur terre et m'arrête net, la main sur la porte en verre. Il y a une tête blonde dans le hall.

Connor. Une onde de panique. Impossible d'entrer.

Puis la tête blonde bouge : ce n'est pas Connor mais Andrea, de la compta. Je pousse la porte, me traitant de débile mentale. Putain ! dans quel état je suis ! Il faut que je me reprenne, parce que tôt ou tard, quand je tomberai sur Connor, je devrai gérer la situation.

Au moins, personne n'est au courant, me dis-je en montant l'escalier. Sinon, ça rendrait les choses mille fois plus difficiles. Supporter que les gens m'accostent en me disant…

— Emma, je suis désolée au sujet de Connor et de toi !

— Quoi ?

Je sursaute quand une dénommée Nancy s'approche de moi :

— C'est fou le coup que ça m'a fichu ! Je n'aurais jamais imaginé que vous puissiez vous séparer. Enfin, on ne peut vraiment jamais prévoir…

Je la regarde, ahurie.

— Comment… comment tu es au courant ?

— Oh, tout le monde le sait ! Tu te rappelles, il y a eu ce pot d'adieu vendredi soir. Eh bien, Connor y était et il a carrément trop bu. Il l'a annoncé à tout le monde. En fait, il a fait un petit discours.

— Il a... quoi ?

— C'était très émouvant, tu sais. Il a dit que la société Panther était comme sa famille et qu'il savait que tout le monde le soutiendrait dans ce moment difficile. Et toi aussi, on te soutiendra, ajoute-t-elle. Mais bon, comme c'est toi qui as pris la décision de rompre, Connor est le plus malheureux.

Elle se penche vers moi et reprend à voix basse :

— Entre nous, un tas de filles disent qu'il doit te manquer une case !

J'hallucine. Connor a fait un discours sur notre rupture. Après m'avoir promis de la boucler. Et la boîte entière prend sa défense.

— Bon, dis-je finalement, il faut que j'y aille...

— Quel dommage, quand même, continue Nancy, vous étiez si parfaits ensemble.

Je me force à sourire.

— Je le sais bien ! Bon, à plus.

Les yeux dans le vide, je me dirige vers la nouvelle machine à café en essayant de digérer la nouvelle, quand une petite voix timide m'arrête.

— Emma ?

Catastrophe ! C'est Katie. Elle me regarde comme si j'avais trois têtes.

— Oh, salut, fais-je, aussi gaie que possible.

— C'est vrai ? C'est vraiment vrai ? Je ne le croirai que quand je l'aurai entendu de ta bouche.

— Oui, dis-je à contrecœur. C'est vrai. Connor et moi on a rompu.

— Mon Dieu ! (elle respire de plus en plus vite). Oh, mon Dieu, mon Dieu ! Je ne peux pas l'entendre…

Merde ! Elle a une crise de spasmophilie ! J'attrape un sachet de sucre en poudre vide et le pose sur ses lèvres pour empêcher l'hyperventilation.

— Katie, calme-toi ! Respire lentement…

— J'ai eu des crises d'angoisse pendant tout le week-end, arrive-t-elle à articuler. Cette nuit je me suis réveillée avec des sueurs froides et j'ai pensé que si c'était vrai, le monde ne tournait plus rond. Plus rond du tout.

— Katie, on a juste rompu ! Rien de plus. Cela arrive tous les jours.

— Mais vous, c'était différent. Vous formiez *le* couple. Si Connor et toi vous ne restez pas ensemble, qui peut y arriver ?

Je m'efforce de rester calme.

— Katie, nous n'étions pas *le* couple ! On était *un* couple. Et les choses ont mal évolué. Voilà.

— Mais…

— Franchement, je n'ai pas envie d'en parler.

— Oui, bien sûr. Emma, je suis désolée. Je… ne savais pas… Mais quand même, quel choc !

— Tu ne m'as rien dit de ton rendez-vous avec Phillip ? Redonne-moi de l'espoir avec une bonne nouvelle.

Katie a repris petit à petit une respiration normale :

— Tout s'est très bien passé, si tu veux tout savoir. Nous allons nous revoir !

— Alors, tu vois ? fais-je pour l'encourager.

— Il est charmant. Et gentil. Nous avons le même sens de l'humour et nous aimons les mêmes choses. (Un sourire pudique éclaire son visage.) En un mot, il est merveilleux.

— Il en a l'air ! Tu vois ? Toi et Phillip, vous formerez sans doute un bien meilleur couple que Connor et moi. Tu veux un café ?

— Non merci, je dois y aller. On a une réunion avec Jack Harper au sujet des effectifs. À bientôt.

— D'accord, dis-je machinalement.

Cinq secondes plus tard, mon cerveau se met en route.

— Attends une seconde !

Je cours après Katie dans le couloir et l'attrape par l'épaule.

— Tu viens de parler de Jack Harper ?

— Oui.

— Mais… il est parti. Il est parti vendredi.

— Mais non. Il a changé d'avis.

Je la regarde, incapable d'en croire mes oreilles.

— Il a changé d'avis ?

— Oui.

— Alors… il est encore ici ?

— Forcément, rit Katie. Il est en haut.

Soudain, mes jambes se dérobent.

— Pourquoi… Pourquoi a-t-il changé d'avis ?

— Qui sait ? Katie hausse les épaules. C'est lui le patron. Il peut faire ce qu'il veut, non ? Pourtant, on dirait qu'il a les pieds sur terre.

Elle me tend un paquet de chewing-gum :

— Il a été très gentil avec Connor après son discours…

Je tressaille à nouveau.

— Jack Harper a entendu le discours de Connor ? Au sujet de notre rupture ?

— Et comment ! Il était juste à côté de lui. Après, très gentiment, il lui a dit qu'il imaginait ce qu'il devait ressentir. C'est mignon, non ?

Je dois m'asseoir. Je dois réfléchir. Je dois…

— Emma, ça va ? demande Katie, mortifiée. Mon Dieu, je suis si cruelle…

— Non, ne t'en fais pas. Tout va bien. On se voit plus tard.

En me rendant au marketing, j'ai la tête qui tourne.

Les choses n'auraient jamais dû se passer ainsi. Jack aurait dû retourner aux États-Unis. Il n'était pas censé savoir que j'étais rentrée directement à la maison après notre conversation et que j'avais viré Connor.

Je me sens humiliée. Il doit penser que j'ai jeté Connor à cause de ce qu'il m'a dit dans l'ascenseur. Ce qui n'est pas le cas. Pas le cas *du tout*.

Enfin, pas totalement…

C'est peut-être la raison…

Non. Ridicule de croire qu'il est resté à cause de moi. Ridicule. Pourquoi suis-je si nerveuse ?

Comme j'approche de mon bureau, Artemis lève le nez de son magazine *La Semaine du marketing*.

— Oh, Emma, j'ai été navrée d'apprendre pour Connor et toi.

— Merci, mais je n'ai vraiment pas envie d'en parler, si ça ne te fait rien.

— Bien. Comme tu voudras. Ce que j'en disais, c'était par politesse.

Elle regarde une fiche sur son bureau.

— Au fait, dit-elle, il y a un message pour toi de la part de Jack Harper.

Je sursaute.

— Quoi ?

Merde. Je ne veux pas paraître aussi paniquée.

— Enfin, qu'est-ce qu'il veut ?

— Pourriez-vous m'apporter – dit-elle en lisant la note – le dossier Leopold ? Il paraît que tu comprendras. Mais si vous ne le trouvez pas, ça n'a pas d'importance.

J'ai le cœur qui bat la chamade.

Le dossier Leopold.

C'était juste une excuse pour quitter nos bureaux...

Le code secret. Il veut me voir.

Nom de Dieu ! Nom de Dieu !

Je n'ai jamais été aussi excitée, électrisée, pétrifiée. Tout ensemble.

Je m'assieds et regarde mon écran vide une bonne minute. Puis, tremblante, je prends un dossier vierge. J'attends qu'Artemis se soit retournée et j'écris « Leopold » sur la tranche en m'efforçant de changer mon écriture.

Que faire maintenant ?

Je n'ai pas le choix : l'apporter là-haut à son bureau.

À moins que... Oh, merde. Suis-je vraiment aussi stupide ? Un tel dossier existerait-il ?

Rapidement, je cherche dans les dossiers à la rubrique Leopold. Rien.

Bien. Mon premier réflexe était le bon.

Au moment de me lever, je deviens parano. Et si quelqu'un m'arrêtait pour me demander ce qu'est le dossier Leopold ? Ou si je le laissais tomber et qu'on voyait qu'il est vide ?

Très vite, j'ouvre un document, j'invente un en-tête et tape une lettre adressée à la société Panther par M. Ernest P. Leopold. Je l'imprime et je la cache dans le dossier avant que quelqu'un la voie. Alors qu'il est évident que ça n'intéresse personne.

— Bien, dis-je l'air de rien, je vais le monter puis...

Artemis ne lève même pas la tête.

En marchant dans les couloirs, mon estomac fait des nœuds et je me sens à la fois empruntée et agressive comme si toute la société savait ce que je fais. Un ascenseur est à l'étage, mais je préfère l'escalier, primo pour n'avoir à parler à personne, secundo car mon cœur bat si vite qu'il me faut dépenser un peu d'énergie.

Pourquoi Jack Harper désire-t-il me voir ? Parce que si c'est pour me dire qu'il avait raison au sujet de Connor, il peut… il peut aussi bien aller… Soudain je me souviens de l'abominable ambiance dans l'ascenseur et j'ai une crampe d'estomac. Qu'est-ce qu'il se passera si ça recommence ? S'il est toujours fâché contre moi ?

Je ne suis pas obligée d'y aller, après tout. Il m'a laissé une porte de sortie. Je pourrais appeler sa secrétaire et dire : « Désolée, je n'ai pas trouvé le dossier Leopold » et ça serait terminé.

Pendant un instant, dans l'escalier de marbre, j'hésite, les doigts agrippés au dossier. Et je continue à monter.

En m'approchant du bureau, je constate que l'entrée est gardée non pas par une de ses secrétaires mais par Sven.

Purée ! Jack m'a bien dit que c'était son plus vieil ami. Mais je n'y peux rien. Ce mec me fiche les boules.

— Bonjour. Euh… M. Harper m'a demandé de lui apporter le dossier Leopold.

Sven me regarde et pendant un instant, j'ai l'impression que le courant passe entre nous. Peut-être qu'il est au courant. Peut-être qu'il utilise le même code. Il décroche le téléphone et m'annonce :

— Jack, Emma Corrigan est ici avec le dossier Leopold.

Puis il raccroche et, sans même un sourire :

— Entrez directement.

Je m'avance, toujours dans mes petits souliers. C'est un immense bureau recouvert de boiseries et Jack est assis derrière une grande table en bois. Quand il relève la tête, son regard est si chaud, si amical que je me détends un peu.

— Bonjour.

— Bonjour.

Court silence.

— Voici le dossier Leopold.

— Ah, très bien.

Il l'ouvre et tombe sur la lettre.

— Qu'est-ce que c'est ?

— C'est une lettre de M. Leopold de la société Leopold.

— Vous avez inventé une lettre de M. Leopold ?

Il paraît ahuri et je me sens toute bête.

— Au cas où je laisserais tomber le dossier et que quelqu'un le voie – je bafouille un peu. J'ai pensé qu'il fallait que je trouve quelque chose. Aucune importance.

Je tente de la reprendre, mais Jack l'éloigne de moi.

— « Du bureau d'Ernest P. Leopold », lit-il, le visage éclairé de bonheur. Je vois qu'il désire commander 6 000 caisses de Panther Cola. Un sacré client, ce Leopold !

— C'est pour une grande manifestation, dis-je, en guise d'explication. En général, ils commandent du Pepsi, mais un des employés a goûté au Panther Cola et l'a trouvé si bon…

— … qu'ils ont tout simplement changé, termine Jack en lisant le dernier paragraphe : « J'aimerais ajouter que je suis ravi de tous les produits de votre société et que je porte personnellement une tenue de jogging Panther, la plus confortable que j'aie jamais eue. »

Jack contemple la lettre et me sourit. Que ses yeux soient si brillants me surprend :

— Vous savez, Pete aurait adoré ça.

171

— Pete Laider ? je demande timidement.

— Ouais. C'est Pete qui avait inventé le stratagème Leopold. C'était un habitué de ce genre de choses. (Il tapote la lettre.) Puis-je la garder ?

— Bien sûr, fais-je un peu surprise.

Il la plie et la fourre dans sa poche. Pendant quelques instants, il reste silencieux.

— Ainsi, lance-t-il enfin, l'air indéchiffrable, vous avez rompu avec Connor.

J'ai un coup à l'estomac. Je ne sais pas quoi répliquer.

— Ainsi – je relève la tête d'une façon provocante –, vous avez décidé de rester.

— Oui, en effet… J'ai pensé regarder nos filiales européennes de plus près. Et vous ?

Il aimerait que je lui dise que j'ai viré Connor à cause de lui, n'est-ce pas ? Eh bien pas question. Il peut toujours courir.

— Même raison. Nos filiales européennes.

Sa bouche se tord pour finalement sourire.

— Je comprends. Et, ça va ?

— Parfaitement. Je suis ravie de profiter de ma liberté retrouvée. Vous savez, la libération, la flexibilité…

— Formidable. Alors, ce n'est peut-être pas le moment de…

Il s'arrête.

— De quoi ? dis-je d'une façon un peu trop précipitée.

— Je sais que vous devez souffrir en ce moment. Mais je me demandais. (Il fait une pause qui me semble durer une éternité et mon cœur bat si fort qu'il risque de faire exploser mes côtes.) Aimeriez-vous dîner avec moi un soir ?

Il me demande de sortir avec lui !

Je peux à peine bouger les lèvres.

— Oui, dis-je enfin. Voilà qui serait délicieux.

— Très bien. Le seul problème c'est que ma vie est assez embrouillée à l'heure actuelle. Et avec ce qui se passe au bureau... Je pense qu'il serait convenable de garder ça pour nous.

— Je suis bien d'accord avec vous. Nous devons être discrets.

— Alors disons... demain soir. Cela vous conviendrait-il ?

— Demain soir ça me semble parfait.

— Je viendrai vous chercher. Envoyez-moi votre adresse par e-mail. Huit heures ?

— Huit heures, ça marche !

Quand je quitte le bureau, Sven hausse les sourcils mais ne fait aucune remarque. De retour à mon bureau, je m'efforce de garder un visage calme et serein. Mais mon estomac fait des siennes et je ne peux m'empêcher de sourire.

Incroyable ! Je sors dîner avec Jack Harper. Je ne peux pas... le croire...

Foutaises ! En fait, je savais que cela arriverait. Dès que j'ai appris qu'il n'était pas retourné en Amérique, je l'ai su.

12

Je n'ai jamais vu Jemima aussi horrifiée.

— Il connaît *tous* tes secrets ? Qu'est-ce que tu veux dire ?

Elle me dévisage comme si je lui avais annoncé que je sortais avec un tueur en série.

— J'étais assise à côté de lui dans l'avion et je lui ai tout raconté sur moi.

Je grimace en m'examinant dans la glace et je m'arrache un sourcil. Il est sept heures. J'ai pris un bain, je me suis séché les cheveux et maintenant je me maquille.

— Et voilà qu'il lui a demandé de sortir, commente Lissy. N'est-ce pas romantique ?

Jemima est atterrée.

— Tu plaisantes, hein ? Dis-moi que c'est une blague.

— Mais je ne plaisante pas du tout. Où est le problème ?

— Tu vas sortir avec un type qui sait tout de toi ?

— Oui.

— Et tu me demandes où est le *problème* ? T'es dingue ou quoi ?

— Mais non, je ne suis pas dingue du tout.

— Je savais qu'il te plaisait, répète Lissy pour la millième fois. Je le savais. Dès que tu as commencé à en parler. (Elle regarde mon reflet dans la glace.) Laisse donc ton sourcil droit comme il est.

— Tu es sûre ?

— Emma, on ne doit pas tout dire aux hommes ! Il faut garder des choses pour soi ! Ma mère m'a toujours dit qu'il ne fallait pas laisser les hommes voir nos pensées ni le contenu de notre sac.

— Trop tard ! fais-je avec un air de défi. Il a tout vu !

— Alors ça ne marchera jamais, prédit Jemima. Il ne te respectera pas.

— Mais si !

— Emma, poursuit Jemima avec un ton de pitié, tu ne comprends pas ? Tu as déjà perdu.

— Sûrement pas !

J'ai parfois l'impression que Jemima prend les hommes pour des extraterrestres que l'on doit conquérir par tous les moyens possibles.

— Sois plus constructive, intervient Lissy. Toi qui es sortie avec tout un tas de riches hommes d'affaires, tu as sûrement des conseils à lui donner.

— D'accord, répond Jemina en posant son sac. C'est une cause perdue mais je veux bien essayer. (Elle commence à compter sur ses doigts.) Première chose : être très soignée.

— Pourquoi tu crois que je m'épile ?

— Bien. Deuxième chose : intéresse-toi à ses passe-temps. Qu'est-ce qu'il aime ?

— J'sais pas. Les voitures, je crois. Apparemment, il a plein de voitures de collection dans son ranch.

— Excellent ! s'exclame Jemima. Parfait ! Fais semblant d'adorer les vieux tacots, propose-lui d'aller voir une exposition de voitures. Tu pourrais parcourir un magazine de bagnoles en allant là-bas.

— Impossible – j'avale une gorgée de mon-médicament-spécial-d'avant-rendez-vous, mon sherry Harvey's Bristol Cream préféré. Je lui ai dit dans l'avion que je haïssais les voitures de collection.

— Tu lui as dit quoi ? s'exclame Jemima comme si elle voulait me gifler. Tu as avoué à l'homme avec qui tu sors que tu détestes son passe-temps favori ?

— Comment je pouvais savoir à ce moment-là qu'on sortirait ensemble ? dis-je sur la défensive en prenant mon tube de fond de teint. De toute façon, c'est la vérité. Je déteste ces vieux tacots. Les gens qui les conduisent ont toujours l'air de blaireaux.

— Mais la vérité n'a rien à voir là-dedans, s'énerve Jemima. Emma, je suis désolée mais je ne peux rien faire pour toi. C'est un désastre. Tu es totalement vulnérable. C'est comme si tu allais te battre en chemise de nuit.

— Jemima, ce n'est pas une bataille. Ni un jeu d'échecs. C'est un dîner avec un type sympathique.

— Jemima, tu es trop cynique, rajoute Lissy. Je trouve la situation très romantique. Leur soirée va très bien se passer parce qu'ils ne seront pas coincés. Il connaît Emma. Il sait ce qui l'intéresse. Ils sont faits l'un pour l'autre.

— Ok, je m'en tape ! Qu'est-ce que tu mets ?

— Ma robe noire, dis-je, l'air innocent. Et mes chaussures à lanières.

Je lui désigne la porte où ma robe est suspendue.

Jemima cligne fortement des yeux. Je pense souvent qu'elle aurait fait un bon officier de la Gestapo !

— On est bien d'accord, tu ne m'empruntes rien !

— Évidemment, dis-je d'un ton indigné. Qu'est ce que tu crois, j'ai mes affaires !

— Bien. Alors, amuse-toi !

Lissy et moi attendons qu'elle disparaisse dans le couloir et que la porte d'entrée claque.

— Allons-y ! fais-je tout excitée, mais Lissy lève la main.

— Attends !

Nous restons immobiles pendant deux bonnes minutes. Puis la porte d'entrée s'ouvre très doucement.

— Elle essaye de nous choper, murmure Lissy. Hé ho ! s'écrie-t-elle, il y a quelqu'un ?

— Oh, c'est moi, répond Jemima à la porte, j'ai oublié mon gloss.

Ses yeux inspectent la pièce.

— Tu ne le trouveras pas ici, fait Lissy en vraie sainte-nitouche.

— Non. Tant pis. (Elle scrute à nouveau chaque coin.) Bien, alors bonne soirée.

Une fois de plus elle disparaît dans le couloir et une fois de plus la porte d'entrée claque.

— Allons-y, maintenant, dit Lissy.

Nous détachons le papier collant de la porte de Jemima et Lissy fait une marque pour se souvenir de l'emplacement.

— Une seconde ! crie-t-elle au moment où j'allais ouvrir, il y en a un autre en bas.

— Tu aurais fait une parfaite espionne.

— Bien, fait-elle l'air concentré, elle a sûrement placé d'autres pièges.

— Il y a du scotch sur la penderie ! Non ! regarde en l'air !

Un verre d'eau est posé en équilibre au-dessus de la porte, pour nous arroser si nous l'ouvrons.

— Quelle salope, s'exclame Lissy pendant que je l'enlève. Tu sais, j'ai passé l'autre soirée à répondre à sa place à des tas d'appels et elle ne m'a même pas remerciée.

Elle attend que j'aie posé le verre à l'abri et dit :

— Prête ?

— Prête !

Lissy respire à fond puis ouvre la porte de la penderie d'un seul coup. Immédiatement, une sirène hurlante se déclenche. C'est terrifiant.

— Merde !

Lissy tente de claquer la porte.

— Merde ! Qu'est-ce qu'elle a foutu ?

—Ça continue ! je hurle, dans tous mes états. Arrête-la ! Arrête-la !

— Mais comment ? Il faut sans doute un code !

On se met à fouiller partout, comme deux folles, à la recherche d'un interrupteur.

— Je ne vois pas de bouton…

D'un seul coup, la sirène cesse et nous nous regardons, hors d'haleine.

— En fait, lâche Lissy après un bon moment, je crois que c'était la sirène d'une voiture.

— Hum, tu as peut-être raison.

Timidement, Lissy ouvre la penderie. Silence.

— Bon, dis-je, allons-y.

— Incroyable !

La garde-robe de Jemima ressemble à un coffre à trésor ou à un arbre de Noël. Que des affaires neuves, brillantes, de toute beauté, pendues côte à côte sur des cintres parfumés, comme dans une boutique. Toutes ses chaussures sont dans leurs boîtes, avec une photo au polaroïd. Les sacs sont alignés sur une étagère. Il y a un bail que je n'ai pas pioché dans l'armoire de Jemima et tout semble nouveau.

Je soupire, songeant à mon propre bordel.

— Elle doit passer au moins une heure par jour à ranger ses affaires.

— Absolument. Je l'ai vue faire.

Heureusement, la garde-robe de Lissy est pire que la mienne. Elle a une chaise qui croule sous les vêtements. Ranger lui donne la migraine et du moment que ses affaires sont propres, ça n'a pas d'importance pour elle.

— Alors ? sourit Lissy en prenant une robe blanche rehaussée de pierreries. Que désire madame pour sa soirée ?

Je ne choisis pas la robe blanche. Mais je l'essaye. En fait, nous essayons des tas de choses que nous devons ranger ensuite avec précaution. À un moment, une autre sirène de voiture rugit et nous sautons au plafond pour faire ensuite comme s'il ne s'était rien passé.

Finalement, je retiens un ravissant haut rouge que je vais porter avec mon pantalon en crêpe DKNY (payé vingt-cinq livres dans une boutique de charité de Notting Hill) et ses Prada argent à talons hauts. Et au dernier moment, presque malgré moi, j'attrape un petit sac noir Gucci.

— Tu es sensationnelle ! s'exclame Lissy quand je tourne sur moi-même. Vraiment fabuleuse !

— J'en ai fait trop ?

— Bien sûr que non ! N'oublie pas que tu sors dîner avec un milliardaire.

— Ne me dis pas ça !

Je regarde ma montre : il est près de huit heures.

Je commence à me sentir nerveuse. Je me suis tellement amusée à me préparer que j'avais oublié le but de l'opération.

Calme-toi, me dis-je. Ce n'est qu'un dîner. Rien de plus. Rien de spécial. Rien qui sorte de l'ordinaire…

— Putain ! s'écrie Lissy ! Il y a une énorme voiture dehors !

Je cours la rejoindre.

— Quoi ? Où ça ? En regardant dehors, je peux à peine respirer.

Une énorme voiture est arrêtée devant la maison et quand je dis *énorme*, ça veut dire énorme. Elle est toute chrome et brillante et on ne voit qu'elle dans notre petite rue. Nos voisins d'en face ne cachent pas leur curiosité.

Tout à coup, j'ai la trouille. Dans quoi je mets les pieds ? C'est un monde inconnu pour moi. Quand nous étions assis dans l'avion, Jack et moi étions au même niveau. Et maintenant ! Regardez son monde… et le mien.

— Lissy, je ne veux pas y aller.

— Mais si ! affirme-t-elle, mais je vois bien qu'elle est aussi paniquée que moi.

La sonnette retentit et nous faisons un bond.

Je crois que je vais être malade.

Allons !

— Bonsoir, dis-je à l'interphone, je descends tout de suite.

Je raccroche et, tremblante, je regarde Lissy :

— Et voilà, c'est l'heure.

Elle me prend la main.

— Emma, avant que tu t'en ailles, ne tiens pas compte de ce que Jemima t'a dit. Surtout, amuse-toi bien. Appelle-moi, si tu as une seconde.

Elle me serre dans ses bras.

Je m'inspecte une dernière fois dans la glace, ouvre la porte et descends l'escalier.

En ouvrant la porte de l'immeuble, je trouve Jack qui m'attend. Il porte une veste et une cravate. Il me sourit et ma panique s'envole, telle une nuée de papillons. Jemima a tort. Ce n'est pas moi contre lui. C'est moi *avec* lui.

— Salut – sa voix est chaude –, vous êtes ravissante.

— Merci.

Je me penche vers la poignée de la portière, mais un homme en casquette se précipite pour m'ouvrir.

— Suis-je bête, dis-je nerveusement.

Je n'arrive pas à croire que je monte dans cette voiture. Moi. Emma Corrigan. Je me sens comme une princesse. Comme une star de cinéma.

Je m'enfonce dans les luxueux coussins en essayant de ne pas comparer cette limousine avec les autres voitures où j'ai été.

— Vous vous sentez bien ? demande Jack.

— Oui, parfaitement.

— Emma, on va s'amuser, je vous le promets. Avez-vous bu votre sherry d'avant rendez-vous ?

Comment le sait-il ?

Ah oui, je le lui ai dit dans l'avion.

— Oui, effectivement.

— Encore un peu ? Il ouvre un bar : une bouteille de Harvey's Bristol Cream est posée sur un plateau d'argent.

Je n'en crois pas mes yeux.

— Vous l'avez amenée juste pour moi ?

— Non, c'est ma boisson favorite.

Il a dit ça d'un ton si pince-sans-rire que j'éclate de rire.

— Je vais vous imiter, déclare-t-il en me tendant un verre. Mais je n'en ai jamais goûté.

Il s'en verse une bonne mesure, en avale un peu et crachote.

— Vous aimez vraiment ça ?

— C'est super bon. Ça a un goût de Noël.

— Le goût me fait penser à… (Il agite la main.) Non, je préfère ne pas vous le dire, mais je vais m'en tenir au whisky, si ça ne vous fait rien.

— Comme vous voulez. Mais vous ne savez pas ce que vous ratez.

J'avale une nouvelle gorgée et lui souris. Je me sens totalement relax.

Ça va être une vraie fête.

13

Nous arrivons à un restaurant dans Mayfair où je ne suis jamais allée. En fait, je ne suis pas sûre d'avoir jamais mis les pieds à Mayfair. C'est un quartier tellement chic, qu'est-ce que j'y ferais ?

Nous traversons une sorte de cloître.

— C'est un endroit assez confidentiel, murmure Jack. Peu de gens le connaissent.

— Monsieur Harper. Mademoiselle Corrigan, dit un homme en costume indien qui s'est matérialisé de nulle part. Je vous en prie, par ici.

Pas possible, ils connaissent mon nom !

Après avoir glissé sous d'autres portiques, nous débouchons dans une salle richement décorée où sont attablés trois couples. En passant devant le couple de droite, une femme d'âge moyen aux cheveux oxygénés et en veste dorée croise mon regard.

— Ah ! Rachel ! Bonsoir !

— Quoi ?

Je regarde autour de moi, sidérée. C'est à moi qu'elle s'adresse ?

Elle se lève et, titubant légèrement, s'avance vers moi et m'embrasse.

— Comment vas-tu ma chérie ? Des siècles que je ne t'ai pas vue !

Bon, elle pue l'alcool à cinq mètres à la ronde. Quant à son compagnon de table, il semble dans le même état.

— Je crois que vous faites erreur, dis-je poliment. Je ne m'appelle pas Rachel.

Elle me dévisage.

— Oh ! (Elle fixe Jack et son visage s'éclaircit.) Oh ! Je vois ! Bien sûr !

Et elle me fait un clin d'œil.

— Non ! – je suis horrifiée. Comprenez-moi. Je n'ai jamais été Rachel. Je m'appelle Emma.

— Emma ! Bien sûr ! répond-elle avec le ton d'une conspiratrice. Dînez bien ! Et appelez-moi vite !

Tandis qu'elle retourne à sa table en vacillant, Jack me regarde l'air songeur.

— Avez-vous quelque chose à me dire ?

— Oui. Cette femme est ivre morte.

Nous nous regardons et je ne peux m'empêcher de pouffer ; lui pince les lèvres.

— Pouvons-nous nous asseoir ? Ou avez-vous encore à saluer d'autres amis perdus de vue ?

Je jette un coup d'œil à la salle :

— Non, je crois que ce sera tout.

— Si vous en êtes sûre. Prenez votre temps. Ce vieillard, là-bas, ne serait pas votre grand-père par hasard ?

— Non, sans doute pas.

— Sachez également que les pseudonymes ne me gênent pas. Je me fais souvent appeler Egbert.

J'émets un gloussement, mais très vite, je le ravale. Nous sommes dans un restaurant haut de gamme. Les gens commencent à nous regarder.

On nous conduit à une table discrète, près de la cheminée. Un garçon tire ma chaise, un autre pose une serviette sur mes genoux, un troisième remplit d'eau un de mes verres, un dernier me présente un petit pain. Jack, de l'autre côté de la table, est traité de la même façon. C'est un ballet de serveurs, autour de nous ! Je cherche les yeux de Jack pour en rire avec lui, mais il semble trouver ça tout naturel.

C'est sûrement naturel pour lui. La vache ! Il a sans doute un maître d'hôtel qui lui prépare son thé et repasse son journal chaque jour.

Et alors ? Ça ne doit pas me troubler.

— Bon, dis-je quand les garçons se sont évanouis. Qu'est-ce qu'on boit ?

J'ai déjà remarqué ce que buvait la dame en or. C'est rose, des tranches de pastèque décorent le verre et ça paraît délicieux.

— Je m'en suis occupé, dit Jack en souriant.

À ce moment, un serveur apporte une bouteille de champagne, fait sauter le bouchon et commence à servir.

— Je me suis souvenu que vous m'aviez dit dans l'avion qu'une soirée parfaite devait débuter par une bouteille de champagne qui apparaîtrait comme par magie.

— Oh !

Je lutte pour ne pas montrer un peu de déception.

— Ah… oui, c'est exact.

— À la vôtre ! dit Jack.

Et nous trinquons.

— À la vôtre !

J'avale une gorgée et c'est un délicieux champagne. Vraiment parfait. Brut et frais.

Je me demande à quoi ressemble le cocktail à la pastèque.

Arrête ! Le champagne est parfait. Jack a raison. C'est la manière idéale de commencer une soirée.

— La première fois que j'ai bu du champagne, j'avais six ans…

— Chez votre tante Sue, continue Jack en souriant. Vous avez enlevé tous vos vêtements et vous les avez jetés dans la mare.

— Ah, fais-je, stoppée dans mon élan, je vous l'ai déjà raconté ?

Bon, je ne vais pas l'embêter de nouveau avec cette anecdote. Je bois mon champagne et me triture les méninges pour trouver quelque chose à dire.

Il doit bien y avoir un truc à raconter ?

— J'ai choisi un menu très spécial en espérant que vous l'aimeriez, dit Jack. Tout est déjà commandé, juste pour vous.

— Mon Dieu. Comme c'est… merveilleux.

Un menu composé spécialement pour moi ! Chouette ! C'est à peine croyable !

Sauf… Sauf que choisir ses plats, c'est la moitié du plaisir, non ? C'est presque la partie du repas que je préfère.

Tant pis. Ce n'est pas grave. Tout sera parfait. Tout est parfait.

Bon. Bavardons.

— Qu'aimez-vous faire quand vous ne travaillez pas ?

Jack hausse les épaules :

— Je traîne. Je regarde du baseball. Je répare des voitures.

— Vous collectionnez les autos anciennes. Je le sais. C'est formidable. Je suis vraiment…

— Vous détestez les voitures de collection, je m'en souviens, sourit-il.

Merde ! J'avais espéré qu'il aurait oublié.

— Ce n'est pas les voitures que je déteste mais les gens qui… qui…

Re-merde ! Ce n'est pas exactement ce que je voulais dire. J'avale vite une gorgée de champagne mais de travers et je me mets à tousser. La honte, je postillonne, mes yeux pleurent.

Et les six autres convives se retournent vers moi et me dévisagent.

— Ça va aller ? s'inquiète Jack. Buvez un peu d'eau. Vous aimez l'Évian, non ?

— Euh… oui. Merci.

Oh, quel bordel ! Je n'ai pas envie de l'avouer, mais Jemima n'avait pas tort sur un point. Les choses auraient été beaucoup plus faciles si j'avais dit gaiement : « J'adore les vieilles voitures ! »

Bon. N'y pensons plus.

J'avale mon eau minérale quand, venue de nulle part, atterrit devant moi une assiette de poivrons grillés.

— Oh ! dis-je ravie. Je les adore !

— Je m'en suis souvenu, s'enorgueillit Jack. Dans l'avion, vous m'avez avoué que votre plat favori était les poivrons grillés.

— Vraiment ?

Bon sang ! Je ne m'en souviens pas. C'est vrai que j'aime les poivrons grillés, mais je n'aurais pas dit…

— J'ai donc téléphoné au restaurant pour qu'on les prépare spécialement pour vous. Je ne peux pas en manger, ajoute-t-il au moment où on lui sert des coquilles Saint-Jacques, sinon, j'en aurais pris aussi.

Je demeure bouche bée. Ces coquilles m'ont l'air formidables. J'*adore* les coquilles Saint-Jacques.

— Bon appétit ! fait-il gaiement.

— … Oui, bon appétit !

Je prends une bouchée de poivron. C'est délicieux. Et comme c'est gentil à lui de s'en être souvenu.

Mais je ne peux m'empêcher de zieuter son assiette. J'en ai l'eau à la bouche. Et cette sauce verte ! Hum, je parie que c'est succulent et cuit à merveille…

— Voulez-vous goûter ? propose Jack en suivant mon regard.

Je sursaute.

— Non ! Non merci. Ces poivrons sont absolument… parfaits.

Je lui fais un grand sourire et avale une énorme bouchée.

Soudain, Jack enfonce sa main dans sa poche.

— Mon téléphone portable. Emma, ça ne vous fait rien que je réponde ? C'est peut-être important.

— Bien sûr que non. Allez-y.

Dès qu'il est parti, je ne me retiens plus. Je plonge dans son assiette et pique une de ses coquilles. Les yeux fermés, je la déguste, laissant son délicieux arôme pénétrer mes papilles. Divin ! De ma vie je n'ai jamais mangé quelque chose d'aussi bon. Pourrais-je en manger une deuxième si je réorganise son assiette ? À ce moment, je sens une odeur de gin. La femme à la veste d'or me murmure à l'oreille :

— Dites-moi vite, que se passe-t-il ?

— On est en train… de dîner.

— Je le vois bien, fait-elle, impatiente. Je veux parler de Jeremy ? Il se doute de quelque chose ?

Quoi ?

— Écoutez, je ne suis pas celle que vous croyez…

— Évidemment. Je n'aurais jamais pensé que vous étiez capable de ça, dit-elle en me pinçant le bras. Eh bien, bravo ! Prenez du bon temps, voilà ce que je dis toujours. Vous avez enlevé votre alliance. Vous êtes une maligne ! Ah ! Il revient ! Mieux vaut que je m'en aille.

Elle s'éloigne en titubant alors que Jack se rassied. Je me penche vers lui, riant à moitié. Il va adorer ça.

— Devinez ! Mon mari s'appelle Jeremy ! Ma nouvelle amie est venue me le dire. Qu'en pensez-vous ? Jeremy ferait-il des fredaines ?

Jack ne répond pas. Quand il relève la tête, il a l'air tendu.

— Pardon ?

Il n'a pas entendu un mot de ce que j'ai dit.

Je ne vais pas tout répéter. Ce serait stupide. En réalité, j'ai déjà l'impression d'être stupide.

Je me force à sourire.

— C'est sans importance.

Nouveau silence. Je cherche un truc à dire.

— Ah, j'ai un aveu à vous faire. J'ai volé une de vos coquilles.

J'attends qu'il se montre scandalisé, furieux, enfin qu'il réagisse.

— Y a pas de mal, fait-il machinalement et il se met à manger.

Je ne comprends pas. Qu'est-ce qui s'est passé ? Pourquoi on a fini de plaisanter ? Ce n'est plus le même.

Lorsque nous en avons terminé avec les cailles sur canapé et la salade de roquette, j'ai mal partout tant je suis malheureuse. Ce dîner est un désastre. Total. Je me suis efforcée de bavarder, de plaisanter, d'être drôle. Jack a pris deux autres appels et le reste du temps il n'a fait que bouder ou être ailleurs. En toute franchise, je ne sers à rien.

J'ai envie de pleurer tellement je suis déçue. Je n'y comprends rien. Tout se passait si bien. On s'entendait fantastiquement bien. Qu'est-ce qui a mal tourné ?

— Je m'absente une minute, dis-je après le plat de résistance, et Jack se contente de hocher la tête.

Les toilettes des dames ressemblent plus à un palais qu'à un petit coin, avec des miroirs dorés, des fauteuils luxueux et une dame pipi en uniforme pour vous distribuer des serviettes. Un instant, j'hésite à téléphoner à Lissy devant elle, mais elle a dû en voir d'autres, non ?

— Salut, Lissy, c'est moi.

— Emma ! Qu'est-ce qui t'arrive ?

— C'est l'horreur, dis-je, lugubre.

— Qu'est-ce que tu veux dire ? Comment ça ? Qu'est-ce qui s'est passé ?

— C'est l'horreur. Tout a très bien commencé. On a ri, on a plaisanté, le resto est incroyable, il avait commandé un menu spécial pour moi, avec tous mes plats favoris...

J'ai du mal à déglutir. En racontant les choses ainsi, tout semble parfait.

— Mais c'est merveilleux, remarque Lissy, sidérée. Alors, que...

— Et puis il a reçu un appel sur son portable. Et depuis, il n'a plus ouvert la bouche. Il n'arrête pas de disparaître pour prendre d'autres communications en me plantant là. Quand il revient, on se parle à peine et de toute façon, il est ailleurs.

— Il a peut-être des soucis, mais ce n'est pas une raison pour s'en prendre à toi.

— C'est vrai, dis-je lentement, il a l'air embêté.

— Il s'est peut-être passé quelque chose d'atroce et il ne veut pas foutre en l'air la soirée. Essaye de lui parler. De partager ses problèmes.

— D'ac, dis-je, le moral en hausse. Je vais tenter le coup. Merci.

Je retourne à la table, avec l'envie de sauver ce dîner. Un garçon se précipite pour m'aider à m'asseoir et j'adresse à Jack le sourire le plus chaleureux, le plus compréhensif de la terre.

— Jack, tout va bien ?

Il fronce les sourcils.

— Pourquoi me demandez-vous ça ?

— Oh, vous n'arrêtez pas de disparaître. Je voulais savoir s'il y avait quelque chose dont vous aimeriez discuter.

— Tout va bien, dit-il sèchement. Merci.

Son ton indique que le sujet est clos mais je ne vais pas abandonner la partie si facilement.

— Vous avez reçu de mauvaises nouvelles ?

— Non.

J'insiste.

— C'est au sujet de vos affaires ? Ou c'est quelque chose… de plus intime…

Jack relève la tête et un éclair de colère traverse son regard.

— Je vous ai dit que ce n'était rien. Laissez tomber.

Bravo ! Voilà qui me remet à ma place.

— Aimeriez-vous prendre un dessert ? demande un serveur, interrompant le fil de mes pensées.

— Non, je vous remercie.

J'en ai marre de ce dîner. Je veux qu'on en finisse et rentrer chez moi.

— Très bien, fait le garçon en souriant, alors du café ?

— Elle prendra un dessert, déclare Jack sans me consulter.

Quoi ? Qu'est-ce qu'il a dit ? Le garçon me regarde en hésitant.

— Non, je ne veux plus rien, dis-je fermement.

191

— Allons, Emma, reprend Jack avec sa voix chaude et moqueuse, inutile de faire semblant. Vous m'avez confié dans l'avion que vous dites toujours ça. Vous prétendez ne pas vouloir de dessert alors que vous en mourez d'envie.

— Eh bien, cette fois, c'est vraiment non.

— C'est un dessert composé juste pour vous, insiste Jack en se penchant vers moi : Häagen-Dazs, meringue et coulis de Bailey sur le côté…

Soudain j'ai l'impression d'être menée en bateau. Comment sait-il ce que je veux ? Et si je voulais un fruit ? Ou rien du tout ? Il ne me connaît pas. Pas du tout.

Je recule mon siège.

— Je n'ai plus faim.

— Emma, je vous connais. En réalité, vous en avez envie…

Avant de pouvoir m'en empêcher, je crie, furieuse.

— Vous ne me connaissez pas ! Jack, vous savez des bribes de choses, mais ça ne veut pas dire que vous me connaissez !

— Quoi ?

— Si vous me connaissiez, vous sauriez que lorsque je sors avec quelqu'un, j'aime qu'il m'écoute. J'aime qu'il me traite avec un certain respect, qu'il ne me dise pas « laissez tomber » alors que j'essaye seulement d'alimenter la conversation…

Jack me regarde, de plus en plus ahuri.

— Emma, ça ne va pas ?

— Non. Ça ne va pas ! Vous ne vous êtes pas occupé de moi pendant presque toute la soirée.

— Mais c'est faux.

— Mais si. Vous étiez sous pilote automatique. Depuis que votre portable a sonné…

— Écoutez, fait-il en se massant le visage. Pas mal de choses importantes se passent dans ma vie en ce moment…

— Parfait. Alors continuez sans moi.

Des larmes me brûlent les yeux quand je me lève et récupère mon sac. Je voulais tellement passer une soirée parfaite. J'avais mis la barre si haut. Je n'arrive pas à croire que tout s'est écroulé.

— Allez-y ! Ouais ! hurle la femme en or à travers le restaurant. Vous savez, dit-elle à l'adresse de Jack, cette fille a un délicieux mari bien à elle. Elle n'a pas besoin de vous.

Je tire la nappe.

— Merci pour ce dîner. Comme par magie, un serveur m'apporte mon manteau.

Jack se lève, incrédule.

— Emma, vous n'allez pas sérieusement partir ?

— Mais si.

— Donnez-moi encore ma chance. Je vous en prie. Restez prendre un café. Je vous promets que je vous parlerai…

— Je ne veux pas de café !

Le garçon m'aide à enfiler mon manteau.

— Un thé à la menthe, alors. Des chocolats ! Je vous ai commandé une boîte de truffes de chez Godiva…

Il m'implore et pendant un instant, je flanche. J'adore les truffes de chez Godiva.

Mais non, j'ai pris ma décision.

— Je m'en tape (j'ai la gorge serrée), je pars. Merci beaucoup, dis-je au garçon, mais comment saviez-vous que je voulais mon manteau ?

— C'est notre métier de savoir, glisse-t-il discrètement.

— Vous voyez, dis-je à Jack. Eux, ils me connaissent.

Pendant un instant, nous nous regardons dans les yeux.

Finalement, Jack hausse les épaules en signe de résignation.

— Très bien. Daniel va vous raccompagner. Il doit attendre dehors.

— Je ne rentre pas dans votre voiture ! Je rentrerai par mes propres moyens, merci.

— Emma, ne faites pas l'idiote.

— Au revoir et merci beaucoup, dis-je au garçon. Vous vous êtes très bien occupé de moi.

Je me dépêche de sortir du restaurant pour découvrir qu'il a commencé à pleuvoir. Et je n'ai pas de parapluie.

Eh bien tant pis. Je m'en vais quand même. J'avance dans les rues, glissant légèrement sur les trottoirs mouillés, les gouttes de pluie se mélangeant à mes larmes. J'ignore où je me trouve. Je ne sais même pas s'il y a un métro tout près, ou…

Ah ! Voici un arrêt de bus. Je regarde les numéros et je m'aperçois qu'une des lignes va à Islington.

Parfait. Je vais rentrer à la maison en bus. Je prendrai une tasse de chocolat chaud. Et peut-être de la glace devant la télé.

Je m'assieds sous l'abribus. Je regarde fixement une pub pour des voitures tout en me demandant à quoi ressemblait le dessert à la glace. La meringue était-elle blanche et dure ou, au contraire, molle et collante comme du caramel ? À ce moment, une grosse limousine argentée s'arrête le long du trottoir.

Je n'en crois pas mes yeux.

Jack sort de la voiture.

— Je vous en prie, laissez-moi vous raccompagner.

— Non, dis-je sans tourner la tête.

— Mais vous ne pouvez pas rester ici sous la pluie.

— Bien sûr que si. Certains d'entre nous vivent dans le monde réel.

Je lui tourne le dos, en faisant mine de lire une affiche sur le sida. L'instant suivant, Jack s'assied sur le siège en plastique à côté de moi. Mais nous ne nous parlons pas.

— Je sais que j'ai été un compagnon horrible ce soir, lâche-t-il enfin. J'en suis désolé. Je suis navré aussi de ne rien pouvoir vous dire. Mais ma vie est... compliquée. Et certains aspects sont particulièrement délicats. Vous comprenez ?

Non, ai-je envie de répondre. Non je ne comprends pas. Moi, je vous ai tout, absolument tout raconté sur moi.

Je hausse les épaules.

— Sans doute.

La pluie a redoublé. Elle crépite sur le toit de l'abri et s'infiltre dans mes – dans les chaussures argentées de Jemima. La vache ! J'espère que je ne vais pas les tacher.

Jack hausse le ton pour couvrir le bruit du déluge.

— Je suis navré que cette soirée vous ait déçue.

Soudain, je suis prise de remords.

— Elle n'était pas si mal. C'est que... j'avais mis tant d'espoirs. Je voulais mieux vous connaître, m'amuser... rire avec vous... et je voulais ce cocktail rose, pas du champagne...

Merde ! Merde ! Merde ! Je n'aurais pas dû dire ça.

— Mais... vous aimez le champagne ! rétorque-t-il, ébahi. Vous me l'avez dit. Un rendez-vous parfait devrait commencer par du champagne.

Je n'ose par le regarder dans les yeux.

— Oui, c'est exact. Mais à ce moment-là, je ne connaissais pas l'existence du cocktail rose.

Jack rejette la tête en arrière et éclate de rire.

— Vous marquez un point. Et je ne vous ai même pas donné le choix, hein ? Vous deviez ruminer, quel enfoiré, il ne peut pas deviner que je veux un cocktail rose !

— Non ! dis-je immédiatement. Mais je deviens rouge et Jack me regarde avec une telle expression comique que j'ai envie de le prendre dans mes bras.

— Oh, Emma, je suis désolé, moi aussi je voulais mieux vous connaître. Et moi aussi je voulais m'amuser. On dirait que nous voulions tous les deux les mêmes choses. Et c'est ma faute si on ne les a pas obtenues.

— Ce n'est pas votre faute.

Je suis très gênée.

— Ce n'est pas ainsi que j'avais prévu notre soirée. Me donnerez-vous l'occasion de me racheter ?

Un grand bus à double étage s'arrête dans un grondement.

Je me lève.

— Je dois m'en aller. C'est mon bus.

— Emma, ne soyez pas bête. Venez en voiture.

— Non, je prendrai le bus.

Les portes automatiques s'ouvrent. Je montre ma carte au conducteur et il me fait signe d'entrer.

— Vous avez vraiment l'intention d'emprunter cet engin ? demande Jack en montant derrière moi et en regardant un échantillon assez hétéroclite des passagers de la nuit. Ce n'est pas dangereux ?

— On dirait mon grand-père ! Mais non, ce n'est pas dangereux. Il va jusqu'au bout de ma rue.

— Allons, dépêchons, fait le conducteur à l'adresse de Jack. Si vous n'avez pas d'argent, descendez !

— J'ai une carte American Express, dit Jack en fouillant dans sa poche.

— Vous ne pouvez pas payer un ticket de bus avec une carte American Express – je soupire, les yeux au ciel – vous ne savez donc rien ? Et de toute façon, je préfère rester seule, si vous n'y voyez pas d'inconvénient.

— Je vois, fait Jack en changeant de voix. Il vaut mieux que je descende, dit-il au conducteur. Il me regarde à nouveau. Vous ne m'avez pas répondu. On peut recommencer ? Demain soir ? Et cette fois-ci, vous vous occupez du programme. C'est votre tour.

— Bon. Je tâche de me montrer indifférente. Mais en croisant son regard, je souris.

— Huit heures à nouveau ?

— Huit heures. Et ne prenez pas votre voiture, on fera les choses à ma façon.

J'ai employé un ton très ferme.

— Formidable ! Je me réjouis d'avance. Bonsoir Emma.

— Bonsoir.

Quand il a disparu, je monte sur l'impériale. Je m'assieds au premier rang, là où j'avais l'habitude de voyager quand j'étais petite et je contemple Londres, la nuit, sous la pluie. Si je me concentre, les lumières des rues se brouillent comme dans un kaléidoscope. Comme au royaume des fées.

À la queue leu leu dans mon esprit se succèdent les images de la femme en or, du cocktail rose, de la tête de Jack quand je lui ai dit que je partais, du serveur m'apportant mon manteau, de la voiture de Jack s'arrêtant devant l'abribus… Je ne sais plus quoi penser. Je ne peux que rester là à regarder à l'extérieur, consciente des sons familiers. Les grincements rassurants du moteur du bus. La sonnette aigre pour demander le prochain arrêt. Les pas des gens qui montent et qui descendent.

Je sens le bus qui fait des embardées dans les virages, mais je ne me rends pas bien compte de notre itinéraire. Jusqu'au moment où, soudain consciente de repères familiers, je réalise que nous approchons de ma rue. Je rassemble mes esprits, récupère mon sac et me rends en haut de l'escalier.

Soudain, le bus vire violemment à gauche et je saisis une poignée pour éviter de tomber. Pourquoi tourne-t-on ? Je regarde par la vitre, pensant que je vais râler sec si je dois marcher quand j'écarquille les yeux.

Ce n'est pas possible que…

Ce n'est vraiment pas possible…

Mais si ! Je vérifie encore par la fenêtre, totalement abasourdie. Nous sommes dans ma petite rue.

Et voici que nous stoppons devant ma maison.

Je me dépêche de descendre, au risque de me casser une cheville et je regarde le conducteur.

— Numéro 41 Ellerwood Road, dit-il avec une sorte de révérence.

Non. Je rêve.

Ahurie, je regarde dans le bus et je vois un couple d'adolescents ivres qui me fixent tout aussi ahuris.

— Qu'est-ce qui se passe ? Je demande au conducteur, il vous a payé ?

— Cinq cents livres ! Gardez-le bien au chaud, ajoute-t-il avec un clin d'œil.

Cinq cents livres ! J'y crois pas !

— Merci, dis-je, encore sous le choc. Merci de m'avoir déposée.

Tout en ayant l'impression de rêver, je descends du bus et je me dirige vers la porte de la maison. Lissy est déjà là et me l'a ouverte.

— C'est bien un bus ? demande-t-elle. Qu'est-ce qu'il fout là ?

— C'est mon bus. Il m'a amenée jusqu'ici.

198

Je fais un petit signe au conducteur qui me rend mon salut et j'entends le bus s'éloigner en grondant.

— Je n'arrive pas à y croire ! s'exclame Lissy en voyant le bus tourner au coin.

Puis elle se tourne vers moi :

— Alors, ça a marché à la fin ?

— Oui, ça a marché.

14

Bon. Ne rien dire à personne. À personne !

Ne dire à personne que je suis sortie hier soir avec Jack Harper.

Non pas que j'aie l'intention d'en parler. Mais en arrivant au bureau le lendemain, j'ai l'intime conviction que je vais me trahir.

Ou que quelqu'un va deviner. Ça doit sûrement se voir comme le nez au milieu de la figure. À mon air. D'après mes vêtements. Ou dans ma façon de marcher. J'ai l'impression que chacun de mes gestes hurle « Hé, devinez ce que j'ai fait hier soir ! ».

— Salut, me lance Caroline pendant que je me fais une tasse de café, ça va ?

Je sursaute.

— Très bien. Je suis restée tranquille hier soir. Vraiment… tranquille. Avec ma colocataire. On a vu trois vidéos, *Pretty woman, Notting Hill* et *Quatre mariages et un enterrement.* Juste toutes les deux. Personne d'autre.

— Ah bon, fait Caroline, assez étonnée. Très bien.

N'importe quoi ! Je perds les pédales. Tout le monde sait que c'est comme ça que les assassins se font prendre. En donnant trop de détails, ils s'emberlificotent.

Bon, fini les bavardages. Il suffit de répondre par un seul mot.

— Salut, lance Artemis quand je m'assieds à mon bureau.

— Salut ! Je me retiens de dire quoi que ce soit d'autre.

Et même de parler du genre de pizza que Lissy et moi avons commandé. Pourtant, j'ai une histoire toute prête sur la société de pizzas qui avait confondu les poivrons verts et les pepperoni. Ce que c'était drôle !

Je devrais faire du classement, ce matin, mais je préfère prendre une feuille et commencer une liste d'endroits où je pourrais emmener Jack ce soir.

1. Pub ? Non. Bien trop ennuyeux.

2. Cinéma ? Non. On reste assis sans se parler.

3. Patinoire ? Je ne sais pas pourquoi je note ça puisque je ne sais pas patiner. Sûrement l'influence du film *Splash*.

4.

Putain, je suis déjà à court d'idées. Et merde ! Je regarde ma feuille blanche, en écoutant vaguement les conversations qui vont bon train autour de moi.

« … il travaillerait sur un projet secret ou n'est-ce qu'une rumeur ? »

« … la société dans une autre direction, mais personne ne sait vers quoi il… »

« … ce Sven ? Quelle fonction occupe-t-il ? »

— Il est avec Jack, non ? affirme Amy, qui travaille à la finance mais qui, comme elle aime bien Nick, trouve toujours des prétextes pour venir dans notre bureau. C'est l'amant de Jack.

— Quoi ? Je casse net la mine de mon crayon.

Heureusement, ils sont tellement occupés à bavarder que personne ne s'en aperçoit.

Jack gay ? Jack serait pédé ?

Voilà pourquoi il ne m'a pas embrassée sur le pas de la porte hier soir. Il me veut seulement comme amie. Il va me présenter Sven et je devrai faire semblant de trouver ça naturel, comme si je l'avais toujours su…

— Jack Harper serait gay ? reprend Caroline, médusée.

— C'est assez évident, non, fait Amy en haussant les épaules. Tu ne trouves pas qu'il fait gay ?

Caroline fait la grimace.

— Pas vraiment. Pas assez raffiné.

— Moi, je ne trouve pas qu'il fasse gay, dis-je en essayant de paraître décontractée et vaguement intéressée.

— Il n'est pas gay, carillonne Artemis, très sûre d'elle. J'ai lu un vieux portrait de lui dans *Newsweek*, et il sortait avec la présidente d'Origin Software. Et avant elle, il était avec un top model.

Je pousse un énorme soupir de soulagement (muet).

Je le savais bien. Bien sûr qu'il n'est pas homo.

Honnêtement, tous ces gugusses n'ont rien de mieux à faire que de cancaner sur des gens qu'ils ne connaissent même pas ?

— Alors, Jack est avec quelqu'un en ce moment ?

— Qui sait ?

— Il est plutôt mignon, fait Caroline avec un sourire gourmand. Je ne dirais pas non.

— C'est sûr, dit Nick. Et son avion privé ne te déplairait pas non plus.

— Il n'a pas eu de liaison suivie depuis la mort de Pete Laidler, affirme Artemis. Je doute donc que tu aies tes chances.

— Dommage, Caroline, rigole Nick.

Je me sens mal à l'aise à écouter ces commentaires. Et si je quittais le bureau en attendant qu'ils aient fini. Mais alors, je risque d'attirer l'attention.

Une seconde, j'imagine ce qui se passerait si je me levais et que je disais : « En fait, j'ai dîné hier soir avec Jack Harper. » Ils me regarderaient ahuris et l'un d'entre eux dirait peut-être…

Oh ! Qu'est ce que je raconte ? Ils ne me croiraient même pas. Ils me traiteraient de mythomane.

— Salut Connor, fait Caroline en interrompant mes pensées.

Connor ? Je redresse la tête, légèrement consternée. Le voici qui, sans crier gare, s'approche de mon bureau, l'air blessé.

Qu'est-ce qu'il fait ici ?

Il est au courant pour Jack et moi ?

Mon cœur se met à battre à toute vitesse et je ramène mes cheveux en arrière d'un geste nerveux. Je l'ai déjà aperçu une ou deux fois dans les bureaux mais c'est la première fois que nous allons nous retrouver face à face depuis notre rupture.

— Salut, dit-il.

— Salut, fais-je, un peu gênée.

Je remarque que j'ai laissé ma liste de suggestions pour la soirée bien en vue sur ma table. Merde. L'air de rien, je la prends et je la laisse tomber dans ma corbeille à papier.

Les cancans au sujet de Jack et de Sven se sont taris. Tout le monde doit être en train de nous écouter, en faisant semblant d'être occupé, bien sûr. C'est comme si on jouait dans un feuilleton.

Et je sais quel serait mon rôle. La garce sans cœur qui a viré son charmant et convenable compagnon sans aucune raison valable.

Ce qui me trouble, c'est que je me sens coupable. Chaque fois que je vois Connor ou que je pense à lui, j'ai une horrible oppression dans la poitrine. Mais est-il obligé d'arborer cette expression de martyr ? Genre vous-m'avez-mortellement-blessé-mais-je-suis-si-généreux-que-je-vous-pardonne ?

Tout à coup, je me sens plus en colère que coupable.

Connor se lance enfin.

— Je suis monté parce que je nous avais inscrits tous les deux pour nous occuper du stand Pimm's le jour de la fête de la société. Évidemment, quand je l'ai fait, je croyais que nous serions… (Il s'arrête, l'air encore plus bouleversé qu'avant.) Enfin. Je veux bien ne rien changer si tu es d'accord.

Ce n'est sûrement pas moi qui vais dire que sa présence pendant une demi-heure me sera insupportable.

— Ça ne me gêne pas !

— Très bien !

— Très bien !

Nouveau silence tendu.

— J'ai trouvé ta chemise bleue, dis-je, je te l'apporterai un de ces jours.

— Merci. Moi aussi, j'ai des affaires à toi…

— Salut ! fait Nick en s'approchant de nous, les yeux brillants, avec l'air de celui qui va foutre le bordel. Tu n'étais pas trop solitaire, hier soir !

Mon cœur bondit dans ma poitrine. Merde ! Merde. Bon… Bon… Tout va bien. Il ne me regarde pas. Il fixe Connor !

Bon sang ! Avec qui était Connor hier soir ?

— Ce n'est qu'une amie, dit-il sèchement.

— Tu es sûr ? insiste Nick. Vous aviez l'air *très* amis.

— Ta gueule, Nick ! s'exclame Connor, l'air peiné. Il est bien trop tôt pour penser à… une autre histoire. N'est-ce pas Emma ?

J'avale plusieurs fois ma salive.

— Euh… oui. Absolument. Tu as totalement raison. J'hallucine !

Bon. Tant pis. Rien à foutre de Connor. J'ai un rendez-vous important à organiser. À la fin de la journée, j'ai trouvé le lieu idéal pour Jack et moi. Comment n'y ai-je pas pensé plus tôt ? Il y a bien une petite emmerde – mais ça devrait s'arranger.

Effectivement, il ne me faut qu'une demi-heure pour convaincre Lissy d'enfreindre le règlement qui stipule que sous aucun prétexte la clé ne sera remise à un non-membre et la persuader que cette règle n'est là que pour le principe. Et quand enfin elle me la donne, elle semble assez embêtée :

— Ne la perds pas !

— Ne t'en fais pas ! Merci Lissy, dis-je en l'embrassant. Tu peux être certaine que j'en ferai autant quand je serai membre d'un club très fermé.

— Tu te souviens du mot de passe ?

— Oui. Alexander.

— Où tu vas ? demande Jemima, qui s'apprête à aller à une soirée. Quel joli haut, s'exclame-t-elle après m'avoir reluquée de la tête aux pieds. Tu l'as acheté où ?

— Oxfam. Enfin, Whistles.

Au lieu d'emprunter les affaires de Jemima, ce soir j'ai décidé de porter quelque chose à moi. Si Jack n'aime pas ça, il faudra qu'il fasse avec.

— Dites, les filles, demande Jemima en plissant les yeux, vous ne seriez pas venues dans ma chambre, hier soir ?

— Non, répond Lissy d'un air innocent. Pourquoi ? Tu avais l'impression que nous étions entrées ?

Jemima était sortie jusqu'à trois heures du matin. Avant qu'elle rentre, nous avions tout remis en place. Le papier collant et tout et tout. Impossible d'être plus consciencieuses.

— Non, avoue-t-elle à contrecœur. Rien n'a été dérangé. Mais j'ai eu une impression. Comme si quelqu'un était entré.

— Tu avais laissé la fenêtre ouverte ? demande Lissy. Parce que j'ai lu un article qui racontait qu'on envoyait des singes voler dans les maisons.

— *Des singes ?* répète Jemima, ahurie.

— Oui. Les voleurs les dressent pour cambrioler.

Jemima nous regarde à tour de rôle. Inutile de dire que j'ai du mal à ne pas éclater de rire.

— Quoiqu'il en soit, fais-je en vitesse pour changer de sujet, tu as eu tort au sujet de Jack. Je sors à nouveau avec lui ce soir. Ce n'était pas le désastre que tu avais prédit.

Inutile de préciser que nous avons eu une belle engueulade, ni que je suis sortie du restaurant comme une furie, ni qu'il m'a suivie jusqu'à l'arrêt de bus. Ce qui est important, c'est que nous avons un deuxième rendez-vous.

— Je suis sûre de ce que j'ai dit. Attends un peu. Je prévois un malheur.

Je fais une grimace derrière son dos et commence à m'appliquer du mascara.

— Quelle heure il est ?

Je fais un superbe pâté sur ma paupière.

— Huit heures moins dix, dit Lissy. Comment vous y allez ?

— En taxi.

Soudain, la sonnette retentit et nous sursautons.

— Il est en avance, fait Lissy. C'est bizarre.

— C'est pas son genre ! dis-je.

Nous nous précipitons au salon et Lissy va regarder par la fenêtre.

— Mon Dieu ! s'exclame-t-elle, c'est Connor !

— *Connor ?* dis-je horrifiée, Connor est en bas ?

— Il porte un carton. Je le laisse entrer ?

— Non ! On fait comme si on n'était pas là.

— Trop tard, grimace Lissy, il m'a repérée.

Nouveau coup de sonnette et nous nous regardons, impuissantes.

— Bon, dis-je enfin, j'y vais.

Merde, merde, merde…

Je descends au galop et j'arrive à la porte hors d'haleine. Et là, sur le seuil, Connor arbore le même air de martyr qu'au bureau.

— Salut, dit-il, ce sont les affaires dont je t'ai parlé. J'ai pensé que tu pourrais en avoir besoin.

— Ah, merci !

Je saisis le carton qui ne semble contenir qu'une bouteille de shampooing l'Oréal et des pulls que je n'ai jamais vus de ma vie.

— Je n'ai pas encore trié tes affaires, dis-je, je te les apporterai au bureau.

Je fourgue le carton au bas de l'escalier et me retourne très vite avant que Connor croie que je l'invite à monter.

— Bon, eh bien, merci. C'était très gentil de ta part d'être passé.

— Pas de quoi. (Il pousse un gros soupir.) Emma… je me demandais si on ne pourrait pas en profiter pour discuter. Si on allait boire un verre ? Ou même dîner ?

— Oh, ça serait chouette, quelle bonne idée. Mais franchement, ce n'est pas le bon moment.

— Tu vas sortir ?

Il fait grise mine.

— Euh… oui, avec Lissy. (Je regarde discrètement ma montre et il est huit heures moins six.) Bon, de toute façon, on se voit bientôt. Au bureau…

— Pourquoi tu t'agites ainsi ?

— Je ne suis pas énervée.

207

Je m'appuie contre le chambranle, l'air décontracté.

— Qu'est-ce qui ne va pas ? (Il inspecte le vestibule d'un œil méfiant.) Qu'est-ce que tu mijotes ?

— Connor – je pose ma main sur son bras d'un geste que je veux rassurant – il ne se passe rien. C'est ton imagination.

À ce moment, Lissy apparaît derrière moi.

— Euh, Emma, il y a un coup de fil urgent pour toi, dit-elle d'une voix empruntée. Monte vite. Ah ! bonsoir, Connor !

Lissy est malheureusement la pire menteuse de la terre.

Connor nous regarde, Lissy et moi, l'air soupçonneux.

— Vous essayez de vous débarrasser de moi.

— Mais non ! s'exclame Lissy, rouge comme une pivoine.

— Attends une seconde ! fait soudain Connor en inspectant ma tenue, attends voir. Tu ne… te préparerais pas à sortir avec un mec ?

J'active mes méninges. Si je nie, nous allons droit à la bagarre. Mais si j'admets la vérité, peut-être filera-t-il, fâché.

— Tu as raison. J'ai un rendez-vous.

Suit un silence outré.

— Je ne peux pas y croire, gémit Connor en remuant la tête et, à ma grande consternation, il s'accroupit contre le mur du jardin.

Je consulte ma montre : moins trois ! Merde !

— Connor…

— Tu m'avais dit qu'il n'y avait personne d'autre ! Tu me l'avais juré !

— Il n'y avait personne. Mais maintenant, il y a quelqu'un. Connor, on ne va quand même pas en parler ici.

Je l'attrape par la manche et j'essaye de le soulever, mais il pèse plus de soixante-quinze kilos.

— Connor, je t'en prie. Ne rends pas les choses plus pénibles pour tout le monde.

— Tu as raison, fait Connor en se levant enfin. Je vais m'en aller.

Il avance jusqu'à la grille, défait, le dos voûté, et j'ai comme un remords mélangé à une envie extrême qu'il se dépêche de partir. Mais, horrifiée, je le vois se retourner.

— Alors, c'est qui ?

— C'est… quelqu'un que tu ne connais pas, dis-je en croisant les doigts derrière mon dos. Écoute, on déjeune ensemble bientôt et on en parle. Promis.

— D'accord, fait Connor plus blessé que jamais, j'ai capté le message.

Retenant mon souffle, je le regarde fermer la grille derrière lui et avancer lentement dans la rue. Continue à marcher, continue, ne t'arrête pas…

Au moment où il tourne enfin le coin, la limousine de Jack apparaît à l'autre bout.

— Oh, mon Dieu, soupire Lissy.

— Oh ! Lissy, je n'en peux plus !

Je m'appuie contre le mur.

J'ai la tremblote. J'ai besoin d'un verre. Et je n'ai du mascara que sur un œil ! Quelle horreur !

La voiture s'arrête devant la maison et le même chauffeur en uniforme en sort. Il ouvre la portière arrière et Jack en descend.

— Bonsoir ! s'exclame-t-il, étonné de me voir là. Je suis en retard ?

— Non ! J'étais juste… assise là à… regarder la vue.

Je désigne l'autre côté de la rue, où je remarque pour la première fois un énorme type qui change la roue de sa caravane.

Je me lève d'un bond.

— Peu importe, je ne suis pas tout à fait prête. Vous voulez monter une minute ?

— Oui, avec plaisir.

— Et renvoyez votre voiture, vous n'étiez pas censé venir avec.

— Vous n'étiez pas censée être assise dans votre jardin et me prendre en flagrant délit, rétorque Jack en souriant. Bon, fait-il à Daniel, ça sera tout pour ce soir. À partir de maintenant, je suis entre les mains de cette dame.

— Voici Lissy, ma colocataire, dis-je quand le chauffeur remonte dans la limousine. Lissy, voici Jack.

— Bonsoir, dit Lissy, gênée, en lui serrant la main.

En montant, je me rends compte de l'étroitesse de la cage d'escalier, de la peinture éraflée, de l'odeur de chou-fleur du tapis. Jack doit habiter une immense maison avec un escalier en marbre.

Et alors ? On ne peut pas tous avoir du marbre.

De toute façon, c'est sans doute affreux. Froid et clinquant. On doit glisser dessus tout le temps et ça doit se rayer facilement…

— Emma, si tu veux te préparer, je vais offrir un verre à Jack, propose Lissy avec un sourire qui veut dire qu'il a l'air sympa.

— Oui, merci.

Je suis bien d'accord avec toi est le message que Lissy peut lire dans mes yeux. Puis je fonce dans ma chambre où j'applique du mascara sur l'autre œil.

Quelques instants plus tard, on frappe légèrement à ma porte.

— Entre !

Je m'attends à voir Lissy.

Mais c'est Jack, qui se tient sur le seuil, un verre de sherry à la main.

— Oh, merci ! J'en avais vraiment envie.

— Je ne veux pas entrer, dit-il poliment.

— Mais si, installez-vous !

Je lui désigne le lit, mais il est encombré de vêtements. Et le tabouret de ma coiffeuse croule sous les magazines. Bon sang, j'aurais dû ranger.

— Je vais rester debout, dit-il avec un petit sourire.

Il boit une gorgée de ce qui ressemble à du whisky et il regarde, fasciné, autour de lui.

— C'est donc votre chambre. Votre univers.

— Oui, je rougis un peu et ouvre mon flacon de gloss, c'est un peu le désordre.

— Très charmant. Très chaleureux.

Il prend note de mes chaussures empilées dans un coin, du mobile à poissons suspendu à ma lampe, des colliers autour du miroir et d'une nouvelle jupe accrochée à la porte de la penderie.

— Recherche pour le cancer ? demande-t-il, intrigué, en lisant l'étiquette, qu'est-ce que…

— C'est une boutique, une boutique de fringues d'occasion, fais-je en le défiant.

— Ah ! Il hoche la tête. Quel joli couvre-lit !

— C'est de l'humour ? Un drôle de sens de l'humour !

C'est vachement gênant, j'aurais dû le changer.

Et voici que Jack contemple, absolument ahuri, le tiroir de ma table de toilette, bourré de produits de maquillage.

— Combien de tubes de rouge à lèvres avez-vous donc ?

— Oh, quelques-uns… dis-je en le refermant.

Ce n'était peut-être pas une si bonne idée de le faire monter. Il prend un flacon de vitamines Perfectil et l'examine. En quoi des vitamines peuvent-elles l'intéresser ? Puis il passe à la ceinture en crochet de Katie :

— Qu'est-ce que c'est ? Un serpent ?

— Non, une ceinture – je fais la grimace car je m'enfile une boucle d'oreille. Je sais. C'est hideux. D'ailleurs je déteste le crochet.

Où est mon autre boucle ? Où donc ?

Ah, bon, la voilà. Qu'est-ce qu'il fout maintenant ?

Je me retourne et il est fasciné par mon programme de gym que j'ai affiché en janvier après m'être enfilé une boîte entière de caramels.

— Lundi, sept heures, lit-il à haute voix, jogging autour du pâté de maison. Quarante mouvements. Midi : classe de yoga. Soir : séance de gymnastique Pilates. Soixante mouvements. Très impressionnant. Vous faites tout ça ?

— Oh, je n'arrive pas à tout faire… C'était un peu trop ambitieux… vous savez… (Je me parfume un grand coup.) Bon, allons-y !

Il faut que je l'emmène avant qu'il découvre mes Tampax et me demande ce que c'est. Bon sang, pourquoi tout l'intéresse-t-il ?

15

En sortant dans la nuit embaumée, je me sens légère et je savoure à l'avance cette soirée. L'ambiance est totalement différente de la veille. Pas de limousine impressionnante, pas de restaurant chic. Tout est plus décontracté, plus amusant.

— Ainsi, dit Jack alors que nous remontons la rue principale, voici une soirée à la sauce Emma.

— Tout à fait !

Je lève la main pour héler un taxi et je donne au chauffeur le nom de la rue de Clerkenwell qui donne dans la ruelle du club.

— Nous avons le droit de prendre un taxi ? ironise Jack. On n'est pas obligés d'attendre le bus ?

— Il ne faut pas que ça devienne une habitude.

— Quel est le programme ? Dîner ? Boire ? Danser ?

— Un peu de patience ! J'ai pensé que nous pourrions passer une soirée relaxe, improvisée.

— Hier soir, j'ai organisé les choses un peu trop en détail, non ?

— Non, c'était très agréable, dis-je pour être gentille. Mais parfois, on prévoit trop les choses. De temps en temps, il vaut mieux laisser venir et voir ce qui se passe.

— Vous avez raison, dit Jack en souriant. Eh bien, je suis prêt à me laisser aller.

Tandis que nous roulons à fond de train dans Upper Street, je suis fière de moi. En vraie Londonienne, je peux emmener mes invités dans des lieux confidentiels. Je peux dégotter des endroits que peu de gens connaissent. Non pas que le restaurant de Jack n'ait pas été surprenant. Mais quoi de plus cool qu'un club secret ! Et qui sait ? Madonna sera peut-être là ce soir !

Nous arrivons à Clerkenwell en vingt minutes. J'insiste pour régler le taxi et je précède Jack dans la ruelle.

— Très surprenant, dit Jack en regardant autour de lui. Où allons-nous ?

Je joue ma mystérieuse.

— Encore une seconde !

Je me dirige vers la porte, appuie sur le bouton de l'interphone et sors la clé de Lissy de ma poche. Je suis excitée comme un pou.

— Allô ?

— Allô ! dis-je d'une voix décontractée, puis-je parler à Alexander ?

— Qui ça ?

— Alexander !

Je souris, sûre de moi. Ils doivent être en train de vérifier.

— Il n'y a pas d'Alexander, ici.

— Vous ne comprenez pas ! Al-ex-and-er ! j'insiste en décortiquant le mot de passe.

— Non, pas d'Alexander.

Est-ce que je me serais-je trompée de porte ? Je me souviens de celle-ci, mais c'était peut-être celle avec le verre dépoli. Ah oui, elle me rappelle quelque chose.

— Un petit pépin, dis-je à Jack en souriant, et j'appuie sur le nouveau bouton.

Silence. J'attends une ou deux minutes et j'essaye encore et encore. Pas de réponse. Bon… eh bien, ce n'est pas la bonne porte non plus.

Merde !

Je suis bête. Pourquoi n'ai-je pas vérifié l'adresse ? J'étais trop sûre de moi.

— Quelque chose qui cloche ? demande Jack.

— Non ! dis-je très vite. J'essaye juste de me rappeler…

J'inspecte la ruelle d'un bout à l'autre, en luttant contre la panique. C'était quelle porte ? je vais quand même pas être obligée d'essayer toutes les sonnettes de la rue ! Je fais quelques pas, espérant me souvenir. Puis, à travers une arcade, je repère une ruelle presque identique.

Quelle horreur ! Suis-je dans la bonne ruelle au moins ? Je fonce jusqu'à la suivante. C'est la même. Des rangées de portes anodines et de fenêtres masquées.

Mon cœur s'accélère. Qu'est-ce que je vais faire ? Je ne peux quand même pas appuyer sur toutes les foutues sonnettes du voisinage ? Je n'ai jamais songé qu'une chose pareille pouvait arriver. Pas un instant. Je n'ai jamais…

Je suis complètement idiote ou quoi ? Il suffit que j'appelle Lissy ! Elle me dira. Je sors mon portable, compose notre numéro mais j'obtiens le répondeur.

— Allô, Lissy, c'est moi, fais-je d'un ton aussi décontracté que possible. J'ai un petit problème : je ne me souviens plus de la porte du club. Et même de la ruelle. Si tu as mon message, rappelle-moi vite. Merci !

Je redresse la tête et Jack m'observe :

. — Tout va bien ?

— Juste un petit accroc au programme ! Il y a un club secret dans les parages mais je ne me souviens pas où.

— Ce n'est pas grave, ça arrive parfois !

Je rappelle la maison, mais le numéro est occupé. Je compose celui du portable de Lissy, mais il est débranché.

Oh merde et merde ! On ne va pas passer la nuit dehors !

— Emma, voulez-vous que je réserve chez…

— Non ! Je crie comme si on m'avait piquée.

Jack ne va rien réserver du tout. J'ai dit que j'organiserai cette soirée et je le ferai.

— Non merci, tout va bien. (Je change mon fusil d'épaule.) Voilà, on va plutôt aller chez Antonio.

— Je pourrais faire venir la voiture… propose Jack.

— Nous n'en avons pas besoin !

Je me dirige directement vers l'artère principale et Dieu merci, j'aperçois un taxi en maraude. Je lui fais signe, ouvre la portière pour Jack et dis au chauffeur :

— Bonsoir, emmenez-nous chez Antonio sur Sanderstead Road à Clapham, je vous prie.

Bravo pour moi ! J'ai réagi en adulte et grâce à mon esprit de décision, j'ai sauvé la situation.

— Où se trouve Antonio ? demande Jack quand le taxi a démarré.

— C'est en banlieue, au sud de Londres. Mais c'est très sympa. Lissy et moi avions l'habitude d'y aller quand nous habitions Wandsworth. Il y a des grandes tables en bois, la nourriture est sublime et ils ont des canapés. Et ils vous laissent tranquilles.

— Parfait, acquiesce Jack en souriant.

Je lui souris à mon tour, fière de moi.

Bon, ça ne devrait pas prendre autant de temps pour aller à Clapham. On aurait dû y être il y a des siècles. C'est pratiquement au bout de la rue !

Après une demi-heure de trajet, je me penche vers le chauffeur !

— Y'a un problème ?

— Le trafic, ma p'tite ! Qu'est-ce que vous voulez y faire ?

Je croyais que les taxis trouvaient toujours des itinéraires peu encombrés, ai-je envie de lui crier. Mais je préfère lui demander gentiment :

— À votre avis, on va mettre combien de temps ?

— Qui sait ?

Je m'enfonce dans la banquette, l'estomac noué par tant de frustration.

On aurait dû aller quelque part dans Clerkenwell. Ou dans Covent Garden. Quelle idiote je suis…

— Emma, ne vous en faites pas. Je suis sûr que tout sera très bien quand on y sera.

— Je l'espère, fais-je avec un demi sourire.

Je n'arrive pas à trouver un sujet de conversation anodin. Toute mon énergie est dirigée vers le chauffeur pour qu'il roule plus vite. Je regarde par la fenêtre, ravie à chaque fois que défile le chiffre d'un arrondissement, SW3… SW11… SW4 !

Enfin ! Nous arrivons à Clapham. Nous sommes presque à destination.

Merde ! Encore un feu rouge. J'ai du mal à rester assise. Et le chauffeur ne bouge pas, comme s'il n'était pas concerné.

Bon, c'est vert ! Allez ! Avance !

Mais il démarre tout doucement, comme si on avait toute la journée… et voici qu'il se laisse doubler. *Qu'est-ce qu'il fout* ?

Bon. Calme-toi. Voici la rue. On y est enfin.

— Eh bien, c'est là, dis-je en essayant d'être relaxe. Désolée que cela ait pris autant de temps !

— Quelle importance ? On dirait que ça valait le déplacement.

En payant le taxi, j'avoue que je suis assez heureuse d'être venue. Le restaurant est superbe. Des guirlandes illuminent la façade habituellement verte, des ballons multicolores sont accrochés à la marquise, de la musique et des rires émergent par la porte ouverte. Il y a même des gens qui chantent.

— Normalement, ce n'est pas aussi bruyant, dis-je en entrant.

Je repère Antonio, debout, près de la porte.

— Bonsoir Antonio !

— Emma ! s'exclame Antonio, un verre de vin à la main.

Il a les joues rouges et je ne l'ai jamais vu sourire ainsi de toutes ses dents.

— *Bellissima !*

Il m'embrasse sur les deux joues et je me sens rassurée. Quelle bonne idée de venir ici. Je connais le patron. Il va faire tout son possible pour que nous passions un moment formidable.

— Voici Jack, dis-je en souriant.

— Jack ! Ravi de vous connaître !

Il l'embrasse également sur les deux joues ce qui me fait pouffer.

— On peut avoir une table pour deux ?

— Ah… grimace-t-il. Ma chérie, nous sommes fermés !

Je le regarde droit dans les yeux.

— Quoi ? Mais… mais vous n'êtes pas fermés. Il y a des plein de gens.

Des visages réjouis à toutes les tables.

— C'est une soirée privée !

Il lève son verre en direction de la salle et crie quelque chose en italien.

— Le mariage de mon neveu. Tu le connais, Guido ? Il était serveur ici voilà quelques années.

— Je ne m'en souviens plus très bien.

— Il a rencontré une fille charmante à la faculté de droit. Tu sais, il est avocat maintenant. Si jamais tu as besoin…

— Merci. Et… toutes mes félicitations.

— J'espère que la fête va bien continuer, dit Jack en me prenant le bras brièvement. Ne vous en faites pas, Emma, vous ne pouviez pas le savoir.

— Chérie, je suis désolé, dit Antonio en voyant ma mine défaite. Un autre soir. Je te donnerai la meilleure table. Appelle-moi pour réserver…

Je me force à sourire.

— D'accord, merci Antonio.

Je ne peux pas regarder Jack. Je l'ai entraîné dans tout ce foutu Clapham. Et pour quel résultat !

Il faut que je me rachète. Très vite.

— On va aller dans un bar. Pourquoi ne pas aller boire un verre dans un endroit sympa ?

— Parfait, dit Jack gentiment.

Il me suit dans la rue jusqu'à un pub appelé « The Nag's Head » et ouvre la porte. Je n'ai jamais mis les pieds ici, mais c'est sûrement très agréable…

Bon. Peut-être pas.

C'est l'endroit le plus lugubre que j'ai vu de ma vie. Des tapis râpés, pas de musique et le désert total à l'exception d'un type avec une grosse bedaine.

Impossible d'emmener Jack ici. Absolument impossible.

Je referme la porte.

— Bon, réfléchissons.

J'inspecte la rue, mais en dehors d'Antonio, tout est fermé, à l'exception de deux traiteurs et d'une station de taxis.

— Bon… on va prendre un taxi et retourner dans le centre, dis-je avec un maximum d'entrain. Ça ne devrait pas prendre trop de temps.

Je me poste au bord du trottoir.

Pendant les trois minutes qui suivent, pas une voiture ne passe. Je ne parle même pas de taxi. Aucun trafic du tout.

— C'est plutôt calme, remarque Jack.

— Oui, c'est un quartier résidentiel. Antonio est l'exception.

En apparence, je suis calme. Mais en fait, je commence à paniquer. Qu'est-ce qu'on va faire ? Marcher jusqu'à la rue principale de Clapham ? C'est à des kilomètres.

Je consulte ma montre et je tressaute en voyant qu'il est déjà neuf heures et quart. On a passé une heure à glandouiller et on n'a même pas bu un verre. Tout est de ma faute. Je ne suis pas capable d'organiser une soirée sans que ça tourne à la catastrophe.

Soudain, j'ai envie d'éclater en sanglots. J'ai envie de disparaître sous le trottoir et de me cacher la tête dans les mains.

— Que diriez-vous d'une pizza ? propose Jack. Je redresse la tête, pleine d'espoir.

— Pourquoi ? Vous avez vu un endroit…

— Je vois « pizza à emporter » dit-il en désignant un des traiteurs. Et je vois aussi un banc.

Il me montre du doigt un petit jardin public de l'autre côté de la rue où poussent quelques arbres.

— Allez chercher les pizzas, je m'occupe de réserver le banc.

Je n'ai jamais été aussi humiliée de ma vie. Jamais.

Jack Harper m'emmène dans le restaurant le plus cher et le plus chic de la terre. Et je l'emmène sur un banc au fin fond de Clapham.

— Voici votre pizza, dis-je en lui apportant le carton. J'ai pris une margarita avec du jambon, des champignons et des pepperoni.

C'est ça notre dîner ! Ces pizzas ne sont même pas extra. Même pas un peu élaborées avec des artichauts grillés. Juste le genre infect, avec de la pâte à pain, du fromage surgelé et une garniture dégueu.

— Parfait, sourit Jack.

Il en avale un grand morceau et puise dans sa poche :

— Ce devait être votre cadeau d'adieu mais comme nous sommes ici…

Je reste bouche bée quand il sort un petit shaker métallisé et deux gobelets assortis. Il dévisse le capuchon et, à mon immense surprise, il verse un liquide rose et transparent dans chaque gobelet.

Est-ce…

Je le regarde, les yeux écarquillés.

— Je n'arrive pas à y croire !

— Vous n'alliez tout de même pas passer votre vie entière à vous demander quel goût ça avait !

Il me tend un gobelet et lève le sien :

— À votre santé !

— Santé !

J'avale une gorgée du cocktail et, nom de Dieu, c'est fabuleux. Fort et doux, corsé à la vodka.

— C'est bon ?

— Délicieux ! J'en avale aussi sec une autre gorgée.

Il est vraiment adorable. Il fait semblant de s'amuser. Mais que pense-t-il dans le fond ? Il doit me mépriser. Penser que je suis insupportable.

— Emma, ça va ?

— Pas vraiment, dis-je d'une voix grave. Jack, je suis désolée. J'avais pourtant tout prévu. On devait

221

aller dans un club vraiment cool où il n'y a que des stars et on aurait dû s'amuser…

— Emma.

Jack pose sa coupe et me fixe.

— J'avais envie de passer la soirée avec vous. Et c'est exactement ce que nous faisons.

— Oui. Mais…

— C'est ce que nous faisons, répète-t-il fermement.

Il se penche lentement vers moi et mon cœur s'accélère. Oh ! Oh ! lala ! Il va m'embrasser ! Il va…

— Aaaah ! Aaaah !

Je bondis du banc, complètement paniquée. Une araignée escalade ma jambe. Une araignée noire.

— Enlevez-la ! je hurle, hystérique. Enlevez-la !

D'un revers de la main, Jack l'envoie valser dans l'herbe et je me laisse retomber sur le banc, le cœur battant.

Bien sûr, le charme est rompu. Bravo. Formidable. Jack essaye de m'embrasser et je pousse des hurlements d'horreur. C'est ma soirée !

Pourquoi me suis-je conduite d'une façon aussi débile ? Pourquoi avoir crié ? Je n'avais qu'à serrer les dents !

Enfin pas vraiment serrer les dents, bien sûr. J'aurais dû garder mon calme. Être tellement transportée que je n'aurais pas remarqué l'araignée.

— Les araignées n'ont pas l'air de vous faire peur, dis-je à Jack avec un rire gêné. Vous ne devez avoir peur de rien.

Il me sourit sans répondre.

— Avez-vous peur de quelque chose ?

— Les vrais hommes ne craignent rien, plaisante-t-il.

Malgré moi, je suis un peu fâchée. Jack ne semble pas très doué pour parler de lui-même.

— Bon, alors d'où vient cette cicatrice à votre poignet ?

— C'est une histoire longue et ennuyeuse, répond-il en souriant. Vous n'avez certainement pas envie de l'entendre.

Mais si ! me dis-je immédiatement. Je veux l'écouter. Je souris et reprends un peu de cocktail.

Voici qu'il regarde dans le vide comme si je n'étais pas là.

Il a oublié de m'embrasser ?

Je dois faire le premier pas ? Non et non.

— Pete adorait les araignées, dit-il soudain. Il les élevait comme des animaux domestiques. Il en avait d'énormes pleines de poils. Et des serpents.

— Vraiment ? dis-je en grimaçant.

— Dingue. Il était complètement dingue.

Il pousse un gros soupir.

— Il… vous manque encore ?

— Oui.

Nouveau silence. Au loin, j'entends un groupe quitter le restaurant d'Antonio et crier en italien.

— Il a laissé de la famille ? Je demande prudemment, mais le visage de Jack se ferme aussitôt.

— Quelques personnes.

— Vous les voyez toujours ?

— À l'occasion.

Il se tourne vers moi et sourit :

— Vous avez de la tomate sur le menton.

Au moment où il va me l'enlever, nos yeux se croisent. Doucement, il se penche vers moi. Ça y est ! On y est ! C'est…

— Jack !

Nous sursautons tous les deux et j'en laisse tomber mon gobelet. Je me retourne et n'en crois pas mes yeux. Sven se tient à la grille du petit jardin public.

Qu'est-ce qu'il fout là, bordel ?

— Quelle synchronisation, murmure Jack. Bonsoir, Sven !

— Mais… qu'est-ce qu'il fait là. Comment il a su qu'on était ici ?

Jack se masse le visage.

— Il m'a téléphoné pendant que vous alliez acheter les pizzas. J'ignorais qu'il viendrait aussi vite. Emma… il s'est passé quelque chose. Il faut que je lui dise deux mots en privé. Je vous promets que je n'en ai pas pour longtemps. D'accord ?

Je hausse les épaules.

— Bon.

Après tout, que dire d'autre ? Mais dans le fond, je me sens prête à laisser éclater ma colère. Pour garder mon calme, je prends le shaker, me verse ce qui reste et en avale une grande gorgée.

Jack et Sven se tiennent à l'entrée du jardin, plongés dans une conversation animée à voix basse. L'air de rien, je change de position sur le banc pour mieux entendre.

—… agir à partir de là…

—… plan B… retourne à Glasgow…

—… urgent…

En redressant la tête, je croise le regard de Sven. Je me détourne et fais comme si j'étudiais le sol. Ils baissent alors le ton de sorte que je ne peux plus rien entendre. Enfin ils se séparent et Jack s'avance vers moi.

— Emma…, je suis tout à fait désolé, mais il va falloir que je parte.

Je suis consternée.

— Partir ? Comment ? Tout de suite ?

— Oui, je dois m'éloigner pendant quelques jours. Je suis navré. (Il s'assied sur le banc.) Mais c'est très important.

— Oh, je comprends.

— Sven a commandé une voiture qui va vous ramener chez vous.

Bravo, me dis-je furieuse. Merci beaucoup, Sven.

— C'est vraiment délicat de sa part.

— Emma, je dois absolument partir, continue Jack. Mais nous nous reverrons à mon retour, d'accord ? À la fête de la société. Et, … nous reprendrons de là.

— Bien, dis-je avec un sourire forcé. Avec plaisir.

— J'étais ravi de la soirée.

Je fixe le banc.

— Moi aussi. Je me suis bien amusée.

— On recommencera.

Tendrement, il soulève mon menton et me regarde droit dans les yeux :

— Je vous le promets.

Il se penche vers moi et cette fois-ci, il n'hésite pas. Sa bouche ferme et douce se pose sur mes lèvres. Il m'embrasse ! Jack Harper m'embrasse sur un banc public !

Sa bouche ouvre la mienne. Je sens sa barbe rêche contre mon visage. Son bras m'entoure et il m'attire vers lui. J'ai du mal à respirer. Sans m'en rendre compte, je glisse ma main sous sa veste, touche les lignes de ses muscles sous sa chemise que j'aimerais arracher. Oui. Je voudrais l'arracher ! J'en veux plus.

Soudain il s'écarte de moi et c'est comme si je me réveillais d'un rêve délicieux.

— Emma, je dois partir.

J'ai la bouche en feu. Je sens encore sa peau contre la mienne. Tout mon corps vibre. Impossible que ce soit fini. Impossible.

— Ne partez pas. Encore une demi-heure.

C'est quoi mon idée ? Faire ça dans les buissons ?

La vérité, oui. N'importe où. De toute ma vie je n'ai jamais eu autant envie d'un homme.

— Je n'ai aucune envie de partir.

Ses yeux sombres sont presque opaques.

— Mais j'y suis obligé.

Il me prend la main et je retiens la sienne pour prolonger ce contact le plus possible.

— Eh bien… à bientôt, fais-je difficilement.

— Vivement la prochaine fois.

— Oui.

— Jack !

Nous regardons ensemble Sven qui se tient près de l'entrée.

— J'arrive ! crie Jack.

Nous nous levons et je détourne discrètement les yeux de la légère protubérance de Jack.

En voiture, je pourrais…

Non. Non. Je n'ai rien dit. Jamais une chose pareille ne m'a traversé l'esprit.

Quand nous atteignons la rue, deux limousines attendent. Sven se tient à côté de la première, l'autre m'est évidemment destinée. Bon sang ! Je fais soudain partie de la famille royale ?

Au moment où le chauffeur m'ouvre la portière, Jack me caresse la main une seconde. J'aimerais l'embrasser une dernière fois, mais je me contrôle.

— Au revoir, murmure-t-il.

— Au revoir.

J'entre dans la voiture, la portière se referme avec un claquement luxueux et le moteur ronronne en démarrant.

16

Et nous reprendrons de là. Cela pourrait vouloir dire…
Ou bien ça veut dire…

Waouh ! Chaque fois que j'y repense, je suis tout excitée. Je n'arrive pas à me concentrer au bureau. Je ne peux songer à rien d'autre.

La fête de la société est un événement maison. Pas un rendez-vous galant. Ce sera purement et simplement une manifestation dans la cadre du travail, et je n'aurai sans doute pas l'occasion de dire à Jack plus qu'un bonjour, comme c'est l'usage de la part d'une employée s'adressant à son patron. Peut-être nous serrerons nous la main. Rien de plus.

Mais… qui sait ce qui peut se passer après.
Nous reprendrons de là.
Waouh-waouh-waouh !

Le samedi matin, je me lève de très bonne heure, me fais un gommage, m'épile les aisselles, me masse le corps avec ma crème la plus chère et me vernis les ongles des pieds.

Parce que c'est toujours bien d'être soignée. Rien de plus.

Je mets mon soutien-gorge en dentelle Gossard et le slip assorti, et la robe d'été qui me met le plus en valeur.

Puis, rougissant légèrement, je glisse des préservatifs dans mon sac. Parce qu'il vaut mieux être toujours prête. C'est une leçon que j'ai apprise à onze ans chez les jeannettes, et que je n'ai pas oubliée. Bon, pour Hibou Brun, il était plus question de mouchoirs et de nécessaires à couture que de préservatifs, mais le principe est le même, non ?

Je m'observe dans la glace, m'applique une dernière couche de gloss et me vaporise d'Allure. Bon. Prête pour l'amour.

Je veux dire pour Jack.

Je veux dire... Oh, merde. Peu importe.

La fête de la société se déroule à la Panther House, le château que la Panther possède dans le Hertfordshire. On l'utilise pour des stages, des conférences, des séminaires de créativité auxquels je ne suis jamais invitée. Je ne suis donc jamais venue ici et, en sortant du taxi, je dois avouer que je suis impressionnée. C'est une très vieille demeure avec en façade des tas de fenêtres et des piliers. Datant probablement de... Enfin, ancienne, quoi.

« Magnifique architecture géorgienne » dit quelqu'un à côté de moi sur l'allée de gravier.

Géorgienne, c'est le mot que je cherchais.

Je me dirige vers la musique, et donc vers le château, et je vois que tout se déroule sur la pelouse principale. Des banderoles de couleurs vives pendent des fenêtres, des tentes sont éparpillées sur l'herbe, un orchestre joue sur une estrade et des enfants crient sur un trampoline.

— Emma ! Où est ton déguisement ?

Je lève la tête pour voir Cyril qui s'avance vers moi, habillé en bouffon avec sur la tête un bonnet pointu rouge et jaune.

— Un costume ! Zut alors ! Je ne savais pas qu'il en fallait un !

Ce n'est pas tout à fait vrai. Hier, vers cinq heures, Cyril a envoyé un mail urgent à tout le personnel de la société qui disait : N'OUBLIEZ PAS ! LE DÉGUISEMENT EST OBLIGATOIRE POUR TOUS.

Comment fabriquer un costume en cinq minutes ? De toute façon, il n'était pas question que j'arrive ici dans un horrible costume de location en nylon.

Et regardons les choses en face : qu'est-ce qu'ils peuvent y faire maintenant ?

— Désolée, dis-je vaguement en cherchant Jack. Mais quelle importance…

— Tous les mêmes ! C'était spécifié dans une note de service et dans la lettre d'information…

Il me saisit par l'épaule au moment où je veux m'éloigner.

— Tant pis ! poursuit-il. Tu vas enfiler un costume de secours.

— Comment ? Un truc de secours ?

— Oui, j'avais prévu le coup, dit Cyril, une note de triomphe dans la voix, j'ai des costumes en réserve.

Un frisson glacial me parcourt. Il ne veut quand même pas…

Il ne peut quand même pas…

— Tu verras, il y a un assez grand choix.

Non. Pas question. Je dois me sauver. Maintenant.

Je me débats de toutes mes forces, mais sa main m'immobilise l'épaule. Il m'oblige à entrer sous une tente où deux dames d'âge moyen se tiennent derrière un portant plein de… Oh putain ! Les costumes en synthétique les plus laids que j'ai jamais vus. Pire que dans une boutique de déguisements. Il les a dénichés où ?

— Non, dis-je, paniquée, je préfère rester comme je suis.

— Tout le monde doit se déguiser, insiste Cyril. C'était spécifié dans la note de service.

— Mais… je suis déguisée ! fais-je en montrant ma robe. J'ai oublié de vous le dire. C'est une robe d'été des années vingt, tout ce qu'il y a de plus authentique…

— Emma, c'est une fête. Et une partie de la fête consiste à voir tes collègues et leur famille dans de drôles de costumes. Au fait, où est ta famille ?

— Oh ! – je prends l'air chagrin que je répète depuis une semaine – ils n'ont pas pu venir.

Pour la bonne raison que je ne les ai pas prévenus.

— Tu leur as bien dit, n'est-ce pas ? dit Cyril, méfiant. Tu leur as envoyé le dépliant ?

— Bien sûr, fais-je en croisant les doigts derrière mon dos. Bien sûr ! Ils auraient tellement voulu venir.

— Bon. Eh bien tu vas devoir frayer avec les autres familles. Ah ! voilà pour toi : Blanche-Neige !

Il me balance une horrible robe en nylon avec des manches bouffantes.

— Je n'ai pas envie d'être Blanche-Neige… Mais je n'en dis pas plus en voyant Moira, de la comptabilité, forcée d'enfiler une tenue de gorille deux fois trop grande pour elle.

— Bon, d'accord pour Blanche-Neige !

J'en pleurerais presque. Ma robe d'été qui me met tellement en valeur est pliée dans un sac en papier que je récupérerai à la fin de la journée. Et dans ma tenue, j'ai l'air d'avoir six ans. Une gamine de six ans, dotée d'un goût atroce pour s'habiller et daltonienne qui plus est.

Alors que je sors de la tente, malheureuse comme les pierres, l'orchestre joue un air d'*Oliver* et quelqu'un fait une annonce dans un haut-parleur grésillant à laquelle je ne comprends rien. Je regarde autour de moi, éblouie par le soleil, tentant de reconnaître mes collègues sous leurs déguisements. Je repère Paul marchant sur la pelouse, vêtu en pirate, entouré de trois gosses accrochés à ses basques.

— Oncle Paul ! Oncle Paul ! crie l'un d'eux. Recommence ta grimace qui nous fait peur !

— Je veux une sucette, hurle un autre.

— Salut Paul, dis-je, effondrée. Vous vous amusez bien ?

— Le type qui a inventé la fête de la société devrait être fusillé, répond-il sans aucun humour. Arrête de me marcher sur le pied ! crie-t-il à un des gosses, et ils se tordent tous de rire.

— Maman, je n'ai pas besoin d'aller faire pipi, grogne Artemis déguisée en sirène, qui passe près de moi en compagnie d'une dame imposante portant un immense chapeau.

— Artemis, inutile d'être aussi susceptible, rétorque la dame.

C'est bizarre ! Les gens sont totalement différents avec leur famille. Dieu merci, la mienne n'est pas là.

Où est Jack ? Peut-être au château. Est-ce que je devrais…

— Emma !

C'est Katie qui s'avance vers moi. Elle porte un étrange costume couleur carotte et tient le bras d'un homme âgé aux cheveux blancs. Son père, sans doute.

Ce qui est étrange, parce qu'elle m'avait dit qu'elle viendrait avec…

— Emma, je te présente Phillip ! dit-elle, radieuse. Phillip, voici mon amie Emma. C'est elle qui nous a conduits l'un vers l'autre.

Quoi quoi quoi ?

Non, impossible.

C'est son nouveau jules ? C'est lui Phillip ? Mais il a au moins soixante-dix ans !

231

Complètement dans le cirage, je serre sa main sèche et parcheminée comme celle de grand-père, et je m'efforce de faire la conversation en parlant surtout du temps. Mais je suis affreusement choquée.

Ne vous méprenez pas, je n'ai rien contre l'âge. En fait, je ne suis contre rien. Les gens sont tous pareils, qu'ils soient noirs ou blancs, hommes ou femmes, jeunes ou...

Mais il est vieux ! Vraiment trop vieux !

— N'est-il pas adorable ? me demande Katie, attendrie, alors qu'il s'éloigne pour nous chercher à boire. Il est si prévenant. Rien ne le dérange. Je ne suis jamais sortie avec un homme comme lui !

— Je veux bien le croire. Votre différence d'âge est de combien ?

— Je n'en sais rien, répond Katie, surprise. Je ne lui ai jamais demandé. Pourquoi ?

Elle semble si heureuse, si loin de tout. N'a-t-elle pas remarqué à quel point il est vieux ?

— Peu importe ! Alors... rappelle-moi, comment tu as fait sa connaissance ?

— Tu le sais très bien, tête de linotte ! Souviens-toi ! Tu m'as suggéré d'aller déjeuner dans des endroits différents. Eh bien, j'ai trouvé ce resto original, dans une petite rue. D'ailleurs je te le recommande.

— C'est un... restaurant... ou un café ?

— Ni l'un ni l'autre. Je n'avais jamais rien vu de pareil. Tu entres, quelqu'un te donne un plateau et tu te sers. Puis tu t'assieds à une des nombreuses tables. Et ça ne coûte que deux livres ! Après ça, il y a des attractions ! Parfois c'est du loto, ou du whist... parfois on chante autour du piano. Une fois, il y a même eu un thé dansant formidable ! Je me suis fait des tas de nouveaux amis.

Je la dévisage quelques instants.

— Katie, dis-je enfin, cet endroit, ce ne serait pas une sorte de maison d'accueil pour les vieux démunis ?

— Oh ! fait-elle étonnée, hum, tu crois ?

— Réfléchis ! Les gens qui vont là, sont plutôt… âgés, non ?

Elle lève les sourcils.

— Ah, maintenant que tu le dis, les gens sont en effet assez mûrs. Mais, tu devrais venir. On s'amuse beaucoup là-bas !

— Tu continues à y aller ?

— Tous les jours ! Je fais partie du comité d'entraide.

— Re-bonjour ! lance Phillip gaiement, de retour avec trois verres. Il sourit à Katie en l'embrassant sur la joue et elle lui sourit en retour. Et soudain, j'ai chaud au cœur. Bon, c'est étrange. Mais ils ont l'air de former un couple charmant.

— Le brave type derrière le stand semble plutôt tendu, remarque Phillip tandis que je savoure, les yeux fermés, ma première gorgée de Pimm's.

Miam. Il n'y a rien de meilleur, pendant une journée d'été, un verre de…

Attendez ! J'ouvre les yeux. Pimm's !

Merde ! J'ai promis à Connor de m'occuper du stand Pimm's avec lui. Je jette un coup d'œil à ma montre et je m'aperçois que j'ai déjà dix minutes de retard. Oh, re-merde ! Je comprends qu'il soit tendu.

Je prie Phillip et Katie de m'excuser et je fonce vers le stand qui se trouve dans le coin du jardin. Là, Connor tente de se débrouiller seul pour servir un tas de gens qui font la queue. Il est déguisé en Henry VIII avec des manches bouffantes, des hauts de chausses et il s'est collé une barbe rousse. Il doit mourir de chaud.

Je me glisse à côté de lui.

— Désolée. Il fallait que je mette mon costume. Qu'est-ce que tu veux que je fasse ?

— Sers-leur des verres de Pimm's, répond-il sèchement. Une livre cinquante. Tu pourras te débrouiller ?

Ensuite, nous sommes trop occupés pour nous parler. Puis, quand la queue se disperse, nous restons seuls.

Connor ne me regarde même pas. Il manipule les verres avec une telle rage que j'ai peur qu'il en casse. Pourquoi est-il de si mauvaise humeur ?

— Écoute, Connor, pardonne-moi mon retard.

— C'est pas grave, grince-t-il en hachant des feuilles de menthe comme s'il voulait les massacrer. Alors, tu t'es bien amusée, l'autre soir ?

Ah ! nous y voilà.

— Oui, je te remercie.

— Avec ton nouvel homme mystère.

— Oui. Je regarde furtivement autour de moi, à la recherche de Jack.

— C'est quelqu'un du bureau, c'est ça ? insiste Connor ; et j'en ai une crampe à l'estomac.

— Qu'est-ce qui te fait dire ça ?

— Parce que tu ne veux pas me dire qui c'est.

— Ça n'a rien à voir ! Tu pourrais au moins respecter ma vie privée, non ?

— J'ai le droit de savoir pour qui j'ai été largué !

— Absolument pas ! (Je me rends compte que je ne suis pas très gentille.) Je pense que ça ne sert à rien d'en parler.

— Bon. Je trouverai bien tout seul. Et vite fait.

— Connor, je t'en prie. Je ne pense pas…

— Je ne suis pas idiot. Je te connais bien mieux que tu ne le crois.

J'hésite. Aurais-je sous-estimé Connor pendant tout ce temps ? Peut-être qu'il me connaît. Et s'il devinait ?

Je commence à découper un citron tout en surveillant la foule. Où est Jack ?

— J'ai trouvé ! s'écrie soudain Connor, triomphant. C'est Paul, hein ?

Je sens monter le fou rire.

— Quoi ? Non, ce n'est pas Paul. Pourquoi lui ?

— Tu le regardes toutes les deux minutes.

Il me désigne Paul, pas très loin, et qui tète misérablement une bouteille de bière.

— Toutes les deux minutes ! répète Connor.

— Je ne le regarde pas, dis-je très vite. J'observe juste… l'ambiance générale.

— Alors pourquoi il reste planté là ?

— Mais merde ! Tu peux me croire ! Je ne sors pas avec Paul !

— Tu me prends pour un con ?

— Pas du tout ! Je crois que tu cherches pour rien. Tu ne trouveras jamais…

— C'est Nick alors ? Vous vous entendez super bien.

— Non, ce n'est pas Nick.

Et merde ! Une aventure secrète est suffisamment délicate à mener sans que votre ex vous fasse un interrogatoire. Jamais je n'aurais dû accepter de tenir ce stand.

— Oh, mon Dieu, fait Connor à voix basse, regarde !

Je lève les yeux et mon estomac fait un bond. Jack s'avance sur la pelouse dans ma direction, habillé en cow-boy, avec des genouillères en cuir, une chemise à carreaux et un vrai chapeau de l'Ouest.

Il est si terriblement sexy que j'en tomberais dans les pommes.

— Il vient par ici, fait Connor. Vite, range les épluchures de citron. Puis, d'une voix normale : aimeriez-vous un Pimm's, monsieur ?

— Merci beaucoup, Connor. (Puis il me regarde.) Bonjour Emma, vous vous amusez bien ?

— Bonjour, dis-je d'une voix super aiguë. Oui… beaucoup.

D'une main tremblante je lui remplis un verre que je lui tends.

— Emma ! Tu as oublié la menthe !

— Tant pis pour la menthe, dit Jack en me regardant dans les yeux.

— Si vous voulez, je peux vous en mettre.

— Non, c'est parfait comme ça.

Ses yeux me jettent un petit éclair de bonheur et il avale une grande gorgée de Pimm's.

C'est surréaliste. On ne peut se quitter des yeux. Il est évident que tout le monde doit s'en apercevoir. Et Connor le premier… Je détourne les yeux et fais semblant de m'occuper des glaçons.

— Alors, Emma, dit Jack très décontracté, pour parler bureau une seconde : ces papiers que vous deviez taper pour moi. Vous savez, le dossier Leopold ?

Je rougis et laisse tomber un glaçon sur le comptoir.

— Euh, oui ?

— Pourrions-nous en discuter un instant avant que je parte ? Je dispose de deux pièces dans le château.

— D'accord – j'ai le cœur battant – bon.

— Disons… à une heure ?

— Parfait pour une heure.

Il s'éloigne d'un pas nonchalant et je reste comme une statue à l'observer, un glaçon fondant dans ma main.

Une suite dans le château. Ce qui ne signifie qu'une chose.

Jack et moi allons faire l'amour.

Soudain, tout d'un coup, je me sens très nerveuse.

— J'ai été d'un stupide ! s'exclame Connor en posant son couteau. Complètement aveugle ! (Il se retourne vers moi et ses yeux bleus lancent des éclairs.) Je sais qui est le nouvel homme de ta vie !

La panique me gagne.

— Non, Connor, tu ne sais rien. Il ne travaille pas dans la société. J'ai inventé ça. C'est un type qui habite à l'ouest de Londres, tu ne l'as jamais vu, il s'appelle… euh… Gary. Il est facteur.

— Ne mens pas ! Je sais très bien qui c'est. (Il croise les bras sur sa poitrine et m'observe d'un regard pénétrant.) C'est Tristan, de la conception artistique, non ?

Dès que nous avons terminé notre corvée sur le stand, je fausse compagnie à Connor et vais m'asseoir sous un arbre avec un verre de Pimm's. Je regarde ma montre toutes les deux minutes. Comment puis-je être aussi stressée ? Jack doit connaître des tas de trucs. Il s'attend peut-être à ce que je sois plus expérimentée. Il s'attend peut-être à des positions incroyables dont je n'ai jamais entendu parler.

Au fond, vous savez, tout bien pesé, je ne suis pas si mauvaise que ça au lit.

Mais selon quels critères ? J'ai l'impression d'être soudain propulsée directement des rencontres locales aux jeux Olympiques. Jack Harper est un milliardaire mondialement connu. Il a dû sortir avec des mannequins… des gymnastes… des femmes avec d'énormes seins en pointe… et faire des trucs bizarres qui exigent des muscles que je ne pense pas posséder.

Comment être à la hauteur ? J'ai le vertige. C'était une mauvaise, une très mauvaise idée. Je ne serai jamais aussi bonne que la présidente d'Origin Software, hein ? Je l'imagine très bien avec ses jambes fines, ses dessous à quatre cents dollars et son corps bronzé, couleur de miel… peut-être un fouet à la main… peut-être flanquée d'une copine mannequin et bisexuelle pour épicer le tout…

Bon, arrête. C'est complètement ridicule. Je m'en tirerai très bien. J'en suis certaine. C'est comme passer un examen de danse : quand on est en plein exercice, on oublie sa nervosité. Ma vieille prof de ballet nous répétait tout le temps : « Tant que vous gardez les jambes ouvertes et que vous souriez, ça marche comme sur des roulettes. »

Ce qui s'applique ici aussi.

Je consulte ma montre et j'ai un coup de panique. Il est une heure. Tapante.

L'heure d'aller baiser. Je me lève, fais quelques discrets mouvements d'assouplissement, au cas où. Je respire à fond et, le cœur battant, je me dirige vers le château. Je viens d'atteindre le bout de la pelouse quand un cri me perce les oreilles :

— Là voilà ! Emma ! Coucou !

On dirait la voix de maman. Bizarre. Je m'arrête, me retourne mais je ne vois personne. C'était sans doute une hallucination. Mon subconscient doit vouloir me culpabiliser.

— Emma ! Tourne-toi ! Par ici !

Minute ! On dirait la voix de Kerry.

J'ai beau écarquiller les yeux, me retourner, le soleil m'empêche de distinguer quoi que ce soit.

Soudain, comme par magie, ils apparaissent. Kerry, Nev, papa et maman. S'avançant à ma rencontre. Tous costumés. Maman porte un kimono et un panier de pique-nique. Papa est en Robin des Bois et transporte deux chaises pliantes. Nev, une bouteille de vin à la main, est en Superman. Kerry arbore une panoplie complète de Marilyn Monroe, depuis la perruque blonde oxygénée jusqu'aux talons hauts et toise tout le monde.

Qu'est-ce qui se passe ?

Qu'est-ce qu'ils foutent ici ?

Je ne leur ai jamais parlé de la fête de la société. Je le sais. J'en suis sûre à 100 %.

— Salut, Emma ! dit Kerry en s'approchant. Tu aimes ma tenue ?

Elle se dandine en caressant sa perruque.

Maman regarde ma robe en nylon, perplexe.

— Tu es déguisée en quoi ? En Heidi ?

— Je… (Je me frotte le nez.) Maman… qu'est-ce que vous faites ici ? Je ne vous ai jamais… enfin, j'ai oublié de vous en parler.

— Je le sais bien, intervient Kerry. Mais ton amie Artemis m'a tout raconté l'autre jour quand j'ai appelé au bureau.

Je la fixe, incapable de parler.

Je vais tuer Artemis, je vais l'égorger.

— Alors ? à quelle heure a lieu le concours du plus beau déguisement ? demande Kerry en faisant de l'œil à deux gamins qui la regardent bouche bée. J'espère qu'on ne l'a pas raté.

— Il… n'y a pas de concours, dis-je enfin, ayant retrouvé ma voix.

— Vraiment ? fait Kerry, affreusement déçue.

Je n'arrive pas à le croire. C'est la raison de sa présence ici : gagner un foutu concours. Je ne peux pas m'empêcher de demander :

— Alors, vous avez fait tout ce trajet juste pour le concours ?

— Bien sûr que non ! répond Kerry qui a retrouvé son air méprisant habituel. Nev et moi emmenons tes parents au château de Hanwood. C'est tout près. Nous avons donc pensé faire un saut ici.

Je suis quelque peu soulagée. Dieu merci. On va bavarder puis ils s'en iront tranquillement.

— On a apporté un pique-nique, dit maman. Trouvons un endroit agréable.

— Vous croyez que vous avez assez de temps ? – j'essaie de paraître décontractée. Vous risquez d'être pris dans les embouteillages. Franchement, vous devriez partir maintenant, pour être sûrs…

— La table n'est retenue que pour sept heures, fait Kerry en me regardant de travers. Si on s'installait sous cet arbre ?

Je suis horrifiée de voir maman déployer une couverture et papa déplier deux chaises. Impossible de m'asseoir pour pique-niquer pendant que Jack m'attend pour faire l'amour ! Je dois faire quelque chose et vite. Réfléchir.

Soudaine inspiration.

— Euh… je ne peux pas rester. Nous avons tous des tâches à accomplir.

— Ne me dis pas qu'on ne peut pas te libérer une demi-heure, fait papa.

— Tout repose sur les épaules d'Emma, pouffe méchamment Kerry, vous ne le saviez pas ?

— Emma ! appelle Cyril en s'approchant de notre aire de pique-nique, ta famille a réussi à venir ! Et ils sont tous costumés ! Parfait ! (Il rayonne de bonheur et les clochettes de son bonnet de bouffon tintent dans la brise.) N'oubliez pas d'acheter un billet de tombola…

— Nous n'oublierons pas, dit maman. Et nous nous demandions si vous pouviez décharger Emma de ses fonctions le temps qu'elle pique-nique avec nous.

— Tout à fait ! Tu as servi les Pimm's, n'est-ce pas Emma ? Tu peux t'amuser maintenant.

— Magnifique ! s'exclame maman. Quelle bonne nouvelle, hein, Emma !

— Formidable, dis-je avec un sourire figé.

Je n'ai pas le choix. Je n'ai aucune issue. Les jambes raides, je me laisse choir sur le plaid en acceptant un verre de vin.

— Connor est là ? demande maman en découpant un poulet.

— Chut, ne parle pas de Connor, dit papa d'une voix de conspirateur.

— Je croyais que tu devais emménager avec lui, dit Kerry en prenant une lampée de champagne, qu'est-ce qui s'est passé ?

— Elle lui a préparé un petit déjeuner, se moque Nev, et Kerry pouffe.

Je tente de sourire mais mes muscles ne suivent pas. Il est une heure dix. Jack doit m'attendre. Que faire ?

Tandis que papa me tend une assiette, je vois passer Sven.

— Sven, dis-je rapidement, monsieur Harper m'a très gentiment demandé des nouvelles de ma famille. Pourriez-vous lui dire qu'elle a... débarqué à l'improviste ?

Je lui jette un coup d'œil désespéré et je vois qu'il comprend.

— Je lui ferai la commission, dit-il.

Rideau !

17

J'ai lu quelque part un article intitulé « Réussissez dans l'existence ». Il affirmait que si les choses ne tournent pas à votre avantage, il faut les passer en revue et noter la différence entre le but et le résultat afin de tirer une leçon de ses erreurs.

Bon. Notons précisément à quel point cette journée s'est écartée du plan que j'avais en tête.

But : paraître sexy et sophistiquée dans une jolie robe seyante.

Résultat : une ressemblance criante avec Heidi la petite Suissesse, grâce à une robe ridicule avec des manches bouffantes.

But : organiser un rendez-vous secret avec Jack.

Résultat : un rendez-vous secret avec Jack suivi d'un lapin.

But : Grimper au septième ciel avec Jack dans un décor romantique.

Résultat : une dégustation de cuisses de poulet à la sauce barbecue ; beurre de cacahuète sur une couverture de pique-nique.

But général : l'extase totale.

Résultat général : le malheur total.

Tout ce que je peux me dire en regardant mon assiette c'est que ça ne durera pas toujours. Papa et Nev ont fait des milliers de plaisanteries sur le thème « ne parlons pas de Connor ». Kerry m'a montré sa nouvelle montre suisse qui a coûté quatre mille livres tout en se vantant des résultats de sa société. Et maintenant elle nous raconte comment elle a joué au golf avec le directeur de British Airways qui a essayé de l'embaucher.

— Ils essayent tous, poursuit-elle en prenant une énorme bouchée de son pilon. Mais je leur dis à tous : « Si j'avais besoin d'un job... » (Elle s'arrête de parler.) Vous désirez quelque chose ?

— Salut à tous, fait une voix familière au-dessus de ma tête.

Très lentement je redresse la tête, le soleil dans les yeux.

C'est Jack. Il se tient dans le ciel bleu dans sa tenue de cow-boy. Il m'adresse un sourire presque imperceptible et mon cœur se réjouit. Il vient me chercher. J'aurais dû m'en douter.

— Bonjour ! dis-je à moitié éblouie. Euh, voici...

— Je m'appelle Jack, intervient-il gaiement. Je suis un ami d'Emma. Emma... je suis désolé mais on a besoin de vous.

— Oh, vraiment ? – je pousse un soupir de soulagement. Ma foi, tant pis, ces choses-là arrivent.

— Quel dommage ! soupire maman. Jack, prenez donc un petit verre avec nous. Vous êtes le bienvenu. Servez-vous un pilon ou une part de quiche.

— Il faut qu'on parte, dis-je vivement. N'est-ce pas Jack ?

— Oui, hélas !

Il me tend la main pour m'aider à me lever.

— Désolée, dis-je.

— Ce n'est pas grave... Kerry pouffe à nouveau méchamment. Je suis persuadée que tu as une tâche essentielle à accomplir, Emma. Sans toi, toute la fête s'effondrerait.

Jack se fige. Il se retourne très lentement.

— Voyons, dit-il gaiement, vous êtes Kerry, n'est-ce pas ?

— Oui ! répond-elle, surprise. C'est exact.

— Et voici papa et maman, poursuit-il. Et vous... vous êtes Nev ?

— Dans le mille ! glousse Nev.

— Excellent, s'exclame maman. Emma a dû vous parler de nous.

Jack regarde chacun des convives avec une fascination certaine.

— Oh... absolument ! Après tout, on a le temps de prendre un verre.

Quoi ? Qu'est-ce qu'il a dit ?

— Tant mieux, fait maman. C'est toujours agréable de rencontrer les amis d'Emma.

Je n'en crois pas mes yeux quand Jack s'installe confortablement sur le plaid. Il était supposé me secourir. Pas se joindre à nous. Je me laisse tomber à côté de lui.

— Ainsi, vous travaillez pour cette société ? demande papa en lui versant un verre de vin.

— D'une certaine façon, dit Jack au bout d'un instant. On peut dire... Je travaillais.

— Vous êtes entre deux boulots ?

Un sourire plisse son visage.

— On peut le dire.

— Mon Dieu ! compatit maman. Quel dommage ! Mais je suis sûre que vous allez vite trouver quelque chose.

Elle n'a pas la moindre idée de qui c'est. Personne dans ma famille ne sait ce que fait Jack.

Je ne suis pas sûre d'aimer ça.

— Emma, j'ai rencontré Danny Nussbaum à la poste l'autre jour, dit maman en coupant une tomate en tranches. Il m'a demandé de tes nouvelles.

Du coin de l'œil, je vois que Jack écoute attentivement.

Je rougis violemment.

— Wouah ! Danny Nussbaum ! Je n'ai pas pensé à lui depuis des siècles.

— Danny et Emma sortaient ensemble, explique maman à l'adresse de Jack. Quel gentil garçon ! Il lisait beaucoup. Il étudiait des après-midi entières dans la chambre d'Emma.

Je ne peux pas regarder Jack. Impossible.

— Vous savez… *Ben Hur* est un grand film, dit-il soudain, pensif. Un très grand film. (Il sourit à maman.) Vous ne trouvez pas ?

Je vais le tuer !

— Oh… oui ! répond maman, un peu perdue, oui j'ai toujours raffolé de *Ben Hur*. (Elle découpe une énorme portion de quiche et y ajoute une rondelle de tomate.) Alors, Jack, demande-t-elle gentiment en lui tendant une assiette en carton, vous vous en sortez, financièrement ?

— Oh, je m'en tire, répond-il, très sérieux.

Maman l'observe un moment. Puis elle sort du panier une autre quiche, encore emballée.

— Tenez, et servez-vous en tomates, ça vous dépannera.

— Non, refuse Jack, je ne peux…

— Ne discutez pas ! J'insiste.

— Dans ce cas, c'est vraiment très aimable à vous.

— Vous voulez un bon conseil gratuit, Jack ? demande Kerry en mâchonnant du poulet.

J'ai comme une crampe. Je vous en prie, Seigneur, n'embarquez pas Jack dans une conversation sur la réussite féminine.

— Allons, dit papa avec fierté, écoutez bien Kerry. C'est notre star ! Elle possède sa propre affaire.

— Vraiment ? dit Jack poliment.

— Ma propre agence de voyages, dit Kerry avec un petit sourire satisfait. Commencée à zéro. Maintenant nous sommes quarante avec un chiffre d'affaires de deux millions de livres. Et vous connaissez mon secret ?

— Je… aucune idée.

Kerry se penche vers Jack et le fixe de ses yeux bleus.

— Golf.

— Golf ! reprend Jack, tel l'écho.

— Le business n'est qu'une affaire de réseau, de relations. Je peux vous assurer que j'ai fait la connaissance des plus grands chefs d'entreprise du pays sur les terrains de golf. Prenez n'importe quelle société. Celle-ci par exemple. (Elle fait un grand geste qui englobe la propriété.) Je connais le patron. Je pourrais l'appeler demain si je le voulais.

Je regarde Kerry et mon sang se glace.

— Vraiment ? fait Jack fasciné. Pas possible.

— Oh que oui ! confie Kerry. Et je parle du patron en personne.

— Le patron en personne, répète Jack. Mais c'est extraordinaire !

— Peut-être que Kerry pourrait intervenir en votre faveur ! s'exclame soudain maman. Tu ferais ça, Kerry chérie, n'est-ce pas ?

J'ai une folle envie de rire. Si ce n'était pas aussi horrible.

— Je devrais me mettre au golf, songe Jack. Pour rencontrer les gens qui comptent. (Il lève les sourcils d'un air interrogateur en me regardant.) Qu'en pensez-vous Emma ?

Je peux à peine parler tellement je suis dans mes petits souliers. J'ai envie de disparaître sous le plaid et qu'on ne me voie plus jamais.

— Monsieur Harper ?

Voici une interruption bienvenue. Nous regardons tous Cyril se pencher maladroitement vers Jack. Et il nous observe en se demandant pour quelle raison Jack Harper pique-nique avec nous.

— Je suis affreusement gêné de vous déranger, reprend Cyril, mais Malcolm St John est ici et il aimerait vous dire quelques mots.

— Bien sûr, dit Jack en souriant poliment à maman, si vous voulez bien m'excuser.

Tandis qu'il pose délicatement son verre sur son assiette et qu'il se lève, la famille se regarde, tout à fait embrouillée.

— Donnez-lui une seconde chance ! crie papa à Cyril, d'un ton badin.

— J'ai mal entendu, dit Cyril en s'avançant vers nous.

— Ce type – papa désigne Jack qui parle maintenant à un homme en blazer –, vous allez le réengager, non ?

Les yeux de Cyril vont de papa à moi et retour.

— Ce n'est rien, dis-je à Cyril d'un ton léger.

Et je me tourne vers papa pour lui murmurer :

— Papa, la ferme ! La boîte est à lui !

— Comment ?

Tout le monde me regarde.

— La société est à lui, dis-je, les joues en feu. Alors évitez de le… mettre en boîte.

Maman fixe Cyril, incrédule.

— Le type en tenue de bouffon est le propriétaire ?

— Non ! Pas lui ! Jack ! Ou en tout cas une bonne partie. (Ils ont tous l'air totalement ahuri.) Jack est un des fondateurs de la société Panther – je crie presque, furieuse d'être incomprise. Il essayait d'être modeste.

— Tu veux nous faire croire que ce type est vraiment Jack Harper ? demande Nev.

— Oui !

Silence stupéfait. En regardant autour de moi, je vois qu'un bout de poulet est tombé de la bouche de Kerry.

— Jack Harper ? Le multimilliardaire ? insiste papa.

— Multimilliardaire ? répète maman totalement ébahie. Alors… tu crois qu'il voudra toujours la quiche ?

— Bien sûr que non, s'irrite papa. Il n'a rien à foutre de ta quiche ! Il peut s'en payer des millions.

Maman, de plus en plus agitée, inspecte le plaid.

— Dépêche ! Mets les chips dans un bol. Tu en trouveras un dans le panier…

— Elles sont très bien comme ça… dis-je en vain.

— Les milliardaires ne mangent pas les chips dans le paquet ! rétorque-t-elle.

Elle verse les chips dans un bol en plastique et retend le plaid.

— Brian ! Tu as des miettes dans la barbe !

— Et comment se fait-il que tu connaisses Jack Harper ? demande Nev.

Je rougis légèrement.

— Oh, comme ça. On a travaillé ensemble et il est devenu comme… enfin, un ami. Mais ne changez pas d'attitude, dis-je à toute vitesse, tandis que Jack serre la main du type en blazer et revient vers nous. Continuez à vous conduire comme tout à l'heure…

Putain. Je prêche dans le vide. Toute ma famille se tient au garde-à-vous et regarde Jack s'avancer, dans un silence religieux.

— Salut, dis-je d'un ton aussi naturel que possible avant de me retourner vers eux.

Papa attaque, cérémonieux.

— Ainsi... Jack ! Prenez un autre verre. Ce breuvage vous convient-il ? Sinon, nous pouvons très bien aller jusqu'à un marchand de vin et nous procurer un meilleur cru.

— Non merci, celui-ci est parfait, répond Jack, surpris.

— Jack, que puis-je vous offrir d'autre, s'affaire maman. J'ai de délicieux petits pâtés au saumon quelque part. Emma, donne ton assiette à Jack ! Il ne va pas manger dans l'emballage.

— Alors... Jack, demande Nev, très copain-copain. Qu'est-ce qu'un type dans votre genre a comme voiture ? Ne me répondez pas ! J'ai deviné, une Porsche. Gagné ?

Je lis dans les yeux de Jack sa perplexité et j'essaye de lui faire comprendre que je n'ai pas eu le choix, que je suis navrée, que j'ai envie de mourir...

— Je vois que j'ai été percé à jour, sourit-il.

Kerry a retrouvé tout son sang-froid.

— Jack ! (Elle lui sourit d'un air hypocrite et lui tend la main.) Heureuse de faire enfin votre connaissance.

— Tout à fait, dit Jack. Mais n'avons nous pas déjà fait connaissance ?

— Pas en tant que professionnels ! susurre Kerry. Pas comme deux chefs d'entreprise. Voici ma carte et si vous avez besoin d'aide pour organiser vos voyages, appelez-moi. Ou si vous désirez que nous nous voyions tous les quatre ensemble sur un plan mondain... Ou jouer dix-huit trous ? N'est-ce pas, Emma ?

Je la regarde, ébahie. Depuis quand Kerry et moi nous voyons-nous sur un plan mondain ?

Elle passe ses bras autour de mes épaules.

— Vous savez, Emma et moi sommes pratiquement sœurs. Elle vous en a sûrement parlé.

— Oh, elle m'a raconté quelques petits trucs, répond Jack, impassible.

Il mâchonne un morceau de poulet.

— Nous avons été élevées ensemble, nous avons tout partagé.

Kerry me serre le bras. Je tente bien de sourire mais son parfum m'étouffe.

— Comme vous êtes mignonnes ! s'exclame maman, ravie. Quel dommage que je n'aie pas d'appareil photo.

Jack ne répond rien. Il se contente d'observer Kerry longuement.

— On ne pouvait pas être plus proches ! (Le sourire de Kerry est encore plus enjôleur. Elle me serre de plus près et ses talons labourent ma cuisse.) N'est-ce pas Ems ?

— Oh… tu as raison, dis-je enfin.

Jack continue à se battre avec son poulet. Il avale une bouchée et relève la tête :

— Donc il a dû vous être très pénible d'avoir à refuser d'aider Emma, alors que vous êtes si proches ?

— Refuser de l'aider ? répète Kerry avec un petit rire cristallin. Je ne vois pas du tout à quoi vous faites allusion…

— Vous savez, quand elle vous a demandé de faire un stage dans votre entreprise et que vous le lui avez refusé, s'égaye Jack en mordant dans son poulet.

Je reste figée.

C'était un secret ? Ça aurait dû être un secret.

— Comment ? fait papa en riant à moitié. Emma s'est adressée à Kerry ?

— Je… J'ignore de quoi vous parlez ! s'exclame une Kerry rougissante.

Jack mastique toujours.

— Je crois ne pas me tromper. Elle était prête à travailler gratuitement… mais vous avez refusé de l'engager. (Il prend un air perplexe.) Une décision intéressante.

Très lentement, les visages de papa et de maman changent.

— Mais bien sûr, votre décision a fait le bonheur de la société Panther, ajoute Jack gaiement. Nous sommes ravis qu'Emma n'ait pas fait carrière dans le tourisme. Je pense donc que je dois vous remercier, Kerry. D'un chef d'entreprise à un autre chef d'entreprise. Vous nous avez rendu un grand service.

Kerry est à présent cramoisie.

— C'est vrai, Kerry ? demande maman d'un ton sévère. Tu as refusé d'aider Emma quand elle te l'a demandé ?

— Emma, tu ne nous en as jamais parlé, s'exclame papa qui tombe des nues.

— J'étais très gênée, vous comprenez, fais-je d'une voix mal assurée.

— C'est Emma qui a eu du culot de demander, intervient Nev en se servant une énorme tranche de pâté de porc. De jouer sur le piston familial. C'est ce que tu as dit, Kerry, tu t'en souviens ?

Maman n'en croit pas ses oreilles.

— Du culot ? Kerry, rappelle-toi que nous t'avons prêté de l'argent pour commencer ton affaire. Sans nous, tu n'aurais pas d'entreprise !

— Ça ne s'est pas passé ainsi, dit Kerry en jetant un regard furieux vers Nev. Il y a eu une sorte de malentendu. Un court-circuit. (Elle me caresse les cheveux et me sourit.) Bien sûr que j'aurais été ravie de t'aider,

Ems. Tu aurais dû le dire avant ! Appelle-moi à mon bureau, je ferai tout ce que je peux…

Je la regarde et je la hais. Je n'arrive pas à croire qu'elle va s'arranger pour s'en sortir. C'est la salope la plus hypocrite que la terre ait portée.

Je reste aussi calme que possible.

— Il n'y a pas eu de malentendu, Kerry. Nous savons toutes les deux comment les choses se sont passées. Je t'ai demandé de m'aider et tu as refusé. Après tout, c'est ta société, ta décision et tu as le droit de faire ce qui te plaît. Mais n'essaye pas de dire maintenant que rien n'est arrivé, parce que c'est la stricte vérité.

Kerry tente de me prendre la main.

— Emma ! Ne sois pas idiote ! J'ignorais tout ça ! Si j'avais su à quel point c'était important…

Si elle avait su à quel point c'était important ? Comment pouvait-elle l'ignorer ?

Je m'arrache de l'étreinte de Kerry et la regarde. Mes vieilles blessures, mes humiliations remontent en moi comme de l'eau bouillante dans un tuyau et soudain la pression est trop forte. Je hurle.

— Bien sûr que tu le savais ! Tu savais très bien ce que tu faisais. Tu *savais* à quel point j'étais au bout du rouleau ! Dès l'instant où tu as mis les pieds dans notre famille, tu as tout fait pour m'écraser. Ma carrière merdique te faisait rire. Et tu te la jouais. Toute ma vie, j'ai eu le sentiment d'être bête et insignifiante. Eh bien, tu as gagné, Kerry ! Tu es la vedette et je ne suis rien. Tu as réussi et j'ai échoué. Mais n'essaye pas de te faire passer pour ma meilleure amie, compris ? Tu ne l'a jamais été et tu ne le seras jamais.

Cela étant dit, je respire à fond et je ne vois que des visages sidérés autour de moi. Je crains d'éclater en sanglots d'un instant à l'autre.

Je croise le regard de Jack et il m'adresse un petit sourire d'encouragement. Papa et maman sont comme paralysés, incapables de décider ce qu'ils doivent faire.

Il faut savoir que dans notre famille, on ne se laisse pas aller à faire des scènes.

En fait, je ne sais pas très bien ce que je dois faire maintenant.

— Bon… eh bien, je m'en vais, dis-je, la voix tremblante. Jack, nous avons du travail.

Mal assurée sur mes jambes, je tourne les talons et m'éloigne, trébuchant parfois sur la pelouse. Je suis tellement remontée que je me rends à peine compte de ce que je fais.

— Emma, c'était fantastique, me murmure Jack à l'oreille. Vous avez été extraordinaire ! Absolument… une évaluation logistique, ajoute-t-il plus fort en passant devant Cyril.

— Je n'ai jamais parlé comme ça. De toute ma vie… direction des opérations, j'ajoute très vite quand nous croisons un couple de la comptabilité.

— Je l'avais deviné. Mon Dieu, votre cousine… une évaluation valable du marché.

— C'est une vraie… bilan, dis-je en doublant Connor. Je vais taper ça tout de suite pour vous, monsieur Harper.

Nous avons réussi à atteindre le château et à monter l'escalier. Jack me guide le long d'un couloir, sort une clé de sa poche, ouvre une porte. Nous sommes dans une chambre. Une grande chambre lumineuse aux murs crème. Avec un lit double. Il ferme la porte et soudain je retrouve mes esprits. Et voilà ! Enfin ! Ça y est. Jack et moi. Seuls dans une pièce. Avec un lit.

Je vois tout à coup mon reflet dans une glace et je demeure bouche bée. J'avais oublié que j'étais Blanche-Neige. J'ai le visage rouge et couvert de taches, les yeux gonflés, les cheveux hirsutes et ma bretelle de soutien-gorge dépasse.

Je ne pensais pas avoir cette tête-là.

— Emma, je suis désolé de m'être mêlé de ce qui ne me regardait pas, dit Jack, l'air penaud. Ce n'étaient pas mes affaires. Je n'avais pas le droit d'intervenir. Mais… votre cousine m'a tellement agacé…

— Non, c'était parfait ! Je n'avais jamais osé dire à Kerry ce que je pensais d'elle. Jamais ! Vous étiez…

J'arrête de parler, le souffle coupé.

Un moment de silence où tout se fige. Jack observe mon visage empourpré. Haletante, les oreilles en feu, je le regarde. Mon cœur bat la chamade. Tout d'un coup, il se penche vers moi et m'embrasse.

Sa bouche s'écrase sur mes lèvres et immédiatement, il défait ma robe de Blanche-Neige, dégrafe mon soutien-gorge. Je cherche à ouvrir les boutons de sa chemise. Il prend un de mes seins dans sa bouche et je commence à crier d'excitation quand il me renverse sur le tapis que le soleil a chauffé.

Waouh ! Ce qu'il est pressé ! Il arrache mon slip. Ses mains sont… ses doigts sont… Je cherche à retrouver mon souffle… Tout va si vite, j'ai du mal à me rendre compte de ce qui se passe. Rien à voir avec Connor. Je n'ai jamais… Il y a une minute, j'étais sur le seuil de la chambre, vêtue de la tête aux pieds, et maintenant je suis déjà… il est déjà…

— Attends. Attends, Jack, il faut que je t'avoue quelque chose.

— Quoi ? fait Jack avec une lueur d'impatience dans les yeux, qu'est-ce qu'il y a ?

— Je ne connais aucun truc, je murmure.

— Tu ne connais pas quoi ?

Il s'écarte légèrement de moi pour me dévisager.

— Des trucs ! Je ne connais aucun truc ! – je suis sur la défensive. Tu sais, tu as dû faire l'amour à des millions et des millions de super mannequins, à des ballerines qui savent toutes sortes de...

J'arrête en voyant son expression.

— Oublions tout ça, fais-je rapidement.

— Tu en as trop dit. À quel truc en particulier faisais-tu allusion ?

Pourquoi a-t-il fallu que j'ouvre ma grande gueule ? Pourquoi ?

— Aucun. C'est ça le problème, je ne connais aucun truc.

— Moi non plus, fait Jack le plus sérieusement du monde. Pas un seul.

Je sens que je vais être prise d'un fou rire.

— Ouais, sûr !

— C'est la vérité. Pas un seul.

Il réfléchit tout en me caressant l'épaule :

— Enfin, peut-être un.

— Lequel ?

— Eh bien...

Il me contemple longuement puis il hoche la tête :

— Non !

— Dis-moi !

Et je ne peux m'empêcher d'éclater de rire.

— Pas dire, montrer ! murmure-t-il à mon oreille en m'attirant vers lui. Personne ne t'a appris ça ?

18

Je suis amoureuse.

Moi, Emma Corrigan, je suis amoureuse.

Pour la première fois de ma vie, je suis totalement, à cent pour cent, amoureuse ! J'ai passé la nuit entière avec Jack dans le château Panther. Je me suis réveillée dans ses bras. On a fait l'amour quatre-vingt-quinze fois et c'était… parfait. (Sans le moindre truc, ce qui m'a beaucoup soulagée.)

Mais ça n'est pas seulement physique. C'est un tout. C'est la manière dont une tasse de thé m'attendait quand j'ai ouvert les yeux. La manière dont il a allumé son ordinateur portable pour que je lise mes horoscopes et la façon dont il a choisi avec moi le meilleur. Il connaît tous mes défauts, tout ce que normalement j'essaye de cacher le plus longtemps possible… et il m'aime malgré ça.

Il ne m'a pas vraiment dit qu'il m'aimait. Mais quelque chose d'encore mieux. Je n'arrête pas de me le répéter. On était couchés tous les deux ce matin, à regarder le plafond, quand tout à coup, sans vraiment le vouloir, je lui ai demandé :

— Jack, comment tu t'es souvenu que Kerry avait refusé de me prendre en stage ?

— Pardon ?

— Comment tu t'es souvenu que Kerry avait refusé de me prendre en stage ?

J'ai lentement tourné ma tête vers lui pour le regarder.

— Et pas seulement ça. Mais tout ce que je t'avais raconté dans l'avion. Jusqu'au moindre détail. Au sujet de mon travail, de ma famille, de Connor… enfin tout. Tu n'avais rien oublié. Je ne comprends pas.

Jack a froncé les sourcils.

— Qu'est-ce que tu ne comprends pas ?

— Je ne comprends pas que quelqu'un comme toi s'intéresse à ma stupide petite existence.

Il m'a dévisagée un moment sans rien dire.

— Emma, ta vie n'a rien de stupide.

— Mais si !

— Mais non !

— Bien sûr que si ! Je ne fais jamais rien d'excitant, rien d'intelligent, je ne dirige pas ma propre société, je n'ai rien inventé…

— Tu veux savoir pourquoi je me souviens de tous tes secrets ? m'a interrompu Jack. À la minute où tu as commencé à me parler dans l'avion, je suis tombé sous ton charme.

Je le regarde, ébahie.

— Vraiment ?

— Absolument.

Et il s'est penché vers moi pour m'embrasser.

Sous mon charme !

Jack Harper a été captivé par ma vie ! Par moi !

Incroyable ! Si je ne lui avais pas adressé la parole dans l'avion – si je ne lui avais pas raconté ma vie – rien de tout ça ne serait arrivé. On ne se serait jamais trouvés. C'était le destin. Il était écrit que je *devais* monter dans cet avion. Que je *devais* être surclassée. Que je *devais* lui confier mes secrets.

En arrivant à la maison, je rayonne d'une lumière intérieure. Tout d'un coup, je comprends le sens de la vie. Jemima a tort. L'homme n'est pas l'ennemi de la femme. On a une âme sœur. Et, si on était franc dès le départ, on se l'avouerait. Quelle connerie de vouloir être mystérieuse et distante. Tout le monde devrait immédiatement raconter tous ses secrets !

Je me sens dans une telle forme que j'ai envie d'écrire un livre sur les relations amoureuses. Il aura pour titre : « Osez tout partager », et il démontrera que si l'homme et la femme se montrent honnêtes l'un envers l'autre, ils communiqueront mieux, ils se comprendront mieux et ils n'éprouveront jamais le besoin de se mentir. Et ça s'appliquera aux relations familiales. Au monde de la politique. Si les grands de ce monde se livraient leurs petits secrets, on éviterait peut-être des guerres ! Je crois que je tiens le bon bout !

Je monte l'escalier sur un petit nuage et j'ouvre la porte de l'appartement.

— Lissy ! Lissy, je suis amoureuse, je hurle.

Pas de réponse. Je suis un peu déçue. J'espérais parler à quelqu'un. Je voulais lui exposer ma brillante théorie sur la vie et…

J'entends une sorte de martèlement en provenance de la chambre de Lissy et je me fige dans le vestibule. Tiens ! Ce bruit mystérieux. Un autre. Et encore deux autres. Que peut-il…

Et je le vois par la porte ouverte du salon. Par terre, à côté du divan. Le porte-documents. En cuir noir. C'est ça. C'est celui de Jean-Paul. Il est là. À cette heure-ci. Curieuse, je m'avance vers la chambre de Lissy.

Qu'est-ce qu'ils fabriquent ?

Je n'ai pas cru son histoire quand elle prétendait avoir fait l'amour. Mais qu'est-ce qu'ils peuvent bien faire d'autre ?

Bon… arrête ! C'est pas tes oignons. Si elle ne veut pas dire ce qu'elle manigance, c'est son problème. J'ai l'impression d'agir en adulte en allant à la cuisine faire chauffer de l'eau pour un café.

Mais je repose la bouilloire. Pourquoi ne veut-elle rien me dire ? Pourquoi me cache-t-elle quelque chose ? Nous sommes les meilleures amies du monde. Après tout, c'est elle qui a décidé que nous ne devrions pas avoir de secret l'une pour l'autre.

Je n'en peux plus. La curiosité me ronge. C'est insupportable. Et c'est sans doute ma seule chance de découvrir la vérité. Mais comment ? Je ne peux tout de même pas faire irruption dans sa chambre. Si ?

Soudain, j'ai une idée. Disons que je n'ai pas vu le porte-documents. Imaginons que je sois entrée dans l'appartement en toute innocence, comme d'habitude, et que je sois allée directement ouvrir la porte de la chambre de Lissy. Personne ne pourrait m'en tenir rigueur, hein ? Ce serait juste une erreur honnête.

Je sors de la cuisine, écoute attentivement, et me dépêche d'aller jusqu'à la porte d'entrée sur la pointe des pieds.

On recommence. J'entre à nouveau dans l'appartement.

— Bonjour, Lissy ! dis-je timidement, comme si on me filmait. Mon Dieu ! Je me demande où elle est. Essayons… sa chambre !

Je prends le couloir tout en essayant de marcher normalement, arrive à sa porte et frappe tout, tout doucement.

Pas de réponse de l'intérieur. Le martèlement a cessé. Je fixe la porte, soudain anxieuse.

Vais-je vraiment mettre mon plan à exécution ?

Absolument. Il faut que je sache.

Je saisis la poignée, ouvre la porte et… pousse un hurlement de terreur.

Ce que je vois est ahurissant et difficile à interpréter. Lissy est nue. Ils sont tous les deux nus. Enlacés dans la position la plus étrange... elle a les jambes en l'air, celles du type l'enlacent, il sont tous les deux rouges comme des tomates et hors d'haleine.

— Je m'excuse, je bégaye. Vraiment, je suis désolée !

— Emma, attends !

Lissy hurle alors que je fonce dans ma chambre. Je m'effondre sur mon lit.

Mon cœur bat si fort que j'en suis presque malade. Jamais je n'ai éprouvé un tel choc. Quelle connerie d'avoir ouvert cette porte !

Elle m'avait dit la vérité ! Ils faisaient l'amour ! Mais quelle position bizarre ? Merde ! Je n'y comprends rien. Jamais...

Je sens une main sur mon épaule, ce qui déclenche un nouveau hurlement de ma part.

— Emma, calme-toi ! dit Lissy. C'est moi. Jean-Paul est parti.

Je ne peux relever la tête ni la regarder dans les yeux. Je fixe le sol.

— Lissy, je suis désolée. Je n'aurais pas dû faire ça. Ta vie sexuelle t'appartient.

— Emma, espèce d'idiote, on ne faisait pas l'amour.

— Mais si ! Je vous ai vus ! Vous étiez nus !

— Faux, nous étions habillés. Emma, regarde-moi !

— Non, fais-je paniquée. Je ne veux pas te voir.

— Je t'en prie !

J'appréhende ce que je vais découvrir. Lentement, je relève la tête et fixe les yeux sur Lissy.

Oh ! Bon. Elle porte un collant couleur chair.

— Alors, que faisiez-vous si vous ne faisiez pas l'amour ? Et qu'est-ce qui te prend de porter un truc pareil ?

— Nous dansions, fait Lissy un peu gênée.

— Comment ?

— On dansait, un point c'est tout ! Voilà ce qu'on faisait.

— Vous *dansiez* ! Mais comment ça ?

Je suis larguée. Lissy et un Français du nom de Jean-Paul en train de danser dans sa chambre ? J'ai l'impression d'avoir débarqué dans un rêve bizarre.

— J'ai rejoint ce groupe, explique Lissy.

— C'est pas une secte, au moins ?

— Mais non. C'est juste. (Elle se mord la lèvre.) Juste des avocats qui se sont réunis pour former… un groupe de danseurs.

Un ballet ?

Pendant quelques instants, je n'arrive pas à parler. Maintenant que je suis remise du choc, je crois que je vais éclater de rire.

— Tu fais partie d'un groupe… d'avocats-danseurs.

— Eh oui !

J'imagine une bande d'avocats rondouillards, la perruque sur la tête, en train de danser la gigue et je ne peux m'empêcher de pouffer.

— Tu vois ! s'exclame Lissy. C'est pour ça que je ne voulais rien dire. Je savais que tu te moquerais de moi.

— Désolée ! Vraiment désolée. Écoute, je trouve ça formidable ! (Je laisse échapper un gloussement nerveux.) Écoute… Excuse-moi. Mais l'idée d'avocats qui dansent…

— Nous ne sommes pas tous avocats, fait Lissy sur la défensive. Il y a deux banquiers et un juge… Emma, arrête de rire !

— Désolée, je n'y peux rien. Je ne me moque pas de toi.

Je respire à fond en essayant de toutes mes forces de me pincer les lèvres. Mais j'ai une vision de deux banquiers d'affaires en tutu, agrippés à leurs attaché-cases, en train de danser *Le Lac des cygnes*. Avec un juge bondissant sur la scène, la robe au vent.

— Je ne vois pas ce qu'il y a de si drôle, reprend Lissy. Nous sommes juste quelques membres de professions libérales qui désirent s'exprimer grâce à la danse. Où est le mal ?

Je m'essuie les yeux et tente de reprendre mon calme.

— Désolée encore. Il n'y a pas de mal. Je trouve ça génial. Alors… vous montez un spectacle…

— Dans trois semaines. C'est pour ça qu'on répète de plus en plus.

— Trois semaines ? (J'ai retrouvé mon sérieux.) Et tu allais m'en parler quand ?

— Je n'avais pas encore décidé, dit-elle, ennuyée. Ça me gênait.

— Mais pourquoi ? C'est une idée formidable ! Ne m'en veux pas d'avoir ri. Je veux assister au spectacle et être assise au premier rang…

— Non, pas au premier rang. Je perdrais mes moyens.

— Bon, je me mettrai au milieu de la salle. Ou au fond. Où tu voudras. (Je lui jette un regard inquisiteur.) Lissy, je ne savais pas que tu dansais.

— Mais je suis nulle. Vraiment nulle. Je fais ça pour m'amuser. Tu veux du café ?

En me précédant vers la cuisine, Lissy se retourne et me dévisage d'un drôle d'air :

— Tu as un sacré culot de m'accuser d'avoir fait l'amour. Tu étais où cette nuit ?

— Avec Jack, dis-je avec un sourire radieux. À faire l'amour. Toute la nuit.

— J'en étais sûre !

— Si tu savais, Lissy, je suis complètement amoureuse.

— *Amoureuse !* répète-t-elle en tapotant la bouilloire. Tu le connais depuis cinq minutes !

— M'en fous. On est des âmes sœurs. Pas la peine de me la jouer avec lui… ou de faire semblant… et on fait l'amour comme des dieux. Il est tout ce que je n'ai pas trouvé chez Connor. Tu sais, il n'arrête pas de me poser des questions, et il est fasciné par mes réponses.

J'écarte les bras en signe de bonheur parfait et me laisse tomber sur une chaise.

— Tu sais, Lissy, j'ai pensé toute ma vie que quelque chose de merveilleux m'arriverait. J'en étais persuadée… Et ça y est !

— Il est où à l'heure qu'il est ? demande Lissy en remplissant la cafetière.

— Il est parti pour quelque temps. Il va faire un brainstorming avec une équipe de création.

— Comment ça ?

— J'en sais pas plus. Il ne m'a rien dit. Un truc très intense, apparemment, et il ne pourra pas me téléphoner. Mais il m'enverra des mails tous les jours.

— Un biscuit ? demande Lissy en ouvrant la boîte.

— Ah, oui, avec plaisir.

Je grignote un petit beurre tout en réfléchissant.

— Tu sais, j'ai une nouvelle théorie sur les relations amoureuses. On devrait s'interdire de mentir. Tout le monde devrait être plus ouvert, que ce soit entre hommes et femmes, en famille. Ou même entre grands de ce monde.

— Ouais, répond Lissy après un moment de silence. Au fait, Jack t'a expliqué pourquoi il avait été obligé de partir à toute allure au milieu de la nuit, l'autre fois ?

— Non ! fais-je, surprise. Ce n'est pas mes affaires.

— Est-ce qu'il t'a dit pourquoi il avait reçu ces coups de fil, à votre premier rendez-vous ?

— Euh… non.

— Qu'est-ce qu'il t'a raconté sur lui à part le strict minimum ?

— Il m'en a beaucoup dit. Lissy, c'est quoi ton problème ?

— Je n'ai pas de problème. Je me demande seulement… On dirait que c'est toi qui partages tout avec lui.

— Comment ?

Elle verse l'eau bouillante sur le café.

— Il partage tout avec toi ou c'est seulement à sens unique ?

— On partage beaucoup de choses ensemble. Je détourne le regard et joue avec les aimants sur le réfrigérateur.

C'est la vérité, me dis-je avec fermeté. Jack a partagé beaucoup de choses avec moi. Il m'a dit…

Il m'a parlé de…

Bon, ça suffit. Il n'était sans doute pas d'humeur à se confier. Ce n'est pas un crime !

— Tiens, voilà ton café.

— Merci. Je boude et Lissy soupire.

— Emma, je n'essaye pas de gâcher ton plaisir. Il semble vraiment formidable…

— C'est vrai ! Vraiment, Lissy, si tu savais le genre d'homme qu'il est. Si romantique. Tu ne devineras jamais ce qu'il m'a dit ce matin. Il m'a avoué que dès que j'ai commencé à lui parler dans l'avion, il était tombé sous mon charme.

— Vraiment ? Il t'a dit ça ? C'est romantique, c'est vrai.

— Puisque je te le dis ! fais-je avec un immense sourire. Lissy, il est parfait !

19

Pendant les quinze jours suivants, rien ne peut me faire redescendre de mon nuage. Rien du tout. Il m'accompagne au bureau, me fait sourire devant mon ordinateur, me raccompagne chez moi. Les commentaires sarcastiques de Paul ne m'atteignent pas plus que des bulles de savon. Je ne fais même pas attention quand Artemis me présente comme son assistante à une équipe publicitaire en visite dans nos bureaux. Ils peuvent raconter ce qu'ils veulent. Parce qu'ils ignorent que si je souris à mon écran, c'est que Jack vient de m'envoyer un de ses drôles de petits mails. Ils ignorent que leur patron à tous est amoureux de moi. De *moi*. Emma Corrigan. Une junior.

— Oh, bien sûr, j'ai eu plusieurs conversations approfondies avec Jack Harper sur ce sujet (c'est Artemis qui parle au téléphone pendant que je range un placard). Et il trouve – comme moi – que ce concept a besoin d'être recentré.

Foutaises ! Elle n'a jamais eu de conversation approfondie avec Jack Harper. J'ai envie de lui envoyer immédiatement un mail pour l'avertir qu'elle utilise son nom en vain.

Sauf que ce serait trop méchant.

En plus, elle n'est pas la seule. Tout le monde use et abuse du nom de Jack Harper. Maintenant qu'il est parti, chacun prétend qu'il était son plus proche ami et que Jack approuvait chacune de ses idées.

Je suis l'exception. Je me fais toute petite et je ne mentionne jamais son nom.

En partie parce que je sais que je deviendrais rouge pivoine ou que je sourirais comme une demeurée. En partie aussi parce que je sais que si je commençais à parler de Jack, je ne pourrais plus m'arrêter. Et surtout parce que personne ne m'en parle. Après tout, qu'est-ce que je peux savoir d'intéressant sur Jack Harper ? Je ne suis qu'une assistante de rien du tout.

— Écoutez ! hurle Nick, Jack Harper va passer à la télé !

— Comment ?

La surprise me secoue. Jack à la télé ?

Pourquoi ne m'en a-t-il pas parlé ?

— Une équipe va le filmer ici au bureau ? demande Artemis en lissant ses cheveux.

— J'sais pas.

Paul émerge de son bureau.

— Écoutez les gars, Jack Harper a donné une interview à *Business Watch*, qui sera diffusée à midi. On a installé un grand écran de télévision dans la salle de conférence. Ceux qui veulent voir l'émission peuvent le faire. Mais quelqu'un doit rester ici pour répondre au téléphone. (Son regard tombe sur moi.) Emma, vous pouvez rester.

— Comment ? fais-je l'œil vide.

— Pour répondre aux appels, d'accord ?

— Non ! J'ai envie de voir l'interview.

Je suis consternée.

— Quelqu'un d'autre veut se dévouer ? Artemis ?

— Sûrement pas ! Emma, vraiment, comment peux-tu être aussi égoïste ? Ce qu'il va dire ne peut pas t'intéresser.

— Mais si !

— Mais non !

— Mais si ! Après tout, c'est aussi mon patron.

— Évidemment, raille Artemis, mais il y a une légère différence. Tu n'as presque jamais parlé à Jack Harper.

— C'est faux, dis-je sans pouvoir m'arrêter. J'ai… (Je m'interromps en sentant le rouge me monter aux joues.) J'ai assisté à une réunion où…

— Où tu lui as servi une tasse de café, me coupe Artemis. Elle fait un clin d'œil à Nick.

Je la regarde, furibonde, le sang battant à mes tempes, cherchant en vain une répartie mordante qui lui en mettrait plein la poire.

— Artemis, ça suffit ! intervient Paul. Emma, vous restez ici, point final.

À midi moins cinq, le bureau est désert. À l'exception de ma pomme, d'une mouche et du ronronnement du fax. Désespérée, je prends dans mon tiroir une barre de chocolat. Puis une seconde, pour faire bonne mesure. Je suis en train de grignoter la première quand le téléphone sonne.

— Mission accomplie, annonce Lissy, j'ai programmé le magnétoscope.

— Merci, tu es la meilleure.

— Je n'arrive pas à croire que tu sois privée d'émission.

— Je sais, c'est trop injuste.

Je m'enfonce dans mon siège et reprends une bouchée de chocolat.

— Ne t'en fais pas, me console Lissy, on le reverra ce soir. Jemima va enregistrer l'interview sur le magnétoscope de sa chambre, comme ça on sera sûres de l'avoir.

— Jemima est à la maison ? Qu'est-ce qu'elle fout ?

— Elle s'est fait porter malade pour pouvoir se pomponner toute la journée, prendre des bains aromatiques, tu vois le genre. Et ton père a téléphoné, ajoute Lissy, prudemment.

— Bon, fais-je sur la défensive. Qu'est-ce qu'il me veut ?

Je n'ai pas parlé aux parents depuis le fiasco de la fête de la société. Je ne peux pas m'y résoudre. C'était trop douloureux et trop gênant, et à mon avis, ils ont dû se ranger du côté de Kerry.

Aussi, quand papa a appelé le lundi suivant, je lui ai dit que j'étais occupée et que je le rappellerais – et je ne l'ai jamais fait. Même chose à la maison.

Je sais qu'il faudra bien leur parler un jour. Mais pas maintenant. Pas tant que je suis aussi heureuse.

— Il a vu la bande annonce de l'émission, reprend Lissy. Il a reconnu Jack et il s'est demandé si tu étais au courant. Et… Et il aimerait te parler de différentes choses.

— Oh !

Je regarde mon bloc-notes où j'ai griffonné une énorme spirale sur un numéro de téléphone que j'étais censée conserver.

— En tout cas, continue Lissy, tes parents vont regarder l'émission. Ton grand-père aussi.

Formidable ! Génial ! Le monde entier va voir Jack à la télévision. Sauf moi.

Après avoir raccroché, je vais chercher un café à la nouvelle machine qui, je dois le dire, produit un délicieux café au lait. Je reviens et parcours du regard le bureau désert, puis je verse du jus d'orange dans la plante verte d'Artemis. Et un peu de l'encre de la photocopieuse pour faire bonne mesure.

Je suis méchante. Ce n'est pas la faute de la plante, après tout.

— Désolée, dis-je à haute voix en caressant une de ses feuilles. C'est ta maîtresse qui est une vraie connasse. Mais tu dois déjà le savoir.

— Tu parles à ton mystérieux amant ? demande une voix moqueuse.

Je sursaute et découvre Connor sur le seuil.

— Qu'est-ce que tu fais ici ?

— J'étais en route pour voir l'interview à la télévision. Mais je voulais te dire deux mots.

Il s'avance dans le bureau et me fixe d'un regard accusateur :

— Tu m'as menti.

Oh merde ! Il a deviné ? Il s'est aperçu de quelque chose pendant la fête de la société ?

— Je ne comprends pas.

— Je viens d'avoir une petite conversation avec Tristan, de la conception artistique, gronde Connor dont la colère enfle la voix. Il est pédé ! Tu ne sors pas du tout avec lui !

Incroyable ! Connor n'a quand même pas cru que je sortais avec Tristan ? S'il portait des minishorts panthère, un sac à main et qu'il braillait du Barbra Streisand, Tristan n'aurait pas l'air plus homo qu'il ne l'est déjà.

Je réprime mon envie de rire.

— Non, je ne sors pas avec Tristan.

— Bien ! conclut Connor comme s'il avait mis dans le mille et ne savait plus quel comportement adopter. Bien, alors je ne vois pas pourquoi tu as besoin de me mentir. (Il relève le menton comme si sa dignité était atteinte.) C'est tout. Je croyais que nous pourrions être un peu plus francs l'un avec l'autre.

— Connor, c'est que tout... tout est si compliqué. Tu vois ?

— Bon. Après tout, c'est ton bateau.

Petit silence.

— C'est mon quoi ? mon bateau ?

— Camp ! Je voulais dire, la balle est dans ton camp.

— D'accord, fais-je, pas beaucoup plus avancée. D'accord, je m'en souviendrai.

— Parfait.

J'ai droit à son air de martyr le plus martyrisé et il s'éloigne.

— Attends ! dis-je soudain. Une seconde ! Connor, tu pourrais me rendre un service ? (Je prends un air enjôleur.) Tu pourrais répondre au téléphone pendant que je vais voir l'interview de Jack Harper ?

Je sais bien que par les temps qui courent, je ne suis pas la chouchoute de Connor, mais je n'ai pas vraiment le choix.

— Tu veux quoi ? demande-t-il, ahuri.

— Que tu répondes au téléphone pendant une demi-heure. Je t'en serai si reconnaissante...

— Je n'en crois pas mes oreilles ! Tu sais comme Jack Harper a de l'importance à mes yeux. Vraiment, Emma, tu as perdu la tête.

Après son départ, je reste vingt minutes à mon bureau. Je prends plusieurs messages pour Paul, un pour Nick, un pour Caroline. Je classe deux lettres, écris des adresses sur des enveloppes. Soudain, je n'y tiens plus !

C'est stupide. Plus que stupide. Je suis amoureuse de Jack. Il est amoureux de moi. Je devrais être là-bas pour le soutenir. Je prends mon café et fonce dans le couloir. La salle de réunion déborde de monde mais je me faufile dans le fond et arrive à me glisser entre deux types qui ne regardent même pas Jack mais qui discutent d'un match de foot.

— Qu'est-ce que tu fais ici ? demande Artemis quand j'arrive à côté d'elle. Qui s'occupe des téléphones ?

— Trop d'impôts tue l'impôt, dis-je froidement, ce qui n'est peut-être pas de rigueur (je ne suis même pas sûre de ce que ça veut dire), mais au moins elle la boucle.

Je me tords le cou pour voir l'écran au-dessus de toutes ces têtes, et il est là. Assis sur une chaise dans un studio, en jean et T-shirt. Derrière lui, un rideau bleu et le simple mot « Initiatives ». Il est entouré de deux grands journalistes, un homme et une femme.

Le voici. L'homme que j'aime.

Je songe tout à coup que c'est la première fois que je le revois depuis que nous avons couché ensemble. Mais son visage est toujours aussi ardent et ses yeux aussi sombres et brillants sous les projecteurs.

La vache, j'aimerais l'embrasser.

Si j'étais seule, je m'approcherais de l'écran et je l'embrasserais. Carrément.

— On lui a demandé quoi jusqu'à maintenant ? je chuchote à Artemis.

— La façon dont il travaille. Ses initiatives, son association avec Pete Laider, ce genre de choses.

— Chut, fait quelqu'un.

— Bien sûr, la mort de Pete Laider a été un coup terrible, dit Jack. Ce fut dur pour tout le monde. Mais récemment… Récemment, ma vie a pris un nouveau départ et j'ai à nouveau des projets. J'en suis heureux.

Un petit frisson me parcourt.

C'est de moi qu'il parle. Sans aucun doute. Je lui ai fait prendre un nouveau départ. C'est encore plus romantique que d'être « sous mon charme ».

271

— Vous avez déjà fait une percée sur le marché des boissons pour sportifs, dit le journaliste. Maintenant vous voulez attaquer le marché des boissons pour femmes.

— Comment ?

La salle est parcourue d'un frisson et les gens commencent à se poser des questions :

— On va sur le marché féminin ?

— Depuis quand ?

— Je le savais, en fait, dit Artemis d'un air suffisant. Seules quelques personnes étaient au courant…

Je fixe l'écran. Les gens dans le bureau de Jack. C'était donc ça l'histoire des ovaires. Bon sang, c'est génial. Une nouvelle aventure.

— Pouvez-vous nous en dire plus ? poursuit le journaliste. Songez-vous à des boissons gazeuses pour les femmes ?

— Nous n'en sommes qu'au tout début, dit Jack. Mais nous avons à l'esprit une ligne complète de produits : des boissons, des vêtements, des parfums. Nous sommes en pleine création. (Il sourit au journaliste.) C'est très excitant.

Le journaliste consulte ses notes.

— Alors, quelle est votre cible ? Les femmes sportives ?

— Pas du tout, répond Jack. Notre cible est mademoiselle tout-le-monde.

— « Mademoiselle tout-le-monde », répète la journaliste, légèrement interloquée. Que voulez-vous dire ? Qui est cette « mademoiselle tout-le-monde » ?

— Elle a un peu plus de vingt ans, répond Jack après un instant de réflexion. Elle travaille dans un bureau et s'y rend en métro. Elle sort le soir et rentre chez elle en bus… en fait, elle n'a rien de spécial. C'est une fille comme on en voit tous les jours.

— Comme il y en a des milliers, intervient le journaliste.

— Mais la marque Panther a toujours eu une image virile, coupe la journaliste, l'air sceptique. La compétition, les valeurs masculines, voilà son image. Vous pensez vraiment pouvoir changer à ce point ?

— Nous avons fait des études de marché, affirme Jack gaiement, et nous connaissons notre cible.

— Des études ! se moque-t-elle. N'est-ce pas plutôt un nouvel exemple de la suprématie masculine où les hommes dictent aux femmes ce qu'elles désirent ?

— Je ne crois pas, reprend Jack encore gaiement, mais on voit sur son visage qu'il est un peu irrité.

— Des tas d'affaires ont essayé de changer de cible et n'ont pas réussi. Comment êtes-vous sûr que vous, vous allez réussir ?

— J'ai confiance.

Non mais, pourquoi est-elle si agressive ? Bien sûr que Jack sait ce qu'il fait.

— Vous avez réuni un nombre de femmes dans un panel et vous leur avez posé quelques questions ! Et vous croyez tenir la vérité ?

— Ce n'est qu'une partie de nos recherches, soyez-en sûre, réplique Jack.

La journaliste se cale dans son fauteuil et croise les bras.

— Allons ! Une société comme la Panther – un homme comme vous – peuvent-ils percer la psychologie de ce que vous appelez « mademoiselle tout-le-monde ».

— Mais oui ! s'exclame Jack en regardant la journaliste droit dans les yeux. Je la connais.

Elle lève les sourcils.

— Vous la connaissez ?

— Je sais qui est cette fille, reprend Jack, je connais ses goûts, ses couleurs favorites. Je sais ce qu'elle mange, ce qu'elle boit, sa taille de vêtements – un vrai 40 alors qu'elle prétend entrer dans du 36. Elle… (Il écarte les bras, comme pour trouver l'inspiration.) Elle mange des céréales Cheerios au petit déjeuner et trempe ses Flake au chocolat dans son café au lait.

Je me rends compte avec surprise que j'ai un Flake dans la main. Et que j'ai mangé des Cheerios ce matin.

Jack s'agite, maintenant.

— Aujourd'hui, nous sommes noyés sous des images de gens parfaits, vivant dans des magazines de luxe. Mais cette fille appartient au monde réel. Elle a des jours où elle est bien coiffée, d'autres où elle est hirsute. Elle porte des strings, même si elle les trouve inconfortables. Elle établit des programmes de gymnastique qu'elle ne suit pas. Elle fait semblant de lire des journaux d'affaires, mais cache des magazines people à l'intérieur.

Je regarde l'écran, médusée.

Attendez… une seconde. Tout ça me dit quelque chose.

— C'est exactement ce que tu fais, Emma, dit Artemis. J'ai vu ton exemplaire de *OK* dans *Marketing Week.*

Elle se retourne vers moi en riant méchamment et découvre le Flake que je tiens.

— Elle adore s'habiller mais elle n'est pas victime de la mode, continue Jack. Elle peut porter des jeans…

Artemis n'en croit pas ses yeux en voyant mon Levis.

— … et une fleur dans les cheveux…

Sidérée, je tripote la rose en tissu dans mes cheveux. Il ne peut pas…

Il n'est quand même pas en train de parler…

— Oh… mon Dieu… articule Artemis.

— Comment ? demande Caroline, assise à côté d'elle.

Elle suit le regard d'Artemis et son visage se transforme.

— Oh ! Mon Dieu ! C'est toi ! Emma !

— Mais non !

J'ai envie de hurler mais j'arrive à peine à parler.

— Mais si !

Quelques personnes se poussent du coude et se tournent vers moi.

— Elle lit quinze horoscopes par jour et choisit celui qui lui est le plus favorable… dit Jack.

— C'est toi ! C'est toi tout craché !

— … Elle parcourt les quatrièmes de couverture des livres difficiles et fait comme si elle les avait lus…

— Je *savais* que tu n'avais pas lu *Les Grandes Espérances* ! triomphe Artemis.

— … elle adore le sherry…

— Le *sherry* ? – Nick est horrifié. Tu es dingue !

— C'est Emma ! Emma Corrigan ! crient des gens à l'autre bout de la salle.

— *Emma ?* fait Katie, incrédule. Mais… mais…

— Ce n'est pas Emma, affirme soudain Connor. Il se tient appuyé à un mur de l'autre côté de la salle. Ne soyez pas bêtes. Pour commencer, Emma fait du 36, pas du 40 !

— Du 36 ? ricane Artemis.

Caroline se tord de rire

— Du 36 ? Elle est bien bonne, celle-là.

— Tu ne fais pas du 36 ? me demande Connor, ébahi. Mais tu m'as dit…

— Je… sais. (J'avale ma salive avec difficulté. Je sens que je pique un fard.) Mais j'étais…

— C'est vrai que tu achètes tes fringues d'occasion en racontant qu'elles sont neuves ? demande Caroline.

— Non, je me défends. Enfin… peut-être… parfois…

— Elle pèse 61 kilos et prétend qu'elle pèse cinq kilos de moins, dit Jack.

Comment ? *Comment ?*

Je me raidis.

— C'est faux ! Je hurle, furieuse, à destination de l'écran. Je pèse… 58 kilos…

J'arrête de crier en voyant que toute la salle me regarde.

— … déteste le crochet…

Toute la salle en a le souffle coupé.

Katie me fixe, incrédule.

— Tu détestes le crochet ?

C'est l'horreur.

— Mais non, c'est faux. J'adore le crochet. Tu le sais bien.

Mais Katie, furieuse, fonce déjà vers la sortie.

— Elle pleure en écoutant les Carpenters, continue Jack. Elle adore Abba mais ne supporte pas le jazz…

Oh non, non, non…

Connor me fixe comme si je lui avais enfoncé un pieu dans la poitrine.

— Tu ne supportes pas le… jazz ?

C'est comme vivre un cauchemar où tout le monde peut voir votre petite culotte. Je ne peux pas m'arracher de là. Tout ce que je peux faire, c'est regarder l'écran et m'attendre au pire alors que Jack poursuit inexorablement.

Tous mes secrets. Tous mes secrets les plus intimes, les plus personnels. Révélés à la télé. Je suis dans un tel état de choc que je ne les entends pas tous.

— Elle porte des dessous porte-bonheur lors de ses premiers rendez-vous… elle emprunte des chaussures à sa colocataire en prétendant qu'elles sont à elle…

elle dit qu'elle fait de la boxe française… la religion l'embrouille… elle se fait du souci parce qu'elle trouve qu'elle a de trop petits seins…

Je ferme les yeux, incapable d'en supporter plus. Mes seins. Il a parlé de mes seins ! À la télévision.

— Quand elle sort, elle peut jouer les filles sophistiquées, mais chez elle…

Je crois que je vais m'évanouir.

— … elle a un couvre-lit Barbie.

Explosion de rire dans la salle. Je cache ma tête dans mes mains. Je suis plus que mortifiée. Personne n'aurait dû être au courant de mon couvre-lit Barbie. *Personne.*

— Est-elle sexy ? demande le journaliste.

Je regarde l'écran et retiens mon souffle. Je m'attends au pire. Qu'est-ce qu'il va dire ?

— Elle aime ça, répond Jack du tac au tac et tous les yeux se tournent vers moi pour voir ma réaction. C'est une fille moderne qui a des préservatifs dans son sac.

Bon. Chaque fois que je pense que les choses ne peuvent plus empirer, elles empirent.

Ma mère regarde l'émission. Ma *mère*.

— Mais elle n'a peut-être pas encore atteint l'apogée de ses possibilités… Peut-être qu'une partie d'elle-même ne s'est pas encore révélée…

Je ne peux pas regarder Connor. Je ne peux regarder nulle part.

— Elle a peut-être envie de nouvelles expériences… Peut-être a-t-elle eu – je l'ignore – un fantasme saphique avec sa meilleure amie.

Non ! Non ! Horrifiée, je me fige comme une statue. J'imagine Lissy en train de regarder l'émission, les yeux écarquillés, une main devant la bouche pour ne pas hurler. Elle doit savoir que c'est d'elle qu'il s'agit. Je ne pourrai plus jamais la regarder dans les yeux.

Toute la salle me fixe maintenant. Je suis désespérée.

— Ce n'était qu'un rêve, d'accord ? Pas un fantasme. Ce n'est pas la même chose.

J'ai envie de me jeter sur l'écran. De l'éclater. D'arrêter Jack.

Mais ça ne servirait à rien, n'est-ce pas ? Il y a un million de postes branchés sur cette émission, dans un million de logis. Partout, on regarde Jack.

— Elle est romantique et croit en l'amour. Elle est persuadée que sa vie sera transformée un jour et deviendra aussi merveilleuse qu'excitante. Elle connaît l'espoir, la peur, les soucis, comme tout le monde. Parfois, elle est effrayée. (Il s'arrête puis ajoute d'une voix plus douce.) Parfois elle a l'impression de ne pas être aimée. Parfois elle sent qu'elle n'aura jamais la bénédiction des gens qui lui importent le plus.

Devant le visage ardent et sérieux de Jack, mes yeux me piquent.

— Mais elle est courageuse et elle a un bon cœur et prend la vie à bras-le-corps… (Il hoche la tête d'une façon rêveuse et sourit aux journalistes.) Je… je suis désolé. Je ne sais pas ce qui m'est arrivé. Je crois que je me suis laissé emporter. Pourrions-nous…

Il est coupé brutalement par un des journalistes.

Emporter.

Il s'est laissé emporter.

Comme si on disait d'Hitler qu'il était un peu agressif.

— Jack Harper, merci de nous avoir accordé cette interview, commence la journaliste. La semaine prochaine, nous bavarderons avec le roi charismatique des films de coaching pour entreprises, Ernie Powers. En attendant, merci beaucoup…

Toute l'assistance garde les yeux fixés sur l'écran tandis qu'elle termine son laïus et que commence un programme musical. Puis quelqu'un éteint le poste.

Pendant quelques instants, rien ne bouge. Tout le monde me regarde comme si j'allais faire un discours, un petit ballet ou un truc. Je vois de la compassion sur certains visages, de la curiosité sur d'autres, de la gaieté sur d'autres et même un peu d'envie du style j'aimerais-bien-être-à-ta-place.

Maintenant, je sais ce que ressentent les animaux dans un zoo.

Je ne mettrai plus les pieds dans un zoo.

— Mais… je ne comprends pas, dit une voix de l'autre côté de la pièce et toutes les têtes pivotent vers Connor, comme lors d'un match de tennis. (Il me dévisage, il est rouge de honte.) Comment Jack Harper en sait-il autant à ton sujet ?

Heureusement que je sais que Connor a dégoté un bon diplôme de l'Université de Manchester et tout le tintouin. Parce que parfois, il est un peu lent au démarrage.

Les têtes pivotent vers moi.

Je… (J'ai des fourmis dans tout le corps tant je suis humiliée.) Parce que nous… nous…

Je n'arrive pas à le dire tout haut. Impossible.

Mais rien ne m'y oblige. Le visage de Connor passe lentement par toutes les couleurs. C'est comme s'il voyait un fantôme.

— Non, halète-t-il.

Et pas n'importe quel vieux fantôme. Un grand zombie avec de lourdes chaînes.

— Non ! répète-t-il. Non, je ne le crois pas.

— Connor…

Quelqu'un pose sa main sur son épaule, mais il l'ignore.

— Connor, je suis vraiment désolée, fais-je en vain.

— Sans blague ! fait un type assis dans un coin, encore plus lent que Connor et qui vient tout juste de capter.

Il me regarde :

— Alors, ça dure depuis quand ?

C'est comme s'il avait ouvert les vannes. Tout le monde a une question à me poser. Le brouhaha est tel que je n'arrive pas à réfléchir.

— Il est venu en Angleterre pour toi ? Pour te voir ?

— Tu vas l'épouser ?

— Tu sais, tu n'as pas l'air de peser 61 kilos…

— Tu as vraiment un couvre-lit Barbie ?

— Dans ton fantasme saphique, vous étiez juste vous deux ?

— Tu as fait l'amour avec Jack Harper au bureau ?

— C'est pour ça que tu as largué Connor ?

Je ne peux pas tenir. Il faut que je m'en aille. Tout de suite.

Sans regarder personne, je me lève et je titube jusqu'à la porte. Dans le couloir, je suis trop hébétée pour penser à autre chose qu'à attraper mon sac et à filer. Immédiatement.

Je pénètre dans le bureau du Marketing où tous les téléphones sonnent en même temps. L'habitude est trop forte. Je ne peux pas faire comme si je ne les entendais pas.

Je soulève un combiné au hasard.

— Allô ?

— Alors, hurle Jemima, elle emprunte des chaussures à sa colocataire et les fait passer pour les siennes. À ton avis, ces chaussures appartiennent à qui, hein ? À Lissy ?

— Écoute, je peux… Je suis désolée. Il faut que je m'en aille.

Je raccroche.

Ne plus répondre. Prendre mon sac. Partir.

Je ferme mon ordinateur d'une main tremblante. Deux personnes du bureau qui m'ont suivie s'occupent des téléphones.

— Emma, ton grand-père en ligne, annonce Artemis en posant sa main sur le combiné. Il râle parce que tu prends le bus le soir et qu'il ne te fera plus confiance.

— Le service des relations publiques de Harvey's Bristol Cream, claironne Caroline, veut t'envoyer une caisse entière de sherry, mais à quelle adresse ?

— Comment ils ont appris mon nom ? Comment ? La nouvelle s'est déjà répandue ? Les filles de la réception le racontent à tout le monde ?

— Emma, ton père au téléphone, dit Nick. Il veut te parler de toute urgence…

— Non, dis-je hébétée. Je ne veux parler à personne. Je dois… je dois…

Je saisis ma veste, fonce dans le couloir pour atteindre l'escalier. Partout, les gens qui ont assisté à l'émission regagnent leurs bureaux et me dévisagent au passage.

— Emma !

Alors que j'ai presque atteint le palier, une certaine Fiona que je connais à peine m'attrape le bras. Elle doit peser dans les 135 kilos et se plaint constamment que les sièges et les portes sont trop étroits.

— Tu ne dois jamais avoir honte de ton corps, reprend-elle. Jouis de ton corps ! La nature te l'a donné ! Si tu veux venir samedi prochain à notre réunion…

Je me dégage brusquement et commence à dévaler à grand bruit l'escalier de marbre. Mais arrivée au palier suivant, quelqu'un d'autre me saisit le bras.

— Eh, vous pouvez me dire à quelle boutique de charité vous allez ? demande une fille que je n'ai jamais vue. Vous êtes toujours si élégante…

— Moi aussi, j'adore les Barbie ! s'exclame Carol Finch de la compta. On devrait commencer un club ensemble !

— Il… il faut que je parte.

Je continue à descendre quatre à quatre. Mais on m'accoste de partout.

— Je ne me suis pas aperçue que j'étais lesbienne avant d'avoir trente-trois ans…

— Des tas de gens sont déconcertés par la religion. Voici une brochure qui concerne notre groupe de travail sur la Bible…

— Foutez-moi la paix ! Que tout le monde me foute la paix !

Je fonce vers la sortie, au milieu d'un brouhaha amplifié par le sol en marbre. Alors que je m'efforce de pousser les lourdes portes en verre, Dave, le gardien qui somnolait sur sa chaise se lève soudain et fixe mes seins :

— À mon avis ils sont très bien.

Je sors enfin, cours dans la rue sans regarder ni à gauche ni à droite. Je m'effondre enfin sur un banc et j'enfouis ma tête dans mes mains.

Je suis encore sous le choc.

Je n'arrive pas à rassembler mes idées.

Jamais de ma vie je n'ai eu aussi honte.

20

— Emma ? Ça va ?

Je suis assise sur ce banc depuis cinq minutes, la tête comme une citrouille. J'entends cette voix qui couvre les bruits de la rue, les gens qui marchent, les bus qui grincent, les voitures qui klaxonnent. C'est une voix d'homme. J'ouvre les yeux, le soleil m'éblouit et je vois une paire d'yeux verts.

J'y suis. C'est Aidan le serveur du bar bio.

— Ça va ? Vous allez bien ?

Pendant un instant, je suis incapable de lui répondre.

— Je ne crois pas, dis-je enfin. Ça ne va pas. Pas bien du tout.

— Ah, fait-il inquiet. Si… je peux faire quelque chose…

— Vous vous sentiriez comment si l'homme en qui vous aviez le plus confiance avait révélé tous vos secrets à la télé ? dis-je en tremblant. Vous seriez en forme si on vous avait humilié devant tous vos amis, vos collègues, vos parents ?

Un silence.

— Alors ?

— Sans doute pas, se hasarde-t-il.

— Et voilà ! Imaginez qu'on révèle en public… que vous portez des dessous féminins…

Il pâlit sous le choc.

— Je ne porte pas de lingerie féminine !

— Je sais bien ! Ou plutôt je ne sais pas si c'est vrai ou pas, mais pour le moment je fais comme si c'était vrai. Comment vous réagiriez si quelqu'un le disait au monde entier lors d'une interview à la télé ?

Aidan me regarde comme si tout d'un coup, il comprenait la situation.

— Attendez ! Vous parlez de l'interview de Jack Harper ? On l'a regardée au bar.

Je lève les bras au ciel.

— Formidable ! Formidable ! Vous savez, ce serait vraiment dommage si un seul être vivant l'avait manquée.

— C'était donc vous ? Celle qui lit quinze horoscopes par jour et ment… (Il s'interrompt en voyant ma tête.) Désolé. Vous devez vous sentir humiliée.

— Oui, et aussi blessée et furieuse.

Et je ne sais plus où j'en suis. Je suis perdue, hébétée, dans un tel état de choc que j'ignore si je peux rester en équilibre sur ce banc. En quelques minutes, mon univers a explosé.

Je croyais que Jack m'aimait. Je croyais qu'il…

Je croyais que lui et moi…

Une terrible douleur me submerge et j'enfonce ma tête dans mes mains.

— Mais comment en savait-il autant sur vous ? hésite Aidan. Vous êtes… ensemble ?

— On s'est connus dans un avion – je tente de reprendre mes esprits –, et j'ai passé tout le vol à lui révéler mes secrets. Ensuite on est sortis ensemble et j'ai cru… (Ma voix se fait hésitante.) J'ai franchement cru que c'était… vous voyez. (Je me sens devenir écarlate.) Le grand truc. Mais en vérité, il ne s'est jamais intéressé à moi. Pas vraiment. Il voulait seulement découvrir ce que pensait « mademoiselle tout-le-monde ». Pour sa foutue cible. Pour sa foutue ligne de produits.

Je le réalise pour la première fois. Une larme coule le long de ma joue, suivie rapidement d'une autre.

Jack s'est servi de moi.

C'est pour ça qu'il m'a demandé de dîner avec lui. C'est pour ça que je l'ai fasciné, qu'il trouvait passionnant tout ce que je disais. C'est pour ça qu'il était sous mon charme.

Ce n'était pas de l'amour. C'était du marketing.

Soudain, malgré moi, je sanglote.

— Désolée. C'est un tel choc.

— Ne vous en faites pas, c'est une réaction tout à fait naturelle. Je n'y connais pas grand chose au monde des affaires, mais ces types n'accèdent pas au sommet sans piétiner quelques personnes. Ils doivent être impitoyables pour réussir. (Il s'arrête et me regarde essayer de retenir mes larmes sans y parvenir totalement.) Emma, je peux vous donner un conseil ?

— Quoi ? je renifle et essuie mes yeux.

— Vengez-vous avec la boxe française. Utilisez votre agressivité. Utilisez votre souffrance.

Je n'en crois pas mes yeux. Il n'a pas écouté l'émission ?

— Aidan, je ne fais pas de boxe française ! je crie. Mettez-vous ça dans la tête ! Je n'en ai jamais fait !

— Ah bon ? s'étonne-t-il. Mais vous m'aviez dit…

— Je vous ai menti !

Petit silence.

— D'accord, fait enfin Aidan. Ce n'est pas grave. Vous pourriez faire quelque chose de moins brutal. Du tai-chi, peut-être. (Il me regarde en hésitant.) Vous aimeriez boire quelque chose qui vous calmerait ? Je pourrais vous faire une tisane à la banane et à la mangue avec un soupçon de fleurs de camomille et un peu de muscade.

— Non merci.

Je me mouche, respire à fond, prends mon sac :

— Je crois que je vais rentrer chez moi.

— Ça va aller ?

Je me force à sourire.

— Oui.

C'est un mensonge, bien sûr. Je ne vais pas bien du tout. Assise dans le métro, je verse toutes les larmes de mon corps. Les gens me regardent mais je m'en fous. Pourquoi m'en faire ? J'ai déjà subi la pire des humiliations. Alors quelques regards ébahis de plus ou de moins, qu'est ce que ça peut faire.

Je me sens si conne. Conne.

Bien sûr, nous n'étions pas des âmes sœurs. Bien sûr, il ne s'est jamais vraiment intéressé à moi. Bien sûr, il ne m'a jamais aimée.

Je me dépêche de sortir un mouchoir en papier.

— Ne t'en fais pas, cocotte ! me dit une grosse dame avec une robe couverte d'ananas, il n'en vaut pas la peine ! Rentre chez toi, débarbouille-toi, fais-toi une bonne tasse de thé…

— Comment vous savez qu'elle pleure pour un homme ? intervient brutalement une femme en tailleur sombre. C'est un cliché tellement antiféministe. Elle peut pleurer pour des tas de raisons. Un morceau de musique, les vers d'un poème, la famine dans le monde, la situation politique au Moyen-Orient.

Elle guette ma réaction.

— En fait, je pleure à cause d'un homme.

La rame s'arrête et la femme au tailleur sombre descend, les yeux au ciel. La femme aux ananas lui fait une grimace.

— La famine dans le monde ! (Je ne peux m'empêcher de rire.) Allons, ma cocotte, ne t'en fais pas. (Elle me tapote gentiment le dos pendant que j'essuie mes yeux.) Fais-toi une bonne tasse de thé, mange quelques biscuits au chocolat et tâche d'avoir une bonne conversation avec ta mère. Tu as toujours ta mère, hein ?

— À vrai dire, on ne se parle pas beaucoup en ce moment.

— Alors avec ton père ?

Possible, me dis-je.

— Bon, et ta meilleure amie ? Tu dois bien avoir une meilleure amie ! dit la dame aux ananas avec un large sourire.

— Oui, j'ai une meilleure amie. Mais elle vient d'apprendre à la télé que j'avais des fantasmes saphiques à son sujet.

La dame aux ananas me dévisage un moment.

— Prends une bonne tasse de thé, me dit-elle, peu convaincue, et... bonne chance.

Je marche lentement de la station de métro à la maison. Au coin de la rue, je m'arrête à plusieurs reprises pour me moucher et respirer à fond. L'étau qui m'oppressait se relâche, mais j'ai toujours les nerfs en pelote.

Comment affronter Lissy après ce qu'a dit Jack à la télé ? Comment ?

Il y a longtemps que je connais Lissy. Et plus d'une fois je me suis sentie gênée devant elle. Mais ça n'arrivait pas à la cheville d'aujourd'hui.

Pire que le jour où j'ai vomi dans la salle de bains de ses parents. Pire que lorsqu'elle m'a surprise en train d'embrasser mon reflet dans la glace en disant

« oh ! chéri » d'une voix sexy. Pire que lorsqu'elle m'a piquée en train d'envoyer une carte de la Saint-Valentin à notre prof de math, monsieur Blake.

Mon souhait le plus fou serait qu'elle ait décidé de sortir pour la journée, ou un truc dans ce genre. Mais quand j'ouvre la porte de l'appartement, elle est là. Elle me regarde et je le vois sur son visage. Elle est folle de rage.

Et voilà. Non seulement Jack m'a trahie, mais il a également foutu en l'air ma plus grande amitié. Les choses ne seront plus jamais pareilles entre Lissy et moi. Comme dans le film *Quand Harry rencontre Sally*. Les histoires de cul ont tout gâché et on ne peut plus être amies car on a envie de coucher ensemble.

Non. Effacez ça. On ne veut pas coucher ensemble. On veut… Non, le fait est qu'on ne veut pas…

Quoiqu'il en soit. C'est foutu.

— Oh ! Merde !… salut !

Elle regarde fixement par terre.

— Salut, dis-je d'une voix étranglée. J'ai préféré rentrer tôt. Au bureau, c'était trop… horrible…

J'arrête de parler et le silence qui s'ensuit est atrocement douloureux.

— Je… je vois que tu l'as vu.

— Oui, je l'ai vu, répète Lissy, les yeux toujours fixés au sol, et je… (Elle s'éclaircit la gorge.) Je voulais seulement te dire… que si tu voulais que je déménage, je le ferais.

J'ai la gorge serrée. Je le savais. Après vingt et un ans d'amitié, c'est la fin. Un petit secret est révélé et c'est la fin de tout.

J'essaie de ne pas sangloter.

— Mais non, je vais m'en aller.

— Non ! fait Lissy mal à l'aise. C'est moi qui vais partir. Emma, ce n'est pas de ta faute. C'est moi qui… qui t'ai fait marcher.

— Quoi ? Lissy, tu ne m'as jamais fait marcher.

— Mais si. J'ai honte. Je ne me suis jamais rendu compte que tu… avais ce genre de penchants.

— Mais non !

— Mais je comprends tout maintenant ! Je me baladais à moitié à poil, et bien sûr tu étais frustrée.

— Je n'étais pas frustrée. Lissy, je ne suis pas lesbienne.

— Bisexuelle, alors. Ou à inclination variable. Ou ce que tu veux.

— Je ne suis pas non plus bisexuelle, ni rien du tout.

Lissy prend ma main.

— Emma, je t'en prie. N'aie pas honte de ta sexualité. Et je te promets, je te soutiendrai à cent pour cent, quel que soit ton choix…

— Lissy, je ne suis pas bisexuelle ! Je n'ai pas besoin d'aide. J'ai juste fait un rêve. Ce n'était pas un fantasme, juste un drôle de rêve et ça ne veut pas dire que je suis lesbienne et ça ne veut pas dire que j'ai envie de toi, tout ça ne veut strictement rien dire.

— Ah !

Silence. Lissy semble surprise.

— D'accord. Je croyais que… tu… tu sais. Que tu voulais…

— Mais non. Ce n'était qu'un rêve. Un rêve débile.

— Je comprends.

S'ensuit une longue pause où Lissy se plonge dans l'étude de ses ongles pendant que j'observe le fermoir de ma montre.

— Alors, on a vraiment… demande enfin Lissy.

Nous y voilà…

— Un peu, dois-je avouer.

— Et… j'étais bonne ?

— Quoi ?

289

— Dans ton rêve. (Elle me regarde droit dans les yeux.) Dans ton rêve, j'étais bonne ?

— Lissy…

Je suis à l'agonie.

— J'étais nulle, hein ? Complètement merdique. Je le savais.

— Mais non, pas du tout ! Tu étais… tu étais vraiment…

Je n'arrive pas à croire que je suis en train de discuter avec ma meilleure amie des ses prouesses sexuelles lors d'un rêve saphique.

— Euh, on pourrait changer de sujet ? J'ai passé une journée suffisamment gênante comme ça.

— Oh, oui, merde, s'exclame Lissy, pleine de remords. Désolée, Emma. Tu dois te sentir…

— Totalement humiliée et complètement trahie. Voilà comment je me sens.

— Au bureau, quelqu'un a vu l'émission ? demande gentiment Lissy.

— Quelqu'un l'a vue ? Tu rigoles ! Tout le monde l'a vue ! Tout le monde a deviné que c'était moi ! Et ils ont tous bien rigolé. Je voulais rentrer sous terre et mourir…

— Merde. À ce point-là ?

— C'était *atroce*.

Je ferme les yeux et une nouvelle vague d'humiliation m'envahit.

— De ma vie, je n'ai jamais été aussi gênée, aussi mise à nu. Le monde entier est au courant que je trouve les strings inconfortables, que je ne pratique pas la boxe française et que je n'ai pas lu Dickens. (Ma voix est de plus en plus hésitante, et, tout à coup, je laisse échapper un gros sanglot.) Putain, Lissy, tu avais raison. Je suis une vraie conne. Il m'a utilisée, depuis le début. Il ne s'est jamais intéressé à moi. Je n'étais qu'un sujet… de recherche.

— Tu n'en sais rien ! s'exclame Lissy, consternée.

— Mais si ! Bien sûr. C'est pour ça qu'il était sous mon charme. C'est pour ça qu'il était tellement fasciné par ce que je disais. Ce n'était pas par amour. Mais parce qu'il avait sa cible marketing sous la main. Le genre de fille, de mademoiselle tout-le-monde à qui il ne donnerait même pas l'heure. (Je suis secouée par un nouveau sanglot.) Il l'a bien dit à la télé, hein ? Je suis une fille banale.

— Mais pas du tout ! s'insurge Lissy. Tu n'as rien de banal.

— Mais si ! C'est exactement ce que je suis. Quelqu'un d'ordinaire. Et comme une conne, j'ai tout gobé. J'ai cru sincèrement que Jack m'aimait. Enfin, peut-être pas le grand amour. Mais… tu sais. Qu'il ressentait pour moi ce que je ressentais pour lui.

Lissy est à son tour au bord des larmes.

— Je sais. Je sais bien.

Elle me prend dans ses bras.

Soudain, elle s'écarte, mal à l'aise :

— Je ne veux pas te gêner… t'exciter ou quelque chose…

— Lissy, pour la dernière fois, je ne suis pas lesbienne !

— D'accord, désolée.

Elle me reprend dans ses bras.

— Allez, tu as besoin d'un verre !

Nous allons sur le minuscule balcon qui était décrit comme « une spacieuse terrasse » par le propriétaire quand nous avons loué l'appartement et nous nous asseyons dans une flaque de soleil. Là, nous buvons du schnaps que Lissy a acheté dans un aéroport l'année dernière. Les premières gorgées me brûlent la bouche, mais cinq secondes plus tard, une délicieuse chaleur m'envahit.

— J'aurais dû m'en douter qu'un important milliardaire comme lui ne pouvait pas s'intéresser à une fille comme moi.

— Je n'arrive pas à y croire, répète Lissy pour la millième fois. Je n'arrive pas à croire que c'était tout du bidon. C'était tellement romantique. Renoncer à retourner aux États-Unis… et le bus… et t'apporter ce cocktail rose…

— Justement… (Je me bats pour retenir mes larmes.) C'est pour ça que je suis tellement humiliée. Il savait ce que j'allais aimer. Je lui avais dit dans l'avion que je m'ennuyais avec Connor. Il savait que j'avais envie de choses excitantes, d'une histoire d'amour compliquée, de romantisme. Et il m'a servi sur un plateau ce qu'il savait que j'aimerais. Et j'y ai cru parce que je voulais y croire.

— Tu crois vraiment qu'il a tout planifié ?

— Bien sûr que tout était organisé à l'avance. Il n'a pas arrêté de me suivre partout, d'observer mes gestes. Il voulait entrer dans ma vie. Regarde comme il est entré dans ma chambre et a fourré son nez partout. Forcément il semblait intéressé ! Je parie qu'il prenait des notes ou qu'il avait un petit magnétophone dans sa poche. Et moi… je l'ai invité à entrer. (J'avale une gorgée d'alcool et frissonne.) Plus jamais je ne ferai confiance à un mec.

— Mais il avait l'air si gentil ! se lamente Lissy. Je n'arrive pas à croire qu'il était aussi cynique.

— Lissy… tu sais bien qu'un homme dans son genre n'arrive pas au sommet sans être impitoyable et sans marcher sur les gens. Ils sont tous pareils.

— Tu crois ? Tu as peut-être raison. Mais c'est trop déprimant.

Une voix furieuse s'élève et Jemima apparaît sur le balcon, en peignoir blanc, un masque sur le visage.

— Emma en chair et en os ? Alors, miss-je-n'emprunte-jamais-rien ! Qu'est-ce que tu as à dire au sujet de mes Prada ?

Pff ! Inutile de mentir.

— Elles sont pointues et inconfortables.

Jemima en a le souffle coupé.

— Je le savais ! Je l'ai toujours su ! Tu empruntes mes affaires. Mon pull Joseph ? Mon sac Gucci ?

— Quel sac Gucci ?

Pendant un instant Jemima cherche ses mots.

— Toutes mes affaires ! Tu sais, je pourrais te faire un procès. Et te ruiner. (Elle brandit un morceau de papier.) J'ai la liste de toutes les affaires qui ont été portées ces trois derniers mois par quelqu'un d'autre…

— Oh, ta gueule avec tes foutues affaires, dit Lissy. Emma est vraiment bouleversée. Elle a été trompée et humiliée par l'homme qui l'aimait, du moins elle le croyait.

— Oh, pour une surprise, c'est une surprise, je vais m'évanouir sous le choc ! s'écrie Jemima. J'aurais pu prédire ce qui allait t'arriver. En fait je te l'ai dit ! Ne jamais s'ouvrir à un homme, ça ne peut amener que des emmerdes. Je t'avais prévenue, non ?

— Tu lui as dit qu'elle n'aurait pas de diamant ! s'exclame Lissy. Tu ne lui as pas dit qu'il la prendrait pour cible à la télévision et qu'il raconterait à tout le pays ses secrets les plus intimes. Merde, Jemima, tu pourrais compatir un peu.

— Non, Lissy, Jemima a raison, dis-je d'une voix sinistre. Elle a toujours eu raison. Si seulement j'avais fermé ma grande gueule, rien ne serait arrivé.

Je saisis la bouteille de schnaps et remplis mon verre.

— Les histoires d'amour sont des batailles ou des parties d'échec. Et j'ai fait quoi ? J'ai jeté toutes mes pièces sur l'échiquier en disant : « prends tout ! ». En fait, les hommes et les femmes ne devraient rien se dire. Absolument rien.

— Je suis entièrement d'accord, renchérit Jemima. J'ai l'intention de ne raconter que le minimum à mon futur mari...

Elle s'arrête de parler pour répondre au téléphone.

— Bonjour ! C'est Camilla ? Oh ! Euh ! Attendez un instant.

Elle couvre le combiné de sa main et me regarde, les yeux écarquillés :

— C'est Jack !

Je la fixe, hébétée.

J'ai l'impression d'avoir oublié que Jack existait pour de vrai. Tout ce que je peux voir de lui, c'est son visage à la télé, souriant, gesticulant, me menant sur le chemin de l'humiliation.

— Dis-lui qu'Emma ne veut pas lui parler, suggère Lissy.

— Non ! Elle doit lui parler ! s'agite Jemima. Sinon, il va croire qu'il a gagné.

— Mais...

— Passe-le moi !

J'arrache le téléphone des mains de Jemima. Mon cœur bat à mille à l'heure.

— Salut ! dis-je, aussi froide que possible.

— Emma, c'est moi.

Jack. Sa voix si familière.

Et sans crier gare, une vague d'émotions me submerge. J'ai envie de pleurer. De le frapper, de lui faire mal...

Pourtant, j'arrive à conserver mon calme.

— Je ne veux plus jamais te parler, dis-je en coupant la communication.

— Bravo ! s'exclame Lissy.

Deux secondes plus tard, le téléphone sonne à nouveau.

Jack à nouveau.

— Je t'en prie, Emma, écoute-moi un instant. Je sais que tu dois être très fâchée contre moi. Mais si tu me laisses le temps de t'expliquer…

— Tu n'as pas compris ? Tu m'as utilisée, humiliée et je ne veux plus jamais te parler, te voir, t'entendre… ou…

— Te toucher, souffle Jemima.

— Te toucher. Plus jamais, jamais.

Je raccroche, fonce à l'intérieur de l'appartement et débranche le fil du mur. Puis, tremblante, je sors mon portable de mon sac et le coupe, juste au moment où il sonne.

En revenant sur le balcon, je continue à trembler. Je n'arrive pas à croire que les choses se sont terminées ainsi. En une journée, ma merveilleuse histoire d'amour s'est écroulée.

— Ça va ? demande Lissy, angoissée.

Je m'écroule sur une chaise.

— Ouais, je crois. Un peu secouée.

— Écoute, Emma, commence Jemima en examinant ses ongles. Je ne veux pas te presser. Mais tu sais ce qu'il te reste à faire ?

— Quoi donc ?

— Tu dois te venger ! (Elle relève la tête et me fixe d'un air déterminé.) Tu dois le faire payer.

— Oh, non ! intervient Lissy. C'est dégradant. Il vaut mieux disparaître.

— Qu'est-ce qu'elle va en retirer si elle disparaît, reprend Jemima. Est-ce que ça va lui servir de leçon, à lui ? Lui faire regretter de l'avoir connue ?

— Emma et moi, on a toujours été d'accord sur un principe, affirme Lissy. George Herbert a dit : « Bien vivre est la meilleure vengeance. »

Jemima la dévisage pendant quelques secondes.

— Quoi qu'il arrive, fait-elle en se retournant vers moi, je serais ravie de t'aider. La vengeance est une de mes spécialités, c'est moi qui te le dis…

J'évite de croiser le regard de Lissy.

— Tu penses à quoi ?

— Rayer sa voiture, découper ses costumes, coudre un poisson dans ses rideaux et attendre qu'il pourrisse… récite Jemima.

— Tu as appris ça dans ton institution pour jeunes filles de bonne famille ? demande Lissy, les yeux au ciel.

— En fait, je suis féministe, rétorque Jemima. Nous les femmes, nous devons défendre nos droits. Tu sais, avant d'épouser mon père, ma mère était sortie avec un savant qui l'avait laissé tomber. Il a changé d'avis trois semaines avant le mariage, tu te rends compte ? Alors, une nuit, elle s'est introduite dans son labo et a débranché tous ses foutus appareils. Elle dit toujours : « Ça lui a fait les pieds, à Emerson ! »

— Emerson ? répète Lissy, incrédule. Comme Emerson Davies, qui a presque inventé un remède contre la variole ?

— Oui. Mais ça ne lui donnait pas le droit de se moquer de maman. Un autre conseil de maman, c'est l'huile au piment. Tu t'arranges pour coucher avec lui encore une fois et tu lui proposes un petit massage. Et tu lui frottes – tu vois quoi – avec cette huile. Il souffrira le martyre ! ajoute Jemima, l'œil brillant.

— Ta mère t'a raconté ça ? demande Lissy.

— Oui. C'était très gentil. Le jour de mes dix-huit ans, nous avons eu une petite conversation sur les hommes et les femmes…

Lissy n'en croit pas ses oreilles :

— Et c'est ce jour-là qu'elle t'a conseillé de frotter les parties génitales des hommes avec cette huile ?

— Seulement s'ils se conduisent mal, répond Jemima, furieuse. C'est quoi ton problème, Lissy ? Tu crois qu'on doit laisser les hommes nous piétiner et s'en tirer sans une éraflure ? Belle victoire pour le féminisme !

— Ce n'est pas ce que j'ai dit. Mais je ne voudrais pas me venger avec de l'huile pimentée.

— Qu'est-ce que tu ferais, alors, grosse maligne, demande Jemima, les mains sur les hanches.

— D'accord, dit Lissy. Si je m'abaissais au point de vouloir me venger, ce qui, à mon avis, est une énorme erreur, je ferais ce qu'il a fait. Je révélerais un de ses secrets.

— Bonne idée, admet Jemima à contrecœur.

— L'humilier, reprend Lissy, l'air vengeur. Le gêner. Voir s'il apprécie.

Elles se tournent toutes les deux vers moi, dans l'attente de ma décision.

— Mais je ne connais aucun de ses secrets.

— Bien sûr que si ! fait Jemima.

— Forcément !

— Mais non. Lissy, tu as eu raison dès le départ. Notre histoire était totalement déséquilibrée. Je lui ai fait partager mes secrets, mais lui ne m'a rien révélé. Je me suis fait avoir jusqu'au bout, comme une conne.

— Mais non, dit Lissy pour me consoler, tu lui as seulement fait confiance.

— Confiante, conne, même combat.

— Tu dois bien savoir quelque chose ! insiste Jemima. Tu as couché avec lui, bon sang ! Il doit bien avoir un secret. Un point faible.

— Son talon d'Achille, intervient Lissy.

— Inutile que cela ait un rapport avec ses pieds, assène Jemima. Ça peut être n'importe quoi. Réfléchis bien !

Je lui obéis, ferme les yeux et songe au passé récent. Mais ma tête se met à tourner, sans doute à cause du schnaps. Des secrets… des secrets de Jack… réfléchis…

L'Écosse ! Soudain, une pensée me traverse l'esprit. J'ouvre les yeux. Je connais un de ses secrets. Absolument.

— Quoi ? demande Jemima avec une folle avidité. Tu t'es souvenue de quoi ?

— Il… je m'arrête, déchirée.

J'ai fait une promesse à Jack. Je lui ai promis.

Et alors ? Et alors, bordel ? Ma poitrine se gonfle sous l'émotion. Pourquoi respecter mes foutues promesses ? Il ne s'est pas gêné pour révéler tous mes secrets !

— Il était en Écosse ! La première fois que je l'ai vu dans l'avion, il m'a demandé de ne dévoiler à personne qu'il avait été en Écosse. C'était notre secret.

— Pourquoi il a fait ça ? demande Lissy.

— J'sais pas.

Petite pause.

— Euh, fait Jemima, ce n'est pas le secret le plus humiliant de la terre. Il y a des tas de gens très bien qui vivent en Écosse. Tu n'as rien de mieux ? Par exemple… Il a des faux poils sur la poitrine ?

— Des faux poils sur la poitrine ! Lissy se tord de rire. Pourquoi pas un postiche ?

— Eh bien, il va falloir que tu inventes quelque chose, propose Jemima. Tu sais, avant sa liaison avec son savant, maman a été larguée par un homme politique. Elle a fait courir une fausse rumeur, qu'il touchait des pots-de-vin du parti communiste et elle l'a fait savoir aux députés du Parlement. Elle dit toujours : « Ça lui a fait les pieds, à Dennis ! »

— Pas… Denis Llewellyn ? demande Lissy.

— Si, je crois que c'était lui.

— Le ministre de l'Intérieur qui a été déshonoré ? Lissy est atterrée.

— Celui qui a passé sa vie à essayer de blanchir son nom et qui a fini dans un hôpital psychiatrique ?

— Oui, eh bien, il n'aurait pas dû se frotter à maman.

Un bip sonne dans sa poche.

— C'est l'heure de mon bain de pieds !

Tandis qu'elle disparaît au fond de l'appartement, Lissy lève les yeux au ciel.

— Elle est dingue, complètement dingue. Emma, tu ne vas quand même pas inventer quelque chose au sujet de Jack Harper.

Elle me vexe !

— Je n'inventerai rien du tout. Tu me prends pour qui ? (Je regarde le fond de mon schnaps, sentant l'excitation diminuer.) De qui se moque-t-on ? Jamais je ne pourrais me venger de Jack. Je ne pourrais jamais l'atteindre. Il n'a aucun point faible. C'est un milliardaire ultrapuissant. (Je bois une malheureuse gorgée.) Et je ne suis qu'une fille ordinaire… nulle… une rien du tout.

21

Le lendemain, je me réveille la peur au ventre. Je me sens comme une gamine de cinq ans qui ne veut pas aller à l'école. Une fillette de cinq ans avec une sérieuse gueule de bois, pour être précise.

— Je ne peux pas y aller, je décrète à huit heures trente. Je ne peux pas les affronter.

— Mais si, m'encourage Lissy tout en boutonnant ma veste. Tout se passera bien. Garde la tête haute.

— Et s'ils sont dégueulasses avec moi ?

— Ils ne le seront pas. Ce sont tes amis. De toute façon, ils ont peut-être déjà oublié toute l'histoire.

— Sûrement pas ! J'aimerais tellement rester à la maison avec toi ! – je la supplie en lui prenant la main. Je me tiendrai bien, promis.

— Emma, je te l'ai déjà dit, je dois plaider au tribunal aujourd'hui.

Elle détache ma main de la sienne :

— Mais je serai rentrée quand tu reviendras. Et on se fera un bon dîner. D'ac ?

— D'ac, dis-je d'une petite voix. On pourra manger de la glace au chocolat ?

— Promis-juré, répond-elle en ouvrant la porte de l'appartement. Allez, en route. Tout se passera bien !

Comme un chien qu'on chasse, je descends l'escalier et ouvre la porte de l'immeuble. Au moment où j'atteins le trottoir, une camionnette s'arrête devant moi. Un homme en uniforme bleu en sort, avec le plus grand bouquet de fleurs que j'ai jamais vu. Il vérifie le numéro de la maison.

— Bonjour ! Je cherche une certaine Emma Corrigan !

— C'est moi ! fais-je, surprise.

— Aha ! il me sourit et me tend un stylo et un récépissé. Eh bien, c'est votre jour de chance. Si vous voulez bien signer ici...

Je contemple le bouquet, fermé d'un large ruban vert foncé, sans en croire mes yeux. Des roses, des freesias, d'énormes et extraordinaires fleurs pourpres, des fantastiques dahlias rouge foncé, des fleurs aux feuilles vert sombre et du feuillage vert clair qui ressemble à des asparagus...

Bon, si je ne connais pas leurs noms, je sais une chose : ces fleurs sont hors de prix.

Il n'y a qu'une personne qui a pu les envoyer.

— Attendez, dis-je sans prendre le stylo, je veux vérifier d'où elles viennent.

Je saisis la carte, déchire l'enveloppe, parcours le long message sans le lire pour arriver plus vite au nom inscrit en bas.

Jack.

Une intense émotion me parcourt. Après tout ce qu'il a fait, Jack croit qu'il peut se débarrasser de moi avec un foutu bouquet de fleurs !

Rectification : avec un immense bouquet d'énormes fleurs de luxe.

Mais ce n'est pas la question.

— Je n'en veux pas.

— Vous n'en voulez pas ? répète le livreur.

— Non. Dites à la personne qui me les a envoyées merci, mais non merci.

— Qu'est-ce qui se passe ? fait une voix essouflée derrière moi. C'est Lissy qui écarquille les yeux devant le bouquet.

— Mon Dieu, elles viennent de Jack ?

— Oui, mais je n'en veux pas. Je vous en prie, remportez-les.

— Attendez ! s'exclame Lissy, en saisissant le bouquet, laissez-moi les sentir. (Elle enfouit sa tête dans les fleurs et respire profondément.) Ouah ! C'est incroyable ! Emma, tu les as senties ?

— Non, fais-je, fâchée, et je n'en ai pas envie.

— Je n'ai jamais vu des fleurs aussi extraordinaires. Alors, demande-t-elle au livreur, qu'est-ce qu'elles vont devenir ?

— Je ne sais pas, dit-il en haussant les épaules. On va les jeter, sans doute.

Lissy me regarde.

— Mon Dieu, quel horrible gâchis…

Attendez ! Elle ne va pas…

— Lissy, je ne peux pas les accepter ! Il croirait que tout va bien entre nous.

— Oui, je te comprends, répond Lissy à contrecœur. Tu dois les renvoyer. (Elle caresse le pétale velouté d'une rose.) C'est dommage…

— Renvoyer quoi ? fait une voix stridente derrière moi. Tu te fous de moi ?

C'est le bouquet ! si je peux m'exprimer ainsi. Voici Jemima qui débarque dans la rue, toujours vêtue de son peignoir blanc.

— Tu ne vas pas les renvoyer ! s'écrie-t-elle. Je donne un dîner demain soir. Elles seront parfaites. (Elle saisit l'étiquette.) Smythe and Fox ! Tu as une idée du prix ?

302

— Je m'en fous. Elles viennent de Jack. Je ne peux pas les garder. En aucun cas.

— Pourquoi donc ?

Elle est impossible.

— Parce que... c'est une question de principe. Si je les gardais, ça voudrait dire : « Je pardonne. »

— Pas forcément, réplique Jemima. Ça pourrait vouloir dire : « Je ne pardonne pas. » Ou encore : « Je ne veux pas prendre la peine de te renvoyer tes foutues fleurs, voilà ce que je pense de toi, espèce de connard. »

Nous réfléchissons en silence.

Il faut admettre que ces fleurs sont incroyables.

— Alors, vous les voulez ou pas ? demande le livreur.

— Je...

Nom de Dieu, je suis paumée.

— Emma, si tu les renvoies, tu vas passer pour une carpette, intervient Jemima énergiquement. Il croira que tu ne veux rien qui te fasse penser à lui. Mais si tu les gardes, alors, tu auras l'air de dire : « Tu ne m'intéresses plus ! » Tu paraîtras ferme ! Tu seras forte ! Tu seras...

Et voilà ! Je m'empare du stylo du livreur

— D'accord ! Je vais signer. Mais dites-lui bien que ça ne veut pas dire que je lui pardonne. Je le trouve toujours cynique, sans cœur, bassement profiteur et, en plus, si Jemima ne donnait pas un dîner, elles iraient à la poubelle. (En signant, je suis rouge tomate, j'ai du mal à respirer et je perce le récépissé en mettant un point final.) Vous vous souviendrez de tout ce que je vous ai dit ?

Le livreur me regarde ébahi :

— Ma petite dame, je travaille seulement à l'entrepôt.

— J'ai une idée ! s'exclame soudain Lissy.

Elle s'empare du récépissé et inscrit « sans préjudice de la suite à donner » sous ma signature.

— Qu'est-ce que ça veut dire ?

— Jamais je ne te pardonnerai, espèce de salaud…
mais je garde quand même les fleurs.

— Et tu vas quand même avoir ta revanche, ajoute
Jemima.

C'est une de ces matinées fraîches et ensoleillées
qui vous persuadent que Londres est la plus belle ville
du monde. Du métro au bureau, mon moral est légèrement en hausse.

Peut-être que Lissy a raison. Peut-être qu'ils auront
tous oublié. Après tout, remettons les choses en place.
Ce n'était pas une telle affaire. Ce n'était pas *si* intéressant. Une autre rumeur s'est sans doute répandue
depuis. Il est possible que tout le monde parle de…
foot. Ou de politique ou d'autre chose. Non ?

Quelque peu optimiste, je pousse la porte de verre et
j'entre la tête haute.

— … un couvre-lit Barbie !

C'est ce que j'entends dès que je pose un pied sur le
sol en marbre.

Un type de la comptabilité parle à une femme avec
un badge « Visiteur » qui l'écoute avidement.

— … elle s'envoie Jack Harper depuis longtemps ?
demande quelqu'un au-dessus de moi et je vois un
groupe de filles dans l'escalier.

— C'est Connor que je plains, répond l'une d'elles.
Le pauvre…

— … elle faisait semblant d'aimer le jazz, dit
quelqu'un d'autre. Mais pourquoi ?

Bon. Ils n'ont pas oublié.

Mon bel optimisme s'évapore et j'envisage un instant de repartir en courant et de passer le reste de ma
vie sous ma couette.

Mais je ne peux pas.

Primo, parce que je m'ennuierais au bout d'une semaine.

Deuxio... je dois les affronter. Je dois le faire.

Serrant les poings, je monte lentement l'escalier et continue au même rythme dans le couloir. Les gens qui me croisent soit me dévisagent, soit font semblant de ne pas me regarder. J'interromps cinq conversations sur mon passage.

À la porte du marketing, je respire à fond et j'entre, l'air aussi détaché que possible.

— Bonjour tout le monde.

J'enlève ma veste et la dispose sur le dossier de mon siège.

— Emma ! s'exclame Artemis, je n'arrive pas à y croire !

Paul sort de son bureau et me scrute des pieds à la tête.

— Bonjour, Emma, vous vous sentez bien ?

— Oui, merci.

— Vous avez envie de me parler... de quelque chose ?

À ma grande surprise, il semble sincère.

Alors ça ! Pour qui il se prend ? Il croit que je vais le suivre dans son bureau et m'épancher sur son épaule en pleurnichant : « Ce salaud de Jack Harper s'est servi de moi » ?

Je n'agirais ainsi que si j'étais vraiment, *totalement* au bout du rouleau.

— Non. Merci, mais ça ira.

— Bon. (Il se tait un court instant, puis il prend un ton plus officiel.) Je présume que si vous êtes rentrée chez vous hier, c'est que vous aviez décidé de travailler à la maison.

— Euh... oui. Absolument.

— Nul doute que vous avez fait des tas de choses très utiles ?

— Euh, oui, des tas.

— Parfait. C'est ce que je pensais. Bien, continuez donc. Quant à vous autres, ajoute-t-il à l'adresse des collègues, l'œil sévère, rappelez-vous ce que je vous ai dit.

— Bien sûr, fait Artemis sans perdre une seconde, on s'en souvient tous !

Paul disparaît dans son bureau et je regarde fixement mon écran. Tout ira bien, me dis-je. Je vais me concentrer sur mon travail, me plonger dans…

Soudain, je m'aperçois que quelqu'un fredonne assez fort. C'est un air que je connais. C'est…

C'est les Carpenters.

Et maintenant, d'autres voix s'y mettent aussi. C'est une vraie chorale.

« Close to youuuu… »

Prise d'un soupçon, je relève la tête.

— Emma, dit Nick, tu veux un mouchoir ?

« Close to youuuu… » Tout le bureau reprend à l'unisson et j'entends des rires étouffés.

Je refuse de réagir. Je ne vais pas leur faire ce plaisir.

Aussi tranquillement que possible, je relève mes mails et pousse un petit cri de surprise. En général j'en reçois une dizaine. Aujourd'hui, j'en ai quatre-vingt-quinze !

Papa :	*J'aimerais te parler…*
Carol :	*J'ai deux personnes qui veulent s'inscrire à notre club Barbie !*
Moira :	*Je sais où on peut acheter des strings confortables…*
Sharon :	*Cela dure depuis combien de temps ?*
Fiona :	*Si tu veux prendre conscience de ton corps…*

Je parcours la liste interminable et soudain, j'ai un coup au cœur.

Jack m'en a envoyé trois.

Qu'est-ce que je dois faire ?

Je dois les lire ?

Ma main hésite sur ma souris. Il mérite au moins une explication.

— Ah, Emma, fait innocemment Artemis en m'apportant un sac en papier, je me demandais si tu aimerais ce pull. Il est trop petit pour moi, mais il est très joli. Il devrait t'aller – elle s'arrête pour faire un clin d'œil à Caroline – c'est du 36 !

Toutes les deux sont immédiatement prises d'un fou rire hystérique.

— Merci, fais-je sèchement, c'est vraiment trop gentil.

— Je vais chercher des cafés, dit Fergus. Quelqu'un veut quelque chose ?

— Apporte moi un sherry, ricane Nick.

— Ha ! Ha !

Nick s'avance lentement vers moi.

— Oh ! Emma, je voulais te dire, il y a une nouvelle secrétaire à l'administration. Tu l'as vue ? C'est un sacré morceau, non ?

Il me dévisage, je l'observe un moment sans comprendre.

— Elle a les cheveux raides et des jolies salopettes.

— Ta gueule ! je hurle, écarlate. Je ne suis pas une… je ne suis pas… Va te faire foutre !

Tremblante de colère, j'efface tous les messages de Jack. Il ne mérite rien. Pas de nouvelle chance. Rien.

Je me lève et sors du bureau en haletant. Je fonce vers les toilettes des femmes, claque la porte derrière moi et pose mon front brûlant contre un des miroirs. La haine que je ressens pour Jack bouillonne en moi comme de la lave. Il sait ce qu'il me fait endurer ? Il sait ce qu'il m'a fait ?

— Emma !

Une voix me fait sursauter. J'ai peur de ce qui peut m'arriver.

Katie est entrée sans que je l'entende. Elle s'est postée derrière moi, sa trousse de maquillage à la main. Son visage se reflète dans la glace à côté du mien et il n'est pas vraiment souriant. Comme dans *Liaison Fatale*.

— Ainsi, dit-elle d'une voix étrange, tu n'aimes pas le crochet.

Putain de bordel. Qu'est-ce que j'ai fait ? J'ai déchaîné chez Katie un démon insoupçonné. Elle va m'empaler sur une aiguille à tricoter ?

— Katie, je t'en supplie, écoute-moi. Je n'ai jamais voulu… je n'ai jamais dit…

— Emma, arrête ! C'est inutile. Toutes les deux, on connaît la vérité.

— Il a menti, j'enchaîne rapidement. Il s'est trompé. Je lui ai dit que je n'aimais pas les… *crèches*[1]. Tu sais, là où il y a plein de bébés.

Elle a un sourire sinistre.

— Hier, j'étais très contrariée. Mais après le bureau, je suis rentrée directement à la maison et j'ai appelé ma mère. Tu sais ce qu'elle m'a dit ?

— Quoi donc ? fais-je avec une pointe d'appréhension.

— Elle m'a dit qu'elle non plus n'aimait pas le crochet.

— Quoi ?

— Ma grand-mère non plus. (Elle rougit et elle reprend son visage habituel.) Ni personne de ma famille. Ils ont fait semblant toutes ces années, comme

1. En français dans le texte.

toi. Je comprends maintenant ! (Sa voix se fait plus aiguë.) Tu sais, pour Noël dernier, j'avais offert à ma grand-mère une housse pour son canapé et elle m'a affirmé que des cambrioleurs l'avait emportée !

— Katie, je ne sais pas quoi dire…

— Pourquoi tu ne m'en as pas parlé plus tôt ? Tout ce temps où j'ai fait ces cadeaux stupides à des gens qui n'en voulaient pas.

— Katie, je suis désolée. Je ne voulais pas… te blesser.

— Je sais que tu voulais être gentille. Mais maintenant, j'ai l'impression d'être une conne.

— Bon, alors on est deux.

La porte s'ouvre et Wendy de la compta entre. Elle s'arrête sur le seuil, nous dévisage et disparaît dans les toilettes.

— Alors, ça va ? demande Katie à voix basse.

Je hausse les épaules.

— Oui. Tu sais…

Ouais. Je vais tellement bien que je préfère me cacher dans les chiottes plutôt que d'affronter mes collègues.

— Tu as parlé à Jack, depuis ?

— Non. Il m'a envoyé des foutues fleurs. Comme pour dire : « Tout va bien. » Il ne les a sans doute pas commandées lui-même, c'est Sven qui a dû s'en charger.

Un bruit de chasse d'eau et Wendy sort.

— Tiens… voici le mascara dont je te parlais, dit rapidement Katie en me tendant un tube.

— Merci. Tu dis… que ça fait gonfler et allonger ?

Wendy lève les sourcils.

— Continuez, dit-elle, je n'écoute pas. (Elle se lave les mains, les sèche et me dévore des yeux.) Alors, Emma, tu sors vraiment avec Jack Harper ?

— Non, fais-je sèchement. Il m'a utilisée, il m'a trahie et franchement, je serais ravie de ne plus jamais le voir de ma vie.

— Vraiment ! fait-elle gaiement. Bon. Quand tu lui parleras, tu pourrais lui dire que j'aimerais bien travailler à la communication ?

— Comment ?

— Dis-lui, mais sans trop insister… que j'ai des dons pour la communication et que je suis très douée pour la comm.

Sans insister, hein ! Genre : « Jack, je ne veux plus jamais te revoir, mais au fait, Wendy pense qu'elle serait douée pour la comm ! »

— Je ne suis pas sûre, je… ne pense pas pouvoir faire une chose pareille.

Wendy a l'air vexé.

— Tu n'es qu'une sale égoïste. Tout ce que je te demande, si le sujet vient sur le tapis, c'est de mentionner que j'aimerais travailler à la comm. Ce n'est quand même pas le bout du monde !

— Wendy, tire-toi ! dit Katie. Fous la paix à Emma !

— Je n'ai fait que demander. Je suppose que tu te crois au-dessus de nous, hein ?

— Non ! Ce n'est pas…

Mais Wendy est déjà partie comme une furie.

— Génial, dis-je en tremblant. Vraiment génial. En plus de tout, on va me détester.

Je souffle très fort et me regarde dans la glace. Je n'arrive pas à croire que tout ait viré à cent quatre-vingt degrés. Mes certitudes se sont révélées fausses. Mon homme idéal est un profiteur cynique. Mon histoire d'amour n'était que pure imagination. Et je ne suis plus qu'un sujet d'hilarité, un être stupide et humilié.

Oh, non… J'ai à nouveau les larmes aux yeux.

— Comment tu te sens, Emma ? demande Katie. Tiens, prends ce mouchoir. Et du gel pour les yeux.

— Merci.

J'ai une boule dans la gorge.

Je me tapote le dessous des yeux avec son gel et m'oblige à respirer à fond jusqu'à ce que j'aie retrouvé mon calme.

— Tu es très courageuse. En fait, je trouve incroyable que tu sois venue travailler aujourd'hui. À ta place, j'aurais eu trop honte.

Je me retourne pour lui faire face.

— Katie, hier, mes secrets les plus intimes ont été révélés à la télévision. Qu'est-ce qu'il peut m'arriver de pire ?

Caroline fait irruption dans les toilettes.

— La voici ! Emma, tes parents sont là.

Non. Je n'y crois pas. Je ne peux pas y croire.

Mes parents sont debout à côté de mon bureau. Papa est vêtu d'un élégant costume gris et maman s'est mise sur son trente et un, veste blanche et jupe bleu marine. À eux deux, ils portent un bouquet de fleurs. Tout le bureau les observe comme s'ils étaient une espèce en voie de disparition.

Rayez la mention ci-dessus. Tout le bureau a tourné la tête dans ma direction et m'observe.

— Bonjour, maman, dis-je d'une voix rauque. Bonjour, papa.

Qu'est-ce qu'ils foutent ici ?

— Emma ! commence papa en essayant de parler de son habituelle voix joviale, nous avons pensé… monter te voir.

— Je vois.

— Nous t'avons apporté un petit cadeau, fait maman gaiement. Des fleurs pour ton bureau. (Elle les pose

311

maladroitement sur ma table.) Brian, regarde le bureau d'Emma ! Comme il est beau ! Regarde son… ordinateur !

Papa le tapote.

— Splendide ! Vraiment un très joli bureau !

— Et ce sont tes amis ? demande maman en souriant à la ronde.

— En quelque sorte, dis-je, renfrognée, alors qu'Artemis lui renvoie le plus charmant sourire.

— L'autre jour, poursuit maman, on se disait avec ton père que nous étions très fiers de toi. Le fait de travailler dans une société aussi importante. Je suis certaine qu'il y a des tas de filles qui t'envient ta situation. N'est-ce pas Brian ?

— Absolument, reprend papa. Tu as très bien réussi, Emma.

Je suis tellement surprise que je n'arrive pas à ouvrir la bouche. Je croise le regard de papa et il me fait un étrange petit sourire. Et maman tremble en posant les fleurs sur mon bureau.

Ils sont nerveux. Ils sont tous les deux nerveux.

Je tente d'intégrer cette nouvelle donne lorsque Paul apparaît sur le seuil du bureau.

— Eh bien, Emma, vous avez des visiteurs, on dirait.

— Euh… oui, Paul… voici… mes… parents, Brian et Rachel.

— Très heureux, fait Paul d'une voix respectueuse.

— On ne veut pas déranger, dit maman rapidement.

— Mais vous ne nous dérangez pas, affirme Paul avec un beau sourire. Malheureusement, la salle que nous utilisons en général pour les réunions familiales est en travaux.

— Oh ! s'exclame maman, incapable de savoir si c'est du lard ou du cochon.

— Emma, vous aimeriez peut-être emmener vos parents prendre… disons… un déjeuner matinal ?

Je regarde la pendule. Il est dix heures moins le quart.

— Merci, Paul, dis-je, reconnaissante.

C'est surréaliste. Totalement surréaliste.

En pleine matinée, je devrais être en train de travailler. Au lieu de ça, je déambule dans les rues avec mes parents en me demandant de quoi on pourrait parler. Je n'arrive même pas à me souvenir de la dernière fois où nous n'étions que tous les trois. Sans grand-papa, sans Kerry, sans Nev. C'est comme si nous étions revenus quinze ans en arrière, quoi.

Je m'arrête devant une brasserie italienne.

— Et si on allait là ?

— Bonne idée ! s'écrie papa en ouvrant la porte. On a vu ton ami Jack Harper, hier, à la télévision, ajoute-t-il d'un air désinvolte.

— Ce n'est pas mon ami, dis-je sèchement.

Lui et maman se regardent.

Nous nous asseyons à une table en bois et le garçon nous apporte le menu.

C'est fou ce que je suis nerveuse.

— Alors… (Je m'arrête aussitôt. J'ai envie de leur demander ce qu'ils font à Londres, mais j'ai peur d'être grossière.) Qu'est-ce qui vous amène à Londres ?

— Juste l'envie de te faire une petite visite, répond maman tout en parcourant le menu. Voilà, j'aimerais une tasse de thé… Et ça, qu'est ce que c'est ? Un café au lait frappé ?

Papa regarde le menu d'un air réprobateur.

— Je voudrais un café normal. Tu crois qu'ils ont ça ?

— Sinon tu prends un cappuccino et tu enlèves la mousse, propose maman. Ou un expresso et tu rajoutes de l'eau.

Je n'arrive pas à y croire. Ils ont fait plus de trois cents kilomètres en voiture pour discuter boissons chaudes !

— Oh, au fait, fait maman, on t'a acheté un petit quelque chose. N'est-ce pas, Brian ?

— Ah bon ? C'est quoi ?

— Une voiture, répond maman en regardant le serveur qui s'est approché de notre table. Bonjour ! J'aimerais un cappuccino et mon mari voudrait un café filtre, si c'est possible, et Emma voudrait…

— Une voiture ! dis-je, ahurie.

— Une voiture, répète le serveur en me regardant de travers. Vous désirez un café ?

— Oui… un cappuccino.

— Et des gâteaux, ajoute ma mère. *Grazie*.

— Maman, je ne comprends pas, tu m'as acheté une voiture ?

— Oui, juste une petite. Il te fallait une voiture. C'est dangereux de prendre toujours le bus. Grand-père a raison.

— Mais… je n'ai pas les moyens de l'entretenir. Je ne peux même pas… et l'argent que je vous dois ? Et…

— Oublie ça, intervient papa. On va effacer ton ardoise.

— Comment ? je suis de plus en plus ahurie. Mais c'est impossible. Je te dois encore…

— Oublie ces histoires d'argent, s'énerve papa. Tu ne nous dois plus rien. Rien du tout.

J'ai du mal à encaisser le choc. Je regarde alternativement papa et maman. Je reviens à papa. Puis, lentement, je me tourne vers maman.

C'est très étrange. J'ai l'impression qu'on se voit clairement pour la première fois depuis des années. Qu'on se dit bonjour et qu'on repart à… zéro.

— On se demandait si tu aimerais prendre des vacances l'année prochaine, dit maman. Avec nous.

— Juste… nous ?

— Oui, juste tous les trois, sourit-elle timidement. Ça pourrait être gai. À moins que tu aies d'autres projets ?

— Non ! Quelle bonne idée. Mais… Et…

Je n'arrive pas à prononcer le nom de Kerry.

Petit silence pendant lequel les parents se consultent du regard.

— Kerry t'embrasse, bien sûr, dit maman gaiement, comme si elle changeait de sujet. Tu sais, elle va sans doute aller à Hong Kong l'année prochaine pour rendre visite à son père. Elle ne l'a pas vu depuis plus de cinq ans et il est temps… qu'ils se retrouvent.

— Je comprends.

Je suis encore sous le choc.

Je ne peux pas y croire. Tout est bouleversé. Comme si on avait jeté en l'air les membres de la famille et qu'ils étaient retombés dans des positions différentes. Plus rien n'est comme avant.

— Nous avons le sentiment, commence papa, nous pensons qu'il est possible que nous n'ayons pas été… que nous n'ayons pas toujours remarqué…

Il cesse de parler et se frotte le nez énergiquement.

— Cappuccino, annonce le serveur en posant une tasse devant moi. Café filtre, cappuccino… gâteau au café… tarte au citron… chocolat…

— Merci, l'interrompt maman, on va se débrouiller maintenant.

Le garçon disparaît.

— Emma, reprend-elle, ce que nous voulons te dire… c'est que nous sommes très fiers de toi.

Oh, lala. Je vais pleurer.

— Bien.

— Et nous… C'est-à-dire que nous, ta mère et moi, nous avons… et nous ferons… tous les deux…

Il s'arrête, haletant, et je n'ose rien dire.

— Au fond, fait-il, c'est que…

— Oh ! Dis simplement à ta fille que tu l'aimes, bon sang de bonsoir, finit maman.

— Je… Je… t'aime, Emma, dit papa d'une voix étouffée, les larmes aux yeux.

J'ai la gorge serrée.

— Moi aussi, je t'aime. Et je t'aime maman !

Elle se tapote les yeux.

— Tu vois ! Je savais que c'était une bonne idée de venir.

Elle me serre la main et je serre la main de papa et nous formons un étrange trio.

— Vous savez… nous sommes tous des maillons sacrés du cercle éternel de la vie, dis-je follement émue.

— Comment ? demandent mes parents à l'unisson.

— Aucune importance.

Je lâche leurs mains, avale une gorgée de cappuccino et relève la tête.

Mon cœur menace de cesser de battre.

Devant la porte de la brasserie se tient Jack.

22

Je le regarde à travers les portes de verre. Mon cœur cogne dans ma poitrine. Il tend le bras, la porte fait un bruit métallique et le voici à l'intérieur.

Au moment où il s'avance vers nous, je me sens partagée. Voici l'homme que je croyais aimer. Voici l'homme qui m'a utilisée. Maintenant que le choc initial s'est dissipé, souffrance et humiliation risquent de reprendre le dessus et de me faire perdre mes moyens.

Mais je ne vais pas les laisser faire. Je vais me montrer forte et digne.

— Faites comme s'il n'était pas là, dis-je à mes parents.

— Qui ? demande papa en se retournant. Oh !

— Emma, je veux te parler, s'exclame Jack d'un ton pressant.

— Et moi, je ne veux pas te parler.

— Désolé de vous interrompre, dit-il en regardant mes parents, si je pouvais avoir un moment…

— Je ne bougerai pas d'ici, fais-je, furieuse. Je suis en train de boire un café avec mes parents.

Il s'assied à la table voisine.

— Je t'en prie. Je veux t'expliquer. Je te dois des excuses.

— Rien ne peut justifier ta conduite. (Je regarde mes parents d'un air farouche.) Faites comme s'il n'était pas là. Continuez comme avant.

Silence. Papa et maman se regardent du coin de l'œil et je vois que maman mâchonne quelque chose. Elle s'arrête quand elle se rend compte que je la regarde et avale une gorgée de café.

Je suis désespérée.

— Allons… continuons à discuter. Maman, tu parlais de…

— Oui, m'encourage-t-elle.

J'ai l'esprit vide. Je ne peux penser à rien. Sauf à Jack, assis à un mètre de moi.

— Comment va ton golf ? dis-je enfin.

Elle jette un coup d'œil à Jack.

— Oh… ça va.

— Sans problème, fait papa d'un air guindé.

— Où jouez-vous ? demande Jack.

— Tu ne fais pas partie de notre conversation, je réponds, furieuse.

Silence.

— Mon Dieu ! s'exclame maman d'une voix théâtrale. Regarde l'heure ! On va être en retard à… l'exposition de sculpture.

— Comment ?

— On a été ravis de te voir, Emma…

— Vous ne pouvez pas partir !

Je suis paniquée. Mais papa a déjà ouvert son portefeuille et placé un billet de vingt livres sur la table, tandis que maman enfile sa veste blanche.

Maman se penche pour m'embrasser.

— Écoute ce qu'il a à te dire.

— Au revoir, Emma.

Papa, un peu gêné, me serre la main.

Et en l'espace de trente secondes, ils ont déguerpi.

Je n'arrive pas à croire qu'ils m'ont fait un coup pareil.

— Alors ? dit Jack.

Je prends mon temps pour faire pivoter ma chaise afin de ne plus le voir.

— Emma, je t'en prie.

À nouveau, je fais pivoter ma chaise d'un quart de tour pour faire face au mur. Ça lui apprendra !

Le problème c'est que je ne peux plus atteindre ma tasse.

— Tiens !

Jack a approché sa chaise de la mienne et me tend mon café.

— Fous-moi la paix ! Nous n'avons rien à nous dire. Strictement rien.

Je saisis mon sac et sors comme une furie du café pour me retrouver au milieu de la foule. Un instant plus tard, je sens une main sur mon épaule.

— On pourrait au moins discuter de ce qui est arrivé…

Je pivote.

— Discuter de quoi ? De la façon dont tu m'as utilisée ? Trahie ?

— D'accord, Emma. J'avoue que je t'ai mise dans l'embarras. Mais… la belle affaire !

— *La belle affaire !*

Je crie si fort que je renverse pratiquement une dame avec un cabas à roulettes.

— Tu es entré dans ma vie. Tu m'as fait croire à une belle histoire d'amour. Tu m'as fait tomber amou… (Je m'arrête net, haletante.) Tu m'as dit que tu étais sous mon charme. Tu m'as fait… m'attacher à toi… et j'ai tout avalé ! (Ma voix tremble dangereusement.) J'ai tout cru, Jack. Mais pendant tout ce temps, tu avais autre chose en tête. Tu m'utilisais

319

pour ta foutue enquête de motivation. Oui, tu ne faisais que *te servir* de moi !

Jack me regarde dans le blanc des yeux.

— Non. Attends. Tu as tout faux. (Il me prend le bras.) Ce n'est pas comme ça que les choses se sont passées. Je n'avais pas l'intention de me servir de toi.

Il a le culot de dire ça ?

— Bien sûr que si ! (Je m'arrache de son emprise et j'appuie sur le bouton pour pouvoir traverser dans le passage clouté.) Bien sûr que si ! Tu ne peux pas nier que tu parlais de moi pendant ton interview. (L'humiliation me revient en tête.) Dans les moindres détails. Dans les moindres foutus détails !

Jack baisse la tête.

— D'accord. Écoute. J'admets que je t'avais à l'esprit. J'admets que tu t'es glissée en moi… (Il relève la tête.) Je pense à toi presque tout le temps. C'est vrai, je t'ai dans la peau.

Les voitures s'arrêtent, c'est le moment de traverser. Je dois en profiter pour m'enfuir et qu'il me poursuive – mais aucun de nous ne bouge. J'aimerais foutre le camp mais mon corps s'y refuse. Mon corps a envie d'en entendre plus.

— Emma, quand Pete et moi nous avons commencé la société Panther, tu sais comment nous avons travaillé ? Tu sais comment nous prenions nos décisions ?

Je hausse vaguement les épaules pour montrer que je m'en fous.

— Au pif ! Est-ce que nous achèterions un tel produit ? Est-ce que nous aimerions ça ? Est-ce que nous serions séduits ? Voilà les questions qu'on se posait. Jour après jour. Ces dernières semaines, j'ai été plongé dans cette nouvelle ligne pour femmes. Et je n'ai pas cessé de me demander… Est-ce qu'Emma aimerait ça ? Est-ce qu'Emma en boirait ? Est-ce qu'Emma l'achèterait ? (Il ferme les yeux un instant et les rouvre.) Oui, tu es entrée dans ma tête. Oui, tu es entrée dans ma vie professionnelle. Pour moi, Emma, travail et existence personnelle ont toujours été mêlés. Je suis comme ça. Mais ma vie est réelle. (Il hésite.) Et ce que nous avons partagé... c'est encore plus réel.

Il respire à fond et plonge ses mains dans ses poches.

— Emma, je ne t'ai jamais menti. Je ne t'ai jamais menée en bateau. J'ai été sous ton charme dès l'instant où je t'ai vue dans l'avion. Dès la minute où tu m'as regardé et où tu m'as dit : « Je ne sais même pas si j'ai un point G ! » J'ai été pris. Pas pour des questions de business. Par toi. Par ce que tu es. Par chaque petit détail qui émane de toi. (Un sourire éclaire son visage.) Par la façon dont, le matin, tu choisis ton horoscope et par la manière dont tu as écrit la lettre d'Ernest P. Leopold. Par ton programme de gym affiché sur ton mur. Par tout ce qui est toi.

Il me regarde et ma gorge se serre et ma tête est en bouillie. Un instant, je crois flancher.

Juste un instant.

— C'est très bien, tout ça, (je tremble), mais tu m'as embarrassée. Tu m'as *humiliée* !

Je fais demi-tour et commence à traverser la rue.

Jack me suit.

— Je n'avais pas l'intention d'en dire autant. Crois-moi, Emma, je le regrette autant que toi. Dès que l'interview s'est achevée, j'ai demandé qu'on coupe cette partie-là. Ils me l'ont promis. J'ai été... Je ne sais pas, j'ai été poussé, incapable de me contrôler...

— Tu as été *incapable de te contrôler* ? Jack, tu as révélé tous mes secrets !

— Je sais, je suis désolé...

— Tu as exposé au monde mes dessous… ma vie sexuelle… et mon couvre-lit Barbie et tu ne leur as pas dit que c'était ironique…

— Emma, je suis navré…

— Tu leur as dit combien je pesais ! je hurle maintenant. Et tu t'es trompé !

— Emma, je suis désolé !

— Ce n'est pas suffisant. Tu as gâché ma vie !

— J'ai gâché ta vie ! répète-t-il. Ta vie est gâchée ? C'est une telle tragédie si on connaît la vérité à ton sujet ?

— Je… Je… (Je patauge un instant.) Tu ne sais pas par où je suis passée. Tout le monde se fout de moi. Au bureau, on n'arrête pas de m'emmerder. Artemis m'emmerde…

— Je la ferai virer, me coupe Jack.

Je suis dans un tel état de choc que je pouffe à moitié, ce qui se termine en toux.

— Et Nick m'emmerde…

— Viré aussi. (Jack réfléchit un instant.) Et si je virais tous les gens qui se sont moqués de toi ?

Cette fois-ci, je suis prise d'un vrai fou rire.

— Tu n'aurais plus de société.

— D'accord. Ça m'apprendra. Ça m'apprendra à m'occuper de mes oignons.

Nous nous regardons sous le soleil. Mon cœur bat la chamade. Je ne sais plus quoi penser.

— Un brin de bruyère porte-bonheur ?

Une femme en sweat rose agite sous mon nez un brin de bruyère emballé dans du papier alu. Je la repousse, furieuse.

— Un brin, monsieur ?

— Je prends tout votre panier, dit Jack. J'en ai besoin.

Il sort deux billets de cinquante livres, les tend à la femme et s'empare de son panier. Pendant tout ce temps, il n'a pas arrêté de me fixer.

— Emma, je veux me faire pardonner. Si on déjeunait ensemble ? Si on prenait un verre ? Un milk-shake ?

Il me sourit mais je refuse de lui sourire à mon tour. Je suis trop désorientée pour sourire. Une partie de moi commence à fléchir, à croire en lui. À avoir envie de lui pardonner. Mais ma tête est trop embrouillée. Quelque chose cloche.

Je me frotte le nez.

— Je ne sais pas.

— Les choses se passaient si bien avant que je foute tout en l'air.

— Tu crois vraiment ?

— Ce n'est pas vrai ? (Jack hésite et me regarde au-dessus des bruyères.) C'était mon impression.

J'ai la tête qui bourdonne. J'ai des choses à lui dire. Des choses qui doivent sortir. Un truc me turlupine :

— Jack... qu'est-ce que tu faisais en Écosse ? Quand on s'est rencontrés ?

Immédiatement, il change de visage. Il se ferme et regarde ailleurs.

— Emma, je suis désolé mais je ne peux pas te le dire.

— Pourquoi ?

— C'est... compliqué.

— Bon, d'accord. (Je réfléchis un moment.) Où tu es parti à toute vitesse cette nuit-là avec Sven, quand tu as dû interrompre notre soirée.

Il soupire.

— Emma...

— Et la nuit où ton téléphone n'a pas cessé de sonner ? Qu'est-ce qui se passait ?

Cette fois-ci, Jack ne prend même pas la peine de répondre.

— Je vois (je repousse mes cheveux et tente de rester calme). Jack, tu te rends compte que depuis que nous sommes ensemble, tu ne m'as presque rien dit sur toi ?

— Je suis quelqu'un de très fermé. C'est grave ?

— Pour moi, oui. Je t'ai fait tout partager. Mes pensées, mes soucis, tout. Et toi, rien !

— Ce n'est pas vrai…

Il s'avance, toujours avec ce panier encombrant et quelques brins de bruyère tombent sur le trottoir.

— À peu près rien. Jack, être ensemble, c'est aussi une histoire de confiance et d'égalité. Si l'un des deux s'ouvre à l'autre, ça doit être réciproque. Tu vois, tu ne m'as même pas dit que tu allais passer à la télé.

— C'était une interview à la con, bordel !

Une fille encombrée de paquets se cogne dans Jack et d'autres bruyères s'échappent du panier. Écœuré, Jack le fourre sur le porte-bagages d'un motard.

— Emma, tu exagères !

— Je t'ai confié tous mes secrets, dis-je, têtue, et toi aucun.

Jack pousse un soupir.

— Mille excuses, mais c'est un peu différent…

— Quoi ? fais-je, piquée au vif, en quoi c'est différent ?

— Tu dois comprendre. Dans ma vie, il y a des choses très délicates… très compliquées… très importantes…

— Et moi, non ? (Les mots sortent de ma bouche à la vitesse d'une fusée.) Tu trouves que mes secrets sont moins importants que les tiens ? Que tout déballer à la télé n'était pas si grave pour moi ? (Je tremble des pieds à la tête de rage et de désillusion.) Sans doute parce que tu es si puissant, si important et que je ne suis – c'était quoi tes mots, Jack ? Une fille sans rien de spécial, une fille ordinaire ?

Mes yeux se remplissent de larmes.

Jack grimace et je sais que je l'ai atteint. Il ferme les yeux et j'imagine qu'il ne va pas me répondre.

— Je n'avais pas l'intention d'utiliser ces mots. Dès qu'ils sont sortis de ma bouche, j'ai eu envie de les effacer… Je voulais évoquer quelque chose de très différent… une sorte d'image… Emma, crois-moi, je n'avais pas l'intention…

— Je vais te poser encore une fois la question, dis-je le cœur battant. Qu'est-ce que tu faisais en Écosse ?

Silence. En regardant Jack dans les yeux, je vois qu'il ne va pas me le dire. Il sait que j'y attache de l'importance et pourtant, il ne me dira rien.

— Très bien. Très bien. Il est évident que je ne suis pas aussi importante que toi. Je suis juste une fille distrayante qui t'amuse pendant les voyages en avion et qui te donne des idées pour tes affaires.

— Emma…

— Tout ça ne fait pas une histoire d'amour. Une vraie relation n'est pas à sens unique. Elle est construite sur l'égalité. Et la confiance. (J'avale ma salive.) Va donc te chercher quelqu'un à ton niveau, avec qui tu pourras partager tes précieux secrets. Puisque tu ne peux pas le faire avec moi.

Je m'éloigne vivement avant qu'il réponde. Deux larmes coulent sur mes joues. J'écrase le brin de bruyère porte-bonheur sous mon pied.

Je ne rentre à la maison que bien plus tard, sans avoir encore digéré notre dispute. J'ai une migraine atroce et une terrible envie de pleurer.

J'entre dans l'appartement et je tombe sur Lissy et Jemima qui se bagarrent au sujet des droits des animaux.

— Les visons *aiment* être transformés en manteaux…
déclare Jemima quand je pénètre dans le salon.

Elle s'arrête de parler et me regarde.

— Emma, ça va ?

— Non. (Je m'effondre dans le canapé et m'enroule
dans une couverture en chenille que la mère de Lissy
lui a offerte pour Noël.) J'ai eu une bagarre sanglante
avec Jack !

— Avec Jack ?

— Tu l'as vu ?

— Il était venu… s'excuser, je crois.

Lissy et Jemima se regardent.

— Comment ça s'est passé ? demande Lissy en
enlaçant ses genoux. Il t'a dit quoi ?

Je me tais pendant quelques secondes, en essayant
de me rappeler ses paroles.

— Il m'a dit… qu'il n'avait jamais eu l'intention de
se servir de moi. Il a dit que j'occupais ses pensées. Il
a dit qu'il allait virer tous les gens du bureau qui
s'étaient foutu de moi.

Je pouffe à moitié.

— Vraiment ? fait Lissy. C'était assez romant…

Elle tousse et fait une grimace comme pour s'excuser.

— Il a dit qu'il était désolé de ce qui était arrivé et
qu'il n'avait pas eu l'intention de déballer tout ça et que
notre histoire était… Bon, il a dit des tas de trucs. Et
puis il a dit… (L'indignation me monte au visage.) Il a
dit que ses secrets étaient plus importants que les miens.

Mes copines en ont le souffle coupé.

— Pas possible ! s'exclame Lissy.

— Quel salaud ! s'écrie Jemima. Quels secrets ?

— Je l'ai interrogé sur l'histoire de l'Écosse. Sur notre
soirée interrompue. Et sur toutes les choses dont il ne
veut jamais parler, dis-je en croisant le regard de Lissy.

— Il a répondu quoi ?

— Rien. Seulement qu'elles étaient trop « délicates » et trop « compliquées ».

— Délicates et compliquées, répète Jemima, galvanisée. C'est son genre de secret ? Tu ne nous en as jamais parlé ! Emma, c'est absolument génial ! Tu perces son secret et ensuite tu le démasques.

Je la fixe, le cœur battant très fort. La vache, elle a raison. Je pourrais le faire. Je pourrais me venger. Je pourrais le faire souffrir comme il m'a fait souffrir.

— Mais je n'ai aucune idée de ce que ça peut être, son secret, dis-je enfin.

— Tu trouveras ! s'exclame Jemima. C'est assez facile. L'important, c'est qu'il ait quelque chose à cacher.

— Bon. Il y a quelque chose de mystérieux dans sa vie, réfléchit Lissy. Ces coups de téléphone dont il ne veut pas parler, ces départs impromptus…

— Il est parti mystérieusement ? insiste Jemima. Pour où ? Il t'a dit quelque chose ? Tu as surpris une conversation ?

— Non, bien sûr que non. Je ne… suis pas du genre à écouter aux portes !

Jemima me regarde de travers.

— Pas de cinéma avec moi ! Tu as entendu quelque chose. Emma, c'était quoi ?

Je me remémore cette soirée. Assise sur ce banc à déguster ce cocktail rose. La brise sur mon visage, Jack et Sven parlant à voix basse…

— Pas grand chose, dis-je à contrecœur. Je l'ai juste entendu parler d'un transfert… d'un plan B… et de quelque chose d'urgent…

— Un transfert de quoi ? demande Lissy. Un transfert d'argent ?

— Je ne sais pas. Et ils ont parlé aussi d'avoir à prendre l'avion pour Glasgow.

Jemima a l'air furieux.

— Emma, je n'arrive pas à y croire. Tu savais tout ça depuis un moment ? Il doit y avoir quelque chose de juteux là-dedans. Dommage qu'on n'en sache pas plus. Tu n'avais pas un petit magnétophone sur toi ?

— Bien sûr que non ! C'était un rendez-vous ! Toi, tu emportes un magnétophone quand tu sors...

J'arrête de parler en voyant son expression. Je suis horrifiée.

— Jemima, tu ne fais quand même pas ça !

— Pas à chaque fois ! fait-elle en haussant les épaules. Seulement quand je pense que ça pourrait... Enfin, ce n'est pas la question. L'important c'est que tu obtiennes le renseignement. Tu seras puissante. Tu te renseignes et tu le démasques. Il verra, Jack Harper, qui porte la culotte ! Et tu tiendras ta vengeance !

Je regarde le visage déterminé de Jemima et pendant un instant, j'ai un sentiment d'ivresse. Voilà qui en mettrait plein la tronche à Jack. Voilà qui lui prouverait de quel bois je me chauffe. Ah, ah, il va regretter. Et il verra que je ne suis pas une fille nulle. Il va comprendre sa douleur !

— Bon... on fait quoi ?

— On commence par voir ce qu'on peut réunir par nous-mêmes, répond Jemima. Ensuite, je peux contacter différentes personnes qui nous renseigneront. (Elle me fait un clin d'œil.) Discrètement.

Lissy n'en croit pas ses oreilles.

— Des détectives privés ? Je rêve !

— Et on le démasque ! Maman a des relations dans tous les journaux...

J'ai les tempes qui battent. C'est sérieux ? J'ai vraiment envie de me venger de Jack ?

— Il faut commencer par fouiller les poubelles, ajoute Jemima, très sûre d'elle. On trouve des tas de choses dans les poubelles des gens.

Soudain, le bon sens me revient.

— Les poubelles ? Je ne vais pas fouiller les poubelles. Je ne vais rien faire du tout. Ma décision est définitive. Tout ça, c'était dingue.

— Tu ne vas pas faire ta mijaurée maintenant, Emma ! s'écrie Jemima. Il n'y a pas d'autre façon de percer ses secrets !

J'ai un sursaut de fierté.

— Et si je n'avais plus envie de découvrir ses secrets. Et si ça ne m'intéressait plus ?

Je m'enroule encore plus dans la couverture et je regarde mes orteils d'un air misérable.

Jack a un immense secret qu'il ne peut me confier ? Eh bien, qu'il le garde. Je ne vais pas m'abaisser à essayer de le découvrir. Je ne vais pas fouiller les poubelles. Je me fous de ce que ça peut être. Je me fous de lui.

— Je veux oublier toute cette histoire. Je veux passer à autre chose.

— Sûrement pas ! s'exclame Jemima. Ne sois pas conne ! Tu as la chance de pouvoir te venger. On va l'avoir.

Je n'ai jamais vu Jemima aussi motivée. Elle sort de son sac un petit carnet mauve de chez Smythson et un stylo Tiffany.

— Bon, on sait quoi ? Glasgow... Plan B... Transfert...

— La société Panther n'a pas de bureau en Écosse ? demande Lissy.

Je me retourne et la regarde, incrédule. Elle écrit sur un bloc-notes avec le même sérieux que si elle faisait ses foutus mots croisés. Je vois les mots « Glasgow », « transfert », « Plan B » et un endroit où elle a mélangé toutes les lettres d'« Écosse » pour en faire un nouveau mot.

La vache !

— Lissy, qu'est-ce que tu fous ?

— Oh, je traficote, répond-elle en rougissant. Je vais peut-être aller sur Internet voir ce que je peux trouver.

— Écoutez, toutes les deux ! Arrêtez tout ! Si Jack ne veut pas me confier ses secrets… c'est son droit.

Soudain, je me sens totalement vidée par les événements de la journée. Je ne suis pas intéressée par la vie mystérieuse de Jack. Je ne veux plus y penser. J'ai envie d'un grand bain chaud, de mon lit et d'oublier son existence.

23

Sauf que c'est impossible.

Je ne peux pas oublier Jack. Ni notre dispute.

Son visage apparaît devant mes yeux malgré moi. La façon dont il m'a regardée dans le soleil, son visage tout chiffonné. La façon dont il m'a acheté ce brin de bruyère porte-bonheur.

Je suis couchée, le cœur battant, ressassant tout. Souffrant. Et ressentant la même désillusion.

Je lui ai tout dit à mon sujet. *Tout*. Et il refuse de me dire…

Tant pis. Tant pis.

Je m'en fous.

Je ne vais plus penser à lui. Il peut faire ce qu'il veut. Il peut garder ses foutus secrets.

Bonne chance ! C'est ça. Il est sorti de ma tête.

Pour toujours.

Je contemple le plafond à peine éclairé pendant un moment.

Au fait, qu'est-ce qu'il a voulu dire par « C'est une telle tragédie si on connaît la vérité sur toi ? »

Il peut parler ! Il sait si bien parler, Monsieur le Mystérieux ! Monsieur le Délicat et le Compliqué.

J'aurais dû lui dire. J'aurais dû lui dire…

Non ! Arrête d'y penser. Arrête de penser à lui. C'est fini.

Dans la cuisine, le lendemain matin, je suis résolue. Désormais, je ne vais plus penser à Jack. *Finito*. Fini. Terminé.

Lissy débarque, haletante, encore en pyjama, son bloc-notes à la main.

— Écoute, j'ai trois théories.

— Comment ? fais-je, surprise.

— Le grand secret de Jack. J'ai trois théories.

— Seulement trois ?

Jemima fait son apparition en peignoir blanc, son carnet Smythson à la main. Moi, j'en ai huit !

— *Huit ?* répète Lissy, vexée.

— Je ne veux entendre aucune de vos théories. Écoutez toutes les deux, j'en ai vraiment bavé. Alors, respectez mes sentiments et laissez tomber !

Elles me regardent sidérées et se concertent.

— *Huit ?* répète encore Lissy, comment tu en es arrivée à un tel chiffre ?

— Facile ! Mais je suis sûre que tes théories sont excellentes. Tu commences ?

— D'accord. Primo : il va transférer toute la société Panther en Écosse. Il était là-bas pour tâter le terrain et il ne voulait pas que ça se sache. Secundo : il participe à une sorte de fraude de haut niveau...

— Quoi ? Qu'est-ce que tu dis ?

— J'ai relevé les cabinets d'experts comptables qui ont vérifié les comptes de la Panther et ils ont été mêlés à pas mal de gros scandales récemment. Ce qui ne prouve rien, mais s'il est impliqué dans des transferts pas très propres...

Lissy fait la grimace et je la regarde, déconcertée.

Jack, un escroc ? Non. Impossible. Vraiment impossible.

De toute façon, honnête ou pas, je m'en fous.

— Ces deux hypothèses ne me semblent pas plausibles, dit Jemima en levant les sourcils.

— Bon, alors, tu proposes quoi ? demande Lissy, vexée comme un pou.

— Chirurgie plastique, bien sûr ! triomphe-t-elle. Il s'est fait faire un lifting et comme il ne veut pas que ça se sache, il récupère en Écosse. En plus, je sais ce qu'est le B du Plan B.

— Quoi ?

Je m'attends au pire.

— Botox ! C'est la raison de son départ précipité. Pour se faire enlever ses rides. Son docteur a eu un trou dans son emploi du temps et son ami est venu lui dire…

Jemima débarque de quelle planète ?

— Jack ne se serait jamais fait injecter du Botox. Ni tirer la peau.

— Tu n'en sais rien ! assure Jemima. Compare une photo récente de Jack à un vieux cliché et je parie que tu verras la différence…

— D'accord, Miss Marple, intervient Lissy, quelles sont tes sept autres théories ?

Jemima feuillette son carnet.

— Voyons… Voilà. Celle-là, j'en suis fière. Il ferait partie de la mafia. (Elle s'arrête pour juger de son effet.) Son père a été assassiné et il a l'intention de tuer les chefs des autres familles.

— Tout droit sorti du *Parrain*, commente Lissy.

— Ah, dit Jemima décontenancée, je savais que ça me rappelait quelque chose. (Elle le raye.) Alors, en voici une autre. Il a un frère autiste…

— *Rain Man.*

— Oh, merde ! (Elle fait une grimace et consulte sa liste à nouveau.) Voilà, j'en ai encore une. Il y a une autre fille dans sa vie.

Sous l'effet du choc, je la regarde dans le blanc des yeux. Une autre fille ? Je n'y avais jamais pensé.

— C'était aussi ma dernière hypothèse, intervient Lissy, déconfite. Une autre femme.

— Vous pensez toutes les deux qu'il voit une autre fille ? Mais… mais pourquoi ?

Soudain, je me sens rapetissée. Et stupide. Jack m'a fait marcher ? J'ai été encore plus naïve que je ne le pensais au début ?

Jemima hausse les épaules.

— C'est très plausible comme explication. Il a une liaison secrète en Écosse. Il était allé la voir en secret quand tu l'as rencontré. Elle n'arrête pas de lui téléphoner, de lui faire des scènes, et elle débarque à Londres à l'improviste, et il doit te quitter précipitamment.

Lissy regarde ma mine défaite.

— Mais il est possible qu'il délocalise la société ou qu'il fraude.

— Eh bien je me fous de ce qu'il fait, dis-je, le visage en feu. C'est ses affaires. Et tant mieux pour lui.

Je sors une bouteille de lait et je claque la porte du réfrigérateur, les mains tremblantes. « Délicat et compliqué ». Ce serait un code pour dire « je vois quelqu'un d'autre » ?

— Bon, très bien. Qu'il ait donc une autre fille dans sa vie. Je m'en tape.

— C'est ton affaire aussi ! s'exclame Jemima. Si tu veux te venger…

Oh, bordel !

— Je ne veux pas me venger, compris ! C'est malsain. Je veux… soigner mes plaies et aller de l'avant.

— Oui, et je vais te donner un synonyme de vengeance, réplique Jemima. Clôture des comptes !

— Jemima, intervient Lissy, clôture des comptes et vengeance ne sont pas la même chose.

— D'après moi, si. Emma, tu es mon amie et je ne veux pas que tu baisses les bras et que tu permettes à ce salaud de te traiter comme une moins que rien. Il doit payer. Il doit être puni !

Je suis prise de scrupules :

— Jemima, ne fais rien !

— Je ne t'écouterai pas ! Je ne vais pas rester les bras croisés et te voir souffrir. C'est ça la solidarité féminine !

Putain ! J'imagine Jemima en train de fouiller les poubelles de Jack dans son tailleur rose Gucci. Ou de rayer sa voiture avec une lime à ongles.

— Jemima… ne fais rien. Je t'en prie.

— C'est ce que tu crois aujourd'hui. Mais plus tard, tu me remercieras…

— Sûrement pas ! Jemima, jure-moi que tu ne vas rien faire de stupide.

Elle serre les dents.

— Jure !

— D'accord, fait enfin Jemima, les yeux au ciel. Je le jure.

— Elle croise les doigts derrière son dos, observe Lissy.

— Comment ? Tu oses faire ça ! Allez, jure-moi sur un truc auquel tu tiens vraiment.

— Ok, lâche Jemima à contrecœur, d'accord, tu gagnes. Je jure sur mon sac en poulain Miu Miu que je ne ferai rien. Mais c'est une connerie de ta part.

Elle sort lentement et je me sens mal à l'aise.

Lissy se laisse tomber dans un fauteuil.

— Cette fille est complètement cinglée. Pourquoi on l'a laissée emménager avec nous ? (Elle prend une gorgée de thé.) Ah, oui, je m'en souviens. Son père nous a donné un an de loyer d'avance... (Elle me regarde.) Tu ne te sens pas bien ?

— Tu crois qu'elle va quand même faire quelque chose contre Jack ?

— Mais non, dit Lissy d'un ton rassurant. C'est du flan ! Elle va sans doute tomber sur une de ses amies débiles et tout oublier.

— Tu as raison. (Je prends ma tasse et la contemple un moment.) Lissy, tu crois vraiment que Jack voit une autre fille en secret ?

Lissy ouvre la bouche.

— De toute façon, je m'en fous, dis-je avant qu'elle ait eu le temps de répondre. Je me fous de son secret.

— Tu as raison, fait Lissy.

En arrivant au bureau, Artemis lève la tête et me regarde, l'œil brillant.

— Bonjour Emma ! – elle sourit malicieusement à Catherine. Tu as lu des livres intellectuels, récemment ?

Ha ! Ha ! Ha ! Comme elle est drôle ! Mes autres collègues ont décidé qu'ils m'avaient assez emmerdée. Mais pas Artemis, qui se croit toujours désopilante.

— Absolument, dis-je gaiement en enlevant ma veste. J'ai lu un excellent livre dont le titre était : *Que faire si votre collègue est une grosse vache qui se fourre les doigts dans le pif quand elle pense que personne ne la regarde ?*

Les gens du bureau pouffent de rire et Artemis vire au rouge tomate.

— C'est faux !

— Je n'ai jamais dit le contraire, fais-je innocemment en allumant mon ordinateur.

Paul sort de son bureau, une mallette et un magazine à la main.

— Prête pour la réunion, Artemis ? Au fait, Nick, ajoute-t-il l'air menaçant, qu'est ce qui vous a pris de faire passer un bon de réduction pour les tablettes Panther dans ce magazine, *Le Mois de la boule* ?

Mon cœur fait un bond. Merde. Merde et merde. Jamais je n'aurais cru que Paul serait au courant.

Nick me jette un regard mauvais.

— Oui, en effet, Paul, commence-t-il d'un ton agressif, c'est un de mes produits. Mais il se trouve que…

Bon. Je ne peux pas le laisser écoper à ma place.

Je lève à moitié la main, ma voix tremble.

— Paul, en fait j'ai…

— Car il faut que vous sachiez, Nick, poursuit Paul avec un grand sourire, que c'était une foutue bonne idée. J'ai eu les chiffres en retour et, malgré le tirage ridicule du journal, ils sont extraordinaires !

J'en reste sur le cul. La pub a marché ?

— Vraiment ? Nick tente de dissimuler sa surprise. Je veux dire, c'est génial.

— Qu'est-ce qui vous a pris, bordel, de faire de la pub pour du chocolat d'ado dans un magazine de vieux ?

Nick tripote ses boutons de manchette en évitant soigneusement de me regarder.

— Eh bien, en fait c'était un coup de poker. Mais j'ai senti qu'il était temps… de lâcher quelques ballons d'essai… dans un nouveau contexte démographique…

Attendez ! Qu'est-ce qu'il raconte ?

— Eh bien votre essai a été transformé, le félicite Paul. Et j'ai noté avec intérêt que ça coïncide avec une étude scandinave que je viens de recevoir. Passez plus tard à mon bureau pour en discuter…

— Avec plaisir ! Vers quelle heure ?

337

Non. Comment peut-il ? Quel salaud !

Je bondis de ma chaise.

— Une minute ! Attendez ! C'était *mon* idée !

— Comment ?

Paul fronce les sourcils.

— La pub dans *Le Mois de la boule*. C'était mon idée. N'est-ce pas, Nick ?

Il n'ose toujours pas me regarder.

— Peut-être qu'on en a parlé. Je ne m'en souviens plus bien. Mais il y a une chose que tu dois comprendre, Emma, c'est que le marketing est une affaire d'équipe…

— Ne me prends pas pour une conne ! Ce n'était pas une affaire d'équipe. C'était mon idée. Je l'ai fait pour mon grand-père !

Merde ! Je n'avais pas l'intention d'en dire autant.

— D'abord vos parents. Maintenant votre grand-père, commente Paul. Emma, c'est la semaine de la promotion familiale ?

— Non ! Juste… je rougis un peu sous son regard. Vous avez dit qu'on allait abandonner les tablettes Panther et j'ai… pensé lui donner l'occasion d'en stocker, à lui et à ses amis. J'ai essayé de vous le dire à cette grande réunion : mon grand-père adore ces tablettes. Et ses copains aussi. À mon avis, on devrait axer les tablettes Panther vers ce marché et non vers les jeunes.

Silence. Paul a l'air vraiment surpris.

— En Scandinavie, ils arrivent à la même conclusion. C'est ce que cette nouvelle enquête révèle.

— Vous voyez bien.

— Vous pouvez me dire pourquoi cette génération-là aime tellement les tablettes Panther, Emma ? Vous le savez ?

Il semble absolument fasciné.

— Bien sûr.

338

— C'est la zone grise, commence Nick. Les évolutions dans la démographie des populations de retraités sont responsables de…

— Pas du tout, fais-je d'une voix impatiente. C'est à cause… (Je crois que grand-père va me tuer.) C'est parce qu'elles ne collent pas à leurs dentiers.

Silence ahuri. Puis Paul rejette sa tête en arrière et hurle de rire.

— Les dentiers ! s'esclaffe-t-il en s'essuyant les yeux. C'est vraiment génial, Emma ! Leurs dentiers !

Il pouffe à nouveau et je le dévisage, le sang à la tête. J'ai une étrange impression. Quelque chose bouge en moi, comme si…

— Alors, je peux avoir ma promotion ?

— Comment ?

C'est moi qui ai dit ça ? À voix haute ?

— Je peux avoir ma promotion ? dis-je d'une voix à la fois tremblante et résolue. Vous m'avez dit que si je créais mes propres occasions, je pourrais être promue. Vous l'avez dit. N'est-ce pas ce que j'ai fait ?

Paul me fixe, bat des paupières, se tait.

— Vous savez, Emma Corrigan, finit-il par dire, vous êtes la plus… la personne la plus *surprenante* que je connaisse.

— Vous voulez dire que c'est d'accord ?

Silence dans le bureau. Tout le monde attend sa réponse.

— Oh, bordel de merde, dit-il les yeux au ciel, d'accord ! Vous l'avez, votre promotion ! Heureuse ?

Mon cœur bat furieusement.

— Non ! dis-je malgré moi. Autre chose. Paul, c'est moi qui ai cassé votre tasse coupe du Monde !

— Quoi ?

— Je suis vraiment désolée. Je vous en achèterai une autre. (Je scrute le bureau, tout le monde est ébahi.) Et c'est moi qui ai bourré la photocopieuse, une fois. En fait… à chaque fois. En ce qui concerne ces fesses… Devant mes collègues médusés, j'avance jusqu'au tableau d'affichage et déchire la photocopie des fesses et du string.

— C'est mon cul et je ne veux plus le voir là. (Je me retourne.) Et Artemis, ta plante verte…

— Quoi donc, fait-elle, l'air soupçonneux.

Je la dévisage. Son imperméable Burberry et ses lunettes de grande marque et son petit air supérieur.

Bon, ne nous laissons pas emporter.

— Je… ne vois pas ce qu'elle a. (Je lui souris.) Bonne réunion.

Le reste de la journée se passe dans un état d'ivresse. Sous le choc et pompette à la fois. Je n'arrive pas à croire à ma promotion. Je vais devenir directrice de marketing !

Mais ce n'est pas tout. Je ne sais pas ce qui m'arrive. J'ai l'impression d'être une autre personne. Bon, j'ai cassé la tasse de Paul. Tout le monde s'en fout ! Tout le monde connaît mon poids ! Et alors ? Adieu la vieille Emma pourrie qui cache ses sacs Oxfam sous son bureau. Bienvenue à la nouvelle Emma qui les accroche fièrement à son fauteuil.

J'ai appelé les parents pour leur annoncer la nouvelle et ils ont été impressionnés. Ils m'ont tout de suite dit qu'ils allaient venir à Londres pour fêter ça. Puis j'ai eu une longue et fructueuse conversation avec maman au sujet de Jack. Elle m'a dit que certaines histoires étaient faites pour durer toute une existence et d'autres pour quelques jours et ainsi allait la vie. Puis elle m'a parlé d'un type à Paris pour lequel elle avait eu le béguin pendant quarante-huit heures. Elle n'avait jamais connu une telle extase sexuelle. Sachant que ça ne durerait pas, c'était encore plus intense.

Elle a ajouté que je n'avais pas besoin d'en parler à papa.

Ouah ! Je suis sur le cul. J'ai toujours cru que papa et maman… du moins… jamais…

Eh bien, ça m'apprendra.

Mais elle a raison. Certaines histoires ne sont pas faites pour durer. Jack et moi, nous ne devions jamais aller bien loin ensemble. En fait, je lui ai déjà réglé son compte dans ma tête. Je ne pense plus à lui. Mon cœur n'a bondi qu'une fois aujourd'hui quand j'ai cru le voir dans un couloir, mais je me suis vite remise.

Ma toute nouvelle vie commence aujourd'hui. En fait, je m'attends à rencontrer quelqu'un de nouveau au ballet de Lissy, ce soir. Du style avocat grand et beau. Oui. Et il viendra me chercher au bureau dans sa fabuleuse voiture de sport. Et je descendrai les marches du perron, les cheveux au vent, sans la moindre attention pour Jack, accoudé à la fenêtre de son bureau, qui me regardera d'un sale œil…

Non. Non. Jack ne sera pas là. J'en ai fini avec lui. Il faut que je m'en souvienne.

Je vais peut-être le noter sur ma main.

24

La représentation du ballet de Lissy a lieu dans un théâtre de Bloomsbury, au fond d'une cour recouverte de gravier. Quand j'arrive, l'entrée est bourrée d'avocats en costumes luxueux, agrippés à leurs portables :

— ... client qui refuse d'accepter les termes du contrat...

— ... vérifier la clause numéro quatre, virgule, en dépit de...

Comme personne ne semble décidé à entrer dans la salle, je vais dans les coulisses pour offrir à Lissy le bouquet que je lui ai acheté. (J'avais d'abord pensé le lui lancer sur la scène à la fin du spectacle, mais comme ce sont des roses, j'ai eu peur qu'elles ne déchirent son collant.)

Dans les couloirs plutôt moches où des haut-parleurs diffusent de la musique, je croise des gens en costumes étincelants. Un homme avec des plumes bleues sur la tête fait des exercices d'assouplissement contre le mur tout en parlant à quelqu'un dans une loge.

— J'ai fait remarquer à ce connard du bureau du procureur qu'un précédent existait depuis le procès Miller contre Davy... (Il s'arrête net.) Merde, j'ai oublié mes premiers pas. (Il devient tout blanc.) Je ne me souviens de rien, bordel ! Je n'exagère pas ! Un jeté et ensuite…

Il me regarde comme si j'allais lui fournir la réponse.

— Euh… une pirouette ! dis-je au hasard, et je me dépêche de m'éloigner, évitant de peu une fille qui fait le grand écart. Je repère Lissy, assise sur un tabouret dans une des loges. Elle a beaucoup de maquillage, ses yeux sont immenses et brillants et elle porte aussi des plumes bleues dans les cheveux.

— Waouh, Lissy, tu es fantastique ! J'adore la façon…

— Je renonce.

— Comment ?

— Je n'y arriverai pas ! répète-t-elle, l'air lugubre, en s'enroulant dans son peignoir. Je ne me souviens plus de rien. Mon esprit est vide.

— C'est la même chose pour tout le monde, dis-je pour la rassurer. Dans le couloir, il y un type qui prétend qu'il est incapable…

— C'est pire pour moi. Je ne me souviens *vraiment* de rien. J'ai les jambes en coton, je ne peux pas respirer… (Elle prend un pinceau à fard, le regarde d'un air morose et le repose.) Dans quelle galère je me suis foutue ?

— Euh… tu pensais que ce serait amusant.

— Amusant ? Tu crois que c'est amusant ! Putain !

Soudain, elle change de couleur et se précipite vers la porte voisine. Une seconde plus tard, je l'entends vomir.

Tout semble aller de travers dans cette histoire. Moi qui croyais que la danse c'était bon pour la santé…

Elle revient dans la loge, pâle et tremblante, et je la regarde d'un air soucieux.

— Liss, ça ne va pas ?

— Je ne peux pas y aller, je ne peux pas. (Elle a l'air de prendre une décision subite.) Je rentre à la maison. (Elle attrape ses affaires.) Dis-leur que je suis tombée malade, que c'est une urgence...

— Tu ne peux pas te tirer ! dis-je, horrifiée, en essayant de lui faire lâcher ses affaires. Lissy, tout ira bien ! Réfléchis ! Combien de fois tu as eu à affronter un tribunal, à plaider devant des tas de gens, sachant que si tu ne réussissais pas à les convaincre, tu pouvais envoyer un innocent en prison ?

Lissy me regarde comme si j'étais devenue folle.

— Oui, mais ça, c'est *facile* !

Je cherche désespérément un argument de poids.

— Bon, si tu t'en vas maintenant, tu le regretteras et tu t'en voudras toute ta vie de ne pas avoir été jusqu'au bout.

Silence. Je vois presque le cerveau de Lissy s'agiter sous ses plumes.

— Tu as raison, admet-elle enfin. D'accord, je vais y aller. Mais je ne veux pas que tu me regardes. Attends-moi seulement à la sortie. Non, même pas. Va-t-en !

J'hésite.

— Bon. Si c'est ça que tu veux...

— Non ! Elle se retourne, ne pars pas ! J'ai changé d'avis. J'ai besoin que tu sois là.

— Bon, dis-je, encore plus hésitante, tandis qu'un haut-parleur annonce : « Rideau dans quinze minutes. »

— Je m'en vais, je te laisse t'échauffer.

— Emma.

Elle me prend le bras et me fixe. Elle me serre si fort qu'elle me fait mal.

— Emma, reprend-elle, si jamais j'ai l'intention de refaire une chose pareille, tu dois m'en empêcher. Quoi que je dise. Promets-le moi.

— Je te le promets.

C'est dingue ! Je n'ai jamais vu Lissy dans un état pareil. En regagnant la cour qui s'est remplie de gens encore plus élégants, j'ai les nerfs en pelote. Elle ne semblait pas en état de tenir debout, encore moins de danser.

Pitié ! faites qu'elle s'en sorte ! Je vous en prie.

J'ai l'horrible vision d'une Lissy effrayée comme un lapin, incapable de se souvenir de ses pas. Et de spectateurs qui l'observent froidement. J'en ai des sueurs froides.

Bon, je vais m'arranger pour que ça n'arrive pas. Si quelque chose ne va pas, je vais créer une diversion. Oui, je m'effondrerai par terre pour accaparer l'attention des gens pendant quelques secondes. Comme on est en Angleterre, le spectacle ne s'arrêtera pas. Mais quand les gens regarderont à nouveau la scène, Lissy se sera souvenue de ses pas.

Et si on m'emmène en urgence à l'hôpital, je leur dirai : « J'ai d'horribles douleurs à la poitrine. » Qui pourra prouver le contraire ?

Et même s'ils arrivent à le prouver grâce à des machines sophistiquées, je dirai…

— Emma !

— Quoi, fais-je machinalement.

Mon cœur s'arrête.

Jack est à trois mètres de moi. Il porte son uniforme habituel, jean et pull, et il fait tache au milieu de tous ces avocats en costumes sombres. Quand ses yeux se posent sur moi, ma vieille rancœur remonte.

Ne réagis pas. Fini. Nouvelle vie.

— Qu'est-ce que tu fabriques ici ? – je hausse les épaules pour bien lui montrer que la réponse ne m'intéresse pas.

— J'ai trouvé le prospectus sur ton bureau. Emma, j'aimerais te parler.

Je ressens comme un pincement. Mais qu'est-ce qu'il croit ? Qu'il lui suffit d'apparaître pour que je laisse tout tomber afin de lui parler ? Mais je pourrais être occupée. Peut-être même que je suis passée à autre chose. Il a pensé ?

— En fait… je ne suis pas seule, dis-je, polie mais légèrement condescendante.

— Vraiment ?

— Oui. Tout à fait. Aussi…

Je hausse les épaules et j'attends qu'il s'en aille. Mais il ne bouge pas.

— Tu es avec qui ?

Bon, il n'était pas prévu qu'il me pose cette question. Un instant, je ne sais plus quoi dire.

Je pointe le doigt vers un grand type en manches de chemise qui se tient de l'autre côté de la cour.

— Euh… lui. D'ailleurs, je vais devoir le rejoindre.

La tête haute, je commence à avancer vers ce type. J'ai l'intention de lui demander l'heure et d'entamer la conversation jusqu'à ce que Jack soit parti. (Et peut-être d'éclater de rire une ou deux fois pour lui montrer combien je m'amuse.)

Je ne suis plus qu'à quelques pas de lui quand il se retourne pour parler dans son portable.

— Salut ! fais-je gaiement.

Il me jette un regard sans expression et s'éloigne dans la foule tout en parlant.

Je reste seule dans mon coin.

Putain !

Après ce qui me semble être une éternité, je me retourne aussi nonchalamment que possible.

Jack est toujours là, à m'observer.

Je le regarde, furieuse, affreusement gênée. S'il se moque de moi…

Mais il ne se moque pas de moi.

346

— Emma… (Il s'avance vers moi et s'arrête à deux pas. Son visage respire la franchise.) Ce que tu m'as dit, j'y ai repensé. J'aurais dû partager plus de choses avec toi. Je n'aurais pas dû t'exclure de ma vie.

Je ressens d'abord de la surprise puis une pointe d'amour propre blessé. Alors il veut partager maintenant ? Et si c'était trop tard ? Et si ça ne m'intéressait plus ?

— Tu n'es pas obligé, Jack. Tes affaires sont tes affaires. (Je lui adresse un sourire glacial.) Elles n'ont rien à voir avec moi. Et je ne les comprendrais sans doute pas, étant donné qu'elles sont si compliquées et que j'en tiens une telle couche…

Déterminée, je fais demi-tour.

Jack me suit.

— Je te dois au moins une explication.

— Tu ne me dois rien ! Tout est fini entre nous. Et nous pouvons aussi bien… Aïe ! Lâche-moi !

Jack a saisi mon bras et m'oblige à me retourner vers lui.

— J'ai une raison pour venir ici ce soir, Emma. Je veux te dire ce que je faisais en Écosse.

Je ressens un choc énorme que j'essaye de cacher le mieux possible.

— Je me fous de ce que tu faisais en Écosse !

J'arrive à me libérer et j'essaye de me fondre dans la masse des avocats qui parlent dans leurs portables.

— Emma, je veux t'en parler, dit-il en me poursuivant. Je veux te le dire.

— Et si je n'avais pas envie de savoir !

Bien sûr que j'ai envie de savoir.

Et il le sait.

— Vas-y, alors. Dis-le moi si ça te démange tant que ça.

En silence, Jack me conduit dans un coin tranquille, loin de la foule. Mon audace s'étiole. En fait, j'appréhende un peu ce qu'il va me dire. J'ai même carrément peur.

Est-ce que j'ai tellement envie de connaître son secret ?

Et si c'était une fraude, comme l'a suggéré Lissy ? S'il préparait un sale coup et qu'il voulait me demander de l'aider ?

Et s'il avait subi une opération gênante et que je me mette à rire ?

Et s'il y avait une autre femme et qu'il venait m'annoncer qu'il allait l'épouser ou un truc dans ce genre ?

Mon estomac fait des siennes, mais je me domine. Et bien, si c'est... Je vais être cool, comme si je le savais depuis longtemps. En fait, je vais faire comme si j'avais un autre amant, moi aussi. Oui. Je vais lui sourire sèchement et dire : « Tu sais Jack, je n'ai jamais promis que tu aurais l'exclusivité... »

— D'accord.

Jack me fait face et je décide immédiatement que s'il a commis un meurtre, je le dénoncerai, pas de promesse qui tienne.

Jack prend une grande respiration.

— Voilà. J'étais en Écosse pour rendre visite à quelqu'un.

Mon cœur est en chute libre.

— Une femme ! dis-je avant de pouvoir me maîtriser.

— Non, pas une femme ! (Son expression change et il me regarde étrangement.) C'est donc ça que tu imaginais ? Que je te trompais ?

— ... ne savais pas quoi penser.

— Emma, je n'ai pas d'autre femme dans ma vie. Je rendais visite... (Il hésite.) On pourrait appeler ça... à de la famille.

J'ai la tête qui tourne.

De la *famille* ?

Eh oui, Jemima avait raison, j'étais avec un mafieux.

Bon. Pas de panique. Je peux m'enfuir. Me faire protéger par la police en tant que témoin. Je me ferai appeler Megan.

Non. Chloe. Chloe de Souza.

— Plus précisément… un enfant.

Un enfant. Nouveau tournis. Il a un enfant ?

— Elle s'appelle Alice. Elle a quatre ans.

Il a une femme et toute une famille dont je ne sais rien, voilà son secret. Je le savais. Je le savais.

— Tu… tu as un enfant ?

— Non. Je n'ai pas d'enfant. (Jack contemple le sol quelques instants puis relève la tête.) Pete a eu un enfant, une fille. Alice est la fille de Pete Laidler.

— Mais… mais… – je le regarde, perdue. Mais… je ne savais pas que Pete Laidler avait eu un enfant.

— Personne n'est au courant. C'est tout le problème.

Je m'attendais à tout sauf à ça.

Un enfant. L'enfant secret de Pete Laidler.

— Mais… comment ça se fait que personne ne soit au courant ? dis-je bêtement. (Nous nous sommes maintenant assis sur un banc, sous un arbre et loin de la foule.) Des gens l'ont certainement vu !

— Pete était un type fantastique. Mais il détestait les responsabilités. Lorsque Marie – la mère d'Alice – s'est aperçue qu'elle était enceinte, ils n'étaient déjà plus ensemble. Marie est une femme fière et indépendante. Elle s'était mis dans la tête de se débrouiller toute seule. Pete l'entretenait financièrement – mais l'enfant ne l'intéressait pas. Il n'a dit à personne qu'il était devenu père.

— Même pas à toi ? Tu ne le savais pas ?

— Je ne l'ai appris qu'après sa mort. (Son visage se ferme.) J'adorais Pete. Mais j'ai eu du mal à lui pardonner. Donc, quelques mois après la mort de Pete, Marie refait surface avec son bébé en insistant pour que personne ne soit au courant. (Jack pousse un gros soupir.) Tu imagines ce que j'ai ressenti. J'ai été terrassé. Elle voulait élever Alice comme un enfant ordinaire, pas comme l'enfant de Pete Laidler. Pas comme l'héritière d'une immense fortune.

Mon esprit bouillonne. Une gamine de quatre ans possédant la part de Pete Laidler dans la société Panther. Putain !

— Elle va tout avoir !

— Pas tout, non. Mais une bonne partie. La famille de Pete a été plus que généreuse. C'est pourquoi Marie l'élève loin des regards. (Il écarte les doigts.) Je sais qu'on ne la protégera pas éternellement. Tôt ou tard, le jour viendra où on apprendra son existence. La presse deviendra cinglée. Elle sera au sommet de la liste des plus grosses fortunes… les autres enfants lui en feront baver… elle ne mènera plus une vie normale. Certains enfants pourraient s'en tirer. Mais Alice n'en fait pas partie. Elle a de l'asthme, elle est fragile.

Pendant que Jack parle, je me souviens des articles parus au moment de la mort de Pete Laidler. Tous les journaux avaient mis sa photo en première page.

— Je surprotège cet enfant, poursuit Jack avec un triste sourire. Je le sais. Même Marie me le dit. Mais… j'y tiens beaucoup. (Il regarde dans le vide.) C'est tout ce qui nous reste de Pete.

Je le dévisage, soudain émue.

— C'était donc ça, tous ces coups de téléphone, dis-je timidement. C'est pour ça que tu as dû partir, l'autre soir ?

Jack pousse un soupir.

— Elles ont eu un accident de voiture, toutes les deux. Pas trop sérieux. Mais… quand il s'agit de la fille de Pete, nous faisons un drame de tout. Nous voulions être certains qu'elle était parfaitement soignée.

— Je comprends.

Long silence. J'essaye de remettre en place toutes les pièces du puzzle. De tout assimiler.

— Ce que je ne comprends pas, c'est pourquoi tu voulais que je garde pour moi que tu étais en Écosse. Personne n'était au courant !

Jack lève les yeux au ciel.

— C'était absolument stupide de ma part. J'avais dit autour de moi que j'allais à Paris ce jour-là, juste pour être encore plus prudent. J'ai pris un vol sous une fausse identité. Je pensais que personne ne saurait jamais la vérité. Et puis quand je suis entré au bureau… tu étais là.

— Ton cœur a sombré.

— Pas exactement. Il ne savait pas quelle direction prendre.

Je me sens rosir et je me racle la gorge.

— Euh… c'est pour ça…

— Tout ce que je voulais, c'était éviter que tu racontes : « Hé ! Il n'était pas à Paris, mais en Écosse ! » et que ça soit le branle-bas de combat. Tu sais, ajoute-t-il, c'est incroyable ce que les gens peuvent inventer quand ils n'ont rien de mieux à faire. J'ai tout entendu. Que je veux revendre la société… que je suis pédé… que je fais partie de la mafia…

Je replace nerveusement une mèche de cheveux.

— Vraiment ? Ce que les gens peuvent être bêtes !

Deux filles passent près de nous et nous nous taisons.

— Emma, je suis désolé de ne pas t'en avoir parlé plus tôt, reprend Jack à voix basse, je sais que je t'ai blessée en te donnant l'impression de t'exclure de ma vie. Mais… ce n'est pas quelque chose que l'on peut partager à la légère.

— Bien sûr que tu ne pouvais agir autrement. J'ai été idiote.

Quelque peu honteuse, je racle les pieds sur le gravier. J'aurais dû me douter qu'il s'agissait de quelque chose d'important. Quand il m'avait dit que c'était compliqué et délicat, c'était la vérité.

— Seules quelques personnes sont au courant, dit Jack en me regardant gravement dans les yeux. Des gens en qui j'ai toute confiance.

J'en ai la gorge serrée et je me sens rougir.

— Vous entrez ?

Nous sursautons. Une femme en jean noir s'approche de nous.

— Le spectacle va commencer !

J'ai l'impression qu'elle m'a giflée pour me sortir d'un rêve.

— Je… dois aller voir Lissy danser.

— Très bien. Dans ce cas je te laisse. C'est tout ce que j'avais à te dire. (Jack se lève lentement puis se retourne.) Encore une chose. Emma, je me rends compte que ces derniers jours n'ont pas été faciles pour toi. Tu as été un modèle de discrétion pendant tout ce temps, alors que… je ne l'ai pas été. Et je voulais te demander pardon. Encore une fois.

— C'est… c'est bon.

Jack fait demi-tour et, complètement déchirée, je le vois s'éloigner sur le gravier.

Il est donc venu jusqu'ici uniquement dans le but de m'avouer son secret, son grand secret.

Rien ne l'y obligeait.

Oh…

— Attends !

Jack se retourne immédiatement.

— Tu aimerais… assister au spectacle ?

Son sourire me remplit de bonheur.

En traversant la cour, je prends mon courage à deux mains.

— Jack, j'ai aussi quelque chose à te dire. Au sujet… de ce que tu viens de me dire. Je t'ai dit l'autre jour que tu avais gâché ma vie.

— Je m'en souviens, fait-il sèchement.

— Eh bien, il n'est pas impossible que je me sois trompée. (Je me racle la gorge.) En fait… j'ai eu tort. Tu n'as pas du tout gâché ma vie.

— C'est vrai ? Tu me donnes une nouvelle chance ?

Malgré moi, je sens que je vais pouffer de rire.

— Non !

— Non ? Tu ne changeras plus d'avis ?

Tandis qu'il me dévisage, je lis dans ses yeux une plus vaste question et je ressens un pincement fait d'espoir et d'appréhension.

Soudain, Jack se penche sur ma main.

— J'en ai marre de Jack, lit-il à voix haute.

Bordel !

Je deviens écarlate.

Je n'écrirai plus jamais quelque chose sur ma main.

— C'était juste… juste… du griffonnage… ça ne veut pas dire…

Je suis interrompue par la sonnerie stridente de mon portable. Merci petit Jésus. Qui que ce soit au bout du fil, je l'aime.

— Emma, tu vas m'adorer pour la vie, piaille Jemima.

— Comment ?

— J'ai tout éclairci pour toi, s'écrie-t-elle d'une voix de trompette. Je sais, je suis la meilleure, qu'est-ce que tu ferais sans moi...

— Quoi ? fais-je effrayée, Jemima, de quoi tu parles ?

— De te venger de Jack Harper, débile ! Tu étais si mollasse que j'ai pris les choses en main.

Je me fige sur place.

— Euh, Jack, excuse-moi un instant, dis-je avec un grand sourire, il faut que je prenne cet appel.

Les jambes tremblantes, je vais dans un coin de la cour où personne ne peut m'entendre.

— Jemima, tu m'as promis de ne rien faire ! Tu as juré sur ton sac en poulain Miu Miu, souviens-toi !

— Je n'ai pas de sac Miu-Miu, se gausse-t-elle. Mon sac en poulain, c'est un Fendi !

Elle est folle. Complètement folle.

— Jemima, qu'est-ce que tu as manigancé, dis-le moi !

Mon cœur bat à toute allure tant je crains le pire. Pourvu qu'elle n'ait pas rayé la voiture de Jack !

— Œil pour œil ! Cet homme t'a trahie et tu vas lui rendre la monnaie de sa pièce. En ce moment, je suis assise avec Mick, un type charmant. C'est un journaliste qui travaille pour le *Daily World*...

Mon sang se glace.

— Quoi, ce torchon fouille-merde ? Jemima, tu as perdu la boule ?

— Ne sois pas si étroite d'esprit et provinciale, réplique Jemima. Les journalistes de ces canards sont nos amis. Ce sont un peu des détectives privés... sans nous coûter un sou. Mick a souvent travaillé pour maman. Il est épatant pour faire des recherches. Et découvrir le petit secret de Jack Harper le passionne. Je lui ai dit tout ce qu'on savait mais il aimerait te parler.

Je me sens faible. Quelle cata !

— Jemima, écoute-moi bien ! dis-je rapidement à voix basse, comme si je tentais de persuader un fou de ne pas sauter d'un toit. Je ne veux pas découvrir le secret de Jack. Vu ! Je veux tout oublier. Tu dois dire à ce type d'arrêter.

Jemima se comporte comme une gamine débile de six ans.

— Pas question ! Ne joue pas les héroïnes. Tu ne peux pas laisser les hommes te piétiner sans rien faire. Maman dit toujours… (J'entends un crissement de pneus.) Oh ! un petit accident. Je te rappelle !

Plus de tonalité.

Je suis paralysée par l'horreur de la situation.

J'essaye désespérément de rappeler Jemima mais je tombe sur sa messagerie.

— Jemima, dis-je dès que j'entends le bip, Jemima tu dois arrêter tout ça. Tu dois…

Je cesse de parler quand Jack apparaît devant moi, le sourire aux lèvres.

— Le spectacle va commencer, m'annonce-t-il. Tout va bien ?

— Très bien, dis-je d'une voix étouffée en rangeant mon téléphone. Tout va… très bien.

25

En entrant dans la salle, la panique me donne presque le vertige.

Qu'est-ce que j'ai fait ? Qu'est-ce que j'ai fait ?

J'ai révélé le secret le plus intime de Jack à une folle-dingue en Prada, dont l'esprit pervers est hanté par la vengeance.

Bon. Calme-toi, me dis-je pour la milliardième fois. En fait, elle ne sait rien. Ce journaliste ne trouvera probablement rien. C'est vrai, il dispose de quoi ?

Mais s'il trouvait ? S'il tombait par hasard sur la vérité ? Et si Jack découvrait que je l'ai mis sur la bonne voie ?

Rien que d'y penser, je défaille. Mon estomac se tord. Pourquoi est-ce que j'ai parlé de l'Écosse à Jemima ? *Pourquoi ?*

Nouvelle résolution : je ne révélerai plus jamais un secret. Plus jamais. Même si ça paraît sans importance. Même si je suis en colère.

En fait… je ne parlerai plus jamais, un point c'est tout. Dès que j'ouvre la bouche, je me retrouve dans la mouise. Si je n'avais pas ouvert la bouche dans ce foutu avion, je n'en serais pas où j'en suis maintenant.

Je vais devenir muette. Une énigme vivante. Si on me pose des questions, je me contenterai de hocher la tête ou d'écrire des mots codés sur un bout de papier. Les gens tenteront de les déchiffrer…

— C'est Lissy ?

Jack pointe le doigt sur un nom dans le programme.

Je sursaute. Je suis son regard et opine du bonnet, les lèvres serrées.

— Tu connais d'autres gens dans la troupe ?

Je hausse les épaules.

— Et… depuis combien de temps Lissy répète ?

J'hésite, puis je déplie trois doigts.

— Trois ?

Jack me regarde, l'air hésitant.

— Trois quoi ?

Je fais un petit geste de la main qui devrait signifier des mois. Quand je recommence, Jack semble déconcerté.

— Emma, qu'est-ce qui ne va pas ?

Je cherche un stylo dans ma poche mais je n'en trouve pas.

Bon, fini de faire la muette.

— À peu près trois mois.

— Je vois.

Jack retourne à son programme. Il semble calme et sans soupçons alors que je me sens à nouveau coupable.

Peut-être que je devrais tout lui avouer.

Non. Impossible. Comment lui dire ? Au fait, Jack. Tu sais ce grand secret que tu m'as demandé de garder. Eh bien, tu ne me croiras jamais…

Stopper Jemima, voilà ce que je dois faire. Comme dans les films de guerre où l'on exécute les gens qui en savent trop. Mais comment ? J'ai lancé un missile Exocet déshumanisé qui tourne autour de Londres en se faisant mousser, programmé pour faire le plus de ravages possible et je ne peux pas le rappeler car le bouton ne marche plus.

Bon. Réfléchissons. Inutile de paniquer. Il ne se passera rien ce soir. J'essayerai de l'appeler sur son portable et, dès que je l'aurai, je lui expliquerai avec des mots d'une syllabe qu'elle doit arrêter ce mec sinon je lui casse les deux jambes (à elle).

Une batterie commence à jouer et je tressaille. Je suis tellement distraite que j'en ai oublié ce que je faisais là. La salle est plongée dans l'obscurité et les spectateurs se taisent, recueillis. La batterie se fait plus forte, mais il ne se passe rien sur scène ; c'est toujours le noir total.

La batterie augmente encore et je me sens de plus en plus tendue. C'est un peu zinzin. Quand est-ce qu'ils vont se mettre à danser ? Quand est-ce qu'ils vont lever le rideau ? Quand est-ce qu'ils vont...

Ouah ! Un halètement général se fait soudain entendre quand une lumière éblouissante remplit l'auditorium. La musique martèle l'air et une seule silhouette apparaît sur scène, toute vêtue de noir et de paillettes, tournoyant et sautant. C'est un homme ou une femme ? Qui que ce soit, c'est vertigineux. J'écarquille les yeux pour mieux voir.

Incroyable. C'est Lissy !

Le choc me cloue à mon siège. Je ne pense plus à rien d'autre. Je ne peux quitter Lissy des yeux.

J'ignorais totalement qu'elle était douée à ce point. Je n'en avais pas la moindre idée. On avait fait un peu de danse ensemble. Et des claquettes. Mais jamais... jamais. Comment ai-je pu connaître quelqu'un pendant vingt ans sans me douter qu'elle dansait si bien ?

Elle vient de finir un slow à la fois lent et nerveux, avec un type masqué, sans doute Jean-Paul, et la voilà maintenant qui saute et qui tourne autour d'un ruban. Toute la salle, médusée, la contemple, et elle semble rayonnante. Voilà des mois que je ne l'ai pas vue aussi heureuse. Je suis tellement fière d'elle.

Je m'aperçois avec horreur que mes yeux me piquent. Et que mon nez commence à couler. Je n'ai même pas un mouchoir en papier. C'est affreusement gênant mais je vais devoir renifler d'émotion, comme une mère lors du spectacle scolaire de fin d'année de ses enfants. Dans un instant, je vais me lever et me précipiter au bord de la scène avec ma caméra et crier : « Hou hou, chérie ! Fais un petit signe à papa ! »

Bon. Reprends tes esprits, sinon ce sera comme le jour où j'ai emmené Amy, ma jeune filleule, voir *Tarzan*, le dessin animé de Walt Disney. Quand la lumière est revenue, elle dormait profondément. Moi, j'étais en larmes, alors que des gosses de quatre ans aux yeux secs me regardaient, étonnés. (Pour me justifier, je dois dire que l'histoire était très romantique. Et Tarzan plutôt sexy.)

Je sens quelque chose dans ma main. C'est Jack qui me tend un mouchoir. Quand je le prends, ses doigts saisissent brièvement ma main.

Au moment où le spectacle s'achève, je plane. Lissy vient saluer comme une star et Jack et moi l'applaudissons follement, tout en échangeant des regards ravis.

— Ne dis à personne que j'ai pleuré, dis-je pendant les salves d'applaudissements.

— D'accord. C'est promis.

Le rideau descend pour la dernière fois et les gens se lèvent et récupèrent leurs affaires. Et tandis que nous redescendons sur terre, mon ivresse s'estompe pour laisser place à un sentiment d'angoisse. Il faut que j'essaye de joindre Jemima.

À la sortie, la plupart des spectateurs traversent la cour pour se rendre dans une salle éclairée.

— Lissy m'a demandé de la retrouver à la réception, dis-je à Jack. Et… si tu y allais ? Je te rejoins dès que j'ai passé un coup de fil.

— Tu vas bien ? Tu m'as l'air un peu nerveuse.

— Tout va bien, je suis juste excitée.

Je lui fais un grand sourire et j'attends qu'il soit hors de portée de voix pour composer le numéro de Jemima. J'obtiens sa boîte vocale.

Je recommence. Même cirque.

Je hurle presque de déception. Où elle est ? Qu'est-ce qu'elle fait ? Comment l'arrêter si je ne sais pas où elle se trouve ?

Je reste parfaitement immobile, essayant d'ignorer la panique qui me gagne et de trouver une solution.

Bon, ça suffit. Tout ce que j'ai à faire, c'est d'aller à la réception et de me conduire normalement. Et si je n'arrive pas à la joindre, de patienter jusqu'à ce que je la voie plus tard dans la soirée.

Il y a énormément de monde à la réception : beaucoup de bruit et beaucoup de lumière. Tous les danseurs sont là, toujours costumés, se mêlant aux spectateurs et à des gens venus en curieux. Des serveurs passent des boissons et le niveau des conversations est au maximum. En entrant, je ne reconnais personne. Je prends un verre de vin et me glisse dans la foule où j'entends des bribes de conversations :

— … des costumes ravissants…

— … a trouvé le temps pour les répétitions ?

— … juge a été *totalement* intransigeant…

Soudain, je repère Lissy. Rouge et radieuse, elle est entourée d'une bande d'avocats plutôt beaux garçons et l'un d'eux ne se gêne pas pour reluquer ses jambes.

— Lissy ! je crie.

Elle se retourne et me serre fort dans ses bras.

— Comment j'aurais pu deviner que tu dansais aussi divinement ! Tu étais stupéfiante !

— Mais non, pas du tout ! répond-elle avec une de ses grimaces favorites. J'ai tout raté…

— Arrête ! Lissy, tu as été formidable. Vraiment.

— Mais j'ai merdé dans le…

— Surtout, ne dis pas ça ! Je répète, tu étais formidable. Allez, dis-le.

— Eh bien… d'accord.

À contrecœur, elle sourit.

— D'accord… j'étais formidable ! (Elle éclate de rire.) Emma, je ne me suis jamais sentie aussi bien de ma vie. Et tu ne devineras jamais. On est déjà en train de mettre au point une tournée pour l'année prochaine !

— Mais… tu m'avais dit que tu ne recommencerais jamais et que je devais t'en empêcher !

— Oh, c'était juste le trac. (Elle baisse la voix.) J'ai vu Jack. Qu'est-ce qui se passe ?

Mon cœur bondit dans ma poitrine. Est-ce que je devrais lui parler de Jemima ? Non, elle va s'inquiéter. Et de toute façon, il n'y a rien qu'on puisse faire pour le moment.

— Jack est venu me parler. Pour me révéler son secret.

— Sans blague ! Alors, c'est quoi ?

— Je ne peux pas te le dire.

— Tu ne veux pas me le dire ? fait-elle, incrédule. Après tout ce qui s'est passé, tu ne vas rien me dire !

— Lissy, c'est impossible. C'est… compliqué.

Bon sang, j'ai l'impression de parler comme Jack.

— Bon, d'accord, ronchonne Lissy, je peux vivre sans être au courant. Alors… vous avez remis ça ?

Je rougis d'un coup.

— Je ne sais pas. Peut-être.

— Lissy ! Vous étiez fabuleuse !

Deux jeunes femmes en tailleur s'approchent d'elle. Je fais un sourire à Lissy et je m'éloigne.

Je ne vois Jack nulle part. C'est le moment de rappeler Jemima.

Je sors discrètement mon portable pour vite le fourrer dans mon sac quand j'entends qu'on m'appelle.

Je me retourne et sursaute de surprise. Connor est près de moi, un verre à la main. Ses cheveux blonds brillent sous les projecteurs. Je remarque tout de suite sa nouvelle cravate, des pois jaunes sur fond bleu. Affreuse.

— Connor ! Mais qu'est-ce que tu fais ici ?

— Lissy m'a envoyé un prospectus, répond-il, légèrement sur la défensive. J'ai toujours beaucoup aimé Lissy. Alors je suis venu. Et je suis ravi de te voir, ajoute-t-il. On pourrait parler ?

Il me précède vers la porte, loin de la foule, et je le suis, vaguement nerveuse. Depuis l'interview de Jack à la télé, je n'ai pas eu de vraie conversation avec Connor. Pour la bonne raison que je l'ai fui, chaque fois que je l'ai aperçu de loin.

— Bon, de quoi tu voulais me parler ?

Il s'éclaircit la gorge, comme s'il allait faire un long discours.

— Emma, j'ai l'impression que tu n'as pas été… toujours sincère avec moi.

C'est le moins qu'on puisse dire !

— Tu as raison. Oh, Connor, je suis vraiment désolée pour tout ce qui est arrivé…

Il lève la main très dignement.

— C'est oublié. Beaucoup d'eau est passée sous les ponts. Mais, si cette fois-ci tu voulais bien être franche, je t'en serais très reconnaissant.

— Bien sûr, je réponds très sincèrement.

— Voilà. Récemment, j'ai rencontré une fille.

— Wouah ! Connor ! Je suis ravie pour toi. Comment elle s'appelle ?

— Francesca.

— Et où tu l'as…

— Je voulais te parler de la façon dont nous faisions l'amour, m'interrompt-il.

— Ah bon !

Je cache mon trouble en buvant une gorgée de vin.

— Tu étais sincère… dans ces moments-là ?

Je tente de gagner du temps.

— Euh… qu'est-ce que tu veux dire ?

Il devient subitement aussi rouge qu'une cabine téléphonique anglaise.

— Tu étais sincère au lit ? Ou tu faisais semblant ?

— Connor, je n'ai jamais fait semblant d'avoir un orgasme – je baisse la voix. Je te jure. Jamais.

— Bon… d'accord, admet-il. Et dans d'autres domaines ?

Je le regarde :

— Je ne suis pas sûre de…

— Tu as fait semblant d'apprécier certaines… techniques que j'utilisais ?

Ah non ! J'ai horreur qu'il me pose ce genre de questions.

— Tu sais, je ne me souviens plus très bien ! D'ailleurs, il faut que je parte…

— Emma, réponds-moi ! Je commence une nouvelle histoire. Il serait juste que je tienne compte de mes erreurs passées.

En contemplant son expression honnête, je me sens terriblement coupable. Il a raison. Je dois être franche avec lui. Pour une fois.

— Bon. Tu te souviens de ce que tu faisais avec ta langue, dis-je en baissant encore plus la voix. Ce truc un peu… *glissant*. Eh bien, parfois ça me donnait envie de rire. Aussi, si j'ai un conseil à te donner, avec ta nouvelle petite amie, je m'abstiendrais…

J'arrête en voyant sa tête.

Merde. Il l'a déjà fait.

Il prend une voix sévère.

— Francesca m'a dit… elle m'a dit que ça l'excitait follement.

Machine arrière, toute !

— Bien sûr ! Toutes les femmes sont différentes. Nos corps sont différents… chacune aime… des choses différentes.

Connor me regarde, l'air consterné.

— Elle me dit aussi qu'elle aime le jazz.

— Et pourquoi pas ? Des tas de gens aiment le jazz.

— Elle dit qu'elle adore la façon dont je cite toutes les répliques de Woody Allen. Tu crois qu'elle ment ?

— Non, je ne pense pas…

Je suis perdue, là.

— Emma… est-ce que toutes les femmes ont des secrets ?

Oh, non. À cause de moi, Connor aurait perdu confiance dans toutes les femmes ?

— Non ! Bien sûr que non ! Franchement, Connor, je crois qu'il n'y a que moi.

J'ai à peine fini de parler que j'aperçois une coiffure blonde que je connais bien à l'entrée de la salle. Mon cœur s'arrête.

C'est impossible…

Ce n'est pas…

— Connor, je dois partir.

Je m'éloigne rapidement.

— Elle m'a dit qu'elle faisait une taille 38, crie-t-il encore. Qu'est-ce que ça veut dire ? Qu'est-ce que je dois lui acheter ?

— Du 40 ! je hurle sans tourner la tête.

C'est Jemima ! Debout près du hall. Qu'est-ce qu'elle fait ici ?

La porte s'ouvre et je ressens un tel choc que je crois que je vais m'évanouir. Elle est avec un type. Il a un jean, des cheveux en brosse, des yeux de fouine. Il porte un appareil photo en bandoulière et scrute tout le monde.

Non.

Elle n'a pas pu faire ça.

— Emma ! me murmure-t-on à l'oreille.

— Jack !

Je me retourne et je vois qu'il me sourit, ses yeux remplis de tendresse.

— Ça va ? demande-t-il en me caressant le bout du nez.

— Oui ! Tout baigne !

Il faut que je m'en sorte.

— Jack, tu pourrais aller me chercher un verre d'eau ? Je t'attendrai ici. J'ai un peu mal au cœur.

Jack s'alarme :

— Je savais bien que quelque chose clochait. Laisse-moi te raccompagner chez toi. Je vais appeler la voiture.

— Non… ça ira. J'ai envie de rester. Va juste me chercher un peu d'eau. Je t'en prie.

Dès qu'il s'est éloigné, je traverse la pièce si vite que je manque de m'étaler.

— Emma ! s'écrie Jemima. Parfait ! J'allais te chercher. Tiens, je te présente Mick, qui a quelques questions à te poser. On pourrait peut-être se mettre dans cette petite salle ?

Elle nous précède dans un petit bureau qui donne sur le hall.

Je lui prends le bras.

— Non ! Il faut que tu t'en ailles. Tout de suite. Va-t'en !

— Je ne bougerai pas d'ici ! Elle se dégage et fait un signe à Mick qui va fermer la porte. Je t'avais prévenu qu'elle allait se rebiffer.

Il me fourre sa carte de visite dans la main.

— Mick Collins. Ravi de faire votre connaissance, Emma. Allons, vous n'avez aucun souci à vous faire.

Il m'adresse un sourire rassurant, comme s'il avait l'habitude de traiter avec des femmes hystériques qui lui ordonnent de foutre le camp.

— Asseyez-vous gentiment et bavardons…

Il mâche du chewing-gum en parlant et l'odeur de menthe me donne des haut-le-cœur.

Je m'efforce toutefois de rester polie.

— Écoutez, il y a eu un malentendu. Je suis désolée mais il n'y a pas d'histoire.

— Bon, laissez-moi en être juge. Racontez-moi les faits…

— Non ! Il n'y a rien. (Je me tourne vers Jemima.) Je t'avais prévenue que je ne voulais rien faire. Tu m'avais promis.

— Emma, tu n'es qu'une carpette. (Elle regarde Mick, l'air agacé.) Mick, tu vois pourquoi j'ai dû prendre les choses en main. Je t'ai dit que Jack Harper était un salaud. Il faut lui donner une leçon.

— Tout à fait ! Mick penche la tête comme s'il me cadrait. Ravissante, fait-il à Jemima. On pourrait ajouter une interview exclusive. « Ma liaison avec un super-patron ». Vous pourriez gagner beaucoup d'argent.

— Non ! je hurle.

— Emma, arrête de faire ta sainte-nitouche, intervient Jemima. Dans le fond, tu en as très envie. C'est peut-être le début d'une grande carrière.

— Je n'en veux pas !

— Tu as tort ! Tu as une idée de ce que Monica Lewinsky se fait par an ?

Je n'en crois pas mes oreilles.

— Tu es malade ! Tu es folle !

— Emma, je fais ça pour ton bien.

— Non. Je… je vais peut-être me remettre avec Jack !

Trente secondes de silence. Je l'observe en retenant mon souffle. Et c'est comme si un robot tueur se mettait en route.

— Raison de plus ! s'écrie Jemima. Voilà qui le fera tenir tranquille. Qui lui montrera qui tire les ficelles. Vas-y, Mick !

— Interview d'Emma Corrigan. Mardi 15 juillet, vingt et une heure quarante.

Je relève la tête, horrifiée. Mick a sorti un petit magnétophone qu'il tend vers moi.

— Vous avez rencontré Jack Harper dans un avion. Pouvez-vous confirmer de quel vol il s'agissait ? (Il me sourit.) Parlez naturellement, comme à une amie au téléphone.

Je hurle.

— Arrêtez ! Assez ! Assez !

— Emma, sois adulte ! s'impatiente Jemima. Mick va découvrir le secret de Jack, que tu le veuilles ou non. Alors, tu ferais aussi bien…

Elle s'arrête net. La poignée de la porte grince.

La pièce se met à tourner.

Je vous en prie…

La porte s'ouvre lentement et je cesse de respirer. Je suis paralysée.

Je n'ai jamais eu aussi peur de ma vie.

— Emma ? fait Jack en entrant. Comment tu te sens ? Je t'ai apporté de l'eau plate et de l'eau gazeuse, parce que si tu n'es pas bien...

Il se tait, son regard étonné passant de Mick à Jemima. Ébahi, il prend la carte de visite de Mick que je tiens toujours à la main. Puis il aperçoit le magnétophone et son visage se décompose.

— Je crois qu'il est temps que je parte, murmure Mick.

Il glisse son magnétophone dans sa poche, saisit son petit sac à dos et sort précipitamment du bureau. Pendant quelques instants, personne ne parle. Tout ce que j'entends c'est les coups dans ma tête.

— C'était qui ? demande enfin Jack. Un journaliste ?

Ses yeux se sont éteints. On dirait que quelqu'un a piétiné son jardin secret.

— Je... Jack... Ma voix s'étouffe, ce n'est pas...

— Pourquoi... (Il se frotte le front.) Pourquoi tu parlais à un journaliste ?

— Pourquoi vous croyez qu'elle parlait à un journaliste ? carillonne Jemima.

— Comment ?

Jack la regarde avec une évidente antipathie.

— Alors comme ça, vous vous prenez pour un milliardaire surpuissant ? Vous croyez pouvoir utiliser les gens ? Vous croyez que vous pouvez révéler les secrets de quelqu'un, l'humilier et vous en tirer ! Eh bien non !

Elle s'avance vers Jack, les bras croisés, le menton relevé, pleine d'assurance.

— Emma a attendu l'occasion de se venger et elle l'a eue. Ce type était un journaliste, si vous voulez tout savoir. Et il s'occupe de vous. Et quand vous verrez votre petit secret d'Écosse s'étaler en première page des journaux, vous saurez ce que le mot trahison veut dire. Et vous aurez des regrets. Dis-le lui, Emma ! Dis-le lui !

Mais je suis paralysée.

À la seconde où elle a prononcé le mot Écosse, j'ai vu le visage de Jack changer. Comme s'il s'était brisé. Comme s'il avait le souffle coupé. Il m'a regardée dans les yeux et j'ai vu qu'il n'arrivait pas à y croire.

— Vous pensiez connaître Emma, mais non ! continue Jemima, tel un chat se régalant d'une souris. Vous l'avez sous-estimée ! Vous avez sous-estimé ses capacités.

Ta gueule ! dis-je en moi-même. *C'est faux ! Jack, jamais de ma vie, jamais...*

Mais rien ne sort. Je ne peux même pas avaler ma salive. Je suis clouée sur ma chaise, et je regarde Jack désespérément, j'ai honte.

Jack ouvre la bouche puis la referme. Il tourne les talons, ouvre la porte et quitte la pièce.

Silence dans le petit bureau.

— Eh bien, fait Jemima en battant des mains, ça lui apprendra !

À ces mots, je reprends mes esprits. Soudain, je retrouve l'usage de mes membres. Je respire à nouveau.

— Tu n'es qu'une... (Je tremble trop pour parler.)... qu'une stupide... salope. Totalement inconsciente !

La porte s'ouvre dans un grand fracas et Lissy entre, les yeux écarquillés.

— Mais qu'est-ce qui s'est passé ici ? Je viens de voir Jack sortir. On aurait dit le diable en personne !

— Elle a amené un journaliste ici, dis-je, au supplice, en montrant Jemima. Un foutu journaliste d'un torchon à scandales. Et Jack nous a trouvés enfermés ici et il croit...

— Espèce de grosse vache débile ! hurle Lissy en giflant Jemima. Tu penses à quoi ?

— Je voulais aider Emma à se venger de son ennemi !

Je suis au bord des larmes.

— Ce n'est pas mon ennemi, espèce de conne… Lissy… qu'est-ce que je vais faire ?

— Magne-toi ! Tu peux encore le rattraper.

Je fonce dans la cour, haletante, les poumons en feu. En route, je regarde désespérément à droite et à gauche. Et je le repère, un peu plus loin.

— Jack, attends-moi !

Il avance en parlant dans son portable, mais en entendant ma voix, il fait demi-tour, le visage tendu.

— Je comprends pourquoi l'Écosse t'intéressait tant !

— Non ! Non ! Écoute, Jack, ils ne savent rien. Rien du tout, je te le promets. Je ne leur ai rien dit au sujet… (Je m'arrête.) La seule chose que Jemima sait, c'est que tu étais là-bas. Rien de plus. Elle bluffait. Je n'ai rien dit.

Jack ne me répond pas. Il me regarde longuement puis se remet à avancer.

Je cours derrière lui.

— C'est Jemima qui a appelé ce type, pas moi ! J'ai essayé de l'arrêter… Jack, tu me connais ! Tu sais que je ne ferais jamais une chose pareille. Oui, j'ai dit à Jemima que tu avais été en Écosse. J'étais blessée, en colère et… c'est sorti. C'était une erreur. Mais… toi aussi tu as fait une erreur et je t'ai pardonné.

Il ne me regarde même pas. Il ne me donne pas ma chance. Sa limousine s'arrête le long du trottoir.

La panique me gagne.

— Jack, ce n'était pas moi. Tu dois me croire. Ce n'est pas pour ça que je t'ai posé des questions sur l'Écosse. Je ne voulais pas… vendre ton secret. (J'essuie du revers de la main mon visage inondé de larmes.) Je n'avais même pas envie de connaître un si grand secret. Je voulais seulement être au courant de tes petits secrets ! Tes stupides petits secrets ! Je voulais te connaître… comme tu me connais.

Mais il ne se retourne pas. La portière se referme, la voiture démarre. Et je reste sur le trottoir, seule.

26

Pendant un moment, je suis incapable de bouger. Je reste là, abasourdie, avec le vent qui me fouette le visage, à regarder l'endroit où la voiture de Jack a disparu. J'entends encore sa voix. Je vois encore ses traits. La façon dont il m'a dévisagée, comme si je n'étais finalement qu'une inconnue pour lui.

Mon corps est saisi d'une telle douleur que je ferme les yeux, incapable de la supporter. Si seulement je pouvais remonter le temps… si je m'étais montrée plus énergique… si j'avais obligé Jemima et son ami à sortir… si j'étais intervenue plus rapidement quand Jack est arrivé…

Mais je n'ai rien fait. Et c'est trop tard.

Un groupe de spectateurs sort de la cour et se met à rire sur le trottoir en attendant des taxis.

L'un d'eux me regarde bizarrement.

— Vous vous sentez bien ?

Je sursaute.

— Oui, merci.

Je regarde encore une fois au loin, puis je m'oblige à faire demi-tour et à rejoindre la réception.

Mes deux copines sont encore dans le petit bureau où Jemima tremble sous les insultes de Lissy.

— … espèce de petite salope sans cerveau ! Tu me rends malade.

Une fois, j'ai entendu dire que Lissy, au tribunal, avait tout d'un Rottweiler et je n'avais pas compris. Mais là, à la voir arpenter le bureau, l'œil étincelant de colère, la peur me gagne.

— Emma, dis-lui d'arrêter, me supplie Jemima. Qu'elle arrête de me crier dessus.

— Alors… comment ça s'est passé ?

Lissy me regarde, le visage plein d'espoir. Mais je secoue la tête.

— Il est… Il est parti. Je n'ai pas envie d'en parler.

— Oh, ma pauvre Emma.

— Arrête, sinon je vais pleurer.

Je m'appuie contre le mur, respire à fond plusieurs fois pour essayer de retrouver mon calme.

— Où est son ami ? – je désigne Jemima.

— Il s'est fait virer, répond Lissy avec une pointe de satisfaction. Une poignée d'avocats l'ont éjecté alors qu'il essayait de prendre une photo du juge Hugh Morris en collant.

— Jemima, écoute-moi bien – je m'efforce de la regarder au fond des yeux. Tu ne dois pas le laisser poursuivre son enquête. Compris ?

— D'accord, répond-elle en boudant. Je l'ai déjà appelé. Lissy m'a forcée. Il laisse tomber.

— Comment tu le sais ?

— Il ne ferait rien qui mettrait maman en colère. Il a une petite combine assez fructueuse avec elle.

Du regard, je demande à Lissy si je peux avoir confiance. Et elle hausse les épaules pour exprimer sa méfiance.

— Jemima, je te préviens. Si un mot de tout ça sort dans la presse, je ferai savoir au monde entier que tu ronfles.

— C'est pas vrai.

— Si c'est vrai, insiste Lissy. Quand tu bois trop, tu ronfles comme une locomotive. *En plus,* on dira à tout le monde que tu as acheté ton manteau Donna Karan au rabais, dans un entrepôt en gros.

Jemima gémit d'horreur.

— C'est faux !

— Bien sûr que c'est vrai, j'ai vu l'emballage, dis-je, ravie. *En plus*, on dira à tout le monde qu'un jour tu as bu dans un rince-doigts...

Jemima ne sait plus où se mettre.

— ... et que tes perles sont fausses...

— ... et que tu ne cuisines jamais quand tu reçois...

— ... et que ta photo avec le prince William est truquée...

Je l'achève :

— ... et on dira à tous les types avec qui tu sors que la seule chose qui t'intéresse c'est d'avoir un diamant au doigt !

Jemima est au bord des larmes.

— Bon, bon, je promets de tout oublier. Je le jure. Mais je vous en prie, ne parlez pas de l'entrepôt en gros. S'il vous plaît. Je peux partir maintenant ?

Elle regarde Lissy avec des yeux de chien battu.

— Tire-toi.

Jemima s'enfuit presque et je regarde Lissy :

— C'est vrai que sa photo avec le prince William est truquée ?

— Oui ! J'ai oublié de te le dire. Un jour où je travaillais sur son ordinateur, j'ai ouvert un dossier par erreur. Et devine quoi ? J'ai découvert le pot aux roses : elle avait collé son visage sur le corps d'une autre fille !

Je ne peux m'empêcher de pouffer de rire.

— Elle est incroyable !

Prise de faiblesse, je me laisse tomber sur une chaise et pendant un moment, c'est le silence. Au loin retentissent des hurlements de rire et puis quelqu'un passe dans le couloir en se plaignant du système judiciaire.

— Il ne t'a même pas écoutée ? demande Lissy finalement.

— Non. Il est juste parti.

— Ce n'est pas un peu exagéré ? Après tout, il a dévoilé tous tes secrets. Tu n'en as révélé qu'un seul…

— Tu ne comprends pas. Ce que Jack est venu me dire n'est pas n'importe quoi. C'est une chose à laquelle il tient énormément. Et il a fait tout ce chemin pour me le dire. Pour me montrer qu'il avait confiance en moi. Et une minute après, je raconte tout à un journaliste.

— Mais tu ne l'as pas fait ! s'exclame Lissy. Emma, ce n'était pas de ta faute.

J'ai les larmes aux yeux.

— Mais si ! Si je l'avais fermée, si dès le départ je n'avais rien dit à Jemima…

— Elle aurait tout de même voulu te venger. Et il te poursuivrait en justice pour avoir rayé sa voiture ou pour lui avoir abîmé les burnes.

Je ris à contrecœur.

On ouvre brutalement la porte et le type avec les plumes sur la tête que j'ai vu dans les coulisses passe la tête.

— Lissy ! Te voilà ! Il y a un buffet. Tu devrais venir.

— Merci, Colin. J'arrive dans une minute.

Il s'en va et Lissy se tourne vers moi.

— Tu as envie de manger quelque chose ?

— Non, vas-y, toi. Tu dois mourir de faim après ta prestation.

— C'est vrai que je suis affamée, avoue-t-elle. Mais qu'est-ce que tu vas faire ?

— Oh, je vais rentrer à la maison. Ne t'en fais pas, ça ira.

C'est vrai que j'avais l'intention de rentrer. Mais je ne peux pas m'y résoudre. Je suis tendue comme une ficelle de string. Je ne peux pas non plus retourner à la réception et bavarder de tout et de rien – ni affronter les quatre murs de ma chambre. Pas encore.

Finalement, je traverse la cour pour me rendre dans l'auditorium désert. La porte n'est pas fermée et j'entre dans l'obscurité jusqu'à une des rangées du milieu. Je m'assieds lourdement dans un fauteuil de velours rouge.

Tandis que je contemple la scène noire, vide et silencieuse, deux grosses larmes coulent sur mon visage. Je n'arrive pas à croire que j'ai tout bousillé. Je ne peux pas croire que Jack pense que je... que je pourrais...

L'expression horrifiée de son visage me hante. Je ne cesse de revivre ces instants où, comme murée en moi-même, j'étais incapable de parler, incapable de m'expliquer. Et pourtant, j'en avais tellement envie.

Si je pouvais rejouer cette scène...

Soudain, j'entends un craquement. La porte s'ouvre lentement.

J'essaye d'apercevoir quelque chose et ne distingue qu'une silhouette qui entre dans l'auditorium puis s'arrête. Malgré moi, mon cœur se remplit d'espoir.

C'est Jack. Ce doit être Jack. Il est venu me chercher.

Long et pénible silence. Je suis pleine d'appréhension. Pourquoi il ne dit rien ? Pourquoi il ne parle pas ?

Il veut me punir ? Je dois lui demander à nouveau pardon ? Putain, quelle torture. Si seulement il disait quelque chose. *N'importe quoi !*

— Oh, Francesca...

— Connor…

Quoi ? Je scrute à nouveau la salle et je suis affreusement déçue. Quelle conne ! Ce n'est pas Jack. D'ailleurs, ce n'est pas une personne, mais deux. C'est Connor et sa nouvelle petite amie et ils s'embrassent.

Déprimée, je m'enfonce dans mon fauteuil, essayant de ne pas écouter. Mais inutile : j'entends tout.

— Tu aimes ça ? murmure Connor.

— Ouiiiii…

— Vraiment ?

— Bien sûr ! Arrête de me harceler !

— Désolé, dit Connor.

Le silence n'est interrompu que par des glousse-ments de plaisir.

— Et ça, tu aimes ?

— Je te l'ai déjà dit.

La voix de Connor est agitée.

— Francesca, sois franche. Parce que si ça veut dire non, alors…

— Ça ne veut pas dire non ! Connor, c'est quoi ton problème ?

— Mon problème ? Je ne te crois pas !

— Tu ne me crois pas ! rugit-elle. Et pour quelle foutue raison ?

Soudain, je suis pleine de remords. Tout est de ma faute. Non seulement j'ai foutu en l'air notre histoire, mais je risque de détruire la leur. Je dois faire quelque chose. Pour qu'ils se comprennent mieux.

Je m'éclaircis la voix.

— Euh, désolée…

— Bordel c'est qui ? demande Francesca. Il y a quelqu'un ?

— C'est moi. Emma. L'ex-petite amie de Connor.

Une partie de la salle s'éclaire et je vois une rousse qui me regarde méchamment, la main sur un interrupteur.

377

— Qu'est-ce que vous foutez ici ? Vous nous *espionnez* ?

— Non ! Écoutez, je suis désolée. Je ne voulais pas… je n'ai pas fait exprès de vous entendre. Voilà, Connor n'est pas méchant. Il vous demande seulement d'être sincère. Il veut savoir ce que vous voulez. (Je tente de prendre une expression de complicité féminine.) Francesca… dites-lui ce que vous aimez.

Francesca me regarde, incrédule, puis se tourne vers Connor.

— Je veux qu'elle disparaisse !

— Oh, dis-je, surprise. Bon, je suis désolée.

— Et éteignez les lumières en partant, ajoute Francesca en entraînant Connor vers le fond de l'auditorium.

Ils vont baiser ?

Bon, autant ne pas être là quand ça se passera.

Je saisis rapidement mon sac et fonce vers la sortie. En passant la double porte, j'éteins les lumières et sors dans la cour. Je relève la tête.

Et je me fige sur place.

C'est incroyable. C'est Jack.

C'est Jack qui s'avance vers moi à grandes enjambées, l'air résolu. Je n'ai pas le temps de réfléchir ni de me préparer.

Les battements de mon cœur s'accélèrent. Je veux parler ou pleurer ou… *réagir*, mais je ne peux pas.

Le gravier crisse sous ses pas et quand il me rejoint, il me prend par les épaules et me regarde longuement, intensément.

— J'ai peur du noir.

— Comment ? je bredouille.

— J'ai peur du noir. Depuis toujours. Je cache une batte de baseball sous mon lit, au cas où.

Je le fixe, totalement prise au dépourvu.

— Jack…

— Je n'ai jamais aimé le caviar. J'ai honte de mon accent quand je parle français.

— Jack, qu'est-ce que tu fais...

— Ma cicatrice au poignet date de mes quatorze ans, quand j'ai essayé d'ouvrir une bouteille de bière. Enfant, je collais du chewing-gum sous la table de tante Francine. J'ai été dépucelé par une fille qui s'appelait Lisa Greenwood dans la grange de son oncle et après, je lui ai demandé si je pouvais garder son soutien-gorge pour le montrer à mes copains.

Je laisse échapper un petit rire, mais Jack continue à parler, les yeux toujours fixés sur moi.

— Je n'ai jamais porté aucune des cravates que ma mère me donnait pour Noël, j'ai toujours voulu avoir deux ou trois centimètres de plus. Je... je ne sais pas ce que veut dire la codépendance. Je fais souvent le même rêve où je suis Superman et où je tombe du ciel. J'assiste parfois à des conseils d'administration où je regarde autour de moi et où je me demande : « Qui sont tous ces types ? »

Il prend le temps de respirer. Ses yeux n'ont jamais été aussi sombres.

— J'ai rencontré une fille dans un avion. Et... toute ma vie en a été bouleversée.

Soudain, j'ai chaud. Ma gorge est sèche, ma tête comme dans un étau. J'essaye tellement de ne pas pleurer que mon visage se déforme sous l'effort.

— Jack... je n'ai... je n'ai vraiment pas...

— Je sais, me coupe-t-il. Je sais que tu n'as rien fait.

— Je n'aurais jamais...

— Je le sais bien, répète-t-il.

Des larmes de soulagement inondent mon visage. Il sait. Tout va bien.

— Alors... (J'essuie mon visage en essayant de retrouver mes esprits.) Alors ça veut dire... que nous...

Je n'arrive pas à finir ma phrase.

Long silence intenable.

S'il dit non, je ne sais pas ce que je vais faire.

— Eh bien, tu as peut-être envie de réfléchir encore un peu, dit enfin Jack, très pince-sans-rire. Car j'ai encore des tas de choses à t'avouer. Et elles ne sont pas toutes jolies jolies.

Je ris en tremblant.

— Tu n'as rien à m'avouer.

— Mais si. Enfin, je crois. Et si nous faisions quelques pas dans la cour ? Cela risque de prendre un peu de temps.

J'hésite un instant.

— Bon.

Jack me tend son bras et je le prends.

— Bon... où en étais-je ? Ah, oui. Voici quelque chose que tu ne peux raconter à personne. (Il se penche vers moi et baisse la voix.) Je n'aime pas le Panther Cola. Je préfère le Pepsi.

— Pas possible !

— Ce n'est pas tout, parfois je verse du Pepsi dans une bouteille de Panther.

— Incroyable ! je ris.

— C'est vrai. Je t'ai prévenue que ce ne serait pas joli joli...

Nous cheminons lentement autour de la cour, avec pour seuls bruits le crissement du gravier sous nos pas, la brise dans les arbres et la voix sèche de Jack. Qui m'avoue tout.

27

C'est fou ce que je suis différente, désormais. Comme si j'avais été transformée. Je suis une nouvelle Emma. Plus ouverte qu'avant. Bien plus franche. À quoi rime la vie si on ne peut pas être sincère avec ses amis, ses collègues, les êtres chers ? C'est la leçon que j'ai apprise.

Les *seuls* secrets que j'ai maintenant sont de petits secrets essentiels. Et j'en ai très peu. Je pourrais les compter sur les doigts de la main. Sans réfléchir, en voici quelques-uns :

1. Je ne suis pas sûre d'aimer les nouvelles mèches de maman.

2. Le gâteau grec que Lissy a fait pour mon anniversaire était immangeable.

3. J'ai déchiré une bretelle du maillot de bain Ralph Lauren de Jemima que j'avais emprunté pour partir en vacances avec mes parents.

4. L'autre jour en voiture, en consultant une carte de Londres, j'ai failli dire : « C'est quoi ce fleuve autour de la ville ? » C'était le périphérique.

5. La semaine dernière, j'ai fait un rêve étrange avec Lissy et Sven.

6. J'ai commencé à verser en secret de l'engrais dans la plante verte d'Artemis.

7. Je suis certaine que Sammy, le poisson rouge, a encore été changé. D'où vient sa nageoire supplémentaire ?

8. Je sais que je dois cesser de distribuer à de parfaits inconnus mes cartes de visite marquées EMMA CORRIGAN, DIRECTRICE DE MARKETING, mais je ne peux pas m'en empêcher.

9. J'ignore ce que sont les procéramides avancées. (Je ne sais même pas ce que sont les procéramides arriérées.)

10. La nuit dernière, quand Jack m'a demandé « à quoi tu penses ? », j'ai répondu « à rien ». Ce n'était pas tout à fait vrai : je réfléchissais à des prénoms pour nos futurs enfants.

Une chose est sûre : il est tout à fait normal de cacher certaines choses à son petit ami.

Tout le monde le sait, non ?

FIN

Remerciements

Un grand merci à Mark Hedley, Jenny Bond, Rosie Andrews et Olivia Heywood pour leurs généreux conseils.

Et, comme toujours, mon immense reconnaissance va à Linda Evans, Patrick Plonkington-Smythe, Araminta Whitley et Celia Hayley, ainsi qu'aux garçons et au conseil.

Composé par Nord Compo
à Villeneuve-d'Ascq

Impression réalisée par

à La Flèche (Sarthe)
en novembre 2010

POCKET – 12, avenue d'Italie - 75627 Paris cedex 13

N° d'impression : 60540
Dépôt légal : juin 2008
Suite du premier tirage : novembre 2010
S15679/11